Ist Christus aber nicht auferstanden,
so ist Euer Glaube eitel.

1. Korinther, 15,17

1

»Das Leben geht weiter«, flüsterte er und tötete ihn. »Immer weiter, weiter, endlos weiter.«

Der rote Saft des Lebens floss aus der Wunde, als stamme er aus einer jungfräulichen Quelle. So durchdrungen von ewiger Vitalität, so rein, so geheimnisvoll und doch Träger exakter Informationen. Selbst in Tausenden von Jahren konnte daraus immer noch Leben entstehen.

Er zog das Messer aus der Brust des Toten, hielt ein paar Sekunden inne und biss sich auf die Lippen. Er hatte den Rubikon überschritten.

Roland Obrist zuckte ein letztes Mal, dann sackte sein Kopf zur Seite. Blut färbte seinen Arbeitskittel tiefrot. Die Furchen in seinem Gesicht ließen ihn älter aussehen als die sechzig Jahre, die sein Gott ihm zugestanden hatte.

Die heruntergelassenen Jalousien vor dem Fenster flatterten im Wind. Die Deckenleuchten warfen ein kaltes Licht in den Raum. Er war vollgestellt mit drei Stahlschränken, mehreren Arbeitstischen mit eingelassenen Spülbecken und ein paar Analyseautomaten. Von der Decke hingen zwei Abzugshauben. Über dem mit säureresistentem Kunststoff bezogenen Arbeitstisch hingen mehrere Regale mit Ordnern und Fachbüchern. In jeder freien Ecke des Raumes stapelten sich Autoklaven und Zentrifugen, umrahmt von zahllosen Reagenzgläsern und Erlenmeyerkolben. Der gekachelte Gang zwischen den Labortischen war der einzige freie Platz.

Gewesen.

Denn dort lag jetzt Roland Obrist.

Als es schon zu Ende ging, hatte Obrist noch versucht, ein letztes Gebet gen Himmel zu schicken.

Er war nicht bis zum Amen gekommen.

Aber was spielte das jetzt noch für eine Rolle? Den letzten Atem hatte Roland Obrist schon lange vor seinem Tod ausgestoßen. Er war nur noch eine Hülle gewesen, ein Befehlsempfänger, ein blind Glaubender.

Bis zur Kommunion war auch er ein blind Glaubender gewesen. Hatte an das Gute im Menschen und in der Kirche geglaubt. *Du sollst glauben wie ein Kind.* Das hatte er wahrlich getan. *Ein Kind kann sich nicht wehren.*

Jetzt konnte er es.

Nie hatte er erzählt, was vorgefallen war. Er wollte nicht sein wie die, die nur ihr Leid beklagten. Seine Kindheit hatte ihn gelehrt, dass es einen Unterschied gibt zwischen Schein und Wirklichkeit.

Die Seele von Roland Obrist müsste eigentlich gerade im Himmel angekommen sein, dachte er. *Also dort, wo der Mann zeit seines Lebens hingestrebt hatte. Dafür sieht er nicht sehr glücklich aus.*

Lag es daran, dass es gar keine Seele gab? Nur den vergänglichen Körper, bestehend aus Millionen von Genen? War die Wiederauferstehung gar kein seelischer, sondern ein körperlicher Prozess? Nicht mehr als die Geburt eines Zwillings? Nur zu einem anderen, frei wählbaren Zeitpunkt?

Oder ist der Himmel nur eine Erfindung des Teufels, um den Menschen schon auf Erden das Leben zur Hölle zu machen?

Er hatte das tausendfach durchdacht und seine Wahrheit gefunden.

Jede Wahrheit ist schwach, wenn niemand sie kennt.

Wenn niemand sie kennen *will.*

Es war an der Zeit, das zu ändern. Ein Opfer musste gebracht werden, um Millionen die Freiheit zu schenken. War das nicht wahre Humanität?

War das nicht die Quintessenz des Christentums?

Bei dem Gedanken musste er lachen. Er richtete sich auf und wischte die Klinge mit einem feuchten Lappen ab. Er packte das Messer in eine lederne Tasche und beseitigte gewissenhaft alle Spuren. Dann nahm er drei Ordner aus dem Regal über dem Arbeitstisch und packte sie in seine Tasche. Am Schluss ging er noch einmal durch das Labor, um zu überprüfen, ob er nichts vergessen hatte.

Ein Opfer, um Millionen die Freiheit zu schenken.

Er würde sie mit ihren eigenen Waffen schlagen!

2

Eine Flasche San Miguel, Alpkäse und eine Packung Rindsmöckli. *Hilft das wirklich gegen Schlaflosigkeit?* Alex Pandera rieb sich über die Stirn. *Was für eine blöde Idee. Außerdem will ich nicht enden wie Deckert.*

Er stellte die Sachen wieder in den Kühlschrank und öffnete eine Dose Katzenfutter. Skater hatte sich schnell daran gewöhnt, dass es neuerdings mitten in der Nacht eine Kleinigkeit zu essen gab.

»Na, schmeckt's?«, fragte Pandera und streichelte über Skaters Nacken.

»Kannst du wieder nicht schlafen?«

Pandera drehte sich um. Jackie stand in der Küchentür. Sie sah so müde aus, wie er sich fühlte. Ihre Augen waren klein, ihre Locken zerzaust. Sie gähnte.

»Skater hatte Hunger«, sagte er und zuckte mit den Schultern.

»Wenigstens bist du diesmal nicht über den Kühlschrank hergefallen.« Sie kam zu ihm, zwickte ihn an der Stelle, von der sie hartnäckig behauptete, dort habe sich ein Rettungsring eingenistet, und gab ihm einen Kuss.

Er strich durch ihre dunkelbraunen Locken und kräuselte sie sanft um seine Finger. Er sog den Duft von Rosen ein, der auf ihren Haaren lag. Es beruhigte ihn ein wenig.

»Geht es um Kurt?«, fragte sie.

Pandera nickte. »Ich weiß nicht, wie ich das ohne ihn schaffen soll.«

»Vielleicht überlegt Edeling es sich ja noch mal ...«

»Der? Nie im Leben«, entgegnete Pandera. »Kurt hat ihm die Nase gebrochen! Dem Polizeichef! Vor fünf Kollegen. Edeling kann es sich gar nicht leisten nachzugeben.«

»Gestern hast du deinen Chef noch nicht verteidigt.«

Pandera seufzte. »Mir liegt auch fern, diesen Idioten zu verteidigen. Kurt hat das Richtige getan ... aber ... Er war der einzige Kollege, zu dem ich Vertrauen hatte, mit dem ich klargekommen bin. Für die anderen bin ich doch nur der spanische Latin Lover.«

Jackie zwinkerte ihm zu. »Davon hab ich noch gar nichts mitbekommen.«

»Für einen Kommissar der Mordkommission ist das nun wirklich kein Lob.«

»Du bist genauso Schweizer wie die«, sagte sie. »Und das nicht nur, weil es in deinem Pass steht.« Sie nahm seine Hand und strich darüber. »Das gibt sich schon noch. Schließlich bist du der Neue, und die anderen sind schon ewig dabei. Außerdem ist jetzt Wochenende.«

Er versuchte ein Lächeln. Es misslang ihm.

»Wollen wir wieder schlafen gehen?«

Er nickte, hob sie hoch und trug sie ins Bett. Wie jeden Abend seit ihrer Hochzeitsnacht. Sie hatten einfach nicht damit aufhören können. Es war ihr kleines Geheimnis. Niemand wusste davon, nicht einmal Lara und Ben. Es war ein Ritual geworden, das zum Schlafengehen dazugehörte. Ihre Locken in seinem Gesicht, der Duft nach Rosen, ihre zarte Haut. Das war Glück.

Normalerweise.

»Mach dir nicht so viele Gedanken«, flüsterte sie, nachdem er sie aufs Bett gelegt hatte. Wie auf Knopfdruck schlief sie ein.

Pandera legte sich neben sie und versuchte, an nichts zu denken.

Natürlich gelang es ihm nicht. Kurt Sanders Entlassung ging ihm nicht aus dem Kopf. *Was hat der sich nur dabei gedacht? War es mutig gewesen? Oder einfach nur unendlich dumm? Mutig*, beschloss Pandera, *auch wenn er darunter zu leiden hatte.*

Gerade als der Schlaf ihn endlich holen wollte, begann sein Handy zu klingeln, laut und schrill. Pandera griff blind danach und drückte die Taste für die Rufannahme.

»Wir haben einen Vorfall im Science-Park«, hörte er eine weibliche Stimme. Die Frau aus der Zentrale war schlecht zu verstehen. Er stand auf und ging zur Tür des Schlafzimmers, dort war der Empfang am besten. »Was ist passiert?«

Die Antwort bestand aus einem Rauschen, unterbrochen von den Worten *Science-Park*, *tot* und *noch nicht identifiziert*.

»Wie lautet die Adresse?«

»Hochbergerstrasse 60, Basel-Kleinh…« Der Rest ging im Rauschen unter.

»Wer ist noch informiert?«

Wieder nur Rauschen. »Krr … krrch … unterwegs …«

»Ich komme sofort«, sagte Pandera und legte auf.

»Was ist?«, fragte Jackie.

Sie blickte ihn aus verschlafenen Augen an.

»Tut mir leid, ich muss los. Ein Mordfall.«

Jackie seufzte. »Also wieder ein Sonntag ohne dich«, sagte sie. »Die Kinder haben sich so auf dich gefreut. Und ich auch.«

Er ging zu ihr, beugte sich über sie und küsste sie auf die Stirn. »Ich weiß. Ich mache es wieder gut.«

Pandera ließ die Jeans liegen und nahm stattdessen den

schwarzen Anzug, den er am Freitag aus der Näherei geholt hatte. *So eine Runderneuerung täte mir auch gut*, dachte er, *wird ja auch Zeit nach dreißig Jahren.* Er ignorierte sein Spiegelbild im Badezimmerspiegel so gut es ging, schmiss sich kaltes Wasser ins Gesicht und fuhr sich mit der nassen Handfläche über die Bartstoppeln. Das musste reichen. Dann zog er sich an.

Er ging zu seinem Seat, öffnete mit der Fernbedienung das Garagentor, setzte sich hinters Steuer und startete den Motor. Langsam fuhr er auf die Straße und gab dann Gas.

Er bemerkte nicht, dass es schon dämmerte, und er bemerkte nicht, dass die Vögel laut zwitscherten. Er sah auch nicht den alten Mann, der die Zeitungen austrug. Er hatte nur einen einzigen Gedanken. *Wie soll ich das ohne Kurt nur schaffen?*

3

Schon von Weitem entdeckte Pandera den lang gezogenen Quader des Basler Science-Parks. Jedes der sechs Stockwerke war in der unteren Hälfte mit einer Welle aus Beton verkleidet, in der oberen mit einer aus spiegelndem Glas. In einigen Büros brannte schon Licht.

Der Science-Park war die Heimat erfolgversprechender Start-up-Unternehmen und einiger geplatzter Träume. Manche Firmen hatten den Absprung indes geschafft, insbesondere im Pharmabereich, dem in Basel dominierenden Wirtschaftszweig.

Vor dem Gebäude standen zwei Streifenwagen und ein Krankenwagen. *Bin gespannt, wen sie anstelle von Kurt geschickt haben.* Pandera betrachtete die parkenden Autos, doch er erkannte keines. Er stieg aus und ging zu dem blau beleuchteten Eingang des Science-Parks. Ein älterer Streifenpolizist stand dort Wache.

Pandera spürte, wie sein Magen sich zusammenkrampfte. Er hasste Tatorte. Der Tod, das Blut, der Gestank. Und doch gehörte all das zu seinem Job. »Wo muss ich hin?«, fragte er.

Der Polizist wies nach oben. »Vierter Stock, hinten links.«

»Ist schon jemand da?«

»Irgend so eine Neue.« Der Polizist zog die Mundwinkel nach unten. »Konnte gar nicht glauben, dass die bei uns ist.«

Pandera betrat das Gebäude und stieg langsam die Treppe hoch. Im vierten Stock öffnete sich ein langer, mit Linoleum ausgelegter Gang. Die Türen auf beiden Seiten standen offen.

Laborräume, die mit irgendwelchen Apparaturen so voll gestellt waren, dass dort kaum Platz für Mitarbeiter blieb, reihten sich aneinander. *Wahrscheinlich funktionieren die Geräte ohnehin automatisch.* Es war seltsam still im Gebäude, nur vereinzelt ratterte irgendwo eine Maschine.

Überall prangte der Schriftzug SEQUENZA 46. Er war in dieser eckigen Computerschrift gestaltet, die in den Achtzigern des letzten Jahrhunderts als futuristisch gegolten hatte. Heute wirkte sie nur noch altbacken.

Vor einer offen stehenden Labortür hielt ein Streifenpolizist Wache. Der Kommissar nickte kurz, atmete tief durch und blickte in den Raum. Eine Frau beugte sich über eine am Boden liegende Person.

Pandera betrat das Labor. Es roch nach Schwefel. Und nach Parfüm. Irgendetwas mit Lavendel.

Er räusperte sich. Sofort richtete die Frau sich auf und drehte sich um. Sie sah noch sehr jung aus, war schlank, fast burschikos und hatte einen Teint wie starker Kaffee. Dunkle Rastalocken umgaben ihr hübsches Gesicht. »Ich glaube, wir kennen uns noch nicht«, sagte sie und hielt Pandera die Hand hin. Als sie bemerkte, dass sie noch Einweghandschuhe trug, zog sie diese schnell ab. »Ich bin Tamara Aerni.«

»Alex Pandera«, antwortete er. Er ergriff ihre Hand und schüttelte sie. »Ich leite die Ermittlungen. Und was tun Sie hier?«

»Ich bin wohl Ihre neue Partnerin.«

»Schön, Sie kennenzulernen«, sagte Pandera, doch es war nicht mehr als eine Floskel. Er hatte gehofft, Edeling würde ihm einen der erfahrenen Kollegen zur Seite stellen. Es war sein erster großer Fall ohne Kurt, und der Chef ließ ihn nicht nur im Stich, nein, Edeling fiel nichts Besseres ein, als ihm eine blutjunge Anfängerin zuzuteilen.

»Wissen wir schon, wer das Opfer ist?« Pandera richtete seinen Blick auf den Mann am Boden. Er lag auf dem Rücken, Arme und Beine weit ausgestreckt. Eine Blutlache hatte sich unter seinem Oberkörper gebildet.

»Er heißt Roland Obrist«, erklärte Tamara Aerni. »Der Name steht jedenfalls auf seinem Firmenausweis. Er war hier als wissenschaftlicher Assistent angestellt. Ein Mitarbeiter vom Sicherheitsdienst hat ihn um fünf Uhr dreißig gefunden und die Polizei informiert.«

Pandera ging in die Knie und betrachtete den Oberkörper des Toten. In der Brust, direkt über dem Herzen, klaffte eine tiefe Stichwunde.

Selbst nach zehn Jahren als Kommissar tat Pandera sich immer noch schwer, dem Tod ins Gesicht zu sehen. Viele seiner Kollegen hatten sich angewöhnt, am Tatort ein paar lockere Sprüche von sich zu geben. Wer Mitglied im Club der coolen Cops bleiben wollte, durfte keine Gefühle zeigen. Und so gab es bei der Basler Kriminalpolizei fast ausschließlich coole Cops, und es war ein offenes Geheimnis, dass nicht wenige der vermeintlich Abgehärteten ihre Angst im Alkohol ertränkten.

Pandera zählte sich nicht dazu. Er hatte sich stattdessen angewöhnt, nur das Nötigste zu sagen.

»Erstochen also?«, sagte er fast unbeteiligt. Sein Schutz funktionierte.

»Sieht so aus«, antwortete Tamara Aerni auf dieselbe nüchterne Art. »Wo bleibt eigentlich die Spurensicherung?«

»Deckert kommt immer zu spät«, entgegnete Pandera und schaute sich im Labor um. Es schien penibel aufgeräumt, nichts lag herum, nichts war durchwühlt. »Tatwaffe?«

»Hab ich noch nicht gefunden. Bin selbst erst vor zehn Minuten gekommen.« Tamara Aerni blickte suchend über den Fußboden. Plötzlich stand sie auf, lief zu einem Mülleimer und öffnete ihn. »Leer. Entweder der Täter hat den Müll weggebracht, oder die sind hier sehr pingelig.«

Dann wandte sie sich dem Computer zu, der auf einem mit Ordnern beladenen Schreibtisch stand, und schaltete ihn an. Der Rechner ratterte kurz und verlangte eine Passworteingabe. Tamara Aerni hob die Tastatur hoch. Nur ein paar Staubkrümel lagen darunter. »Wäre auch zu schön gewesen«, brummelte sie.

»Warten wir damit auf Deckert«, sagte Pandera. Die Neue war ihm viel zu hektisch. Er ließ den Tatort lieber auf sich wirken, anstatt sich in Details zu verlieren. Dafür war ohnehin die Spurensicherung zuständig.

»Sind Sie eigentlich schon länger bei uns?«, fragte er. Pandera konnte sich nicht erinnern, die Kollegin schon einmal gesehen zu haben.

»Vier Wochen«, antwortete sie. »Die meiste Zeit war ich auf irgendwelchen Seminaren. Das hätte auch noch so weitergehen sollen, aber dann ist ja diese Geschichte mit Herrn Sander passiert.«

Pandera nickte nur.

»Wie ich gehört habe, hat er sich ziemlich danebenbenommen.«

Pandera atmete tief durch. Er hasste Klatsch. Vor allem dann, wenn es einen Kollegen betraf. »Wenn Sie das gehört haben, wird es wohl stimmen.«

Tamara Aerni biss sich auf die Lippe und schaute einen kurzen Moment zu Boden. »Sie sind auch noch nicht so lange hier, oder?«

»Drei Monate.« Obwohl er mit dem Gespräch begonnen hatte, verspürte er nicht die geringste Lust, es fortzusetzen. »Wo ist der Wachmann, der den Toten gefunden hat?«

»Er wartet nebenan.«

»Hat er irgendwas gesehen oder gehört?«

Tamara Aerni schüttelte den Kopf. »Der Mörder hatte den Tatort wohl schon verlassen, als er das Gebäude betrat.«

»Ich liebe ruhige Sonntagmorgen«, brummelte eine tiefe Stimme von hinten. Pandera drehte sich um. Beat Deckert, der Leiter der Kriminaltechnik, stand in der Tür. Er grinste, als sei gerade ein guter Zeitpunkt, um Scherze zu machen. Wie immer hatte er sein Resthaar über die Glatze gekämmt und seinen unförmigen Körper in einen karierten Anzug gesteckt. Darüber trug er einen transparenten Plastikoverall, der mindestens zwei Nummern zu groß war und von dem die Kollegen hinter vorgehaltener Hand tuschelten, dass es sich um ein Partyzelt handele. »Ist ja ne Stimmung hier wie auf dem Friedhof.«

Tamara Aerni sah Deckert mit großen Augen an. *An den Humor wirst du dich gewöhnen müssen*, dachte Pandera. *Und an einiges andere auch.* »Das ist Tamara Aerni«, sagte er zu Deckert. »Sie ist neu im Team.«

Tamara Aerni nickte freundlich, dieses Mal verzichtete sie jedoch darauf, dem Kollegen die Hand zu reichen.

»Beat Deckert«, antwortete der Kriminaltechniker. »Willkommen im Club.« Er lächelte die Neue kurz an, dann sah er auf den Toten hinunter und seufzte.

»Keine Tatwaffe?« Er zog die Einweghandschuhe an und beugte sich über die Leiche.

Pandera schüttelte den Kopf. »Nein.«

»Wär ja auch zu schön gewesen«, brummelte Deckert. Er nahm einen kleinen Metallstab und betrachtete die Wunde.

»Nur ein Stich. Mitten ins Herz. Das war entweder ein Profi oder ein Glückstreffer.«

Tamara Aerni kräuselte ihre Stirn. »Es deutet nichts auf

einen Einbruch hin. Entweder Obrist hat seinen Mörder gekannt oder der Kerl arbeitet hier. Vielleicht hat er auch einen Komplizen im Labor.«

»Wir werden uns das Schließsystem noch genauer anschauen«, sagte Deckert und untersuchte den Kopf des Toten. »Ein ziemlich großes Hämatom am Hinterkopf«, stellte er fest. »Und das hier könnten Würgemale sein«, fügte er hinzu und zeigte auf den Hals des Toten. »Sieht nach einem Kampf aus ... Nicht gerade das, was man in einem Labor erwartet.«

»Wie lange ist er schon tot?«, fragte Pandera.

»Ich würde sagen, zwischen vier und acht Stunden«, antwortete Deckert. »Genaueres wissen wir nach der Obduktion.« Er räusperte sich. »Übrigens, der Inhaber des Labors ist da. Hab ich unten mitbekommen.«

»Ich habe ihn holen lassen«, sagte Tamara Aerni.

Pandera nickte und ging zur Tür. »Dann wollen wir uns mal mit ihm unterhalten.«

Tamara Aerni folgte ihm. Im Vorbeigehen öffnete sie eine Schublade und warf einen Blick hinein.

»Das überlassen wir mal schön den Profis«, sagte Deckert und schaute sie tadelnd an.

Ich bin auch Profi, schien sie sagen zu wollen, doch sie beschränkte sich auf ein einfaches »Okay«. Sie schob die Schublade wieder zu. »Was analysieren die hier eigentlich?«

»Ich habe keine Ahnung«, antwortete Pandera und hielt ihr die Tür auf. »Aber das werden wir sicher gleich herausfinden.«

4

»Wissen wir schon etwas über den Laborleiter?«, fragte Pandera auf dem Weg zum Aufzug.

»Er heißt Doktor Jürg Plattner und ist Inhaber und Geschäftsführer des Instituts«, antwortete Tamara Aerni. »Das steht zumindest auf dem Briefpapier.« Sie fuhr sich mit den Fingern über ihre rechte Augenbraue. Erst jetzt fiel Pandera ihr Augenbrauenpiercing auf.

Die Aufzugstür öffnete sich. Der Mann, der heraustrat, trug einen knittrigen braunen Anzug und darunter ein auberginefarbenes Hemd. Seine Schuhe sahen alt aus und schlecht gepflegt. Die wenigen Haare auf seiner Halbglatze standen wirr ab in alle Richtungen.

»Doktor Jürg Plattner?«, fragte Pandera.

Der Mann nickte. »Man hat mich gebeten, zu kommen«, sagte er und knöpfte sein Jackett auf. »Man wollte mir aber nicht sagen, was hier los ist. Ich hoffe, Sie können das aufklären.« Er sah Pandera und Aerni stirnrunzelnd an.

»Ein Mitarbeiter von Ihnen ist ermordet worden«, antwortete Pandera und beobachtete Plattners Reaktion. Der zuckte regelrecht zusammen. Fast ein wenig übertrieben.

»Ein Mitarbeiter? ... Ermordet?«, stammelte Plattner.

»Es sieht so aus.«

»Wer ist es?«, fragte Plattner.

»Ich denke, das können Sie uns sagen.«

Zu dritt gingen sie zurück zum Labor. Pandera öffnete die Tür.

Plattner blieb im Türrahmen stehen, blickte auf die am Boden liegende Leiche und stürzte zu ihr. »Mein Gott, Roland!«

»Nichts anfassen!«, brüllte Deckert und hielt den Laborleiter zurück. »Oder wollen Sie, dass Ihre Spuren auf der Leiche sind?«

Plattner wich einen Schritt zurück und schüttelte wie benommen den Kopf. »Ein ... ein ... so guter Mann«, stammelte er. Tränen traten ihm in die Augen. »Warum?«

»Ist das Roland Obrist?«, fragte Pandera.

Plattner nickte.

Pandera überlegte, wie er Plattners Reaktion einschätzen sollte. Entweder er war ein verdammter guter Schauspieler, oder er war tatsächlich betroffen vom Tod seines Mitarbeiters.

»Können wir in Ihr Büro gehen?«, fragte Pandera und führte Plattner aus dem Labor. »Wir würden Ihnen gern ein paar Fragen stellen.«

»Geben Sie mir fünf Minuten«, bat Plattner. Auf seiner Stirn standen Schweißperlen, er wirkte blass und kraftlos.

Pandera nickte. »Wir warten hier auf Sie.«

Wie in Trance schlurfte der Laborleiter über den Flur. Vor einer der Türen blieb er stehen, und es schien, als könne er nicht die Kraft aufbringen, sie zu öffnen. Schließlich schüttelte er den Kopf und ging hinein.

Tamara Aerni lief zu einem Wasserspender, füllte zwei Becher, trank einen leer und goss noch einmal nach. Den anderen gab sie Pandera.

»Danke.«

»Auf eine gute Zusammenarbeit.« Sie hielt ihren Becher hoch und prostete ihm zu.

»Hoffen wir, dass sie erfolgreich wird«, sagte Pandera ausweichend. Er fühlte sich unwohl, nicht nur wegen des Mordfalls, sondern auch wegen der neuen Kollegin. Das ging ihm alles zu schnell. Er brauchte Zeit, bis er mit jemandem warm wurde. Oder war es, weil sie am Tatort herumgelaufen war wie ein Duracell-Häschen? Trotzdem wollte er nicht unhöflich wirken.

»Sind Sie hier geboren?«, fragte er deshalb.

»Nein, in Haiti«, antwortete sie, als sei es das Selbstverständlichste auf der Welt.

»Und wie sind Sie nach Basel gekommen?«

»Ich hab mit fünfzehn auf einem Schiff angeheuert, um meinen Daddy zu suchen.«

»Und? Haben Sie ihn gefunden?«

»Klar. Aber vor ein paar Jahren ist er gestorben. Immerhin hat er noch die Vaterschaft anerkannt. Sonst hätte ich wohl kaum meinen coolen Namen, oder?« Sie lächelte und zeigte dabei ihre blendend weißen Zähne. »Und Sie? Alejandro Javier Pandera Alvarez ist auch nicht gerade ein urschweizerischer Name, oder?«

»Nein.« *Woher kennt sie meinen vollen Namen? In der kurzen Zeit?* »Meine Eltern stammen aus der Extremadura«, fügte er hinzu. »Ich bin aber in Basel geboren.«

»Haben Sie immer hier gelebt?«

»Überall und nirgendwo«, antwortete er. »Und jetzt wieder Basel.«

Sie schien zu merken, dass er nicht länger darüber reden wollte, also wandte sie sich um und zeigte auf ein Plakat an der Wand.

»Haben Sie das gesehen?«

Das Plakat war ganz in Schwarz gehalten, mit einem Text in der Computerschrift des Firmenlogos. »Klingt irgendwie beängstigend.«

Eine Stechmücke verfügt über 6 Chromosomen, das Opossum über 18 und der Mensch über 46. Der Schimpanse hat indes 48, eine Weinbergschnecke 54, und die Süßkirsche nennt je nach Gattung bis zu 144 Chromosomen ihr Eigen. Nicht die Zahl der Chromosomen ist entscheidend, sondern was man damit macht. SEQUENZA 46.

»Solange sie dem Menschen nicht ein paar zusätzliche Chromosome verpassen, finde ich es nicht so beängstigend«, entgegnete Pandera.

»Das klingt aber ganz danach«, sagte sie beinahe trotzig.

Bevor Pandera etwas antworten konnte, kam Plattner zurück. Seine Augen waren gerötet.

Wortlos führte er die Kommissare in sein Büro.

Der Raum war nur klein. Regale, die bis zum Bersten mit Büchern vollgestopft waren, zogen sich an den Wänden entlang, durch die Fensterfront fiel fahles Morgenlicht. Pandera und Aerni setzten sich auf zwei Besucherstühle aus Metallgitter. *Kalt und unbequem*, dachte Pandera.

»Seit wann hat Roland Obrist für Sie gearbeitet?«, fragte Pandera.

»Er war seit gut drei Jahren hier«, antwortete der Laborleiter. »Wir kannten ihn von einem Projekt, bei dem wir zusammengearbeitet haben. Er war ein sehr zuverlässiger Mitarbeiter.«

»War er alleinstehend?«

»Das nehme ich an.« Plattner fuhr sich über seine Stoppelhaare. »Roland hat oft am Wochenende im Labor gearbeitet.«

»Das heißt, es war nicht ungewöhnlich, dass er in der Nacht von Samstag auf Sonntag hier war?«, fragte Tamara Aerni. »Immerhin war erster August.«

»Er ... er hat sich nicht viel aus dem Nationalfeiertag gemacht«, antwortete Plattner. »Er hat gerne alleine gearbeitet und konnte kommen und gehen, wann er wollte.«

»Hatte er Feinde?«, fragte Tamara Aerni.

Plattner zögerte. Nur wenige Augenblicke, doch Pandera entging es nicht.

»Das glaube ich nicht«, sagte Plattner. »Die Kollegen hatten Respekt vor ihm ...« Er ließ den Satz in der Schwebe.

»Aber?«, fragte Pandera.

»Sie kennen die Vorgeschichte von Roland Obrist nicht, oder?«, fragte Plattner.

Pandera schüttelte den Kopf.

»Ich verstehe.« Plattner nickte. »Nun, Sie müssen wissen, Roland Obrist hat viele Jahre als Mönch gelebt.« Er zuckte mit den Schultern, als könne er das nicht verstehen. »Erst kurz bevor er bei uns anfing, hat er den Orden verlassen. Er war immer noch ... sehr ... sehr gläubig. Er hatte in manchen Dingen seine eigenen Ansichten, und nicht alle Mitarbeiter haben die geteilt.«

»Wer zum Beispiel?«, fragte Pandera.

»So genau weiß ich das nicht«, antwortete Plattner.

»Hatte er mit Mitarbeitern Streit?«

»Nein ... nein, wirklich nicht«, sagte Plattner schnell. »Aber mit einem Wissenschaftler kann man wohl kaum über die Heilige Dreifaltigkeit diskutieren.«

»Was wissen Sie über Obrists Privatleben?«, fragte Tamara Aerni. *Warum wechselt sie das Thema?*, fragte sich Pandera. *Viel zu früh.*

»Nicht viel. Er hat nie darüber gesprochen«, antwortete Plattner.

Pandera trank einen Schluck Wasser. Ein ehemaliger Mönch in einem Gentechnik-Labor, das passte überhaupt nicht zusammen. »Wissen Sie, weshalb er den Orden verlassen hat?«

Plattner holte eine Dose Schnupftabak aus der Hosentasche und nahm eine Prise. »Die Wissenschaft hat ihn immer fasziniert«, begann er. »Aber sein Orden ließ eine tiefer gehende Beschäftigung damit nicht zu. Roland Obrist war überzeugt davon, dass Gott uns die Wissenschaft gegeben hat, um die Welt zu ergründen. Das konnte die Ordensleitung natürlich nicht tolerieren.«

»Er ist also nicht im Frieden gegangen?«, fragte Pandera.

Der Doktor kratzte sich an der Stirn. »Wissen Sie … die Kirche verliert ungern eines ihrer Schäfchen.«

»Aber er war doch nach wie vor gläubig, oder?«

»Das war er.« Plattner nickte.

»Was untersuchen Sie hier eigentlich?«, fragte Tamara Aerni.

Schon wieder wechselt sie einfach das Thema, dachte Pandera. *Das scheint ihr Markenzeichen zu sein.*

»Wir analysieren Blutproben, detektieren genetische Defekte, führen radiologische Altersbestimmungen durch oder begleiten forensische Untersuchungen.« Es klang, als habe Plattner seinen eigenen Werbeprospekt vorgelesen.

»Das heißt, Sie entscheiden zum Beispiel darüber, ob jemand in einem Gerichtsprozess schuldig ist oder nicht?«, fragte sie.

»Wir unterstützen forensische Gutachter bei ihrer Arbeit«, antwortete Plattner reserviert.

»Kann es sein, dass jemand diese Proben stehlen wollte?«, fragte Pandera.

»Wir bekommen niemals die komplette Probe, das wäre viel zu riskant. Also würde der Diebstahl nichts nützen.«

»Machen Sie auch Dopingtests?« Pandera erinnerte sich an einen Fall, bei dem ein Sportler, der des Dopings verdächtigt wurde, ein Labor ausgeraubt hatte.

Plattner schüttelte den Kopf. »Solche Tests darf nur ein zertifiziertes Dopinglabor durchführen. Wir haben uns auf genetische Untersuchungen spezialisiert.«

»Die von Roland Obrist durchgeführt wurden?«

»Beispielsweise. Er war einer unserer Fachleute.«

»Woran hat er zuletzt gearbeitet?«

»Gensequenzierung, diverse Auftragsarbeiten.«

»Können Sie das konkretisieren?«, fragte Pandera.

»Diese Themen sind sehr komplex ... Ohne Ihnen zu nahe treten zu wollen, ich befürchte, das würden Sie nicht verstehen, Herr Kommissar.«

»Wir sollten es auf einen Versuch ankommen lassen«, entgegnete Pandera.

»Also gut.« Plattner seufzte. »Roland Obrist hat sich mit Chromosomenaberrationen befasst.«

»Können Sie mir ein Beispiel geben?«, fragte Pandera. Er versuchte, sich nicht anmerken zu lassen, dass er tatsächlich nichts verstand.

»Die bekannteste Chromosomenaberration ist das Down-Syndrom, auch Trisomie 21 genannt, weil das 21. Chromosom dreifach vorliegt«, erklärte Plattner.

»Obrist hat sich also mit Genmutationen befasst.«

»So könnte man es sagen.«

»Was war das Ziel dieser Untersuchungen?«

»Diese Krankheiten zu verstehen und zu verhindern.«

»Auch am lebenden Objekt?«, fragte Tamara Aerni.

Diese Frage hätte ich jetzt auch gestellt, dachte Pandera.

»Stammzeilen, Eizellen, Embryonen. Selbstverständlich nur, was erlaubt ist«, antwortete Plattner.

Pandera fixierte den Laborleiter. Wie nebenbei sagte er: »Obrist wurde also vom Paulus zum Saulus, oder?«

»Ich sagte doch schon, dass er den Orden nicht im Guten

verlassen hat.« Plattner zog entnervt die Augenbrauen hoch und schob die Schnupftabakdose auf der Schreibtischunterlage hin und her.

»Hatte er noch Kontakt zu den Mitgliedern des Ordens?«

»Das ließ sich wohl kaum verhindern.«

»Weshalb?«

»Er war der Bruder des früheren Abtprimas der Jesuiten, Johann Obrist.«

»... früherer Abtprimas?«, wiederholte Pandera. Er hatte keine Ahnung, wovon Plattner redete.

»Der Abtprimas ist der Vertreter des Ordens beim Heiligen Stuhl in Rom«, erklärte Plattner.

»Und was macht dieser Bruder heute?«

»Das wissen Sie nicht?« Plattner runzelte die Stirn. »Johann Obrist ist seit drei Jahren aus Rom zurück. Er hat ganz schön Karriere gemacht.«

»Was für eine Karriere?«, fragte Pandera.

Plattner faltete demonstrativ die Hände. »Nun, Johann Obrist ist der katholische Bischof von Basel.«

5

Alex Pandera stand am Fuß der breiten Steintreppe und blickte nach oben. Die pompöse Pforte, die strengen Säulen, der helle, an Marmor erinnernde Stein und die ausladende Treppe mit den zwei statuengeschmückten Brunnen ließen die Kathedrale wirken, als stünde sie mitten in Rom. Die Gebäude ringsum, vor allem das Basler Tor mit seinen zwei steinernen Wehrtürmen, die aussahen wie riesige Bierfässer, machten jedoch jedem Besucher klar, dass er sich nicht in der Ewigen Stadt befand, sondern in der beschaulichen Schweiz.

Die Kathedrale war in der Grundform eines Kreuzes erbaut, über dem Schnittpunkt von Langhaus und Querschiffen thronte eine Kuppel. Links neben dem Chor erhob sich ein Turm, der ursprünglich geplante zweite war nie gebaut worden.

Pandera erinnerte sich, dass sein Schwiegervater ihm einmal erzählt hatte, der Untergrund an dieser Stelle sei für einen zweiten Turm nicht geeignet.

Spötter behaupteten hingegen, das Gottvertrauen sei an diesem Ort nicht groß genug. Schon beim Vorgängerbau, dem St.-Ursen-Münster, welches an der gleichen Stelle errichtet worden war, hatte man aus statischen Gründen auf den geplanten zweiten Turm verzichtet. Was nicht viel gebracht hatte, denn der erste Turm war trotzdem eingestürzt. Kurz darauf hatte man die heutige Kathedrale gebaut und als wäre nichts geschehen, wieder zwei Türme vorgesehen. Doch der Glaube war nicht stark genug gewesen, die beiden dann auch zu bauen. So war es bis heute bei einem geblieben.

Doch die Geschichte des Bistums war nicht nur reich an baulichen Kuriositäten. Pandera hatte bei seinen Recherchen überrascht festgestellt, dass der Bischofssitz des Bistums Basel sich gar nicht in Basel befand, sondern in Solothurn. Im 16. Jahrhundert war im Zuge der Reformation fast die halbe Schweiz zum protestantischen Glauben konvertiert, darunter auch die Baseler Bevölkerung. Der nächstgrößere Ort, der in der Hand der Katholiken geblieben war, hieß Solothurn. Und so hatte der katholische Bischof vor ein paar Jahrhunderten seine Zelte in eben dieser Stadt aufgeschlagen. Weil ein Zelt für einen Bischof aber ein wenig karg ist, hatte er sich eine Kathedrale bauen lassen. Jene, vor der Alex Pandera nun stand.

Nachdem Tamara Aerni sich bei der Befragung des Wachmanns ebenso sprunghaft verhalten hatte wie bei dem Gespräch mit Plattner, hatte Pandera beschlossen, alleine nach Solothurn zu fahren. Er würde sie nicht auf den Bischof loslassen. Tamara Aerni hatte geschluckt, aber seine Entscheidung akzeptiert.

Der Wachmann selbst hatte nicht viel zu erzählen gehabt. Er habe die Leiche auf seiner üblichen Runde gefunden und vorher wie nachher nichts Auffälliges beobachtet. Zuvor sei er in anderen Objekten unterwegs gewesen. Pandera hatte Tamara Aerni aufgetragen, die Angaben des Wachmanns zu überprüfen und erste Recherchen über die Mitarbeiter von SEQUENZA 46 in die Wege zu leiten. So war sie eine Weile beschäftigt. Das war seine Art, sich an sie zu gewöhnen.

Während Pandera die Steintreppe hochging, konnte er leise Orgelmusik hören, offensichtlich lief der Gottesdienst noch. Der Kommissar öffnete die hölzerne Eingangstür und warf einen Blick in die Kirche. Erstaunt bemerkte er, wie viele Gläubige den Weg in die Kathedrale gefunden hatten. Das Hauptschiff war einer Bischofskirche würdig, groß und mächtig, ganz in Weiß gehalten und mit goldenen Ornamenten verziert. Pandera ging leise zu einer der hinteren Bänke und setzte sich.

Die Orgel verstummte. Der Geistliche, der vorn am Hochaltar stand und ein kostbar aussehendes Gewand trug, wandte sich mit leiser und gleichzeitig fester Stimme an seine Gemeinde. Er mahnte sie, mehr Nächstenliebe und Menschlichkeit zu üben, doch er tat es nicht anklagend, sondern auf eine Art, die an einen gutmütigen Großvater erinnerte.

Pandera erinnerte sich an die katholische Kirche, in die er als Kind ab und an gegangen war. Dort war häufig von Sünde und Fegefeuer die Rede gewesen, und jedes Mal hatte er Angst davor bekommen. Der Geistliche dort vorne schien einen anderen, friedlicheren Zugang zu Gott gefunden zu haben.

Der Gottesdienst endete mit einem Schlussgesang. Pandera wartete, bis die Gläubigen die Kathedrale verlassen hatten, dann ging er nach vorne zum Chor.

Er stand schon eine ganze Weile allein in der Kirche, als ein noch recht jung aussehender Geistlicher aus einer Seitentür trat und auf ihn zukam. Trotz der schwarzen Robe, die er trug, konnte Pandera dessen athletische Statur erkennen. Sein Schädel war kahl rasiert, sein Kinn und seine Oberlippe bedeckte ein kurzer dunkler Bart.

Pandera wandte sich dem Priester zu. »Mein Name ist Alex Pandera, Kriminalpolizei Basel. Ich habe einen Termin bei Bischof Obrist.«

Der Priester schüttelte Pandera die Hand. Er drückte dabei so kräftig zu, dass Pandera leicht zusammenzuckte. »Wir haben telefoniert«, sagte der Geistliche. »Ich bin Simon Kunen, Generalvikar und Stellvertreter seiner Exzellenz.«

»Ist der Bischof schon informiert?«, fragte Pandera.

Kunen nickte. »Wir können kaum glauben, was geschehen ist.« Er führte Pandera aus der Kathedrale hinaus und in ein hinter dem Chor liegendes Gebäude. Dort angekommen, betraten sie ein Büro im Erdgeschoss. Hinter einem großen Eichenschreibtisch saß der Priester, der den Gottesdienst gehalten hatte. Seine Augen, die unter buschigen Augenbrauen hervorschauten, verrieten Trauer.

»Eure Exzellenz«, begann der Vikar und verbeugte sich. »Darf ich vorstellen, Kommissar Pandera von der Basler Kriminalpolizei.«

Unwillkürlich verbeugte sich auch Pandera. Plötzlich fiel ihm ein, dass er nicht einmal wusste, wie man einen Bischof korrekt anredete. *Der Vikar wird es schon richtig gemacht haben*, dachte er und setzte sich auf den altertümlich aussehenden Holzstuhl vor dem Schreibtisch. »Eure Exzellenz, es tut mir leid, dass ich so hartnäckig um ein Treffen gebeten habe, aber Sie sind der nächste Angehörige des Opfers.«

»Sie haben richtig gehandelt«, entgegnete der Bischof mit sanfter Stimme und strich sich durch den langen grauen Vollbart. »Mein Sekretariat ist manchmal ein wenig zu sehr auf meinen Schutz bedacht. Selbstverständlich müssen wir uns unterhalten.«

»Möchten Sie das Gespräch unter vier Augen führen?«, fragte Pandera. Er schaute zu Vikar Kunen, der sich einen Stuhl herangezogen und sich neben den Bischof gesetzt hatte. *Wie ein Wachhund*, dachte Pandera.

»Nein.« Der Bischof wies zu seinem Stellvertreter. »Wir haben keine Geheimnisse voreinander. Außerdem ist Vikar

Kunen als Abt des Jesuitenordens genauso von Rolands Tod betroffen wie ich.«

»Aber Ihr Bruder war doch nicht mehr Mitglied des Ordens, oder?«

Der Bischof seufzte. Er schien zu überlegen, was er antworten sollte.

Der Vikar kam ihm zuvor. »Den Jesuitenorden verlässt man nicht einfach«, sagte er steif. »Im Herzen bleibt man immer Jesuit.«

»Aber Roland Obrist hat doch ein weltliches Leben geführt und in einem Labor gearbeitet«, widersprach Pandera.

»Uns Jesuiten als Regularklerikern ist das weltliche Leben nicht fremd«, erwiderte der Vikar. »Wir kennen keine einheitliche Ordenstracht und lehren an Universitäten und Schulen. Wir schließen uns nicht ein, wir sind Teil der Gesellschaft. Wussten Sie, dass Descartes und Voltaire Schüler von Jesuiten waren?«

»Das heißt, Roland Obrist hat mit Billigung des Ordens in dem Labor gearbeitet?«, fragte Pandera.

Bischof Obrist räusperte sich. »Wir haben darüber einen langen Disput geführt«, antwortete er. »Rolands Ziele waren fraglos die richtigen … Nur über den Weg dahin, über den waren wir uns nicht einig.«

»Hatten Sie noch Kontakt zu Ihrem Bruder?«

Der Bischof rieb sich über die Stirn. »Roland hat gewusst, dass er jederzeit zurückkehren kann.«

»Was er nicht getan hat«, erwiderte Pandera. »Wann haben Sie ihn das letzte Mal gesehen?«

Wieder ergriff Vikar Kunen das Wort. »Was spielt das für eine Rolle?« Er funkelte Pandera aus stahlblauen Augen an.

»Das hier ist kein Verhör«, sagte Pandera ruhig. »Wenn ich allerdings den Eindruck bekomme, dass Sie kein Interesse daran haben, den Mörder von Roland Obrist zu finden, kann es schnell eines werden.«

»So war das nicht gemeint«, beeilte sich der Bischof zu antworten. »Ich habe Roland das letzte Mal vor gut zwei Jahren gesehen, hier in der Kathedrale. Er hatte Zweifel, was seine Tätigkeit in dem Labor anging, und wir haben darüber diskutiert.«

»Vor zwei Jahren?«, wiederholte Pandera. »Eine lange Zeit, nicht wahr?«

Bischof Obrist reagierte nicht.

»Die Aufgaben als Bischof ist vielfältig und sehr zeitaufwendig ...«, warf Vikar Kunen ein.

»Ich habe den Bischof gefragt und nicht Sie«, unterbrach Pandera ihn. Der Verlauf des Gesprächs gefiel ihm überhaupt nicht. Kunen sah nicht nur aus wie ein Wachhund, er benahm sich auch so.

Mit leicht erhobener Hand bedeutete der Bischof dem Vikar, sich zurückzuhalten. »Wir waren auf besondere Weise miteinander verbunden«, sagte er schließlich. »Diese Verbundenheit war unabhängig von Ort und Zeit. Man kann tiefe Liebe zueinander empfinden, auch wenn man sich nicht sieht. Jesus selbst lehrt uns das.«

»Und Sie?«, fragte Pandera den Vikar. »Wann haben Sie Roland Obrist das letzte Mal gesehen?«

»Das ist auch schon länger her«, antwortete Kunen ausweichend.

»Können Sie das präzisieren?«

»Ungefähr ein Jahr. Wir haben uns auf einer kirchlichen Veranstaltung zufällig getroffen und miteinander gesprochen.«

Pandera wandte sich wieder an den Bischof. »Der Vorgesetzte von Roland Obrist, Doktor Plattner, hat angedeutet, dass es zwischen Ihrem Bruder und der Ordensleitung Konflikte gegeben habe.«

»Doktor Plattner ist ein unverantwortlicher Scharfmacher«, warf der Vikar ein. Er ballte die Faust, als helfe ihm das, sich zu beherrschen. »Er sollte besser auf sein Labor aufpassen, als uns einen Konflikt mit Bruder Obrist anzudichten!«

Der Bischof hob beschwichtigend die Hand. »Vikar Kunen möchte damit sagen, dass mein Bruder das Opfer einer weltlichen Verschwörung ist und nicht einer kirchlichen.«

»Einer weltlichen Verschwörung?«, wiederholte Pandera.

Bischof Obrist fuhr sich mit der Hand über den Mund, als bereue er, was er soeben gesagt hatte. »Wie soll ich es erklären?« Er seufzte. »Mein Bruder stand in Konflikt mit heidnischen Kräften.«

»Wie meinen Sie das?«

»Er war den Agnostikern, der Fehlgeleiteten, die an nichts glauben, ein Dorn im Auge.«

»Weshalb?«, fragte Pandera irritiert. »Ich denke, er war ein Wissenschaftler?«

»Mein Bruder war mit einer Untersuchung beschäftigt, die nicht in das Weltbild der Agnostiker passt.«

Pandera verstand kein Wort mehr. »Würden Sie mir bitte erklären, wovon Sie sprechen?«

Der Bischof schloss die Augen und atmete tief durch. »Mein Bruder war früher wissenschaftlicher Sekretär des Jesuitenordens«, begann er. »Vor seinem Umzug nach Basel hat er an der Päpstlichen Universität Gregoriana in Rom gearbeitet. Er kam dann im Rahmen einer Forschungsarbeit nach Basel.«

Vikar Kunen räusperte sich, als wolle er den Bischof stoppen. Doch dieser redete weiter. »Die Forschungen und deren Ergebnisse sollten geheim gehalten werden und in absolut neutraler Umgebung stattfinden, hier in der Schweiz, in einem unabhängigen Labor. Mein Bruder hat diese Forschungen im Auftrag des Papstes begleitet. So ist er zu diesem Labor gestoßen, in dem er jetzt tot aufgefunden wurde.«

»Und weswegen wurde er angefeindet? Ich denke, die Untersuchungen waren geheim?«, fragte Pandera.

»Die Resultate der Untersuchungen sind auch nie veröffentlicht worden«, antwortete Bischof Obrist. »Aber natürlich gab es Gerüchte ... Manche glauben, die Kirche halte unliebsame Forschungsergebnisse zurück.«

»Das ist nicht gerade überraschend, wenn die Ergebnisse nicht veröffentlicht werden. Da kommen schnell Gerüchte auf.«

»Das ist noch nicht alles«, fuhr der Bischof fort. »Mein Bruder hat mir erzählt, dass es Wissenschaftler gab, die versucht haben, an Proben des Forschungsobjektes heranzukommen.«

»Kennen Sie diese Wissenschaftler?«

Der Bischof schüttelte den Kopf. »Mein Bruder hat keine Namen genannt.«

»Aber Doktor Plattner könnte diese Wissenschaftler kennen?«

Der Bischof zuckte mit den Schultern. Kunen schaute zu Boden. Der Mann wusste etwas.

»Was war das für ein Forschungsobjekt?«, fragte Pandera.

Vikar Kunen räusperte sich. »Eure Exzellenz«, sagte er. »Ich glaube nicht, dass Kommissar Pandera Untersuchungen interessieren, die seit drei Jahren abgeschlossen sind ...«

»Es geht um den Mord an meinem Bruder!«, fiel der Bischof ihm ins Wort. »Der Kommissar soll alles wissen, was von Bedeutung sein könnte.«

Pandera nickte. »Also, worum ging es bei den Untersuchungen?«

»Es gibt eine Reliquie, die beweist, dass Jesus Christus gelebt hat, dass er gekreuzigt wurde und wieder auferstanden ist«, antwortete der Bischof.

Pandera sah ihn fragend an.

»Ich spreche von der größten Reliquie der Menschheit.« Die Stimme des Bischofs klang beinahe verschwörerisch.

»Die größte Reliquie der Menschheit?«, wiederholte Pandera. Er kam sich vor wie ein dummer Schuljunge.

Der Bischof seufzte. »Haben Sie noch nie etwas vom Leichentuch Jesu gehört?«

»Sie meinen das Turiner Grabtuch?«

Die beiden Geistlichen antworteten nicht. Doch ihr Nicken verriet Pandera, dass er recht hatte.

6

»Du bist die Zukunft«, sagte er. »Die Vergangenheit, die Gegenwart und die Zukunft.«

Der Zweijährige sah ihn mit großen Augen an. »Sukunft«, wiederholte er und lachte.

Aber der Professor hatte sich schon wieder abgewendet.

Er saß neben dem Jungen auf dem Parkettboden und blätterte in einer Bibel mit ledernem Einband. Er suchte eine Weile darin, dann legte er sie zur Seite und sah wieder zu dem kleinen Jungen. »Wir werden bald an die Öffentlichkeit gehen«, sagte er und strich ihm durch dessen schwarzes Haar. »Die Zeit ist reif, der Welt zurückzugeben, worauf sie zweitausend Jahre lang gewartet hat.«

Der Junge spielte mit einem kleinen Kreisel. Es war sein Lieblingsspielzeug. Durch die schnellen Drehungen leuchteten die kleinen Dioden im Innern des Kreisels auf und blinkten wie Sterne. Der Junge klatschte freudig in die Hände. Für ihn war das Leben noch ein Spiel. Doch der Professor wusste, dass der Kleine bald zum Spielball werden würde. Es war unvermeidlich.

Er nahm eine Videokamera und filmte den Jungen. Doch er tat es nicht mit der Euphorie eines begeisterten Vaters, er tat es vielmehr nüchtern und besonnen wie ein Dokumentarfilmer.

Schon nach wenigen Minuten legte er die Kamera wieder zur Seite. Die Aufnahmen, die er vorgestern gemacht hatte, waren besser. Sie hatten etwas Königliches, etwas Entrücktes. Sie waren perfekt, sie würde er verwenden. So überwältigend seine Botschaft auch war, ohne Bilder würde sie nicht funktionieren. Auch die Bibel war voller Bilder, aber natürlich keine, die gezeichnet oder gar fotografiert waren. Es waren die Worte, die darin malten.

Er stand auf, ging zum Fenster, öffnete den Vorhang und blickte auf die nachtdunkle Stadt. Das glitzernde Wasser des Tibers schlängelte sich unter dem Ponte Sant'Angelo hindurch. Die Engelsbrücke war fast zweitausend Jahre alt, ein stummer Zeitzeuge der römischen Geschichte. Heutzutage zeigten Verliebte einander ihre ewige Treue, in dem sie kleine Vorhängeschlösser an die metallenen Ornamente der Engelsbrücke hängten. Es war ein schönes Bild, wenngleich manche mit Zahlenschlössern Zweifel an der Ernsthaftigkeit ihres Versprechens aufkommen ließen. Ahnte überhaupt irgendjemand von diesen Unwissenden, welche Funktion die Brücke nur fünfhundert Jahre zuvor innegehabt hatte?

Damals war sie kein Ort der Liebe gewesen. Wahrlich nicht. Sie war Verkehrsweg gewesen, aber auch Hinrichtungsstätte. Selbst einige Päpste hatten auf dieser Brücke die aufgespießten Köpfe ihrer Gegner zur Schau gestellt. An manchen Tagen, so hieß es in den alten Schriften, seien dort mehr Köpfe zu sehen gewesen als Melonen auf den römischen Märkten.

Das war finsterstes Mittelalter, hörte er seine Gegner rufen. Aber warum hatte der Vatikan dann noch bis 1870 Menschen hingerichtet und die Todesstrafe erst 1969 abgeschafft?

Doch das war Geschichte. Die Kirche hatte sich gewandelt. Und sie würde sich weiter wandeln, über Grenzen hinaus. Niemand konnte sich das heute vorstellen, und doch würde es geschehen.

Der Professor zog den Vorhang wieder zu, ging zu dem

Jungen, nahm ihn auf den Arm und strich ihm durch die schwarzen Haare. Es war schon merkwürdig. Als Molekularbiologe konnte er so viel verändern, er hatte so viele Gene identifiziert und ihnen bestimmte Funktionen zugeordnet, aber seine eigenen Haare mussten grau bleiben. Wenn er sie nicht färbte. Was er getan hatte, denn wer wollte schon mit fünfundvierzig aussehen wie Caesar?

Ein blonder Vater und ein schwarzhaariger Junge. Das fiel heute gar nicht mehr auf. Zum Glück, denn bald mussten sie an die Öffentlichkeit, ins grelle Scheinwerferlicht der Fernsehkameras. Dieser kurze Moment würde ausreichen, um alles ins Rollen zu bringen. Das Schneeflöckchen namens Wahrheit würde zu einer Lawine anwachsen und alles mit sich reißen, das nicht auf seinen Grundfesten erbaut worden war.

Der Mann, der ihnen dabei helfen würde, hieß Roger Simovic. Ein Reporter, ehrgeizig, mutig und wahnsinnig genug, um sich auf die Story einzulassen. Und er arbeitete bei BIGNEWS, dem weltweit operierenden Nachrichtensender mit über zwei Milliarden potenziellen Zuschauern. Bald war es so weit. Dann würde er auf Sendung gehen.

Das Spiel würde beginnen.

Der Professor setzte den Jungen wieder auf den Boden. Dann nahm er noch einmal die Bibel und blätterte darin. Schnell hatte er gefunden, was er gesucht hatte. »Du wirst in Gefahr geraten«, sagte er zu dem Jungen. »Unsere Gegner sind stark, und sie schrecken nicht vor Gewalt zurück.« Er setzte sich an den Tisch und tippte die Worte, die er soeben gefunden hatte, in seinen Laptop. Danach klappte er das Buch zu und stellte es zurück in das Bücherregal. Dann sah er auf den Bildschirm und las die Verse laut vor:

Als Herodes merkte, dass ihn die Sterndeuter getäuscht hatten, wurde er sehr zornig, und er ließ in Bethlehem und der ganzen Umgebung alle Knaben bis zum Alter von zwei Jahren töten, genau der Zeit entsprechend, die er von den Sterndeutern erfahren hatte.

Matthäus 2,16

7

»Wusstest du, dass die Jesuiten im siebzehnten Jahrhundert nur Mitglieder aufgenommen haben, die mehr als fünf Generationen lang judenfrei waren?« Beat Deckert hob den Zeigefinger. »Kommt dir das irgendwie bekannt vor?«

Pandera nickte, doch so richtig war er nicht bei der Sache. Gestern hatten sie bis spät in die Nacht gearbeitet, Befragungen geführt und Berichte geschrieben. Und obwohl er gegen zwei Uhr nachts übermüdet nach Hause gekommen war, hatte es noch ewig gedauert, bis er endlich eingeschlafen war. Lag es daran, dass sie mit ihren Ermittlungen bisher kaum vorangekommen waren?

Bis zum Nachmittag hatten sie mit allen Mitarbeitern von SEQUENZA 46 gesprochen, doch eine Spur oder ein Motiv hatten sie nicht gefunden. Vielleicht war an der Geschichte mit dem Turiner Grabtuch doch etwas dran?

Wenn jemand bei der Basler Polizei Ahnung von dem Grabtuch hatte, dann Beat Deckert. Doch darüber schien der erst einmal nicht reden zu wollen.

»Ist dir bekannt, dass es in der Schweizer Verfassung einen Jesuitenartikel gab, der dem Orden jegliche Tätigkeit im Land untersagte?«, dozierte Deckert. »Und das dieser Artikel erst 1973 aufgehoben wurde?«

»Ich ... ich hatte keine Ahnung«, antwortete Pandera, der sich schon wieder fühlte wie ein Schuljunge.

Die Tür öffnete sich, und Tamara Aerni kam herein. »Schneller ging's leider nicht«, sagte sie außer Atem. »Was ist los?«

»Hallo, Tamara«, antwortete Deckert und bot ihr einen Stuhl an.

»Danke.« Sie setzte sich und sah Deckert erwartungsvoll an.

Die beiden sind schon per du, fiel Pandera auf. *Hätte ich ihr das nicht schon längst anbieten sollen? Außer Edeling duzt hier schließlich jeder jeden.*

»Ich kläre ihn gerade ein wenig über die Jesuiten auf«, sagte Deckert. »Ich habe ihm eben erzählt, dass die Jesuiten in der Schweiz lange Zeit verboten waren. Selbst der Papst hat die Tätigkeit des Ordens früher einmal untersagt.« Deckert räusperte sich. »Natürlich nur für eine paar Jahrzehnte. Doch nach der Wiederzulassung im neunzehnten Jahrhundert wuchs der Jesuitenorden genauso schnell wieder zur alten Größe heran, wie er zuvor verschwunden war. Und weshalb?« Er machte eine Pause und blickte von Pandera zu Tamara Aerni. »Weil die Jesuiten gewohnt sind, im Verborgenen zu operieren!«

»Ich denke, du bist selbst katholisch?«, fragte Pandera.

»Ich bin nicht katholisch!«, antwortete Deckert. »Ich bin *christkatholisch*! Das ist ein himmelweiter Unterschied! Wir erkennen zum Beispiel die Unfehlbarkeit des Papstes nicht an, während die Jesuiten einen Eid auf ihn schwören! Wir glauben auch nicht an die Unbefleckte Empfängnis, wir kennen kein Zölibat, und bei uns können auch Frauen Priester werden! Wir ...«

»Schon gut!« Pandera winkte ab. »Klingt ja wie ein moderner Laden.«

»Finde ich auch«, sagte Tamara Aerni.

»Fast so cool wie Voodoo.«

»Voodoo?«, fragte Pandera. »Das ist nicht Ihr Ernst, oder?«

»Wieso? Voodoo ist in Haiti Staatsreligion.«

»Ihr habt beide so viel Ahnung von unserer Kirche, wie ein

Topflappen vom Kochen«, entgegnete Deckert. »Wir Christkatholiken führen das weiter, was vor dem Ersten Vatikanischen Konzil für die ganze katholische Kirche gültig war. Daher nennt man uns auch altkatholisch.«

»Danke für die Lektion«, sagte Pandera. »Aber abgesehen davon, dass der Bischof, sein Vikar und das Opfer Jesuiten sind – was hältst du von der Geschichte?«

»Dass Obrist wegen des Grabtuchs umgebracht worden ist?« Deckert schüttelte den Kopf. »Was soll das denn für einen Sinn ergeben?«

»Wenn SEQUENZA 46 das Grabtuch untersucht hat, dann wollte vielleicht jemand die Ergebnisse stehlen«, sagte Pandera. »Ich könnte mir vorstellen, dass sie brisant sind.«

»Kann sein«, antwortete Deckert, doch er klang nicht überzeugt. »Wissenschaftler, Halbwissenschaftler und Laien streiten schon seit Jahren über die Echtheit des Tuchs. Und sie werden weiter streiten, egal, was die Untersuchungen ergeben haben. Glauben und Wissenschaft sind eben zwei grundverschiedene Dinge.«

»Und was sagt der Papst dazu?«, fragte Pandera.

»Der hält sich raus und meint, die Kirche müsse sich zu dem Tuch nicht offiziell äußern. Benedikt XVI. hat hingegen von einer mit Blut gemalten Ikone gesprochen, als er das Tuch im Frühjahr 2010 besucht hat. Mehr als zwei Millionen Menschen sind damals in den Dom von Turin gepilgert, um es zu besichtigen.«

»Warst du auch dort?«, fragte Tamara Aerni.

Deckert nickte zaghaft, als sei es ihm peinlich. »Es war mehr aus forensischem Interesse.«

»Und wie ist deine Meinung zu dem Tuch?«, fragte sie.

»Viel konnte ich damals nicht sehen, deshalb hab ich vorhin mein Wissen ein wenig aufgefrischt.«

Pandera war perplex. Deckert wich normalerweise jeglicher Form von Arbeit instinktiv aus. Das Thema schien ihn wirklich zu interessieren.

»Angeblich gab es die Blutgruppe AB, die man Jesus aufgrund der Analyse des Grabtuchs zugeschrieben hatte, damals in Judäa noch gar nicht«, erklärte Deckert. »Aber es ist ohnehin umstritten, ob auf dem Grabtuch wirklich Blut zu finden ist. Außerdem haben die letzten offiziellen Untersuchungen ergeben, dass das Tuch sehr wahrscheinlich aus dem Mittelalter stammt.«

»Und was glaubst du?«, hakte Tamara Aerni nach.

»Dass es eine Fälschung ist«, antwortete Deckert. »Wenn auch eine gute.«

»Und du bist trotzdem in Turin gewesen, um es anzusehen«, warf Pandera ein.

»Du warst doch letztens in Disneyland«, sagte Deckert. »Aber du hast sicher nicht erwartet, dort Micky Maus zu treffen, oder?«

»Eins zu null für dich.« Pandera grinste. »Aber weshalb bist du sicher, dass es eine Fälschung ist?«

Tamara Aernis Handy klingelte. »Das ist der Richter«, sagte sie und nahm das Gespräch an.

»Richter?«, flüsterte Deckert in Panderas Richtung. »Habt ihr einen Verdächtigen?«

Pandera schüttelte den Kopf. »Geht nur um eine Kontoüberprüfung.«

Tamara Aerni stand auf und hielt die Hand über das Telefon. »Ich muss leider los«, sagte sie zu Pandera und verließ das Büro.

Deckert sah hinter ihr her. »Die ist ganz schön auf Zack.« Er hob seine Hosenträger an und ließ sie auf den Bauch schnalzen. »Und optisch hast du dich auch verbessert.«

»Mir wäre trotzdem lieber, Kurt wäre noch da.«

»Ist er aber nicht! Also finde dich mit der neuen Situation ab. Je früher, desto besser.«

Pandera seufzte. »Und weswegen ist das Grabtuch jetzt eine Fälschung?«

»Ganz einfach«, antwortete Deckert. »In den ersten tausend Jahren nach Jesu Tod wurde kaum über Reliquien von ihm berichtet. Im Mittelalter tauchten plötzlich jede Menge davon auf. Wo sollen die in der Zwischenzeit gewesen sein?«

»Vielleicht hatten Gläubige sie versteckt«, überlegte Pandera. »Schließlich wurden die Christen lange Zeit verfolgt.«

»Es kann sein, dass es einzelne Fälle gegeben hat, aber die erklären nicht die Reliquieninflation im Mittelalter. Die Sandalen, die Tunika, das Grabtuch, das Schweißtuch, irgendein Schleier, alles Mögliche tauchte plötzlich auf. Allein aus den Splittern, die angeblich von Jesus Kreuz stammten, hätte man ein ganzes Haus bauen können. Aber weißt du, was das Beste ist?«

Pandera schüttelte den Kopf.

Deckert grinste. »Mehrere kirchliche Institutionen haben in der Vergangenheit behauptet, im Besitz der heiligen Vorhaut unseres Heilands zu sein.«

»Der Vorhaut?«, wiederholte Pandera. »Sag mal, für wie blöd hältst du mich eigentlich?«

»Du glaubst mir nicht? Wollen wir wetten?« Deckert war auf der Wache dafür bekannt, wegen jedem möglichen Unsinn zu wetten. Angeblich verlor er meist.

»Wenn ich recht habe, lädst du mich ein zum Hamburgerbrater meines Vertrauens«, sagte er und strich sich über den Bauch. »Und ich darf essen, bis ich nicht mehr kann.«

»Dann bin ich pleite!« Pandera lachte. »Und was ist, wenn ich gewinne?«

»Du darfst mit Jackie im *Les Trois Rois* zu Abend essen, auf meine Kosten. Dann bin ich auch pleite.«

Pandera pfiff durch die Zähne. Das *Les Trois Rois* war die vornehmste Adresse in Basel.

»Also gilt die Wette?«

»Klar.«

»Bitte schön!« Deckert schaltete den Bildschirm seines Computers an.

Dort erschien ein Wikipedia-Artikel. Er trug die Überschrift *Heilige Vorhaut*. Pandera überflog ihn. Tatsächlich hatten im Mittelalter vierzehn Orte den Besitz dieser Reliquie für sich in Anspruch genommen!

»Das gibt's doch nicht!« Pandera deutete auf den Monitor. »Selbst das berühmte Kloster in Andechs hat früher behauptet, im Besitz der heiligen Vorhaut zu sein. Ich glaube, die haben zu viel Bier getrunken!« Er sah Deckert misstrauisch an. Der grinste, als hätte er im Lotto gewonnen.

»Aber warum ausgerechnet die Vorhaut?«, fragte Pandera und verzog angewidert das Gesicht.

»Ganz einfach! Da nach christlichem Glauben Jesus mit seinem ganzen Körper in den Himmel aufgefahren ist, kann es auf der Erde nur solche Überbleibsel von ihm geben, die er zeit seines Lebens verloren hat. Und das ist nun mal seine Vorhaut, da er als Jude beschnitten wurde.«

Pandera las weiter. »Bis 1962 war seine Beschneidung sogar ein kirchlicher Festtag.« Er rümpfte die Nase. »Genau acht Tage nach der Geburt, also am ersten Januar. Na dann, Prosit Neujahr!«

»So, jetzt aber genug davon«, drängte Deckert und schaltete den Rechner aus. »Ich hab nämlich einen Hunger, das kannst du dir gar nicht vorstellen.«

8

Tamara Aerni setzte den Blinker ihres Mini Cooper und bog ab. Natürlich war es aufwendiger, direkt bei der Bank vorbeizuschauen, aber Telefonate und Mails konnte man viel besser ignorieren als Menschen.

Außerdem war es an der Zeit, Alex Pandera zu zeigen, dass sie mehr konnte, als nur die Assistentin zu spielen. Sie verstand nach wie vor nicht, dass er sie nicht nach Solothurn mitgenommen hatte. Und dass er ihr nicht gesagt hatte, warum. Sie hatten sich nicht gestritten, die Befragung von Plattner hatte erste wichtige Ergebnisse gebracht, also weshalb?

Auch als er nach Basel zurückgekommen war und sie gemeinsam die anderen Mitarbeiter von SEQUENZA 46 befragt hatten, war ihr nichts aufgefallen. Wieder war er distanziert gewesen, kühl, gar nicht so, wie sie ihn sich vorgestellt hatte. Ein lockerer Typ, war ihr erster Eindruck gewesen, schließlich war er noch jung, gerade mal dreißig, wie sie gelesen hatte, und er sah gut aus. Doch er war ihr gegenüber irgendwie verschlossen. Vielleicht brauchte er Zeit, um mit anderen Menschen warm zu werden. Schließlich waren sie beide neu in Basel, und waren Außenseiter, das schweißte doch zusammen, oder? Sie beschloss, ihm Zeit zu lassen. *Wer weiß*, dachte sie, *wenn es dazu dient, dass wir irgendwann ein richtig gutes Team sind?*

Tamara Aerni parkte ihren Mini auf dem Kundenparkplatz, der bis auf einen Bentley leer stand. Darin saß ein Chauffeur im Anzug. Tamara Aerni schaute an sich hinunter. Mit Jeans und Poloshirt war sie für dieses Geldinstitut wahrscheinlich nicht passend gekleidet. *Was soll's*, dachte sie und konnte sich ein Grinsen nicht verkneifen, *schließlich will ich hier kein Konto eröffnen.*

Sie nahm ihre Tasche und ging zur Bank. Obwohl diese geöffnet hatte, war die hölzerne Eingangstür verschlossen. *Kein Wunder, das Ding heißt schließlich* Bank Privé. Sie klingelte an der Tür, wartete einen Moment und klingelte ein zweites Mal.

»Wie kann ich Ihnen behilflich sein?«, fragte eine männliche Stimme, die aus einer Sprechanlage kam. Direkt darüber befanden sich ein Zahlenterminal und eine Überwachungskamera.

»Ich würde gerne mit Herrn Siegentaler sprechen«, antwortete Tamara Aerni.

»Haben Sie einen Termin?«

»Ich glaube, den brauche ich nicht«, antwortete sie und hielt ihren Polizeiausweis vor die Überwachungskamera.

Die Tür klackte auf, und Tamara Aerni betrat den Empfangsraum der Bank. Mit seinem Marmorboden und dem Empfangstresen aus Walnussholz erinnerte er an ein Luxushotel.

Ein junger Mann in dezentem schwarzem Anzug kam auf sie zu. »Würden Sie bitte einen Moment warten?« Er zeigte auf eine dunkelrote Couch im Biedermeier-Stil.

»Wenn es nur ein Moment ist«, antwortete sie und lächelte verbindlich.

»Natürlich«, entgegnete er. »Ich werde Herrn Siegentaler umgehend informieren.«

Tamara Aerni setze sich auf die Couch und betrachtete die auf einem Tisch daneben ausliegenden Magazine. »So machen sie Ihre zweite Million!«, stand groß auf dem ganz oben liegenden. *Ich könnte eher Hilfe bei der ersten benötigen*, dachte sie, nahm das Magazin und blätterte darin. *Oder wenigstens dabei, mein Konto auf Null zu bringen.*

Wenige Minuten später kam der Bankangestellte zurück und riss sie aus ihren Gedanken. »Würden Sie bitte mitkommen?«

Sie nickte, stand auf und wollte das Magazin wieder zurücklegen.

»Das können Sie gerne behalten«, sagte er mit einstudierter Großzügigkeit.

»Danke«, antwortete sie, obwohl sie gar nicht wusste, was sie mit dem Heft sollte. Sie folgte dem Mitarbeiter in den Lift und fuhr mit ihm in den dritten Stock. An den Wänden des breiten Flurs hingen einige Ölgemälde, die anscheinend so wertvoll waren, dass man sie mit einem Alarmdraht sicherte. Selbst hier gab es also Kunden, die nur beschränktes Vertrauen genossen.

»Da wären wir«, sagte der Angestellte. Er klopfte an eine der vielen Türen und öffnete sie.

»Frau Aerni ist hier.«

»Ich freue mich, Sie kennenzulernen«, sagte der Mann hinter dem Schreibtisch und stand auf. »Mein Name ist Siegentaler.« Er streckte die Hand aus. »Danke, Sie können gehen«, sagte er zu dem Angestellten, der sich sofort entfernte.

Tamara Aerni ging auf Siegentaler zu und schüttelte ihm die Hand. Dann setzte sie sich auf den Besucherstuhl, das Magazin legte sie über ihre Jeans.

»Möchten Sie einen Espresso?«, fragte Siegentaler. »Oder lieber einen Cappuccino?«

»Danke«, antwortete Tamara Aerni. »Ich würde gerne direkt zur Sache kommen.«

»Das ist mir sehr recht«, sagte Siegentaler. »Wenngleich ich Ihren Besuch nicht ganz verstehe. Ich habe Ihnen doch schon am Telefon gesagt, dass wir die Kontodaten unseres Kunden nicht so ohne Weiteres herausgeben können.« Er ging zu einem offenen Schrank, goss sich einen Espresso ein und setzte sich wieder. »In der Schweiz gilt immer noch das Bankgeheimnis.«

»Das ist mir bekannt«, antwortete Tamara Aerni. Sie öffnete ihre Tasche, nahm ein Blatt Papier heraus und reichte es Siegentaler. »Aus diesem Grund habe ich eine richterliche Anordnung dabei.«

9

Beat Deckert machte sich gerade daran, in seinen dritten Hamburger zu beißen, als Pandera die beiden Kollegen von der Sitte entdeckte. Sie saßen zwei Tische weiter. »Wir stecken mitten in den Ermittlungen«, flüsterte Pandera Deckert zu. »Wir können hier nicht stundenlang rumhängen.«

»Wette ist Wette«, erwiderte Deckert mit vollem Mund. »Außerdem sind wir noch nicht mal eine halbe Stunde hier«, fügte er schmatzend hinzu. »Und ich muss mein Mittagessen nachholen. Es ist vier Uhr nachmittags, und ich hab heute noch keinen Bissen zu mir genommen!«

Das solltest du öfter machen, wollte Pandera sagen, doch stattdessen schaute er gehetzt auf die Uhr.

Deckert rülpste so laut, dass sich die anderen Gäste umblickten, auch die beiden Kollegen von der Sitte. Sie grinsten wissend.

»Im Augenblick kann ich ohnehin nichts tun«, sagte Deckert ungerührt. »Außer auf die Ergebnisse meiner Mitarbeiter zu warten. Also lass uns das hier genießen.«

Genießen? Pandera konnte sich tausend andere Dinge vorstellen, die ihm mehr Genuss versprachen. »Hast du dir den Bericht der Gerichtsmedizin angeschaut?«, fragte er.

»Nö«, antwortete Deckert und biss in seinen Hamburger. »Was steht denn drin?«

»Am Hals des Toten finden sich Würgemale, am Kopf ein Hämatom, sonst gibt es keine Anzeichen für einen Kampf«, erklärte Pandera. »Ich schätze, der Mörder hat mit Obrist kurzen Prozess gemacht. Ein gezielter Stich ins Herz, das war's.«

»Wie ich schon vermutet habe«, sagte Deckert. »Und der Todeszeitpunkt?«

»In der Nacht von Samstag auf Sonntag, zwischen null und vier Uhr«, antwortete Pandera. »Habt ihr am Tatort noch Spuren gefunden, die uns weiterbringen könnten?«

»Schwer zu sagen, schließlich ist das ein Analyselabor«, antwortete Deckert und schob sich den Rest des Hamburgers in den Mund. »SEQUENZA 46 untersucht jede Woche Tausende von Proben. Jede von ihnen kann fremde DNA eingeschleust haben. Das ist wie die Suche nach der Nadel im Heuhaufen. Zumal die Tatwaffe nach wie vor fehlt.«

»Vermutlich ein handelsübliches Fleischermesser«, sagte Pandera. »Und der Täter ist wahrscheinlich Rechtshänder.«

»Toll«, sagte Deckert. »Dann bin ich ja auch verdächtig. Was habt ihr sonst noch für Erkenntnisse?«

»Wir haben alle Mitarbeiter von SEQUENZA 46 befragt«, antwortete Pandera. »Aber Obrist war ein Einzelgänger. Auf den ersten Blick hatte niemand aus der Firma ein Motiv, ihn umzubringen. Nicht ein einziger der Angestellten ist vorbestraft oder hat sich verdächtig verhalten. Wir tappen ziemlich im Dunkeln.«

»Na also«, sagte Deckert. »Dann können wir in Ruhe hier sitzen.« Er stand auf, um die nächste Portion zu bestellen. »Dein Portemonnaie, bitte.«

Pandera gab es ihm. Er überlegte, ob Jackie die Geschichte glauben würde, wie es sich geleert hatte. Er beschloss, ihr lieber nichts zu sagen.

»Warum isst du eigentlich nix?«, fragte Deckert, als er mit einem vollen Tablett wiederkam. »Du verpasst was, das schmeckt super!«

»Vieiras con Jamón wären mir lieber«, entgegnete Pandera.

»Was für'n Zeug?«

»Jakobsmuscheln, mit Schinken aus der Extremadura umhüllt, von allen Seiten angebraten und auf frischem Salat serviert.«

»Schinken lasse ich mir ja noch gefallen, aber was willst du mit dem Salat?«

»Der ist gesund«, erwiderte Pandera.

»Pah!«, rief Deckert. »Die Kuh isst das Grünzeug, und ich ess die Kuh. Also bekommt mein Körper genug von dem Zeug. Buy one, get one free, nennt man das.«

Pandera musste lachen. Er war kurz davor, sich auch einen Hamburger zu bestellen, als sein Mobiltelefon klingelte. Er fingerte es aus der Tasche und nahm das Gespräch an. Es war Tamara Aerni. »Wo sind Sie denn?«, fragte sie.

»Erkläre ich Ihnen später«, antwortete Pandera. »Was gibt es?«

»Vor drei Jahren hat Plattner auf sein eigenes Konto anderthalb Millionen Schweizer Franken eingezahlt. In mehreren Tranchen. Und immer in bar.«

Pandera pfiff durch die Zähne.

»Hat der Bischof nicht gesagt, dass vor drei Jahren dieses Grabtuch untersucht wurde?«

»Wo sind Sie jetzt?«, fragte Pandera.

»Im Büro, und Sie?«

»Wir kommen.«

Deckert sah den Kommissar mit großen Augen an. »Wir kommen?«, fragte er. »Ich bin mitten beim Essen. Eigentlich hab ich noch nicht mal richtig angefangen!«

Pandera seufzte und blickte auf die Uhr. »Ich löse unsere Wette ein anderes Mal ein, okay?« Ungeduldig stand er auf.

»Na gut.« Deckert wischte sich den Mund ab und stand ebenfalls auf. Sehnsüchtig blickte er auf sein Tablett. »Die nehm ich noch mit!«, sagte er und nahm die beiden restlichen Kalorienraketen. »Als Wegzehrung«, fügte er entschuldigend hinzu.

Pandera stand schon an der Tür. »Jetzt warte doch mal!«, rief Deckert ihm hinterher. »Wo willst du jetzt eigentlich hin?«

10

»Da sind ja meine beiden Ermittler!«

Alex Pandera und Tamara Aerni drehten sich um. Kriminalpolizeichef Edeling stand vor ihnen. Wie immer trug er einen dunkelgrauen Maßanzug. Mit seiner blonden Stoppelfrisur und seinem breiten Oberkörper sah er jedoch so aus, als sei ihm Tarnkleidung lieber. Auf seiner Nase klebte ein unförmiger Verband. Seine sonst so durchdringende Stimme klang dadurch ein wenig piepsig, was ihn noch mehr aufzustacheln schien.

»Wo wollen Sie denn hin?«, fragte er und deutete auf seine Uhr. »Schon wieder in den Drive-in?« Edeling verschränkte die Arme vor der Brust und sah die beiden wütend an.

Da haben die Kollegen von der Sitte wohl geplaudert, dachte Pandera. »Das war ein Arbeitsessen«, antwortete er.

»Soso, ein Arbeitsessen im Drive-in, bei dem der eine offenbar einen neuen Weltrekord im Hamburger-Essen aufstellen will und der andere sein Geld zählt.«

»Das sah nur so aus ...«

»Das sah nur so aus?«, fragte Edeling. »Haben Sie sich Ihre Ausreden von den Verdächtigen abgeschaut? Herr Pandera, es sieht verdammt schlecht aus, wenn der leitende Kommissar und der Chef der Kriminaltechnik am zweiten Tag einer Mordermittlung in aller Ruhe ein ausgedehntes Festmahl zu sich nehmen!«

»Es wird nicht wieder vorkommen«, versprach Pandera und zwang sich, freundlich zu bleiben. Er hatte schnell gelernt, dass es wenig Sinn machte, Edeling zu widersprechen, wenn dieser wütend war. Eigentlich machte es nie Sinn, ihm zu widersprechen, aber das war ein anderes Thema.

»Und Sie, Frau Aerni, haben Sie nichts Besseres zu tun, als irgendwelche Magazine auf der Arbeit zu lesen?« Er zeigte auf das Heft, dass Tamara Aerni in der Bank mitgenommen hatte. »Habe ich deswegen noch keinen Bericht von Ihnen bekommen?«

»Ich habe die Konten von SEQUENZA 46 überprüft«, antwortete sie. »Und ich habe herausgefunden ...«

»... dass die zweite Million leichter zu machen ist als die erste?« Edeling zeigte wieder auf das Magazin. »Anscheinend verdienen Sie zu viel und haben es daher nicht nötig, Berichte zu schreiben.«

»Ich komme gerade erst von der Bank ...«

»Wir wollten die neue Spur überprüfen«, fiel Pandera ihr ins Wort. »Wir sind auf dem Weg zu SEQUENZA 46.«

»Und eines noch«, schob Edeling im Befehlston nach. »Lassen Sie Sander aus dem Spiel!«

»Wie kommen Sie denn darauf?« Manchmal konnte Pandera seinem Vorgesetzten einfach nicht folgen.

»Falls ich erfahre, dass Sander an den Ermittlungen beteiligt wird, hat das ernste Konsequenzen für Sie!« Edeling blickte ihn herausfordernd an.

Pandera nickte nur, dann drehte er sich um.

»Eines noch, Kommissarin Aerni. Gehen Sie mal zum Coiffeur und nehmen Sie diese furchtbare Nadel aus der Augenbraue«, schoss Edeling im Gehen hinterher. »Wir sind hier bei der Kriminalpolizei und nicht auf einem Volksfest!«

Tamara Aerni schaute Edeling fassungslos an. Sie war viel zu perplex, um etwas erwidern zu können. Edeling drehte sich um und ging über den Gang zurück in Richtung Aufzug.

Pandera blickte zu seiner Kollegin. Ihr Gesicht war rot vor Zorn. Urplötzlich machte sie einen Satz nach vorn, als wollte sie Edeling hinterherlaufen, holte zu einem Schlag aus, doch Pandera schaffte es gerade noch, sie am Arm zu greifen und zurückzuhalten.

Edeling schien etwas gehört zu haben. Er drehte sich um. »War noch was?«

Pandera schüttelte den Kopf. »Nein, alles in Ordnung.«

Der Kriminalpolizeichef warf ihnen noch einen misstrauischen Blick zu, dann drehte er sich wieder um und ging weiter.

»Warum haben Sie mich zurückgehalten?«, fragte Tamara Aerni, ihr Gesicht war immer noch feuerrot.

»Ich wollte nicht schon wieder einen Kollegen verlieren.«

Sie kaute auf der Unterlippe herum. »Wie Kurt Sander?«

Pandera nickte.

»Hat Edeling ihn auch provoziert?«

»Er hat zu ihm gesagt, dass er es in seinem Alter nicht mal mehr mit einem Rollstuhlfahrer aufnehmen könnte.«

»Ich glaube, da hätte ich ihm auch die Nase gebrochen«, sagte Tamara Aerni. »So ein Arschloch!«

»Eben, und was gibt ein Arschloch von sich?«

»Scheiße!«, antwortete sie und musste lachen.

»Genau.«

»Danke«, sagte Tamara Aerni. »Den Anfang unserer Zusammenarbeit haben Sie sich wahrscheinlich anders vorgestellt, oder?«

»Kann man so sagen«, antwortete Pandera und fügte spontan hinzu: »Ich heiße übrigens Alex.«

»Und ich Tamara.« Lächelnd reichte sie ihm die Hand.

Er schüttelte sie. »Dann fahren wir jetzt mal ins Labor, oder?«

Tamara nickte. Zusammen gingen sie in die Tiefgarage. »Eines möchte ich allerdings noch wissen«, sagte sie, als sie sich ins Auto setzte. »Ihr habt wirklich im Drive-in Hamburger verdrückt? Während ich in der Bank einen auf Buchhalterin gemacht habe?«

»Mmh«, murmelte Pandera. »Ich hatte eine Wette gegen Deckert verloren und musste ihm das Essen zahlen.«

»Eine Wette? Um was ging's dabei?«

»Das ...«, begann Pandera und musste grinsen. »Das willst du gar nicht wissen.«

11

Doktor Jörg Plattner saß hinter seinem gläsernen Schreibtisch, legte die Hände auf die Tischplatte, auf der Pandera mehrere Kaffeeflecken entdeckte, und sah die beiden Kommissare mit ausdruckslosem Blick an. Pandera und Tamara saßen wieder auf den runden Besucherstühlen aus Metallgitter, die Pandera in unangenehmer Erinnerung geblieben waren.

»Wie läuft ihr Labor eigentlich so?«, begann Pandera.

»Die Zeiten waren schon mal besser«, antwortete Plattner.

»Wann? Vor drei Jahren?«, fragte Tamara.

Plattner sah sie irritiert an.

»Als Sie Proben des Turiner Grabtuchs im Hause hatten?«

»Ich ... ich verstehe nicht, worauf Sie hinauswollen.«

»Warum haben Sie uns bei unserem ersten Besuch nicht gesagt, dass Roland Obrist das Turiner Grabtuch untersucht hat?«, fragte Pandera.

Plattner senkte den Kopf und strich mit den Händen über die Tischplatte. Als er wieder aufsah, lag Unsicherheit in seinem Blick. »Woher haben Sie Ihre Informationen?«

Pandera antwortete nicht. »Fakt ist, wir wissen, dass dieses Tuch in Ihrem Labor untersucht wurde. Und dass Roland Obrist maßgeblich daran beteiligt war.«

Plattner wollte eine Prise Schnupftabak nehmen, doch seine Hände zitterten so sehr, dass er es sich anders überlegte.

»Warum hat man in der Öffentlichkeit nichts von den Untersuchungen erfahren?«, fragte Tamara.

Plattner legte die Schnupftabakdose auf den Schreibtisch und atmete tief aus. »Im Regelfall entscheidet der Auftraggeber über eine Veröffentlichung.«

»Also der Vatikan«, stellte sie fest. »Liegt es vielleicht daran, dass Sie herausgefunden haben, dass das Tuch eine Fälschung ist?«

Plattner schüttelte den Kopf. »Die Untersuchungen waren von Anfang an nicht für eine Veröffentlichung vorgesehen.«

»Weswegen wurden sie dann durchgeführt?«, fragte sie.

»Das darf ich Ihnen nicht sagen«, antwortete Plattner. »Wir haben uns gegenüber dem Vatikan zu absolutem Stillschweigen verpflichtet.«

»Was ist so eine Probe vom Turiner Grabtuch eigentlich wert?«, fragte Pandera. Er hätte sich jetzt gerne zurückgelehnt, um Gelassenheit zu demonstrieren, aber in diesen Stühlen war das ein Ding der Unmöglichkeit.

»Man kann ihren Wert nicht bemessen. So etwas ist unbezahlbar«, antwortete Plattner.

»Was haben Sie mit den Proben gemacht, nachdem die Untersuchung beendet war?«

»Die Textilprobe wird bei der Untersuchung komplett vernichtet.«

»Wieso das?«

»Bei der Radiokarbonanalyse, die wir durchgeführt haben, wird die Probe verbrannt«, erklärte Plattner. »Denn erst die Messung des beim Verbrennen entstehenden Kohlendioxids liefert nach weiteren Umwandlungsprozessen das korrekte Datierungsergebnis. Deswegen ist der Vatikan auch nicht allzu freigiebig mit Untersuchungsmustern. Das

Tuch soll schließlich erhalten bleiben und nicht zu Tode analysiert werden.«

»Wenn Sie aber einen Teil der Probe vor Beginn der Untersuchung abgezweigt hätten, könnte Ihnen das niemand nachweisen, oder?«, fragte Tamara.

»Das ist eine völlig absurde Unterstellung!«, rief Plattner und schnellte hoch.

Tamara blickte ihn ruhig an. »Ist es auch eine absurde Unterstellung, dass Sie vor drei Jahren insgesamt anderthalb Millionen Schweizer Franken auf Ihr Privatkonto eingezahlt haben?«

Plattner sank auf seinen Stuhl zurück. Er schien nach Worten zu suchen.

»Den Vatikan wird es sicher interessieren, dass Sie ihn hintergangen haben«, sagte Pandera. Das Verhör machte ihm richtig Spaß. Tamara hatte den Laborleiter genau im richtigen Moment erwischt.

»Das können Sie nicht machen!« Plattner fuhr sich mit der Hand durch seine ungekämmten Stoppelhaare. »Ich müsste eine absurd hohe Konventionalstrafe zahlen ... Das ... das Labor würde so etwas nicht überleben! Denken Sie an die Mitarbeiter, die hier arbeiten.«

»Wir müssen einen Mordfall aufklären«, sagte Pandera. »Wenn wir dazu die Hilfe des Vatikans benötigen, weil Sie uns Angaben verweigern ...«

Plattner ließ die Schultern sinken. »Ich werde kooperieren«, seufzte er. »Wenn Sie den Vatikan aus dem Spiel lassen.« Er wischte sich mit den Fingern über die Augen. »Die Firma ist alles, was ich habe.«

»Sie haben also eine Probe des Grabtuchs verkauft?«, fragte Tamara.

Plattner nickte.

»Wusste Roland Obrist davon?«

Plattner schüttelte den Kopf. »Nein. Ich habe ihm nichts davon gesagt.«

»Aber er hätte es herausfinden können?«, fragte Tamara.

»Es handelte sich um ein winziges Teilstück, zwei auf drei Millimeter. Ich habe es abgezweigt, bevor Roland die Probe überhaupt zu Gesicht bekommen hat.«

»Was meinen Sie, wurde Obrist wegen des Grabtuchs umgebracht?«

Plattner schüttelte den Kopf. »Das glaube ich nicht. Wozu auch? Sie müssen wissen, das Tuch wurde nicht nur von uns untersucht, sondern zeitgleich in Labors in Boston und Oxford. Der Vatikan hat sicher auch eigene Untersuchungen angestellt.«

»Hielt Obrist das Tuch für eine Fälschung?«, fragte Pandera.

Plattner schüttelte nur den Kopf.

»Und Sie?«

»Sie wollen doch nicht, dass ich meinen Vertrag mit dem Vatikan breche, oder?«, erklärte Plattner. »Ich sagte doch schon, dass ich über Inhalt und Ergebnis der Untersuchung keine Auskünfte geben darf.«

»Dann stelle ich Ihnen eine Frage, die Sie ganz einfach beantworten können«, sagte Pandera. »Wo waren Sie in der Nacht von Samstag auf Sonntag?«

»Daheim«, antwortete Plattner. »Weshalb wollen Sie das wissen?«

»Haben Sie Zeugen dafür?«

»Meine Frau und ich haben uns getrennt. Ich lebe alleine.«

»Und an wen haben Sie die Probe verkauft?«

»Was tut das zur Sache?«

»Denken Sie an Ihre Firma«, sagte Pandera nur.

»Ich komme in Teufels Küche, wenn ich Ihnen das sage.«

»Sind Sie da nicht schon?«, fragte Pandera.

Plattner seufzte und schob wieder seine Schnupftabakdose hin und her. »Die Proben gingen an Dr. Leuenberger«, sagte er schließlich. »Er leitet das Labor des Inselspitals in Bern.«

»Das Inselspital?«, wiederholte Pandera. »Was wollen denn die damit?«

12

Warum heißt es eigentlich Rushhour, wenn doch alle im Schneckentempo fahren?, dachte Roger Simovic und blickte genervt aus dem Taxi. Vor gut zwei Stunden war er in Rom gelandet, aber immer noch nicht im Hotel angekommen.

Als würden tatsächlich alle Wege nach Rom führen. Und keiner wieder hinaus.

Und doch würden diese Straßen in ein paar Tagen verwaist sein. Alle würden vor dem Fernseher sitzen. Gut, er übertrieb ein wenig. Wie es sich gehörte im Fernsehen. Nicht alle würden die Sendung verfolgen und auch nicht alle von Anfang an. Aber alle würden darüber reden.

Vorher musste nur noch dieses verdammte Taxi ankommen. Simovic überlegte gerade, ob er nicht zu Fuß gehen sollte, als der Fahrer endlich weiterfuhr.

Simovic hatte seine TV-Karriere als Börsenreporter begonnen, aber schon bald festgestellt, dass die menschlichen Abgründe ihn mehr interessierten als das Pokerspiel um Obligationen und Derivate. Trotzdem war er immer noch gekleidet, als sei er an der Wallstreet zu Hause; mit seinen dreiunddreißig Jahren könnte er jederzeit als jung-dynamischer Analyst durchgehen. Seine solariumgetunte Haut war so glatt wie seine Sprüche.

Doch das waren Äußerlichkeiten. Das Wichtigste war, fand er, dass er immer noch über die drei elementaren Tugenden eines Analysten verfügte: Selbstbewusstsein, Selbstbewusstsein und Selbstbewusstsein.

Obwohl er sich nur mit dem Liebesleben der Stars, Sternchen und Sternschnuppen befasste, bezeichnete er sich als Gesellschaftsredakteur. Seine Welt war die der A-, B- und C-Promis. Die D-, E- und F-Loser überließ er den Kollegen. Seine Aufgabe war es, alles über Arsch, Busen und Cellulitis in Erfahrung zu bringen, wie er die A-, B- und C-Promis nach zwei bis drei Cocktails für gewöhnlich titulierte. Ihn interessierte vor allem, wer mit wem in die Kiste stieg und wer sich wann und weshalb von wem wieder trennte. Die Nachrichten der großen weiten Welt.

Und genau deswegen arbeitete Simovic bei BIGNEWS, dem zweitgrößten Nachrichtensender der Welt. Eine riesige Maschinerie mit Reportern in hundertachtzig Ländern, Büros in über sechzig Städten und eigenem TV-Programm für Europa mit Sitz in Genf. Doch er war meist unterwegs, mal in Davos, mal in St. Moritz oder Crans-Montana, seltener in Zürich, Bern oder Zermatt. Vor wenigen Tagen war er sogar mal wieder in seiner Heimatstadt Basel gewesen.

Dort hielt er sich sonst nur noch zur Art Basel auf, denn das war der einzige Zeitpunkt, an dem die Stadt am Rhein ein wenig Glitzer und Glamour auflegte.

Seit drei Jahren war er jetzt bei BIGNEWS, und genauso lange wartete er auf Anerkennung. Doch er war nur der Pausenclown, der Mann für die unwichtigen BIGNEWS. Für die Nachrichten, die aus dem Programm flogen, wenn ein Selbstmordattentäter oder ein durchgedrehter Staatschef eine Bombe zündete.

Er stand nur dann in der ersten Reihe, wenn einer der wirklich großen Stars heiratete oder den silbernen Löffel abgab. Doch was hatte er dann schon Besonderes zu berichten? Nichts, weil alle Reporter entweder ausgeschlossen waren oder live dabei. Und das zu bringen, was alle brachten, war nicht sein Anspruch. Auch nicht der des Senders. Beide wollten das Gleiche: möglichst schnell die Nummer eins werden.

Da ihm irgendwann Zweifel gekommen waren, ob BIG-NEWS das wirklich schaffen würde, hatte er Verhandlungen mit der Konkurrenz aufgenommen. Nur noch ein paar Punkte waren zu klären, Nichtigkeiten, wie sich sein Verhandlungspartner ausdrückte, doch genau diese Nichtigkeiten waren für Simovic Wichtigkeiten.

Seit zwei Tagen konnte er es sich sogar leisten zu pokern. Ja, vielleicht musste er gar nicht kündigen, um die Nummer eins zu werden. Der größte Triumph bei der Konkurrenz war nichts im Vergleich zu dem Gefühl, ihn gegen die eigenen Kollegen erzielt zu haben.

Doch warum hatte er die Story überhaupt angeboten bekommen? Wegen seiner Glaubwürdigkeit?

Nun, seit er vor wenigen Monaten behauptet hatte, der französische Präsident habe eine Affäre, ein Alkoholproblem und eine inzwischen volljährige uneheliche Tochter, war es damit nicht mehr weit her.

Dabei hatte er sich nicht in allen Punkten getäuscht, aber das war ein anderes Thema. *Wer den Mund nicht voll genug kriegen kann, der muss auch schlucken können.* Er hatte daraus gelernt. In Zukunft würde er sich nur noch auf ein Thema konzentrieren. Man durfte sein Publikum nicht überfordern. Hätte er nur das an die Öffentlichkeit gebracht, was er beweisen konnte, wäre er immer noch oben. So aber war er auf der Karriereleiter ein paar Stufen hinuntergerutscht. Pah! Jetzt war wenigstens wieder ordentlich Luft nach oben für einen Karrieresprung.

Warum also hatte er diese Story angeboten bekommen? Weil er mutig war? Mutige Reporter gibt es überall. Weil er risikofreudig war? Möglicherweise, doch manches Mal war er auch ungeduldig gewesen, zu früh gekommen. Und das war im Fernsehen genauso unerfreulich wie im Bett.

Der Wagen bog ab in die Via Veneto. Jetzt waren es nur noch ein paar Meter zum *Splendid Royal.*

Keine Minute später stieg Simovic aus. Mit Genugtuung registrierte er die fünf Sterne, die auf dem blank polierten Messingschild neben dem Eingang prangten. Endlich mal wieder standesgemäß.

Er nahm den Aufzug, gab dem Kofferboy ein üppiges Trinkgeld und ging auf die Terrasse seiner Suite. Die Sonne strahlte auf den Marmorboden, als wollte sie die Kacheln schmelzen. Das Thermometer zeigte über dreißig Grad. Er hätte schwören können, es seien fünfzig, so schwül war es.

Simovic schaltete den großen Standventilator an, mixte sich einen Gin Tonic und stellte sich an das Geländer. Von hier aus konnte man die Gärten der Villa Borghese sehen, die frühere Stadtmauer, die Villa Medici und natürlich die Altstadt und den Petersdom. So konnte man es aushalten.

Also, weswegen hatte ausgerechnet er diese unglaubliche Story angeboten bekommen?

Morgen würde er es endlich erfahren. Morgen würde er den *Professore* zum ersten Mal treffen. Und zwar nicht im Verborgenen, sondern im Auge des Sturms, der bald wüten würde. Mitten im Vatikan!

13

Pandera parkte seinen Wagen zwischen den Fahrrädern und dem ausrangierten Kühlschrank. Es war Anfang August, doch er hatte das Hardtop immer noch nicht abgenommen. *Warum will ich eigentlich Cabrio fahren?*, fragt er sich. *Richtig, weil es Spaß macht! Nur macht es absolut keinen Spaß, das bescheuerte Hardtop abzunehmen.*

Heute war er wenigstens früher zu Hause. Gestern hatte Jackie sich beklagt, dass er erst mitten in der Nacht heimgekommen war, aber kaum hatte er sie wieder ins Bett getragen, war ihr Ärger verraucht. Pandera freute sich auf sie, auf ihre Locken, auf den Duft nach Rosen, auf ihre braunen Rehaugen, auf ihr Lächeln. Und er freute sich auf Lara und Ben, die sicher voller Energie in der Wohnung herumwuselten.

Pandera schloss das Garagentor und ging durch die Feuerschutztür in die Wohnung. Sofort kam Skater auf ihn zu. Pandera beugte sich hinunter und streichelte ihn am Hals. »Was ist denn los? Du kümmerst dich doch sonst nicht darum, wenn ich heimkomme?« Lächelnd öffnete er die Wohnzimmertür.

Sein Lächeln gefror schon im nächsten Augenblick.

Nein, es lag nicht daran, dass Jackies Eltern mit riesengroßen Koffern mitten im Wohnzimmer standen. Es lag auch nicht daran, dass Lara und Ben ein klobiges Paket auspackten, dessen Inhalt aussah wie dieser Spielzeugroboter, vor dem er immer gewarnt hatte.

Nein, es waren die Locken, die wunderschönen Locken seiner Frau. Sie waren verschwunden, einfach verschwunden ins Nirwana namens Coiffeur-Salon.

»Wie gefällt dir meine neue Frisur?«, hörte er Jackie fragen.

Er wusste, dass es jetzt, wie bei einem Verhör, darauf ankam, das Richtige zu sagen, nicht das Wahre. Doch er blickte sie nur entgeistert an. »Deine Locken …«, stammelte er.

»… sind ab«, vervollständigte sie. »Nach fünf Jahren war mal Zeit für eine neue Frisur.«

»Ihm gefällt es nicht«, hörte er Jackies Mutter aus dem Hintergrund. Als ehemalige Lehrerin tadelte Hilde Remady immer noch gerne, mit Vorliebe ihren Schwiegersohn. Sie hatte gut reden! Sie trug ihre Locken noch, wenngleich sie grau und kurz waren und wie einbetoniert aussahen. *Dann lieber gar keine Locken*, dachte Pandera. Was sollte er jetzt sagen? Am besten gar nichts. Doch er ahnte, dass er nicht so leicht davonkommen würde.

»Es ist eine schöne Sommerfrisur«, versuchte Jackie zu erklären, was nicht zu erklären war. »Schau doch nur, ein eleganter Pagenschnitt, wie in den Zwanzigern.«

Er sah genauer hin. Ihre Haare waren auf Kinnlänge gekürzt und außerdem schwarz gefärbt. Glänzend und doch irgendwie kalt.

»Es sieht sexy aus«, murmelte er und staunte über sich selbst. *Die Urinstinkte funktionieren noch.*

Jackie lächelte verlegen und wechselte das Thema. »Schau, wer uns besuchen kommt.« Sie zeigte auf ihre Eltern, die immer noch mitten zwischen ihren Koffern standen.

»Schön, dass ihr da seid«, sagte Pandera und lächelte wie einstudiert. »Was darf ich euch zu trinken anbieten?« *Die Bar ist immer ein guter Fluchtpunkt. In den nächsten Tagen werde ich mich wohl häufiger dort aufhalten.*

»Ich hätte gerne einen Single Malt«, antwortete Urs Remady und strich sich mit dem Finger über den akkurat geschnittenen weißen Schnurrbart.

»Sie bleiben bei uns, bis sie eine Wohnung in Basel gefunden haben«, erklärte Jackie. »Sie haben diese Woche ein paar Besichtigungstermine, daher haben wir kurzfristig beschlossen …«

»Kein Problem.« Pandera nickte und warf einen Blick in die Bar. Er fand nur verschiedene Bourbon-Sorten und einen Canadian Whisky. *Das war ein Problem.* »Darf es auch ein Crown Royal sein?«, fragte er vorsichtig. »Der Whisky wurde anlässlich eines Besuchs des englischen Königspaars in Kanada gebraut, ein milder und doch …«

»Von mir aus, aber nur mit Eis.« Urs Remady seufzte. Ihm war anzumerken, dass dieser Besuch nicht seine Idee gewesen war. Kein Wunder, ihr Verhältnis war eher kühl und distanziert. Urs Remady war gut doppelt so alt wie Alex Pandera, stolze siebzig. Und der Alte machte keinen Hehl daraus, dass er sich auch mehr als doppelt so erfahren fühlte wie sein Schwiegersohn.

»Ich habe eine neue Kollegin«, begann Pandera zu erzählen, während er den Whisky eingoss. Sie würden ihn sowieso gleich nach seinem Job fragen, da fing er besser selbst damit an.

»Und wie ist sie?«, fragte Jackie. »Nett? Sieht sie gut aus?«

»Ich weiß nicht«, sagte Pandera und reichte seinem Schwiegervater das Glas. »Sie hätte heute beinahe unseren Chef angegriffen.«

»Sie hätte *was*?«, fragte Jackie. »Sag mal, sind die alle so drauf?« Sie sah zu ihren Eltern. »Sein Kollege ist letzte Woche entlassen worden, weil er den Chef k.o. geschlagen hat.«

Urs Remady schüttelte den Kopf, seine Frau zog die Brauen hoch. Ihr Schweigen war eine mehr als deutliche Reaktion.

»Gehst du eigentlich immer unrasiert zur Arbeit?«, fragte sein Schwiegervater schließlich und setzte sich auf die Couch.

Ist das alles, was dich interessiert?, dachte Pandera und fuhr sich über den Dreitagebart. »Ist viel los momentan. Der Bruder des Basler Bischofs ist ermordet worden.«

Hättest eben etwas Vernünftiges lernen sollen, erwartete Pandera als Antwort, doch sie blieb aus.

»Harte Zeiten, oder?«, sagte der Alte stattdessen und kippte den Whisky in einem Schluck hinunter.

14

Obwohl am nächsten Tag die Sonne so kräftig schien, wie sie es nur im Hochsommer konnte, hatte Pandera das verbeulte Hardtop seines Cabrios immer noch nicht abgenommen. Als Tamara ihn deswegen fragend ansah, zuckte er entschuldigend mit den Schultern und drehte die Klimaanlage hoch.

Während der Fahrt nach Bern fiel kaum ein Wort zwischen ihnen. Tamara versuchte es mehrmals mit Smalltalk, doch Pandera blieb einsilbig. Er wollte sich lieber in Ruhe überlegen, was er den Laborleiter im Inselspital fragen würde. Sie waren schon kurz vor Bern, als Tamara auf einmal ihre Handtasche öffnete und eine Voodoopuppe herausnahm.

»Was machst du denn da?«, fragte Pandera. Mit ihrer blonden Stoppelfrisur und der Polizistenuniform hatte die Stoffpuppe große Ähnlichkeit mit ihrem Vorgesetzten. »Soll das Edeling sein?«

»Sieht ihm total ähnlich, oder?«, antwortete Tamara. Ihre Augen strahlten vor Freude. »Das ist meine Form der Rache.«

»Du glaubst da doch nicht dran, oder?« Pandera warf seiner jungen Kollegin einen skeptischen Blick zu.

»Was ich glaube, spielt keine Rolle«, antwortete Tamara und grinste. »Es hilft mir, den Frust über den Scheißkerl loszuwerden. Solltest du auch mal tun.« Sie murmelte ein paar geheimnisvoll klingende Worte. Dann stach sie mit einer kleinen Nadel in den Bauch der Puppe.

Sie zwinkerte Pandera zu und hielt ihm die Stoffpuppe hin. »Und jetzt du.«

»Ich … ich konzentriere mich lieber aufs Autofahren«, sagte Pandera und sah stur geradeaus.

»Die Autobahn ist so leer, da könnte ein Blinder fahren«, frotzelte Tamara. »Ich nehm das Steuer und du die Puppe. Wirst sehen, du fühlst dich danach viel besser.«

»Und Edeling?«, fragte Pandera.

»Du willst mir doch nicht erzählen, dass du daran glaubst, oder?« Sie lachte. »Also, was kann schon passieren?«

»Lass mal gut sein.«

»Sei doch nicht immer so verdammt steif!«

Pandera blickte sie überrascht an. Das hatte noch niemand zu ihm gesagt. Steif? Er war überhaupt nicht steif! Cool und locker, so war er schon immer gewesen. Oder hatte er sich das nur eingebildet?

»Woher hast du die Klamotten?«, fragte er und zeigte auf die Polizistenuniform der Puppe.

»Die ist von Ken«, sagte sie. »Barbies Stecher. Hatte ich daheim noch rumfliegen.« Sie ließ die Voodoopuppe vor Panderas Augen hin und her baumeln. »Das tut echt gut.«

Pandera schüttelte den Kopf, aber er grinste dabei.

»Was ist jetzt?«

Er nickte. Tamara nahm das Lenkrad und gab ihm die Voodoopuppe. Er hielt sie in der Hand und zog mit spitzen Fingern die Nadel aus dem Bauch.

»Weißt du, wie ich drauf gekommen bin, dass es Edeling ist?«, fragte Tamara Aerni.

»Wegen den blonden Haaren?«, entgegnete Pandera.

»Ja, auch«, nickte sie. »Aber weißt du, was mich wirklich überzeugt hat?«

»Keine Ahnung.«

»Na, ganz einfach«, grinste Aerni. »Im Kopf der Puppe ist nur Stroh …«

Pandera lachte laut auf.
»Los jetzt!«, rief sie.
Pandera berührte mit der Nadel den Bauch der Puppe.
»Du musst schon zudrücken. Sonst macht das keinen Spaß.«
Entschlossen stieß Pandera die Nadel in die Strohpuppe und stellte sich vor, es wäre sein Chef.
Plötzlich fühlte er sich befreit. Alles ging auf einmal leichter. Er lachte und lachte.
Bis der Blitz kam.
Pandera stieg auf die Bremse und ließ die Puppe fallen.
»Wurden wir gerade geblitzt?«
»Ich glaube schon.« Tamara nickte. »Du warst zu schnell, oder?«
»Sieht so aus.«
»Und was jetzt?«
»Wir sind auf einer Dienstfahrt«, antwortete Pandera. »Da kann uns eigentlich nichts passieren.«
»Na, da bin ich ja beruhigt.« Tamara hob die Puppe vom Boden auf und steckte sie zurück in ihre Tasche. »Hat gutgetan, oder?«
Pandera grinste. »Ich hoffe nur, der liebe Gott petzt das nicht dem Bischof.«
Tamara hob eine Augenbraue. »Du bist also doch Katholik.«
Pandera antwortete nicht. Schweigend blickte er geradeaus. Das war seine Sache. Und die seiner Eltern, die viel zu früh gestorben waren. Vielleicht hatte er deshalb nie einen richtigen Zugang zu Gott und zum Glauben gefunden. Noch nie hatte er darüber geredet. Und das würde er auch heute nicht tun.
»Sorry«, bemerkte Tamara nach einer Pause. »Ich wusste nicht, dass das ein wunder Punkt ist.«

»Schon gut.« Pandera nickte nur. »Wir sind gleich da.«

Vor ihnen lag das Inselspital, die größte Klinik im Kanton Bern. Das Krankenhaus bestand aus einer Ansammlung von Betonklötzen, die darum zu konkurrieren schienen, wer der hässlichste war.

Sie parkten den Wagen und gingen in einen der Betonklötze, in dem das zentrale Krankenhauslabor untergebracht war. Alles dort erinnerte an SEQUENZA 46, die Räume waren vollgestopft mit Analysegeräten, Kühlschränken und Probengefäßen. Es roch wie nach einem Frühjahrsputz.

Ein mittelgroßer Mann mit kurzen braunen Haaren kam auf sie zu. Er trug einen Laborkittel und eine Schutzbrille aus Plexiglas, die er zur Begrüßung absetzte. »Mein Name ist Leuenberger. Sie möchten mich sprechen?«

Die Kommissare nickten und stellten sich vor.

»Ich habe das nicht richtig verstanden«, sagte Leuenberger, während er die beiden durch die Räume zu seinem Büro führte. »Weswegen sind Sie nach Bern gekommen?«

Pandera ging auf Leuenbergers Frage nicht ein. »Was untersuchen Sie hier eigentlich?«

»Alles, was im Spital an Labordiagnostik anfällt«, antwortete Leuenberger. »Vor allem natürlich Blut- und Urinuntersuchungen, dazu Gewebeproben.«

»Vergeben Sie auch Aufträge an andere Institute oder Firmen?«

»Nein, wir sind bestens ausgestattet: Chemolumineszenz, Gensequenzierung, RNA-Analysen, alles unter einem Dach.« Leuenberger zeigte auf die großen Analyseautomaten, die unermüdlich ratterten.

»Nehmen Sie auch Proben von außen an?«

»Nein. Wir arbeiten nur im Auftrag des Spitals.«

»Und Ihre Untersuchungen sind alle medizinischer Natur?«

»Ja«, antwortete Leuenberger. »Alles, was die In-vitro-Diagnostik hergibt.«

»In vitro?«, fragte Pandera nach.

»Das heißt *im Glas*«, erklärte Leuenberger. »Wir diagnostizieren hier im Labor nicht am Menschen selbst, das wäre *in-vivo*, sondern in einer kontrollierten künstlichen Umgebung außerhalb des Organismus.« Er nahm ein Proberöhrchen aus einem der Geräte. Es sah aus wie ein geschrumpftes Reagenzglas und war nicht größer als ein Fingerglied. »In diesem Gefäß befindet sich das Blut eines Patienten. Mit einer einzigen Messung können wir bis zu dreißig Parameter bestimmen.«

»Machen Sie auch Kohlenstoffdatierungen?«, fragte Tamara, die sich bisher im Hintergrund gehalten hatte.

Leuenberger sah die Kommissarin verdutzt an. »Nein, das ist nicht unser Fachgebiet.«

»Und wie sieht es aus mit forensischen Untersuchungen?«, fragte sie weiter. »Blut auf einer Stoffprobe zum Beispiel?«

Leuenberger blieb vor seiner Bürotür stehen und räusperte sich. »Führen wir hier gerade ein Beratungsgespräch, oder was soll das Ganze?«

»Würden Sie die Frage bitte beantworten?« Pandera lächelte so freundlich, wie es seine Bemerkung zuließ.

»Nein, das machen wir nicht«, sagte Leuenberger. »Sie arbeiten doch sicher mit einem gerichtsmedizinischen Institut zusammen, oder?«

»Das tun wir«, antwortete Pandera.

»Handeln Sie auch mit Proben?«, fragte Tamara dazwischen.

»Nein«, antwortete Leuenberger spitz. »Das ist untersagt.«

»Und Sie kaufen auch keine Proben?«

»Was würde das für einen Sinn machen?«, fragte er. »Wir sind schließlich ein Krankenhaus.«

»Und privat?« Pandera wartete gespannt, wie Leuenberger reagieren würde.

»Was heißt *privat*?« Leuenberger schüttelte entrüstet den Kopf. »Glauben Sie, ich sammle Blutproben, oder was?«

»Nur um das noch mal klarzustellen: Sie kaufen und verkaufen keinerlei Probenmaterial?«, fragte Pandera.

»Richtig.«

»Und früher?«, fragte Tamara.

»Auch nicht!«, antwortete Leuenberger sichtlich genervt. »Wenn das ein Verhör sein soll, würde ich jetzt gerne mit meinem Anwalt sprechen.«

»Das ist nicht nötig«, sagte Pandera. »Wir sind schon fertig.«

Leuenberger blickte ihn verständnislos an. Tamara auch.

»War das alles?«, fragte Leuenberger.

»Ja«, sagte Pandera und machte eine Pause. »Außer, wir finden Anhaltspunkte, dass Sie nicht die Wahrheit gesagt haben. Dann könnte es ziemlich ungemütlich für Sie werden.« Er lächelte. »Aber Sie haben ja nichts zu befürchten, oder?«

Leuenberger schüttelte wie benommen den Kopf. Die Kommissare verabschiedeten sich und ließen ihn stehen.

»Was war das denn?«, fragte Tamara, als sie das Gebäude verließen.

»Wenn ich ihm von unserem Verdacht erzählt hätte, was würde er dann tun?«

»Die Beweise vernichten?«

»Eben«, sagte Pandera. »Der Mann lügt wie ein Revolverblatt. Wir müssen sein Labor auf den Kopf stellen. Und dazu brauchen wir die Berner Kollegen und den Staatsanwalt. Und zwar möglichst schnell.«

15

Wie ein Tiger im Käfig ging Simon Kunen in seinem Büro auf und ab. Vor dem Eichenschreibtisch blieb er kurz stehen, warf einen Blick auf den Computermonitor und ging weiter. Ja, die katholische Kirche war eine große Gemeinschaft. Sie hatte über eine Milliarde Mitglieder und über eine Million Priester und Ordensleute. Und doch fühlte er sich allein.

Es fiel ihm immer schwerer, Entscheidungen, die von anderen getroffen worden waren, umzusetzen. Er musste sie aushalten, überzeugend erklären und so tun, als seien es seine eigenen. Sogar wenn er sie für falsch hielt. Doch auch wenn er selbst etwas entscheiden konnte, war er alles andere als frei. Neuerdings neigte der Bischof dazu, seine Vorschläge zu hinterfragen. Bisher hatte der Alte ihm immer vertraut. Der Tod seines Bruders hatte vieles verändert.

Kunen strich sich über die Glatze. War er denn der Einzige im Bistum, der über den Tag hinaus dachte? Der eine Strategie besaß? Die Kirche konnte doch nicht nur aus Männern bestehen, die der Obrigkeit hörig waren! Aber wenn er sich die Novizen anschaute, zweifelte er daran. Was hatte die jungen Männer in die Kirche geführt? Ihr Glaube? Sicher, aber was noch? Der Wunsch, ihren Eltern zu gefallen? Materielle Absicherung? Der Status als Priester? Das konnte doch nicht alles sein!

Gab es denn niemanden, der für Jesus in die Kirche gekommen war, um Ihm zu dienen?

Es klopfte an der Tür, leise und vorsichtig. Kunen wusste

sofort, wer es war. Er schaltete den Monitor aus, ging zur Tür, drehte den Schlüssel herum und ließ den Bischof herein.

»Es ist schwer, in diesen Zeiten Ruhe zu finden«, sagte er entschuldigend und setzte sich an den Schreibtisch.

»Ruhe findet man, indem man sein Herz öffnet«, erwiderte der Bischof sanft.

»Wenn man stark ist«, antwortete Kunen. »Ich finde sie in der Selbstbesinnung.«

Der Bischof setzte sich auf den Holzstuhl vor Kunens Schreibtisch. »Der Kommissar ...«, begann er und senkte den Kopf. »Wir müssen ... ihm sagen, was wir wissen.«

»Wir haben ihm gesagt, was wir wissen«, entgegnete Kunen.

»Das haben wir nicht«, widersprach der Bischof und hob den Kopf wieder. »Wir haben ihm nichts von den Nachforschungen meines Bruders erzählt.«

»Was würden wir damit gewinnen?«

»Die Polizei könnte den Mörder vielleicht finden.«

»Trauen Sie der Polizei mehr zu als unseren eigenen Leuten?« Kunen faltete die Hände. »Sie wissen nicht, wie die Welt dort draußen ist. Ich kenne die Polizisten, die Anwälte, die Richter, die Journalisten. Wenn nur ein Wort von Bruder Rolands Vermutungen nach außen dringt, kommt eine Maschinerie in Gang, die wir nicht mehr stoppen können.«

»Aber ...«

»Und was ist, wenn Ihr Bruder sich getäuscht hat?«, fragte Kunen. »Wir wissen doch gar nicht, ob der Junge existiert.«

Der Bischof atmete tief durch. Schließlich bekreuzigte er sich und nickte. Dann stand er auf und verließ schweigend das Büro.

Simon Kunen blickte hinter ihm her. Es würde nicht mehr lange gut gehen. Er musste sich auf das Schlimmste vorbereiten.

16

Es war schon fast Abend, als Tamara Aerni und Alex Pandera wieder in ihr Büro zurückkamen. Die Mühlen in Bern mahlten langsam. Nur mit viel Mühe hatten sie gemeinsam mit den Berner Kollegen beim Staatsanwalt durchsetzen können, dass Leuenberger überwacht und sein Telefon abgehört wurde. Eine Durchsuchung seines Arbeitsplatzes und seiner Wohnung hatte der Staatsanwalt abgelehnt. Ohne konkrete Beweise war er dazu nicht bereit.

»Ich hoffe, wir haben Leuenberger nicht gewarnt mit unserem Besuch«, sagte Pandera.

»Wenn er wirklich mit Genmaterial handelt, wird er kaum als Erstes an drei Jahre alte Proben denken«, erwiderte Tamara. »Vielleicht hat er mit Embryonen gehandelt oder mit menschlichen Stammzellen oder was sonst noch verboten ist«, antwortete sie. »Wenn das rauskommt, dann ist er seinen Job los. Das wird er um jeden Preis verhindern wollen.«

»Ich hoffe, du hast recht«, sagte Pandera. »Blöd nur, dass alle am Tatort gefundenen DNA-Spuren von SEQUENZA 46-Mitarbeitern stammen«, sagte Pandera.

»Meinst du, es war doch einer von denen? Womöglich Plattner selbst?«

»Wir müssen auf alle Fälle in die Richtung weiterermitteln.«

»Und was ist mit den Jesuiten?«

»Die verheimlichen uns irgendwas, davon bin ich überzeugt.«

»Wieso bist du dir so sicher?«

»Ich weiß auch nicht«, sagte er. »Ist nur ein Bauchgefühl.«

»Wie auch immer«, sagte sie. »Ich geh jetzt nach Hause und schlaf mich aus. Mein Freund hat mich die letzten zwei Tage kaum zu Gesicht bekommen. Der ist sauer wie ein Korb Zitronen.«

Pandera ahnte, dass es sich mit Jackie nicht viel anders verhielt.

Als er eine halbe Stunde später daheim ankam, wurde aus der Ahnung Gewissheit. Jackie versuchte zwar, sich nichts anmerken zu lassen, aber das wurde von ihren Eltern mehr als kompensiert. Hilde Remady saß in Panderas Lieblingssessel und las in einem Frauenmagazin. So nett die junge Frau auf dem Cover lächelte, so mürrisch blickte seine Schwiegermutter, als Pandera sie begrüßte. Sein Schwiegervater legte die Zeitung gar nicht erst beiseite.

Lara und Ben hingegen waren völlig überdreht. Sie hatten anscheinend den ganzen Tag mit dem Spielzeugroboter gespielt, den ihnen die Großeltern geschenkt hatten. Dabei hatten sie ein Programm namens *Decider* entdeckt. »Wenn du nicht weißt, ob du Marmelade zum Frühstück essen willst oder Nutella, fragst du einfach Robi, und der entscheidet«, erklärte ihm Ben stolz. »Er hat einen Entscheidomaten eingebaut!«

Pandera lächelte gequält. Manchmal könnte er so etwas auch gebrauchen, einen Entscheidomaten. Wie immer das Ding funktionierte.

»Du bist übrigens in der Zeitung«, sagte Urs.

»Ich weiß.« Pandera seufzte. In dem halbseitigen Artikel wurde der Basler Polizei vorgeworfen, sie tappe bei den Ermittlungen völlig im Dunkeln. Zu allem Überfluss hatte die

Zeitung daneben ein Foto von Pandera abgebildet. Klar, Edeling war nur dann in der Zeitung zu sehen, wenn es Erfolge zu vermelden gab.

Pandera wechselte das Thema. »Habt ihr heute ein paar Wohnungen besichtigt?«

»Wir haben noch nichts gefunden, was unseren Ansprüchen genügt«, antwortete Hilde Remady und warf ihm über den Rand ihrer Illustrierten einen kalten Blick zu. »Ich vermisse die Aussicht auf den See.«

»Einen See hat Basel leider nicht«, erwiderte Pandera. »Dafür haben wir eine schöne Altstadt, hundertsiebzig Brunnen, weltbekannte Museen und Original Basler Leckerli.«

»Und das Klima ist auch milder in Genf«, entgegnete sie und widmete sich wieder ihrem Frauenmagazin.

»Aber hier wohnen die nettesten Enkelkinder der Schweiz«, sagte der Kommissar und strich Lara, die gerade hereingestürmt kam, über das Haar. Er erntete nur ein verkniffenes Lächeln. Und Lara und Ben waren plötzlich auch ganz still.

»Was habt ihr denn angestellt?«, fragte Pandera.

»Wir haben nur gespielt«, antwortete Lara.

»Mit dem Robi«, sagte Ben und strahlte. »Kannst du uns morgen Batterien für den mitbringen?« Er blickte seinen Vater aus großen Augen an. Wie immer, wenn er etwas wollte.

»Ich ... ich muss arbeiten, Ben«, entschuldigte sich Pandera. »Vielleicht bringen dir ja die Großeltern welche mit.«

»Aber Oma hat doch heute selbst Geburtstag«, erwiderte der Kleine.

Mierda! Pandera lächelte ertappt. *Ihr Traumschwiegersohn werde ich wohl nicht mehr.*

»Wir haben ihr das Fondue-Set geschenkt, von dem wir gesprochen hatten«, warf Jackie ein, um die Situation zu retten.

»Alles Gute«, sagte Pandera und schüttelte seiner Schwiegermutter die Hand. Sie fühlte sich so frostig an, als sei eine neue Eiszeit ausgebrochen. Er hatte sich auf einen ruhigen Abend gefreut, und jetzt ... Nein, das würde er nicht lange aushalten. »Ja ... also ... Ich muss leider noch mal ins Büro. Ich hab was vergessen.« Hastig verließ er das Wohnzimmer und ging zur Haustür.

Von hinten hörte er die Stimme seiner Schwiegermutter. »Er sollte sich einen anderen Beruf suchen.«

Er schloss die Tür etwas lauter als sonst, ging in die Garage und setzte sich in den Wagen. Er suchte einen Radiosender, der keine Schnulzen spielte, gab entnervt auf, legte eine CD ein, drehte die Lautstärke voll auf und fuhr los. Er mochte seine Familie, aber seine Schwiegereltern waren immer noch der Auffassung, ihre Tochter hätte etwas Besseres verdient als einen Polizisten. Irgendwann würde er ihnen beweisen, dass er mehr war als das.

17

Kurt Sanders graue Haare waren wie immer so akkurat gescheitelt, als seien sie frisch frisiert. »Hallo, Alex«, sagte er erstaunt, als er die Tür öffnete. »Was treibt dich denn hierher?«

»Meine Schwiegereltern sind zu Besuch.«

»Und?«, fragte Sander, während er Pandera hineinließ. »Meine sind total nett.«

Pandera seufzte. »Meine ja auch … irgendwie … aber ich versteh nicht, warum Rentner immer am Meckern sind.«

»He, pass auf, was du sagst!« Sander grinste. »Beleidige nicht meinen elitären Club!«

»Du bist noch nicht lange genug bei diesen Miesepetern dabei, das zählt nicht«, erwiderte Pandera und setzte sich auf die Couch im Wohnzimmer. »Hast du sturmfreie Bude?«

»Gabriele ist in der Tanzschule, Salsa-Kurs.«

»In dem Alter?«, platzte es aus Pandera heraus.

Sander winkte ab. »Das hab ich ihr auch gesagt. Kaum könnte man daheim entspannt die Füße hochlegen, entdeckt sie auf einmal irgendwelche neumodischen Freizeitbeschäftigungen. Ich brauch nicht mehr als wandern, fernsehen und gutes Essen.«

»Hast du nicht noch was vergessen?«, fragte Pandera mit spitzbübischem Lächeln.

»Darüber redet ein Gentleman nicht«, antwortete Sander.

Pandera lachte. »Ich meinte eigentlich die Basel Flyers.«

»Im Eishockey ist Sommerpause ... falls du das noch nicht mitbekommen hast.«

»Seit du nicht mehr bei uns bist, kriege ich nichts mehr mit«, gab Pandera zu.

»Whisky?«, fragte Sander und ging zur Bar.

Pandera nickte nur.

»Ich hab vor Kurzem einen geschenkt bekommen, der wurde anlässlich eines Besuchs des englischen Königspaars in Kanada gebraut. Ein sehr edler Tropfen.«

Pandera grinste. »Du hast unser Abschiedsgeschenk noch nicht geöffnet?«

»Seit ich Edeling los bin, muss ich mich nicht mehr so viel aufregen.« Sander goss den Whisky in zwei Gläser. »Und? Was gibt's Neues?«

»Deine Nachfolgerin ist jetzt da«, sagte Pandera. »Ein junges Ding. Erst vierundzwanzig.«

»Sieht sie gut aus?«

»Ich bin verheiratet.«

»Da die meisten Kriminellen Männer sind, ist es nicht schlecht, eine gut aussehende Frau im Team zu haben. Ich hätte mir das damals auch gewünscht.« Sander grinste. »Stattdessen hab ich einen Spanier bekommen.«

Pandera musste wieder lachen.

Sander gab ihm das Glas mit dem Whisky. »Hat sie was drauf?«

»Ich glaub schon«, sagte Pandera. »Sie ist nur sehr ... ein bisschen ungestüm.«

»Waren wir das nicht alle in dem Alter?«

»Na ja, ich weiß nicht. Heute hätte sie Edeling beinah angegriffen.«

Sander pfiff durch die Zähne und prostete Pandera zu. »Die musst du mir mal vorstellen. Wird mir immer sympathischer.

Und sonst? Hast du was mit dem Mord an dem ehemaligen Mönch zu tun?«

Pandera nickte nur und hob das Glas. Das Eis knackte leicht, und der sanfte Hauch des Whiskys roch nach Feierabend. Er trank einen Schluck. Der Crown Royal schmeckte mild und doch charaktervoll. Plötzlich musste er an Edeling denken. Der hatte ihm strikt untersagt, mit Sander über den Fall zu reden.

Egal.

Er berichtete Sander ausführlich, was sie bisher herausgefunden hatten.

»Ich glaube nicht, dass die Jesuiten dahinterstecken«, sagte Sander, nachdem er sich alles angehört hatte. »Deckert war bei dem Thema schon immer ein bisschen unentspannt.«

»Aber der Bischof und sein Vikar verheimlichen irgendwas«, erwiderte Pandera. »Wenn ich nur wüsste, was.«

»Da sind sie nicht die Einzigen, oder?«

»Das stimmt.« Pandera trank sein Glas leer.

»Noch einen?«

»Ich weiß nicht. Alkohol löst keine Probleme.«

»Milch auch nicht.«

Pandera grinste. »Also gut.«

Sander nahm die Flasche und goss nach. »Du hast doch gesagt, dass dieses Grabtuch in zwei weiteren Labors untersucht wurde, oder?«

»In Boston und Oxford.«

»Hast du mal überprüft, ob dort auch Priester arbeiten?«

Das habe ich vergessen. Mierda! Wenn ich Kurt nicht hätte ... »Hab ich nicht«, sagte Pandera und leerte sein Glas. »Das müssen wir unbedingt nachholen.«

»Vielleicht war Obrist so eine Art Geheimagent«, sagte

Sander. »Und hat im Auftrag des Vatikans in dem Labor gearbeitet und auf die Proben aufgepasst.«

»Wenn du recht hast, dann hätte er sicher bemerkt, dass ein Teil der Proben verkauft wurde. Dann gab es einige, die ein Motiv hatten, ihn zu töten.«

»Plattner, Leuenberger …«

»Der wirkliche Käufer«, fügte Pandera hinzu.

Sander nickte. »Noch einen Whisky?«

»Na gut, einen noch.«

Es blieb nicht bei einem. Als Sanders Frau Gabriele von ihrem Salsa-Kurs nach Hause kam, waren die beiden sturzbetrunken. Unter den missbilligenden Blicken Gabrieles verabschiedete Pandera sich schnell. Nach kurzem Überlegen ließ er sein Cabrio stehen und ging zu Fuß nach Hause.

18

Erst kam die Nacht zu langsam und plötzlich viel zu schnell. Er spürte das Verlangen. Wie jeden Abend. Dann kämpfte er eine Zeit lang, manchmal weil er hoffte zu gewinnen, doch meist nur, um den Schein zu wahren. Um sich nicht eingestehen zu müssen, wie tief er gesunken war. Dann kamen die dunklen Stunden. Und er ergab sich. Jedes Mal.

Er erinnerte sich daran, wie alles begonnen hatte. Wie er seine Frau kennengelernt hatte. Anna. Damals, in dieser Disco, die fast schon ein Nachtclub gewesen war. Zumindest hatte es dort Frauen gegeben, die für ein paar Scheine alles taten. Zu jener Zeit war er noch unschuldig gewesen, ein blutjunger Doktorand, unerfahren, strebsam, abgebrannt. Seine Kommilitonen hatten ihn mitgeschleppt, damit er mal etwas anderes sah als DNA-Fragmente.

Und dann hatte er sie gesehen. Bildhübsch, exaltiert. Und so erwachsen. Dabei war sie nur ein Jahr älter gewesen als er. Aber sie schien die Stufen der Erfahrung doppelt so schnell zurückgelegt zu haben wie er. Sie hätte jeden haben können. Und doch hatte sie sich für ihn entschieden. Damals war er darauf stolz gewesen. Heute fragte er sich, warum sie es getan hatte.

Geld konnte es nicht gewesen sein, er hatte damals nicht mal ein Auto besessen. Erfahrung? Auch die schied aus. Hatte sie eine starke Schulter zum Anlehnen gebraucht? Die hatten auch andere Männer.

Was war es dann gewesen? Natürlich hatte er nicht übel

ausgesehen, vielleicht ein bisschen bleicher als seine Freunde. Nein, sein Aussehen war nur ein Ausschlusskriterium, das genügend andere Männer auch überstanden hatten. War es vielleicht seine Naivität gewesen? Seine Unvoreingenommenheit ihr gegenüber? Erfahrene Männer hätten Anna trotz ihres blendenden Aussehens links liegen gelassen, sie wären vielleicht mit ihr in die Kiste gestiegen, mehr aber nicht. Er hingegen hatte ihr das gegeben, was sie immer gewollt hatte: Sex natürlich auch, aber vor allem Aufmerksamkeit. Ungeteilte Aufmerksamkeit.

Er massierte sich die Stirn, sein Kopf schmerzte schon wieder. Wie immer, wenn er über die Vergangenheit nachdachte. Trotzdem, was wäre geschehen, wenn damals ein anderer Mann mit Anna mitgegangen wäre? Wenn er später vielleicht eine Frau kennengelernt hätte, die besser zu ihm passte? Die seine guten Seiten hervorgehoben hätte und nicht seine schlechten? Die ihn gestärkt hätte, die mit ihm gekämpft hätte?

Doch Anna war anders. Intelligent und durchtrieben. Er hätte es schon am ersten Abend wissen müssen. Als sie ihn in ihre Wohnung mitgenommen hatte. Nein, es war keine Studentenbude gewesen wie seine, die er sich mit drei Kommilitonen teilte. Ein Penthouse über den Dächern der Stadt. Mit weißen Designermöbeln, goldenen Armaturen und einer Bar, die selbst eine gut trainierte Fußballmannschaft nicht an einem Abend leertrinken konnte. Das Wasserbett nicht zu vergessen, in dem sie mehr getan hatten, als nur den Rausch auszuschlafen.

Rausch. Genau darum war es schließlich gegangen. Und darum ging es immer noch. Jeden Tag. Jede Nacht. Er fühlte sich wie Sisyphus. Anfangs merkte man den Stein gar nicht, den man auf den Gipfel mitnahm. Doch mit der Zeit wurde der Stein immer größer, und es kamen die ersten Abstürze.

Er hatte sie ignoriert. Und jetzt war es zu spät, jetzt war er längst zum Sklaven geworden.

In jener Nacht hatte alles begonnen. Mit routinierten Bewegungen hatte sie zwei Linien gezogen und ihm einen Hunderter hingehalten.

Er hatte nicht Nein gesagt.

Würde er heute stark bleiben? Wo er endlich zur Einsicht gekommen war, was in seinem Leben verkehrt lief? Aber warum ausgerechnet heute? War morgen nicht auch ein guter Tag, um aufzuhören? Ein letztes Mal noch über die Stränge schlagen und dann für immer Abschied nehmen? Ja, Abschied. Er musste sie verlassen, das war ihm klar geworden. Sonst würde er es nicht schaffen. Niemals!

Er ging hinaus in die dunkle Nacht.

Zwei Männer folgten ihm. Er hatte damit gerechnet. Ganz so dumm war die Polizei anscheinend nicht. Aber auch nicht allzu schlau. Er spazierte zum Bahnhof und betrat ihn durch den Haupteingang.

Gemächlich ging er hinunter zu einem der Bahnsteige und stieg hinten in einen zufällig wartenden Zug mit Doppelstockwagen ein. Er liebte diese Waggons. Auf der oberen Ebene konnte man vom Bahnsteig aus nicht gesehen werden. Oben angekommen lief er los, durch mehrere Waggons, und stieg ganz vorne wieder aus, direkt neben dem zweiten Zugang zu den Gleisen. Er hastete die Treppe hinauf, lief zur Bushaltestelle und stieg in den erstbesten Bus, der gerade ankam. Von seinen Verfolgern war weit und breit nichts zu sehen.

Kurz vor der Endstation klingelte sein Handy. Er sah auf das Display. Was wollte der Kerl jetzt noch? Er überlegte, dann traf er eine Entscheidung. Es sollte die zweite folgenschwere Entscheidung seines Lebens werden. Und gleichzeitig die letzte.

19

Roger Simovic war genervt. Nein, er war nicht nur genervt, er war mit seinen Nerven am Ende. *Ich habe alles auf eine Karte gesetzt, aber keiner spielt mit mir. Was soll der Scheiß?* Gestern hatte er zwei Stunden in der Sixtinischen Kapelle auf den Mann mit der Basler Zeitung unter dem Arm gewartet. Doch der war nicht gekommen. Keine Entschuldigung, keine Erklärung, nur am Abend eine kurze Mail mit der Aufforderung, heute wieder zu warten. Dieses Mal allerdings im Ägyptischen Museum des Vatikans; er wusste gar nicht, dass es so etwas dort gab.

Simovic überlegte, ob er sich wirklich ein zweites Mal vorführen lassen sollte. Wollte er gedemütigt werden, wie damals als Kind, wenn er immer als Letzter für die Fußballmannschaft gewählt worden war? Man hatte ihn oft ins Tor abgeschoben, nur dann nicht, wenn der dicke Urs mitspielte, der nur deswegen besser als er war, weil er das Tor beinahe ganz verstopfte. Dann hatte er als Linksaußen auf Bälle gewartet, die nie gekommen waren. Nein, er wurde nicht gerne abgeschoben, und er wurde nicht gerne sitzen gelassen.

Aber er gab auch nicht gerne auf. Er beschloss, es noch einmal zu versuchen, rief sich ein Taxi und ließ sich zum Vatikan fahren.

Am Petersplatz stieg er aus und ging an der imposanten Stadtmauer des Kirchenstaates vorbei zum Eingang der vatikanischen Museen. Die Stadtmauer beeindruckte ihn genauso wie am gestrigen Tag, er schätzte, dass sie an manchen

Stellen fünfzehn Meter hoch war. War das ein Zeichen für mangelndes Vertrauen des Kirchenstaats in den Schutz Gottes oder war das ein Zeichen für Vernunft?

Simovic ging durch den Eingang der vatikanischen Museen und hielt direkt auf das Museo Gregoriano Egizio zu, das er vor vierundzwanzig Stunden nicht einmal bemerkt hatte. Er betrat es durch ein monumentales Portal aus rotem ägyptischem Marmor.

Museen machten ihn normalerweise nach wenigen Minuten müde. Das war einfach nicht seine Art der Informationsvermittlung, definitiv nicht. Keine Action, keine Intrigen, ja nicht einmal bewegte Bilder.

Heute hingegen schoss so viel Adrenalin durch seine Adern, dass er sich stundenlang hier aufhalten könnte. Dummerweise hatte er aber nur noch zwei Minuten Zeit, um die Statue zu finden, vor der sie sich treffen wollten. Er schaute auf den Übersichtsplan. Da! Im übernächsten Saal. Bewusst langsam ging durch den zweiten Saal auf ihren Treffpunkt zu. Dort blieb er fasziniert stehen.

Ein hell glänzender Steinboden und ein blauer, sanft illuminierter Sternenhimmel an der kuppelartigen Decke hielten seinen Blick gefangen. Mitten im Saal standen mehrere dunkle Marmorskulpturen auf einem Podest aus rotem Ziegelstein. Er schaute sich um, direkt neben dem Durchgang stand er: über zwei Meter groß, mit ägyptischem Kopfschmuck, in einer Haltung, die sowohl majestätisch wie auch kriegerisch war. Der unbekleidete Oberkörper muskulös, die Beine und Arme angespannt, der Blick geradeaus: Antinoos.

Die Statue beherrschte den Raum. Doch wo war derjenige, den er hier treffen sollte? Simovic ließ seinen Blick durch den Raum wandern. Er entdeckte sechs Personen: ein älteres Ehepaar, einen hageren Mittvierziger, einen grauhaarigen Priester, einen Mann im Rollstuhl und einen jungen Rucksacktouristen. Sie sahen alle nicht aus wie ein *Professore*. Wahrscheinlich war er noch nicht gekommen. Simovic stellte sich vor die Antinoos-Statue und betrachtete sie noch einmal. Auch auf den zweiten Blick wirkte sie beeindruckend.

»Es ist schon bemerkenswert, dass ausgerechnet hier, im Herzen der Christenheit, eine solche Menge an heidnischen Götterstatuen zu finden ist, nicht wahr?«

Simovic drehte sich um und blickte den Mann an, der ihn angesprochen hatte. Es war der hagere Mittvierziger.

»Wussten Sie, dass in dieser Statue Antinoos mit Osiris verschmilzt? Osiris, ich nehme an, sagt Ihnen etwas.«

Simovic schüttelte den Kopf. Was fiel diesem Kerl ein, ihn vollzulabern? Er wartete hier auf die Story seines Lebens, nicht auf das Gesülze irgendeines Freizeithistorikers.

»Osiris ist eine der bedeutendsten ägyptischen Gottheiten«, fuhr der Mann fort. »Er ist der Gott der Fruchtbarkeit, des Jenseits und der Wiedergeburt. Letzteres ist kein Wunder, denn er ist von den Toten auferstanden.« Der Mann blickte Simovic durchdringend an. »Erinnert Sie das an etwas?«

20

Endlich verstand Roger Simovic. Das war der *Professore*.

»Ich bitte um Verzeihung, dass ich unser gestriges Treffen nicht wahrgenommen habe«, entschuldigte sich der Mann und hielt Simovic die Hand hin. »Aber ich wollte mich vergewissern, dass Sie an dieser Geschichte ernsthaft interessiert sind. Wie ich sehe, geben Sie nicht so schnell auf.«

»Hätte Michelangelo schnell aufgegeben, wäre die Sixtinische Kapelle nie fertig geworden, oder?«, antwortete Simovic. Er war innerlich längst nicht so ruhig, wie er sich gab. Er war es nicht mehr gewohnt, dass er von jemandem geprüft wurde. Aber dieses Mal legte nicht er die Spielregeln fest. *Noch nicht.*

»Ich schlage vor, dass wir uns an einen weniger gefährlichen Ort begeben«, sagte der Mann und zwinkerte ihm zu.

Simovic sah ihn fragend an.

»Schließlich hat der Vatikan die höchste Kriminalitätsrate der Welt.« Der Professore lachte. »Auf einen Einwohner kommen zwei Straftaten. Pro Jahr!«

»Bei knapp fünfhundert Einwohnern und achtzehn Millionen Besuchern ist das auch kein Wunder«, entgegnete Simovic. Er wusste nur zu gut, wie man eine Statistik manipulierte, damit sie spektakulär klang.

»Wie ich sehe, lassen Sie sich nicht so einfach an der Nase herumführen«, bemerkte der Professore und rieb sich über das glatt rasierte Kinn. »Ich habe nichts anderes erwartet. Mittelmäßige Journalisten gibt es zur Genüge. Ich brauche jemanden, der intelligent ist, der keine Vorurteile hat und der bereit ist, eine brandheiße Story anzupacken. Eine Story, die so kontrovers diskutiert werden wird wie keine andere zuvor.«

Simovic fühlte sich geschmeichelt und lächelte. »Ich glaube, das wird eine erfolgreiche Zusammenarbeit.«

»Es ist schön, dass Sie das glauben«, sagte der Professore. »Aber bedenken Sie, der Weg zum Glauben ist kurz und eben, der Weg zum Wissen hingegen lang und steinig.«

»Nicht wenn man eine Abkürzung kennt«, entgegnete Simovic.

Der Professore lächelte mild und wies mit dem Kopf Richtung Ausgang. Dann ging er los, Simovic folgte ihm.

Vor dem Museum wartete ein dunkler Bentley mit laufendem Motor. Ein Chauffeur stieg aus und öffnete die Tür zum Fond. Der Professore lies Simovic einsteigen, dann setzte er sich neben ihn. Sofort fuhr der Wagen los. »Möchten Sie einen Aperitif?«

Simovic nickte. »Gerne.«

Der Professore schenkte zuerst ihm und dann sich selbst einen Drink ein. »Entschuldigung, dass ich mich noch nicht vorgestellt habe«, sagte er schließlich. »Mein Name ist Professor Franz Wismut.«

»Dass Sie Professor sind, liegt auf der Hand«, erwiderte Simovic. »In welchem Fachgebiet?«

»Molekularbiologie.«

»Ich dachte, Geschichte«, versuchte Simovic zu scherzen.

»Sollte nicht jeder gebildete Mann auch ein Historiker sein?«, entgegnete Wismut. »Nur aus der Geschichte kann man lernen, ohne selbst Fehler zu machen.«

Ich hoffe, du hast noch was anderes drauf als diese Weisheiten, dachte Simovic, doch er lächelte, und der Professor prostete ihm zu.

Keine zehn Minuten später erreichten sie die Ponte Sant'Angelo. Der Wagen hielt. Ohne ein Wort zu sagen, stieg Professor Wismut aus. Simovic blickte durch die getönten Scheiben nach draußen. Auf der gegenüberliegenden Seite des Tibers ragte das Castel Sant'Angelo auf.

Auch er stieg aus und folgte dem Professor zu einem mehrstöckigen Altbau, in dessen Erdgeschoss sich ein Antiquitätenladen befand. Das Gebäude sah von außen wenig einladend aus, der Putz war gleich an mehreren Stellen abgebröckelt. Doch schon der Hausgang mit seinem weißen Stuck und der geschwungenen Steintreppe bot ein anderes Bild.

Wismut stieg die Steintreppe so schnell hinauf, dass Simovic Mühe hatte, ihm zu folgen. Vier Stockwerke höher endeten die Stufen vor einer Wohnungstür. Der Professor hatte die Tür schon geöffnet. Von außen sah sie aus, als wäre sie ganz aus Holz, doch an der Zarge erkannte Simovic, dass sie mit einem Metallkern verstärkt war. Davor befand sich ein Zugangsterminal mit Nummerntastatur. *Deswegen hast du dich so beeilt*, dachte Simovic. *Du wolltest nicht, dass ich die Kombination sehe.*

Simovic folgte dem Professor in die Wohnung. Direkt neben dem Eingang lagen ein biochemisches Labor und ein Arbeitszimmer. Dahinter folgte ein Raum, der den Reporter an einen War Room erinnerte. Mehrere 70-Zoll-Monitore und eine Leinwand mit Beamer hingen an der Wand, daneben sah Simovic einige kleinere Displays, auf dem die Videosignale verschiedener Überwachungskameras angezeigt wurden.

Sie zeigten den Hauseingang, die Wohnungstür und die einzelnen Zimmer; selbst die Dachluken wurden überwacht. Offensichtlich hatte Professor Wismut an alles gedacht.

Nur eine Puppensammlung, die in einer gläsernen Vitrine

ausgestellt war, irritierte Simovic. Einige ältere Holzpuppen waren darunter, bei denen die Farbe schon abgeblättert war.

»Eine heimliche Leidenschaft von mir«, erklärte der Professor. »Die erste Form menschlicher Kopien. Inzwischen sind sie fast schon perfekt.« Er zeigte auf zwei lebensgroße Babypuppen, die tatsächlich echt aussahen.

Irgendwie hat jeder einen Knall, dachte Simovic, nickte aber freundlich. »Lehren Sie eigentlich noch an einer Universität?«

»Schon lange nicht mehr«, antwortete Wismut. »Ich besitze ein privates Forschungsinstitut. Wenn es mir in der Schweiz zu ungemütlich wird, komme ich hierher.«

»Momentan ist es aber sehr gemütlich in der Schweiz.« Simovic lächelte. »Blauer Himmel, Sonnenschein. Ein Traumwetter.«

»Aber nicht so gutes italienisches Eis, um sich abzukühlen«, entgegnete Wismut und grinste.

Sie setzten sich auf eine lederne Couch im Wohnzimmer. Der Professor zerstieß einen kleinen Eisblock und schenkte ungefragt zwei Gläser Whisky ein.

»Sie sind Linkshänder?«, fragte Simovic.

Der Professor nickte irritiert. »Weshalb fragen Sie?«

»Ich war es auch einmal, aber man hat es mir ausgetrieben«, antwortete Simovic. »Als Kind habe ich das gehasst. Sie hatten wohl liberalere Eltern?«

»Wie man es nimmt«, sagte Wismut. »Also, auf unsere Story!« Die beiden stießen an. Der Professor nippte bedächtig an dem Whisky, Simovic tat es ihm nach. Sein Blick fiel auf ein großes Tuch, das wie ein Gemälde hinter einer randlosen Glasscheibe an der Wand hing. Es war wahrscheinlich mehr als vier Meter lang und etwa einen breit, es wurde von hinten beleuchtet und schimmerte rötlich braun. Simovic hatte schon einige Abbildungen des Turiner Grabtuchs gesehen, und doch stand er auf und betrachtete es so gespannt, als würde er es das erste Mal zu Gesicht bekommen.

Dabei fielen ihm mehrere dreieckige Flickstellen aus anderem Stoff auf, außerdem entdeckte er einige Brandflecken. Doch das war es nicht, was seine Aufmerksamkeit fesselte. Nein, es war nicht das Tuch selbst, es war die Person, die man darauf erkennen konnte. Wie ein unheimlicher Schatten und doch klar in den Umrissen. Es wirkte tatsächlich so, als habe das Tuch den toten Körper des schmalen und groß gewachsenen Mannes komplett bedeckt. Simovic erkannte Wundmale an Händen und Füssen, und natürlich erkannte er auf den ersten Blick Statur und das markante Gesicht mit den langen Haaren: Es war Jesus Christus!

»Ein Replikat«, erklärte Wismut und stellte sich neben ihn. »Aber ein sehr gelungenes, wie ich finde. Sehen Sie nur!« Er zeigte auf die Kopfpartie. »Man kann überall Blutspuren erkennen. Interessanterweise stammen sie nicht, wie aufgrund der Darstellung des gekreuzigten Jesus im Allgemeinen angenommen wird, von einer Dornen*krone*, sondern von einer Dornen*haube*, die den ganzen Kopf wie ein Helm umfasst. Sie war damals üblich bei Hinrichtungen. Wie wir heute wissen, wurde die Dornenkrone damals in Judäa gar nicht verwendet.« Der Professor nippte an seinem Whisky. »Die Wundmale an den Händen sind in der Hand*wurzel* lokalisiert, obwohl die kirchlichen Abbildungen diese immer auf der Hand*fläche* darstellen«, erklärte er. »Auch hier bestätigt die neueste Forschung, dass das Tuch der Realität entspricht. Man hat nämlich bei Kreuzigungen die Handwurzel mit Nägeln durchschlagen, weil die Handfläche viel zu instabil ist und das Opfer nicht tragen kann. Das Tuch ist also ein reales Abbild dessen, was geschehen ist. Nur leider widerspricht es damit den falschen Bildern, die sich in den Köpfen der Menschen festgesetzt haben.«

»Ich bin beeindruckt«, sagte Simovic. »Aber die Echtheit des Tuches ist doch umstritten, oder?«

»Wenn der Vatikan mit offenen Karten spielen würde, wäre diese Frage ein für alle Mal geklärt«, erwiderte Wismut.

»Wie meinen Sie das?«

»Der Vatikan hat das Tuch vor drei Jahren untersuchen lassen. Mit eindeutigem Ergebnis.«

»Und warum hat man davon nichts erfahren?«, fragte Simovic.

»Man hat nicht nur ein Tuch untersucht, sondern gleich zwei«, erklärte der Professor. »Das Turiner Grabtuch und das Schweißtuch von Oviedo, das Schweißtuch Jesu. Ein Ziel der damaligen Untersuchungen war es, die Tücher auf Übereinstimmungen hin zu prüfen.«

»Und die Untersuchungen haben nichts erbracht, oder?« Simovic sah seine Story schon davonfliegen.

»Nein, sie waren ein voller Erfolg«, widersprach Wismut. »Ein *zu* großer Erfolg.«

»Ein *zu* großer Erfolg?«, wiederholte Simovic ungläubig.

»Nun, die Untersuchungen haben ergeben, dass sowohl optisch wie auch genetisch eindeutige Übereinstimmungen zwischen diesen beiden Reliquien existieren.«

»Genetische Übereinstimmungen?«, fragte Simovic. Sein Herz schlug schneller. Wismut schien zum Zweck ihres Treffens zu kommen. Endlich.

»Sie haben richtig gehört«, erklärte der Professor und lächelte. »Man hat im Blut der Tücher DNA-Fragmente gefunden, die in den wesentlichen Kriterien übereinstimmen. Deswegen hat man die Forschungsergebnisse nicht veröffentlicht.«

»Aber warum denn nicht?«, fragte Simovic. »Das wäre doch eine tolle Story!«

»Der Vatikan befürchtete, dass diese DNA verwendet werden könnte, um ein Genprofil unseres Heilands zu erstellen.«

»Und das wäre möglich?«, fragte Simovic gespannt.

Wismut lächelte. »Nicht nur das, mein Freund, nicht nur das.«

21

Die Sekretärin warf Alex Pandera einen Blick zu, der verriet, dass sie am liebsten nur mit Personen aus der Teppichetage sprach. »Herr Edeling ist krank«, sagte sie knapp und widmete sich wieder ihren bunt lackierten Fingernägeln.

»Wie bitte?«, fragte Pandera irritiert. »Der war doch noch nie krank, seit er hier ist.« Er hatte sich schon gewundert, dass er den ganzen Tag noch keinen der üblichen Kontrollanrufe von Edeling bekommen hatte. Das war auch gut so, denn er hatte vom gemeinsamen Abend mit Kurt Sander noch einen ordentlichen Kater.

»Er hat eine Magenverstimmung«, fügte die Sekretärin hinzu und verzog angewidert ihr Gesicht. »Ich habe nur mit seiner Frau sprechen können. Sie meinte, er würde ein paar Tage zu Hause bleiben. Ich bin mir aber sicher, er ist morgen wieder da.«

Plötzlich fiel es dem Kommissar ein. *Die Voodoopuppe! Quatsch! Das ist sicher nur ein Zufall. Obwohl, es wäre zu schön ...* Ein Lächeln umspielte sein Gesicht.

»Gibt's sonst noch was?«, fragte die Sekretärin und betrachtete wieder ihre Fingernägel.

»Nein, nein!« Pandera verabschiedete er sich und ging zurück in sein Büro. Heute war ein merkwürdiger Tag. In Bern kamen sie nicht voran, auf seine Anfrage hin, wie die Überwachung von Leuenberger lief, hatten die Kollegen nur ausweichend geantwortet, dass es Anfangsprobleme gäbe.

Anfangsprobleme oder Anfängerprobleme? Was war denn so schwer daran, den Mann zu überwachen?

Doch sie selbst kamen auch nicht voran. Tamara Aerni war bei SEQUENZA 46 und kämpfte mit dem Erinnerungsvermögen der Mitarbeiter. Und Deckert war wie immer im Drive-in. Er war alleine dorthin gefahren, denn er fühlte sich angeblich nicht fit genug, um die Wette einzulösen. Unter diesen Umständen käme Pandera viel zu billig davon.

Pandera setzte sich an seinen Rechner und schaltete ihn an. Plattner hatte ihnen inzwischen die Namen der Labore gegeben, die außer SEQUENZA 46 das Grabtuch untersucht hatten: *Boston Genetics* in den USA und *Oxford Trulab* in Großbritannien. Pandera überlegte, ob er Anfragen an die Kollegen in Oxford und Boston schicken sollte, doch dann begann er selbst zu recherchieren.

Schon nach wenigen Minuten fand er heraus, dass in Boston eine der ältesten und größten Jesuitenhochschulen beheimatet war, das Boston College, und das schon seit über hundert Jahren. Heute studierten dort zwar nicht mehr nur Jesuiten, aber die Leitung war immer noch in ihrer Hand.

Auch ein Teil der renommierten britischen Universität Oxford wurde von Jesuiten geführt, die Campion Hall. War das nur Zufall?

In Frankfurt hatte Pandera anfangs im Dezernat für Wirtschaftskriminalität gearbeitet. Das war zwar langweilig gewesen, aber er hatte einiges gelernt. Zum Beispiel, dass es auch in anderen Staaten Handelsregister gab, mit deren Hilfe jeder die Geschäftsführer einer Firma herausfinden konnte. Online.

Pandera rief die Seite der *U. S. Security and Exchange Commission* auf und klickte sich zu den dort hinterlegten Daten von *Boston Genetics*. Dann suchte er auf der Homepage des Boston College nach Jesuiten-Absolventen. Er wurde schnell fündig. Tim Warner, 53, Jesuit und Geschäftsführer von *Boston Genetics*. Kein Wunder, dass der Vatikan dieses Labor für die Untersuchung des Grabtuchs ausgewählt hatte.

Zuversichtlich startete er eine neue Suche, dieses Mal auf den entsprechenden britischen Seiten. Doch obwohl er seine Daten zweimal überprüfte, fand er keine Übereinstimmung zwischen den Mitarbeitern von *Oxford Trulab* und den Absolventen der Campion Hall.

Schließlich googelte er einzeln die Namen der Mitglieder der *Trulab*-Geschäftsführung, doch er fand keine Hinweise, dass sie mit den Jesuiten in Verbindung standen. Das einzig Bemerkenswerte schien ihm, dass der Vorstandsvorsitzende Max Eber gebürtiger Deutscher war. Kurzentschlossen nahm Pandera sein Diensthandy und wählte die Nummer der *Trulab*-Zentrale.

Eine Frau meldete sich.

»Hello, here is Simon Kunen speaking«, sagte er. »I'm the vicar-general of the diocese of Bâle and I would like to speak to Mr. Eber.«

Er hörte eine paar Sekunden lang Warteschleifenmusik und dann eine männliche Stimme. »Hallo, Simon, was kann ich für dich tun?«

Pandera erschrak. »Hallo, Max«, antwortete er vorsichtig. Kunen hatte eine höhere Stimme als er, und er sprach mit Basler Akzent, doch er hoffte, Eber würde das nicht auffallen. »Hast du von Rolands Tod gehört?«

»Wir haben doch schon darüber gesprochen«, antwortete Eber. Plötzlich hielt er inne. Ein paar Sekunden herrschte Schweigen in der Leitung, dann kam nur noch ein Tuten.

Pandera schaltete sein Handy aus. Die Jesuiten waren besser organisiert, als er gedacht hatte. Und sie wussten weit mehr, als sie ihm bisher erzählt hatten.

22

Nur vierundzwanzig Stunden später war Pandera ein paar Illusionen ärmer. Er hatte sich überlegt, die Bistumsleitung vorerst nicht erneut zu befragen, sondern sie observieren zu lassen. Doch der Oberstaatsanwalt hatte sich geweigert, zu unkonkret sei Panderas Verdacht und die Angelegenheit viel zu heikel.

Doch auch außerhalb von Basel mahlten die Bürokratiemühlen mal wieder unendlich langsam. Erst gegen Nachmittag fanden Pandera und Tamara mithilfe der Kollegen von Interpol heraus, dass weder Eber noch Warner vorbestraft waren, die beiden hatten bisher noch nie etwas mit der Polizei zu tun gehabt. Wahrscheinlich waren die Laborleiter nur Gehilfen des Vatikans, damit die Proben des Grabtuchs geschützt wurden. Und Roland Obrist war diese Aufgabe zum Verhängnis geworden.

Während Tamara ein Kaffee holen ging, nahm Pandera sich die Tatortakten vor, die er bisher nur überflogen hatte. Er blieb bei einem Foto hängen, das Deckert vom Tatort mitgenommen hatte. Darauf war Roland Obrist abgebildet. Er stand vor seinem Arbeitsplatz, im Hintergrund sah man einen Monitor, darüber ein Regal mit mehreren Ordnern und Büchern. Rechts waren ein paar bunte Luftballons zu erkennen und ein Blatt mit der Zahl *60*, links auf dem Schreibtisch standen eine Flasche Champagner und mehrere Sektgläser. Das Foto war offensichtlich auf Obrists letztem Geburtstag aufgenommen worden.

Irgendetwas stimmte nicht mit dem Bild. Nur was? Pandera legte es zur Seite und blätterte weiter zu den Tatortfotos. Er fand eines, auf der Obrists Arbeitsplatz aus ähnlicher Perspektive zu sehen war. Er betrachtete es genau, dann sah er wieder auf das Geburtstagsbild und schließlich wieder auf das Tatortfoto. Und dann merkte er, was nicht stimmte.

Auf dem Tatortfoto fehlten drei Ordner, die bei Roland Obrists Geburtstag noch im Regal gestanden hatten. Auf allen drei Ordnerrücken stand nur ein einziges Wort: Sacramentum!

Er rief Deckert an, doch der sagte, die Ordner befänden sich nicht in der Asservatenkammer. Weder im Labor noch in Obrists Wohnung hätten die Kriminaltechniker sie gefunden. Hatte der Täter sie mitgenommen?

Bevor Pandera darüber nachdenken konnte, stand Edeling in der Tür. Er sah so blass aus wie eine Leiche. Aber er kochte vor Wut. »Ich hatte doch beim letzten Mitarbeitermeeting ausdrücklich darauf hingewiesen, dass Tempoübertretungen ohne Blaulicht in Zukunft nicht mehr toleriert werden!«, schrie er. »Sie zahlen fünfhundert Franken in die Teamkasse!«

Bevor Pandera widersprechen konnte, warf Edeling ein Foto auf den Schreibtisch. »Können Sie mir das erklären?«

Pandera blickte auf das Bild. *Mierda!* Es zeigte ihn und Tamara auf der Fahrt nach Bern. Pandera saß auf dem Fahrersitz, hatte die Hände aber nicht an Lenkrad, sondern hielt eine Stoffpuppe. Tamara saß neben ihm, die Hand am Steuer. Wenigstens konnte man auf dem Bild das Gesicht der Puppe nicht erkennen, dafür war es zu klein.

»Das war auf der Fahrt zu Leuenberger nach Bern...«, begann Pandera, ohne zu wissen, wie er den Satz beenden sollte. Er räusperte sich. »Die Puppe war heruntergefallen...

und damit ich sie wieder hochnehmen konnte, hat Tamara kurz das Steuer gehalten.« Innerlich atmete er auf, er hatte gerade noch so die Kurve gekriegt.

»Aha!«, bemerkte Edeling spitz und holte ein zweites Foto heraus, das einen vergrößerten Ausschnitt des ersten zeigte. »Und warum sieht die Puppe so aus wie ich? Und warum hat sie eine Nadel im Bauch?«

Pandera blickte zur Wand. Ihm fielen tausend Flüche ein, doch das war wohl kaum die richtige Antwort. Gab es überhaupt eine? Auf keinen Fall wollte er Tamara anschwärzen, das kam nicht infrage. »Das war Frustabbau«, sagte er schließlich.

»Und warum hatte ich dann eine Gastritis?«, fragte Edeling und baute sich drohend vor Pandera auf. »Ich will diese Puppe!«, tobte er. »Wo ist sie?«

»Ich weiß nicht ...«, antwortete Pandera ausweichend, doch da machte sich Edeling schon an Tamaras Schreibtisch zu schaffen. »Die mit ihrem verdammten Voodoo!«, schrie er und riss eine Schublade nach der anderen auf. Schnell hatte er die Puppe gefunden. Triumphierend hielt er sie in die Luft, dann steckte er sie in seine Anzugtasche. »Wir sprechen uns noch, Pandera!«, giftete er, stürzte hinaus und schlug die Tür hinter sich zu.

Pandera atmete tief durch. Dann lächelte er. *Das war es trotzdem wert gewesen.*

Endlich kam Tamara aus der Cafeteria zurück. Sie hatte zwei Becher Kaffee in der Hand. Einen stellte sie Pandera hin. »Warum gehen Ameisen eigentlich nicht in die Kirche?«, fragte sie, noch bevor Pandera etwas sagen konnte. Er zuckte mit den Schultern.

»Weil Sie Insekten sind«, antwortete sie und lachte.

»Weil Sie Insekten sind?« Er runzelte die Stirn. Dann verstand er und lächelte. »Es gibt übrigens Nachrichten von unserem Boss.«

»Und, lebt er noch?«

»Er hat deine Puppe.«

»Warum das denn?«

»Er hatte eine Gastritis.«

»Was hatte er?« Tamara grinste. »Alex, ich hab dir doch gesagt, du sollst nicht so fest zustechen.«

»Hab ich auch gar nicht«, widersprach Pandera und musste jetzt selbst lachen.

»Wie hat er das eigentlich erfahren?«

»Offensichtlich lässt Edeling sich die Radarbilder geben, die im Dienst von uns geschossen werden.«

»Ui!« Tamara verzog das Gesicht. »Ich fürchte, da kommt noch was auf mich zu.«

Noch bevor Pandera ihr von den fehlenden Ordnern erzählen konnte, klingelte sein Mobiltelefon. Es waren die Kollegen aus Bern. Je länger das Gespräch andauerte, desto finsterer wurde seine Miene. »Okay, wir sind auf dem Weg«, sagte er schließlich und beendete das Gespräch.

»Was ist passiert?«, fragte Tamara.

»Wir fahren nach Bern«, antwortete Pandera. »Leuenberger ist tot.«

23

Roger Simovic stand am Rande des Petersplatzes. Hinter ihm strahlte der Petersdom in der späten Nachmittagssonne. Ein perfektes Bild für seine Verkündigung. Er richtete seine Krawatte und blickte in die Kamera. »Die Aufnahme beginnt in fünf Minuten«, hörte er seinen Assistenten Jerome sagen. Alle waren nervös, sie spürten, dass etwas Großes bevorstand. Doch das Beste war, niemand wusste, was es sein würde. Er hatte von Schindler eine Stunde Sendezeit verlangt, Donnerstag, 6. August, ab 18 Uhr.

Simovic hatte dem BIGNEWS CEO erklärt, entweder er bekäme die Stunde weltweite Ausstrahlung oder er verlasse den Sender sofort und würde mit der Story zur Konkurrenz gehen. Simovic wusste, dass Schindler schon immer viel von ihm gehalten hatte, trotzdem war er sich nicht sicher gewesen, ob der CEO mitspielen würde. Er hatte alles auf eine Karte gesetzt. Schließlich hatte Schindler dem Deal zugestimmt, zähneknirschend zwar, aber er hatte zugestimmt.

Er würde es nicht bereuen. Wahrscheinlich würde es anfangs viele Skeptiker geben, doch war das bei Watergate nicht auch so gewesen? Mit der Zeit setzt sich die Wahrheit immer durch, das wusste Simovic. Er grinste. Sicherlich hatte er in der Vergangenheit die Wahrheit das ein oder andere Mal so verdreht, dass er sie im Grunde erwürgt hatte, aber das war Vergangenheit. Heute begann eine neue Zeitrechnung!

Er glaubte an diese Story, so wie er noch nie an etwas geglaubt hatte. Professor Wismut hatte ihn voll und ganz überzeugt. Und zwar nicht nur mit Worten, sondern auch mit Beweisen. Es konnte keinen Zweifel mehr geben, das würden früher oder später auch jene einsehen, die nach der Sendung auf ihn einprügeln würden. Die Schergen des Vatikans, die Armee der konservativen Journalisten, die ewigen Zweifler. Er wusste genau, dass sie jeden Hebel in Bewegung setzen würden, um die Story zu bekämpfen. Das gehörte schließlich zum Spiel. Denn erst der massive Einsatz all dieser Gegner würde das Thema auf jede Titelseite bringen. Je verbissener seine Gegner kämpften, ja, je brutaler sie ihn bekriegten, desto glanzvoller würde sein Triumph ausfallen.

»Noch drei Minuten«, rief Jerome. *Es wird Zeit, dass ich mir einen neuen Assistenten suche*, dachte Simovic. *Jerome ist nicht mehr als ein Kabelhalter mit Zeitansage. Ich brauche jemanden mit Biss, jemanden wie mich.*

Doch noch war es zu früh, den Kerl rauszuschmeißen, denn eines konnte Jerome fraglos am besten: mit zuckersüßen Worten die Meute besänftigen und sie ihm vom Hals halten. Jerome umgarnte jeden mit seinem Charme. Das war der Vorteil an einem Mann mit einer anderen sexuellen Orientierung.

Nein, Simovic hatte nichts gegen Schwule, im Gegenteil, sie bereicherten die Gesellschaft. Doch manchmal waren sie einfach nicht hart genug. Vor allem Männern gegenüber. *Eigentlich ein Paradox*, dachte er und lächelte.

Wie immer kurz vor einem Auftritt sprangen Simovics Gedanken wild hin und her. Es musste wohl so sein, damit er sich, während die Kamera lief, hundertprozentig auf die Sendung konzentrieren konnte. Er hatte sich lange überlegt, wie er seinen großen Auftritt beginnen sollte. Professor Wismut hatte ihm schließlich den entscheidenden Hinweis geliefert. Der Mann war ein Genie.

Sie müssen Ihren Bericht vor dem bedeutendsten Symbol für die Spaltung der christlichen Kirche halten, hatte er gesagt.

Simovic hatte kein Wort verstanden und den Professor fragend angeschaut.

Der Wissenschaftler hatte es ihm erklärt: *Anfang des sechzehnten Jahrhunderts wollte der damalige Papst Julius II. einen neuen Dom bauen, doch er hatte nicht genügend Geld. Kein Wunder, denn er liebte das Luxusleben und führte nebenbei noch ein paar Kriege. Er war nichts anderes als ein weltlicher Herrscher mit Papstkrone. So nannte er mehrere Paläste sein Eigen, einen Hofstaat und drei uneheliche Töchter. Da die Zahl seiner Feinde schneller wuchs als die seiner Freunde, gründete er zu seinem persönlichen Schutz die Schweizergarde. Die Finanzierung des Dombaus kam jedoch nicht recht voran und er starb, noch bevor mit dem Bau des Domes begonnen wurde.*

Leo X., sein Nachfolger, stammte aus der Finanzdynastie der Medici. Er war der Meinung, dass es für jedes Problem eine finanzielle Lösung gab. Und so führte er zur Finanzierung des Dombaus den Ablasshandel ein, bei dem jedermann sich mit Geld von seinen Sünden reinwaschen konnte. Dieser Ablasshandel war der entscheidende Grund für die Reformation und damit für die Abspaltung der protestantischen Kirche. Auch wenn der Papst wusste, dass er diese Entwicklung hätte aufhalten können, indem er auf den Dombau verzichtet hätte, gab er nicht nach.

Seine Nachfolger taten es ebenso wenig. Der Dom wurde gebaut, und die christliche Kirche brach auseinander. Es dauerte über hundert Jahre, bis der Dom fertiggestellt war. Er steht heute noch. Es ist der Petersdom, das bekannteste kirchliche Bauwerk der Welt.

Und genau hier stand er, Roger Simovic, und wartete, dass es endlich losging.

24

Pandera parkte den Dienstwagen unweit der Berner Lorrainebrücke, einer fast hundert Jahre alten steinernen Bogenbrücke. Auf der Brücke blickte Pandera hinab und hielt sich instinktiv an der Brüstung fest. Trotzdem wurde ihm schwindelig, und er zwang sich, tief durchzuatmen. *Schwindelfrei werde ich in dem Leben wohl nicht mehr.*

In einem tiefen Graben, fast vierzig Meter unter der Brücke, bahnte sich die Aare ihren Weg. Ihr glasklares Wasser umrahmte die Berner Altstadt wie eine in der Sonne glitzernde Halskette. Pandera und Tamara gingen zum Kopf der Brücke und durch ein steil abfallendes Uferwäldchen hinunter zur Aare. Direkt am Flusslauf stand der kaum zehn Meter hohe Blutturm mit seinem braunen Ziegeldach. Wie alle historischen Gebäude in Bern war auch er aus grünem Sandstein gebaut, der an einigen Stellen abgebröckelt und unten mit Graffitis besprayt war.

Die Polizei hatte das Gelände weiträumig abgesperrt, so auch den schmalen Uferweg, auf den die beiden Basler Polizisten trafen. Er führte durch einen kleinen steinernen Torbogen am Turm vorbei und schlängelte sich an der Aare entlang. Pandera erinnerte sich daran, dass er hier ein paarmal gejoggt war, als er während der Polizeiausbildung ein Jahr in Bern verbracht hatte. Es war ein schöner Weg gewesen, der ihm in der Dunkelheit aber immer ein wenig unheimlich vorgekommen war.

An der Absperrung zeigten Pandera und Tamara einem

Streifenpolizisten ihren Dienstausweis. Ein Schlauchboot mit ein paar grölenden Jugendlichen trieb an ihnen vorbei. Der Blick der Jugendlichen fiel auf die Absperrbänder der Polizei, sie verstummten, doch dann wandten sie sich ab und feierten weiter.

Ein grauhaariger Mann mit Hornbrille kam auf sie zu. »Grüß euch«, sagte er und hielt Pandera die rechte Hand hin. »Ich bin Stefan Zumstein von der Kantonspolizei Bern. Ich leite die Ermittlungen.«

»Alex Pandera. Und das ist meine Kollegin Tamara Aerni.«

»Meine Kollegen haben mir von der Überwachung erzählt, das lief ja nicht so gut.« Zumstein zupfte sich verlegen an seinem grauen Schnurrbart. »Leuenberger hat wohl geahnt, dass wir ihn observieren und ist uns im Bahnhof entwischt. Seitdem haben wir ihn nicht mehr gefunden. Jetzt wissen wir, weswegen.«

Pandera biss sich auf die Unterlippe. Er ärgerte sich, doch er wusste, auch in Basel lief häufig einiges schief. »Danke, dass Sie uns so schnell informiert haben«, sagte er.

»Das war das Mindeste, was wir tun konnten«, antwortete Zumstein und hob die Absperrung hoch. »Dann kommen Sie mal mit.« Vor dem Turm blieb er stehen. »Der Blutturm war früher ein Verteidigungsturm. Danach diente er als städtisches Leichenhaus. In gewisser Weise ist das immer noch so, denn seit der Turm leer steht, ist er zum Treffpunkt der lokalen Drogenszene geworden.«

Zumstein öffnete die hölzerne Eingangstür und leuchtete mit einer Taschenlampe hinein. Ein muffig riechender Raum ohne Fenster erwartete sie. Panderas Blick fiel auf die Überreste einer hölzernen Bar, bedeckt von mehreren Generationen Staub. Auf dem Boden lagen einige Scherben, ein umgekippter Putzeimer und ein paar Lappen. Hinter der massiven Theke waren mehrere Holzstühle und Hocker gestapelt. Davor stand ein einziger Stuhl, die hölzernen Armlehnen zersplittert. Darauf saß Dr. Walter Leuenberger, blass, den Kopf zurückgelehnt. Eine dunkelrote Linie zog sich von seiner Nase über seinen Körper bis auf den Betonboden. Geronnenes Blut.

»Vermutlich eine Überdosis Kokain«, sagte Zumstein. »Er sitzt wohl schon länger als einen Tag hier.«

»Wer hat ihn gefunden?«, fragte Pandera.

»Ein Drogenabhängiger«, antwortete Zumstein. »Der Mann hat angegeben, dass die Tür offen war. Wir glauben allerdings, dass er sie aufgebrochen hat, aber das ist eigentlich unerheblich.«

»War Dr. Leuenberger drogenabhängig?« Pandera war bei dem Gespräch nichts aufgefallen, was hätte darauf hinweisen können. Aber manchmal sah man das erst, wenn es zu spät war.

»Wir haben einen Schnelltest machen lassen, und das Ergebnis deutet darauf hin, dass er regelmäßig Suchtmittel genommen hat«, erklärte Zumstein.

»Glauben Sie, Leuenberger hat sich umgebracht?«, fragte Tamara.

»Das können wir momentan nicht ausschließen«, antwortete Zumstein. »Es kann sich aber auch um einen Unglücksfall handeln. Vielleicht war der Stoff mit zu viel Lidocain gestreckt, oder Leuenberger hat unabsichtlich zu viel davon genommen. Das übliche Risiko.«

»Und Sie meinen wirklich, Leuenberger ist hierhergekommen, um zu koksen?«, fragte Pandera und blickte durch den heruntergekommenen Raum. »Ein Mann in seiner Position würde das Zeug doch eher daheim nehmen oder von mir aus auf einer Party.«

»Da haben Sie recht.« Zumstein nickte. »Allerdings gibt es hier vorne in dem Wäldchen den Stoff zu kaufen. Vielleicht konnte er es nicht abwarten und hat sich deshalb Zutritt zu dem Raum verschafft.«

»Irgendwelche Spuren eines Kampfes?«, fragte Pandera und sah auf die zersplitterten Armlehnen.

»Die waren wohl schon vorher kaputt.«

»Trotzdem, ich habe das Gefühl, dass jemand ihn gezwungen hat, das Zeug zu nehmen«, sagte Pandera. »Das hier ist kein Zufall. Ich denke, es war Mord.« Pandera fixierte den Berner Kollegen. »Und Sie anscheinend auch. Sonst hätten Sie uns nicht sofort hergerufen, oder?«

25

»Mein Name ist Roger Simovic, und ich werde Ihnen heute nicht weniger als ein Wunder präsentieren.« Der Reporter strahlte in die Kamera. »Heute ist der sechste August, die katholische Kirche begeht heute den Festtag *Verklärung des Herrn.*« Simovic nahm eine Bibel zur Hand. »Im Buch der Bücher steht, an diesem Tag habe Gott sich zu Jesus bekannt und verkündet, dass er auferstehen wird. Sie können das selbst nachlesen, im Markus-Evangelium, Kapitel neun, Vers eins bis zehn.«

Simovic blickte in die Runde. Jerome sah ihn entgeistert an, und die Schaulustigen, die sich um ihn herum versammelt hatten, schienen nicht weniger irritiert. Schließlich war er nicht dafür bekannt, ein Verkündigungsprediger zu sein. Er arbeitete ja auch nicht beim Bibelfernsehen, sondern bei BIGNEWS, dem bald größten Nachrichtensender der Welt.

»Sie fragen sich jetzt sicher, wie ausgerechnet ich dazu komme, Bibelverse zu zitieren, zumal hier, auf dem Petersplatz in Rom«, sagte er und schenkte der Kamera sein freundlichstes Lächeln. Der Kameramann fing es ein und machte dann einen Schwenk über den Platz und zeigte den Obelisken in der Mitte und schließlich den Petersdom, der noch immer in der Sonne glitzerte.

»Dort oben residiert der Papst«, fuhr Simovic fort und zeigte auf den Apostolischen Palast hinter sich. »Doch Sie werden es kaum glauben: Er weiß nicht, was wir gleich über Jesus Christus berichten werden.« Er räusperte sich. »Jesus

Christus. Wir alle glauben an ihn. Und wir alle glauben, ihn zu kennen. Aber wie sah er eigentlich aus?«

Eine Filmsequenz startete. Sie zeigte einige Gemälde mit dem Antlitz von Jesus. Als Erstes sah man den jugendlichen Jesus des Letzten Abendmahls von Leonardo da Vinci, mit langem Haar und Vollbart. Als Nächstes erschien eine Ikone aus der Hagia Sophia, auf der Jesus deutlich weniger europäisch aussah, sondern fast orientalische Gesichtszüge aufwies. Dann folgten eine Reihe weniger bekannter Gemälde und schließlich die Bilder eines asiatischen, eines südamerikanischen und gar eines dunkelhäutigen Jesus.

»Wie wir sehen, hat jeder seine eigene Vorstellung vom Sohn Gottes«, kommentierte Simovic. »Aber welches ist die richtige? Ich persönlich favorisiere eine andere. Ich erkläre Ihnen gleich, weshalb.«

Auf dem Bildschirm erschien ein Farbfoto. Man sah den Kopf eines ungefähr dreißigjährigen Mannes mit langen schwarzen Haaren und Vollbart. Er hatte lebhafte Augen, einen durchdringenden Blick und schien in sich selbst zu ruhen. Das Bild erinnerte durchaus an den europäischen Jesus, auch wenn er einen etwas dunkleren Teint hatte und eine Spur orientalischer aussah.

»Was Sie hier sehen«, sagte Simovic, »ist nur eine Computersimulation. Sie ist eine Verschmelzung der Abbilder auf dem Turiner Grabtuch und aus dem Schweißtuch von Oviedo. Und jetzt kommt das Entscheidende: Was ich Ihnen hier zeige, dürfen Sie eigentlich gar nicht sehen. Zumindest nicht, wenn es nach dem Vatikan geht. Vor drei Jahren hat er diese beiden Tücher untersuchen lassen, und zwar von drei unabhängigen renommierten wissenschaftlichen Instituten in Boston, Oxford und Basel.«

Simovic sprach frei, ohne Notizen oder sonstige Hilfsmittel. Er hasste Teleprompter, ohne sie war es viel authentischer. Und darum ging es ja schließlich. Um Authentizität.

»Dieses Bild von Jesus ist eines der Resultate der damaligen Untersuchungen. Es zeigt Jesus Christus kurz nach seinem Tod. Die Wundmale wurden mithilfe einer neuartigen Interpolationstechnik entfernt, sodass wir mit der Computersimulation visualisieren können, wie Jesus aussah, bevor er ans Kreuz genagelt wurde.« Simovic blickte verschwörerisch in die Kamera und machte eine kleine Pause, um die Spannung zu steigern. »Doch was wäre, wenn wir mehr hätten als nur eine Simulation?«

Immer mehr Schaulustige stellten sich im Kreis um ihn und den Aufnahmewagen.

»Was wäre also, wenn wir ein echtes Bild von Jesus Christus hätten und nicht nur eine Simulation?«, fragte er. »Und was wäre, wenn wir nicht nur ein *Bild* von Jesus Christus hätten, sondern noch einiges mehr?«

Die Kamera zoomte heran und zeigte sein Gesicht in der Totalen. »Eine leere Behauptung? Nein! Überzeugen Sie sich selbst. Gleich nach der Werbepause.«

Kaum war das Aufnahmelicht erloschen, stürmte Jerome auf ihn zu. »Was gibt das denn?«

»Wart's ab«, entgegnete Simovic. »Auf mein Kommando startet der nächste Einspielfilm, alles klar?«

Der Assistent nickte wie abwesend, er schien sich in Gedanken schon auf einen Jobwechsel vorzubereiten. Sein Telefon klingelte. »Es ist der CEO.« Er blickte Simovic hilfesuchend an.

»Geh nicht ran!«, rief Simovic. »Diese Stunde gehört mir! Das hat er mir zugesichert! Danach könnt ihr mit mir machen, was ihr wollt: kreuzigen, vierteilen oder in den Himmel heben!«

26

Im 18. Jahrhundert hatte man in Bern offensichtlich ein großes Herz für kleine Kinder besessen. Vor allen Dingen für Kinder ohne Eltern. Denn damals hatte man ihnen ein Waisenhaus gebaut, das heutzutage fast feudal aussah, wie ein kleines, aber feines Hotel. Zudem hatte man es nicht außerhalb der Stadt gebaut, wo das Elend nicht zu sehen gewesen wäre, sondern in unmittelbarer Nähe der Altstadt.

Das reich verzierte Portal, das Erdgeschoss, die Fensterumrahmung und die Ecken des Alten Waisenhauses bestanden aus hellgrünem Sandstein, der Rest des dreistöckigen Gebäudes war ockerfarben gestrichen. Die grasgrünen hölzernen Fensterläden gaben dem Gebäude ein freundliches Gesicht.

Doch heute erinnerte nur noch der Name des Gebäudes an seine ursprüngliche Bestimmung. In den dreißiger Jahren des letzten Jahrhunderts, die auch in der Schweiz dunkler gewesen waren, hatte man die Waisen vor die Tore der Stadt abgeschoben. Die Polizei hatte das Gebäude übernommen und saß noch heute darin.

Zumstein führte die beiden Kommissare in sein Büro. Es lag im dritten Stock und bot einen schönen Blick auf die Altstadt. Ein riesiger Gummibaum nahm fast die gesamte Breite des Büros ein. Pandera musste unweigerlich an die Yucca-Palme denken, die nach Sanders Kündigung in Rekordtempo eingegangen war.

Hier ließ es sich fraglos besser arbeiten als im Basler Waaghof, einem hässlichen Betonquader direkt neben dem Untersuchungsgefängnis. Manchmal dachte Pandera, der Architekt des Waaghofs habe die gleichen Bedingungen für Polizisten wie für Häftlinge schaffen wollen. Bei den Polizisten hatte er lediglich die Gitter vor den Fenstern weggelassen.

»Wie geht es jetzt weiter, Stefan?«, fragte Pandera. Sie waren inzwischen zum Du gewechselt, in Bern ging das schnell. Zumstein schenkte ihnen Kaffee ein und setzte sich in seinen Bürostuhl.

»Wir schicken zwei Kollegen zum Inselspital, die das Krankenhauslabor durchsuchen sollen, und zwei zu Leuenbergers Privatwohnung. Der Rest verhört die Angehörigen und Zeugen. Tamara kann sich einem der Teams anschließen, wenn sie das möchte.«

»Ich fahre mit ins Inselspital«, sagte sie. »Wenn wir was finden, dann dort.«

»Und wir?«, fragte Pandera.

»Wir unterhalten uns mit der Witwe«, antwortete Zumstein. »Sie wartet nebenan.«

Zumstein und Pandera gingen in einen Raum, der als Verhörzimmer diente. Er war zwar spartanisch eingerichtet, aber selbst hier blühten Blumen auf der Fensterbank, als habe das gesamte Kommissariat einen grünen Daumen.

Auf einem gepolsterten Holzstuhl saß Frau Leuenberger und rauchte eine Zigarette. Sie trug ein weiß glänzendes elegantes Kleid, ihre wasserstoffblonden langen Haare hatte sie hochgesteckt. Sie sah aus, als käme sie direkt aus einer Opernaufführung. Pandera tat sich schwer, ihr Alter zu schätzen, alles zwischen fünfunddreißig und fünfundfünfzig schien möglich, je nach Talent ihres Chirurgen. Ihre Augenpartie zeigte keine einzige Falte, wirkte aber irgendwie leblos. Ihre Pupillen zuckten unsicher.

»Würden Sie so freundlich sein und Ihre Zigarette ausmachen«, bat Zumstein und hielt ihr einen Einwegaschenbecher aus Aluminium hin. »Hier herrscht Rauchverbot.«

Sie seufzte auf und zog noch einmal an der Zigarette, dann drückte sie diese aus. »Wer hat meinen Mann ermordet?«, fragte sie mit zitternder Stimme.

»Wie kommen Sie darauf, dass er ermordet wurde?«, entgegnete Zumstein.

»Ja ... Wie soll er denn sonst gestorben sein?«

Unter Kollegen wirkte Zumstein wie ein väterlicher Freund, doch jetzt wurde er hart und direkt. »Hat Ihr Mann Kokain genommen?«

Die Frau riss ihre Augen auf. Sie öffnete den Mund, um etwas zu sagen, doch es kam nichts.

Zumstein klopfte mit den Fingerkuppen auf den Tisch. »Frau Leuenberger, würden Sie bitte die Frage ...«

»Frau *Doktor Leuenberger-Seidler*, bitte!«, korrigierte sie ihn. Offenbar hatte sie ihre Sprache wiedergefunden.

»Gut, Frau Doktor Leuenberger-Seidler, hat Ihr Mann Kokain genommen?«

»Das ... kann ich mir nicht vorstellen«, antwortete sie. »Wie kommen Sie auf diese absurde Vermutung?«

»Weil man eine Überdosis Kokain in seinem Körper gefunden hat.« Zumstein zog die Augenbrauen hoch.

»So muss ich mich nicht behandeln lassen!« Empört stand sie auf. Sie schluchzte, aber Pandera sah keine Tränen.

Zumstein brummelte eine Entschuldigung, worauf die Frau sich wieder hinsetzte.

»Hätte Ihr Mann einen Grund gehabt, freiwillig aus dem Leben zu scheiden?«, fragte Zumstein.

»Nein, natürlich nicht!«

»Hatte er Feinde?«

»Das weiß ich nicht. Warum fragen Sie?« Mit fahrigen Bewegungen schob sie eine Haarsträhne, die sich gelöst hatte, aus der Stirn.

»Frau Leuenberger ...«, begann Zumstein, dann schien ihm klar zu werden, dass er ihren Doppelnamen schon wieder vergessen hatte. Er grummelte etwas Unverständliches hinterher, beugte sich vor und sah ihr direkt in die Augen. »Sie müssen uns schon helfen, wenn wir den Mörder Ihres Mannes finden sollen.«

»Aber das tue ich doch!«, protestierte sie.

»Sie haben uns bisher nicht eine einzige konkrete Antwort gegeben!«

»Wir hatten eben jeder unsere eigenen Interessen, mein Mann und ich«, sagte sie. »Er war ständig im Labor, wahrscheinlich kennen die ihn dort besser als ich.«

Pandera gab Zumstein ein Zeichen, dass er sich in das Gespräch einschalten wollte. Zumstein nickte knapp.

»War Ihr Mann gläubig?«, fragte Pandera.

»Was hat das denn damit zu tun?« Sie sah ihn an, als hätte er den Verstand verloren.

»Könnten Sie die Frage bitte beantworten«, erwiderte Pandera ruhig.

»Wir sind aus der Kirche ausgetreten, schon vor langer Zeit.«

»Stand er mit jemandem aus der Kirche in Verbindung?«

»Nein. Wir wissen nicht einmal, wie der örtliche Pfarrer heißt. Also, was soll Ihre Frage?«

Pandera antwortet nicht. »Kannten Sie Roland Obrist?«

Sie schüttelte den Kopf. »Den Namen habe ich noch nie gehört.«

»Sind Sie sicher?«

»Vielleicht ein Freund meines Mannes ... Die kenne ich nicht. Er hat sein eigenes Leben gelebt.«

»Hatte er ein Verhältnis?« Er fixierte sie.

»Wie kommen Sie denn darauf?«

»Und Sie?«, fragt Zumstein.

»Wie bitte?«, entgegnete die Frau, obwohl sie ihn sehr wohl verstanden haben musste.

»Haben Sie ein Verhältnis?«, wiederholte Zumstein.

Sie fuhr hoch. »Also ... das geht zu weit! Was bilden Sie sich eigentlich ein?« Sie stürmte aus dem Zimmer und warf die Tür hinter sich zu.

»Danke, wir haben keine Fragen mehr!«, rief Zumstein ihr hinterher. »So eine Zicke! Oder nicht?« Er blickte Pandera an.

»Fünf Minuten mit der verheiratet und ich würde freiwillig ins Kloster gehen.«

Zumstein lachte. »Ich glaube der übrigens kein Wort. Das fängt beim Koksen an und hört bei ihrem Verhältnis auf. Wir sollten sie uns genauer anschauen.«

»Was schlägst du vor?«

»Den ersten Schritt dazu haben wir schon getan«, antwortete Zumstein und grinste.

»Wieso?«

»Wir haben eine Speichelprobe von ihr.«

Pandera blickte ihn überrascht an.

Zumstein nahm den kleinen Aschenbecher, den er der Frau hingehalten hatte, und fischte die Kippe heraus. »Damit ist heutzutage problemlos ein Kokain-Test möglich.«

27

Professor Wismut saß in seinem War-Room und lächelte. Auf allen Monitoren lief dasselbe Programm. Sie faszinierten ihn immer wieder aufs Neue, diese kleinen Verzögerungen im Millisekundenbereich, diese Farbabweichungen bei den einzelnen Monitoren, diese minimal verschobenen Bildausschnitte. Es war immer das identische digitale Signal, die gleichen Nullen und Einsen. Und doch sahen sie überall anders aus. Zumindest für einen Fachmann.

Im Grunde war das pure Genetik. Das menschliche Gen war auch nur ein Signal, das sich je nach RNA verschieden ausprägen konnte. Selbst kleinste Abweichungen konnten zu vollkommen verschiedenen Ergebnissen führen.

Nur was gerade über den Bildschirm lief, interessierte ihn nicht. Er hasste Werbung. Doch noch war es zu früh, auf andere Sender zu schalten. In zwei Stunden dürfte es so weit sein. Für die 20-Uhr-Nachrichten mussten sich die Redakteure entscheiden. Angesichts des Sommerlochs würden sie über Simovics Auftritt berichten, wenn auch mit der gebotenen Distanz. Doch noch war die Sendung nicht gelaufen, im Gegenteil. BIGNEWS zeigte immer noch Werbung, und Wismut fragte sich, ob ein neues Vollwaschmittel wirklich zur Verkündigung des Herrn passte. Aber das war das Problem des Senders, nicht seines.

Bis jetzt lief alles perfekt. Simovic machte einen guten Job. Wismut mochte ihn trotzdem nicht. Doch das spielte keine Rolle. Der Reporter wusste um seine Macht und Ausstrahlung, aber er wusste nicht, dass er nur Mittel zum Zweck war. Wismut hatte vor seiner Entscheidung unzählige Sendungen und Interviews gesehen, sowohl Simovic als auch andere Fernsehjournalisten geprüft, die infrage gekommen wären. Er hatte sich für Simovic entschieden, weil der zweifellos der Beste war: intelligent, risikofreudig und mit genau der richtigen Portion Überheblichkeit, die seine Gegner provozieren würde …

Endlich, der Werbeblock schien zu Ende zu sein. Gespannt beugte der Professor sich vor.

Normalerweise hasste Simovic es, wenn die Werbung seine Sendung zerstückelte, wie eine geschnittene Salami. Doch heute sorgte sie dafür, dass die Spannung immer weiter stieg.

»Erinnern Sie sich noch, was Sie am 20. Juli 1969 gemacht haben?«, fragte Simovic in die Kamera. »Viele von Ihnen waren an diesem Tag noch nicht einmal geboren. Und doch weiß jeder, was am 20. Juli 1969 geschehen ist: Neil Armstrong hat als erster Mensch seinen Fuß auf den Mond gesetzt.«

Er genoss es, in die verwirrten und gleichzeitig gespannten Gesichter seines Publikums zu sehen. Wie lange hatte er auf einen solchen Moment gewartet! Er liebte diesen Job.

»Die Mondlandung war ein wahrhaft historisches Ereignis, auch wenn nur noch unscharfe Bilder davon erhalten sind. Die Technik hat sich inzwischen weiterentwickelt, und das, was wir heute Abend senden, ist ein Zeitdokument, das für immer zugänglich sein wird. Diese Livesendung können Sie fünf Minuten nach dem Ende in kompletter Länge auf der Homepage von BIGNEWS downloaden, natürlich kostenlos und in HDTV-Qualität.«

Simovic verkniff sich ein Grinsen. Auch dieses Zugeständnis hatte er CEO Schindler abgerungen. Schließlich waren sie ein Fernsehsender und kein Internetportal, selbst wenn der Unterschied allmählich verschwand. Aber wer die Nummer eins werden wollte, musste neue Wege gehen.

Auf dem Petersplatz strömten immer mehr Zuhörer zusammen, inzwischen waren es schon über hundert. Nicht viel für diesen großen Platz, aber doch ausreichend um aufzufallen. Zum Glück verfügten sie über eine Drehgenehmigung, unterschrieben vom Kardinalstaatssekretär persönlich. Schließlich war heute ein kirchlicher Festtag, und BIGNEWS wollte live darüber berichten. Exklusiv. Das allein hätte die Herren im Vatikan eigentlich skeptisch machen müssen …

»Und Sie, meine verehrten Zuschauer, haben das Privileg, das Wunder als Erste zu sehen.« Simovic räusperte sich. »Wie Sie sich erinnern, habe ich Ihnen vorhin ein Bild von Jesus gezeigt, welches aus den Abbildungen auf dem Turiner Grabtuch und dem Schweißtuch von Oviedo entstanden ist. Viele von Ihnen wissen, dass die Diskussion um die Echtheit der Grabtücher anhält. Doch es existieren eindeutige Beweise, dass beide Tücher tatsächlich echt sind.«

Auf dem Bildschirm erschien das Turiner Grabtuch mit der Jesus-Abbildung. »Frühere Radiokarbonuntersuchungen aus den achtziger Jahren des letzten Jahrhunderts sind zu dem Ergebnis gekommen, dass das Tuch erst im Mittelalter entstanden ist. Die Proben, die man damals verwendet hat, stammen allerdings vom Randbereich des Tuches, einer von Fremdkörpern kontaminierten Stelle, und das hat zu falschen Ergebnissen geführt. Für die jetzigen Untersuchungen des Vatikans wurden hingegen Proben von fünf verschiedenen Abschnitten des Tuches entnommen. Mir liegen die Ergebnisse dieser Untersuchungen vor. Sie bestätigen, dass dieses Tuch zu Lebzeiten von Jesus Christus gewebt wurde.«

Im Einspielfilm, der nun folgte, wurden einige Dokumente gezeigt, auf denen das vatikanische Siegel zu erkennen war. Die markierten Textstellen belegten Simovics Erklärungen.

»Hinzu kommt, dass die Art der Darstellung auf dem Tuch bis ins kleinste Detail authentisch ist«, fuhr er fort. »Es handelt sich hier um Details, die man im Mittelalter gar nicht kennen konnte. Eine Fälschung auf diesem Niveau wäre damals nicht möglich gewesen, nicht einmal einem Genie wie Leonardo da Vinci. Ja, sogar heute könnten wir ein solches Tuch nicht so perfekt fälschen, dass es wissenschaftlichen Untersuchungen standhalten würde. Wie also soll das im Mittelalter möglich gewesen sein? Es gibt nur einen logischen Schluss: Das Tuch ist echt, und es ist das Grabtuch von Jesus Christus!«

Zufrieden bemerkte Simovic, wie die Zuschauer ihm atemlos zuhörten. Dabei hatte er das Spannendste noch nicht einmal gesagt. Er nahm wieder die Bibel und blätterte darin. »Ich habe hier eine interessante Stelle für Sie: Johannes-Evangelium, Kapitel zwanzig, Vers drei bis sieben.« Mit strengem Blick, als sei er ein Priester, blickte er in die Runde, und las mit ernster Stimme vor: »Da gingen Petrus und der andere Jünger hinaus und kamen zum Grab; sie liefen beide zusammen dorthin, aber weil der andere Jünger schneller war als Petrus, kam er als Erster ans Grab. Er beugte sich vor und sah die Leinenbinden liegen, ging aber nicht hinein. Da kam auch Simon Petrus, der ihm gefolgt war, und ging in das Grab hinein. Er sah die Leinenbinden liegen und das Schweißtuch, das auf dem Kopf Jesu gelegen hatte; es lag aber nicht bei den Leinenbinden sondern zusammengebunden daneben an einer besonderen Stelle.«

Nun ließ Simovic ein Foto einblenden, das ein anderes Tuch zeigte, auf dem bis auf Blutflecken nicht viel zu erkennen war. Eine Computersimulation legte nun das Bild des Turiner Grabtuchs darüber, und plötzlich passte alles zusammen. Man konnte das Abbild Jesu sehen, das zuvor schon gezeigt worden war.

»Das ist das Schweißtuch von Oviedo, das Schweißtuch Jesu, welches nach seinem Tod seinen Kopf und Teile des Oberkörpers bedeckt hat. Die Abbildungen stimmen mit der des Turiner Grabtuchs überein, auch die Altersdatierung und weitere Indizien sprechen eine eindeutige Sprache: Es sind beides die Grabtücher von Jesus Christus.«

Er legte die Bibel zur Seite und zeigte kirchliche Dokumente, die Wismut ihm zugespielt hatte. Simovic hatte nicht herausfinden können, wie der Professor an diese Dokumente gelangt war, aber sie stammten offensichtlich aus dem Vatikan und bestätigten die Echtheit der Tücher.

»Doch das sind nicht die einzigen Ergebnisse der vatikanischen Untersuchungen«, erklärte Simovic. »Es gibt noch andere Ergebnisse, die so unglaublich sind, so weltbewegend, dass, wenn sie an die Öffentlichkeit gelangten, die Kirche in ihren Grundfesten erschüttert würde.«

Nun zeigte die Kamera wieder eine Großaufnahme des Turiner Grabtuchs. »Wie man hier sieht, ist auf dem Tuch Blut zu erkennen. Lange Zeit haben die Forscher sich gestritten, ob es sich um echtes Blut handelt oder um Farbe. Die vatikanischen Untersuchungen sind zu dem Schluss gekommen, dass es sich eindeutig um echtes Blut handelt.«

Er lächelte. »Wie könnte es auch anders sein? Ein Tuch, in das ein blutüberströmter gekreuzigter Mensch eingewickelt wurde, soll kein Blut enthalten?« Er schüttelte den Kopf. »Ich bitte Sie! Doch diese Wahrheit möchte der Vatikan Ihnen vorenthalten. Und warum? Die Antwort sehen Sie gleich, auf diesem Kanal.«

28

»Schindler will dich sofort sprechen!«, rief Jerome, kaum hatte die Werbepause begonnen. Er hielt Simovic sein Handy hin. »Er hat schon drei Mal angerufen!«

Simovic nahm es, hielt es einen Moment in der Hand, und warf es dann in hohem Bogen über die Schaulustigen hinweg auf den Petersplatz. »Ich hatte dich gebeten, nicht ans Telefon zu gehen!«, sagte er, während man im Hintergrund hörte, wie das Handy auf den Boden knallte. »Heute sind wir für niemanden mehr zu erreichen.«

Jerome blickte seinem Handy hinterher, als habe Simovic gerade einen Ferrari an die nächstbeste Hauswand gesetzt. »Wie soll ich jetzt …?, stammelte er.

Simovic stellte sich breitbeinig vor ihn. »Ich bin seit drei Jahren bei diesem Sender, und man könnte doch meinen, ich hätte ein wenig Vertrauen und Respekt verdient!«

Jerome traute sich nicht, auch nur einen Ton von sich zu geben. Er sah aus wie ein kleiner Junge, dem man sein Lieblingsspielzeug weggenommen hatte.

»Und erspar mir diesen Mitleidsblick!«, giftete Simovic. »Kapierst du nicht, dass du gerade die einmalige Chance hast, bei einer Story dabei zu sein, von der die Welt in zehn Jahren noch reden wird? Entweder du bringst das jetzt zu Ende oder du kannst gehen!«

»Ich will eure Liebesszene ja nicht stören«, mischte sich der Kameramann ein. »Aber in dreißig Sekunden geht's weiter.«

Simovic ließ sich den Schweiß von der Stirn abtupfen und stellte sich wieder in Position. Jerome seufzte tief, sah auf den Timer und zählte mit ausgestreckten Fingern rückwärts. *Drei, zwei, eins.*

»Warum also hat man Ihnen nicht erzählt, dass das Blut auf beiden Grabtüchern echt ist?«, fragte Simovic, nachdem die Kamera wieder auf ihn gerichtet war. »Warum hat man Ihnen nicht erzählt, dass diese Proben dieselbe Blutgruppe haben? Und zwar die sehr seltene Blutgruppe AB? Und warum hat man Ihnen nicht erzählt, dass sie nicht nur dieselbe Blutgruppe aufweisen, sondern auch dieselben genetischen Merkmale? Ja, warum verheimlicht der Vatikan, dass sie von derselben Person stammen?«

Auf dem Monitor erschien ein vergrößerter Ausschnitt des Turiner Grabtuchs, auf dem die Blutspuren an Jesu Kopf zu erkennen waren.

»Eigentlich ist das doch eine tolle Neuigkeit für die Kirche! Die Tücher sind echt und stammen von Jesus Christus!« Er wandte sich zur Seite und zeigte auf den Apostolischen Palast. »Nur, der Papst will offensichtlich nicht, dass Sie davon erfahren. Warum?«

Simovic fühlte, wie sein Puls schneller ging. »Ich kann Ihnen sagen, weshalb der Vatikan bisher geschwiegen hat. Bisher galt es nämlich als unmöglich, aus den Blutresten auf dem Turiner Grabtuch die DNA des Verstorbenen zu extrahieren.«

Simovic blickte in die Runde. Die ersten Zuschauer schienen zu ahnen, was er als Nächstes verkünden würde.

»Einem Forscherteam aus Basel ist es nun gelungen, die Blutspuren des Turiner Grabtuchs mit denen des Schweißtuchs von Oviedo zusammenzufügen. Jede fehlende Sequenz, jeder fehlende DNA-Strang konnte ersetzt werden. Die Forscher haben es geschafft, das vollständige Genom von Jesus Christus zu rekonstruieren!«

Er sah zweifelnde Gesichter im Publikum und ließ die Kamera über mehrere Dokumente schwenken. »Mehrere auf gentechnologische Untersuchungen spezialisierte Labore der Universitäten Harvard, Cambridge, Heidelberg und Zürich haben unabhängig voneinander bestätigt, dass die gefundenen Blutelemente die vollständige Erbinformation eines Menschen tragen.«

Nun war wieder Simovic zu sehen. »Diese Dokumente, die ich hier nur vorstellen, aber nicht im Detail besprechen kann, liegen wie alle anderen Unterlagen nach der Sendung zum Download bereit. Jeder, ob Wissenschaftler oder Laie, kann sich von der Echtheit dieser Ergebnisse selbst überzeugen.«

Simovic blickte zu Jerome. Sein Assistent schien auf einmal genauso gepackt zu sein von der Story wie alle anderen.

»Diese renommierten wissenschaftlichen Institute haben nicht nur nachgewiesen, dass die Blutspuren auf den Tüchern zu einem einzigen Menschen gehören, sie haben auch bestätigt, dass sie mit einer zweiten Blutprobe identisch sind. Was bedeutet das?«

Simovic legte eine kleine Pause ein, damit seine Zuhörer Zeit hatten, das Ungeheuerliche zu begreifen. »Die DNA, die auf den Tüchern gefunden wurde, stammt von einem Mann um die dreißig, sie weist die genotypischen Eigenschaften der damaligen Bevölkerung von Judäa auf. Da nun bewiesen ist, dass die Tücher echt sind und dass auf ihnen das Abbild von Jesus Christus zu erkennen ist, gibt es nur eine logische Schlussfolgerung: Das Blut auf den Tüchern ist das Blut von Jesus Christus.« Simovic räusperte sich. »Wie ich vorhin schon angedeutet habe, ist dieses Blut auf dem Tuch aber auch identisch mit einer anderen Blutprobe. Und zwar mit einer Blutprobe, die einem lebenden Menschen vor nicht einmal zwei Monaten entnommen wurde.«

Simovic beobachtete sein Publikum. Er spürte deutlich, sie waren überfordert, sie konnten nicht verstehen, was seine Worte bedeuteten. So waren die Menschen schon immer gewesen: Passte etwas nicht in ihr Weltbild, dann glaubten sie es nicht. Doch er würde ihnen die Augen öffnen.

»Ja, Sie haben richtig gehört«, fuhr er fort. »Es gibt einen Menschen, der dieselben Gene besitzt wie Jesus Christus. Er ist in jeder Hinsicht identisch mit dem Sohn Gottes! Er ist genauso Gottes Sohn wie der Heiland selbst!«

Das war für einige Zuschauer zu viel. Er hörte Buhrufe, ein paar Schaulustige fluchten und hoben drohend die Faust, bevor sie den Kreis um ihn verließen. Andere jedoch, die hinter ihnen gewartet hatten, stießen sofort in die Lücken vor. Immer mehr Personen blieben stehen und hörten ihm zu. Simovic fühlte, wie seine Macht größer wurde. Er kam sich vor wie ein Verkündiger, wie jemand, der Gottes Botschaft zu den Gläubigen sendet.

»Wir sehen jetzt ein Interview mit Professor Wismut, einem weltweit anerkannten Schweizer Reproduktionsmediziner und Molekularbiologen. Er wird uns erklären, wie es möglich ist, dass ein Mensch mit der DNA von Jesus Christus existiert.«

Man sah nun Wismut und Simovic in Wismuts Wohnzimmer, im Hintergrund war das Bild des Grabtuchs zu erkennen.

»Professor Wismut«, begann Simovic. »Man hört ja immer wieder davon, dass bei Gentests die Wahrscheinlichkeit, ein DNA-Profil mit jemandem zu teilen, nahezu ausgeschlossen sei, aber eben nur *nahezu*. Woran liegt das?«

»Ganz einfach«, antwortete der Professor. »Bei einem DNA-Profil, wie es zum Beispiel in der Verbrechensbekämpfung verwendet wird, werden aus Zeit- und Kostengründen nur Bruchteile des gesamten Genoms analysiert. Man untersucht dabei recht kleine und schnell zu identifizierende Gensequenzen, die zwar genügend Unterscheidungsmerkmale besitzen, damit eine qualifizierte Aussage getroffen werden kann, die aber nicht, wie das komplette Genom, hundertprozentig einmalig sind. Bei diesen Verfahren liegt die Wahrscheinlichkeit, einen Zufallstreffer mit zwei identischen DNA-Profilen zu landen, zwischen eins zu hunderttausend und eins zu hundert Millionen.«

Simovic erinnerte sich daran, wie sie vor drei Stunden das Interview aufgezeichnet hatten. Bei diesem Argument war selbst er ins Zweifeln geraten, schließlich lebten mehrere Milliarden Menschen auf der Erde. Doch Wismut hatte ihn auch in diesem Punkt überzeugt.

»Analysiert man hingegen das komplette Genom gibt es schlichtweg keine Zufallstreffer«, fuhr Wismut fort. »Das komplette Genom ist immer eindeutig einem Menschen zuzuschreiben, es gibt keine zufällige Übereinstimmung.«

»Wie ist das zu erklären?«

»Das menschliche Genom besteht aus bis zu fünfzigtausend Genen und drei Milliarden Basenpaaren, die, miteinander kombiniert, nahezu unendliche Variationen ermöglichen. Also: Jedes Genom ist einmalig! Das wäre selbst dann der Fall, wenn die Erde von hundert oder zweihundert Milliarden Menschen bevölkert wäre.«

»Das klingt überzeugend«, sagte Simovic. »Aber was ist mit Zwillingen?«

»Ich sehe, Sie denken mit«, antwortete Wismut. »Es gibt nur zwei Ausnahmen von der Regel des einmaligen Genoms:

Zum einen sind das eineiige Zwillinge. Sie verfügen logischerweise über dasselbe Genom.«

»Bezogen auf unseren speziellen Fall Jesus Christus, kann man ja wohl ausschließen, dass es einen zweitausend Jahre alten Zwilling gibt«, entgegnete Simovic mit einem überlegenen Lächeln. »Was ist also die zweite Möglichkeit?«

»Jeder kennt sie«, antwortete der Professor. »Man hat sie schon im letzten Jahrhundert bei einem Schaf angewendet, dann bei Pferden, Hunden und Affen. Ich spreche vom Nukleustransfer des Erbmaterials in eine Eizelle. Im allgemeinen Sprachgebrauch nennt man das Klonen.«

Wieder hörte Simovic Buhrufe aus den Zuschauerreihen. Das hatte er erwartet. Zu viele schlechte Science-Fiction-Filme zu dem Thema waren gedreht worden, und zu viele Ankündigungen von betrügerischen Wissenschaftlern hatte es schon gegeben, sie könnten einen Menschenklon erschaffen. Aber jeder wusste insgeheim, dass es einmal möglich sein würde, einen Menschen zu klonen. Es war nicht zu verhindern, dass die Wissenschaft diesen großen Schritt machen würde. Jetzt war es so weit.

»Ich dachte, Klonen ist eine unzuverlässige Technik?«, fragte Simovic und gab sich skeptisch.

»Früher waren Klone nicht perfekt, das ist korrekt. Die tierischen Klone lebten kürzer, waren krankheitsanfälliger und wirkten, als seien sie nicht richtig zusammengebaut. Das lag vor allen Dingen darin begründet, dass damals die Mitochondrien-DNA, welche aus der Eizelle stammt, nicht ausgetauscht werden konnte. Ein zu hundert Prozent identischer Klon war deshalb vor einigen Jahren noch nicht möglich.«

»Und heute?«

»Heute ist das kein Problem mehr«, erklärte der Professor. »Die Verfahren sind so verfeinert worden, dass ein absolut identischer Klon entstehen kann, der sich in nichts von seinem Ursprung unterscheidet, außer natürlich in seinem Alter und in seiner Sozialisation. Diese wissenschaftlichen Fortschritte lassen sich auch auf den Menschen anwenden.«

»Aber das hat doch bisher noch nie jemand getan, oder?«

»Vor uns nicht, das ist korrekt«, entgegnete der Professor und lächelte, wenn auch nur für einen kurzen Moment.

»Vor *Ihnen* nicht?«, fragte Simovic.

»Richtig. Wir sind die Ersten, denen es gelungen ist, einen menschlichen Klon zu erzeugen.«

»Und dieser Klon lebt?«

»Natürlich, er ist quicklebendig.«

»Und wen haben Sie geklont?«

»Das liegt doch wohl auf der Hand, oder?« Professor Wismut strahlte.

Die Aufzeichnung endete, und Simovic war nun wieder live zu sehen.

»Professor Wismut hat also nicht irgendjemanden geklont. Nein, er hat Gottes Sohn geklont, Jesus Christus! Ja, Sie haben richtig gehört: Jesus Christus ist von den Toten auferstanden! Gleich können Sie ihn sehen. Hier bei BIGNEWS.«

29

Kommissar Zumstein hielt den schmalen Teststreifen gegen das Licht und zog seine linke Augenbraue nach oben. »Der ist rot wie ein Ferrari! Also wenn die liebe Frau Leuenberger-Irgendwas nicht kokst, bau ich im August 'nen Schneemann!«

»Nur heißt das noch lange nicht, dass sie etwas mit seinem Tod zu tun hat«, sagte Pandera. »Und mit dem von Obrist schon gar nicht.«

»Dann müssen wir die Verbindung finden zwischen Leuenberger und Obrist«, entgegnete Zumstein. »Eine Person, die beide kennt.«

Pandera nickte. Die beiden Opfer könnten gemeinsame Kunden oder Lieferanten haben. »Weißt du schon etwas über die Durchsuchung von Leuenbergers Labor?«, fragte er.

»Die Kollegen stellen alles auf den Kopf, aber sie haben noch nichts gefunden«, antwortete Zumstein. »Und das andere Team wartet auf den Durchsuchungsbefehl des Staatsanwalts, um Leuenbergers Privatwohnung zu durchsuchen. Ich hoffe, das geht schnell. Die Leuenberger schnupft uns sonst noch alles weg.«

Pandera lächelte. Zumstein erinnerte ihn ein wenig an Kurt Sander. Er wünschte, der Alte wäre noch im Dienst. Seine Erfahrung könnten sie jetzt gut gebrauchen.

In diesem Augenblick klingelte sein Mobiltelefon. Es war Tamara.

»Wie läuft es?«, fragte Pandera.

»Ich glaube nicht, dass wir was Interessantes finden«, antwortete sie. »Die haben im Labor wirklich alle Untersuchungen selbst durchgeführt, Proben versenden sie nicht. Ihre Kontakte nach außen laufen über die Krankenhausverwaltung. Die dürfen nicht mal Büromaterial selbst bestellen.«

»Aber?«, fragte Pandera, der ahnte, dass dies nicht der Grund für den Anruf seiner Kollegin war.

»Ich habe mich ein bisschen im Spital umgehört«, sagte sie. »Und rate mal, was ich herausgefunden habe.«

»Du wirst es mir gleich sagen.«

»Hast du keine Idee?«

»Mach's nicht so spannend«, brummelte Pandera. »Du bist ja schlimmer als Deckert.«

»Also gut«, sagte sie. »Ich habe mich gefragt, ob es eine Verbindung geben könnte zwischen Roland Obrist und dem Inselspital. Vielleicht könnte er jemanden von hier gekannt haben.«

»Und?«, fragte Pandera. Er hatte keine Ahnung, worauf seine Kollegin hinaus wollte.

»Es gibt einen katholischen Spitalseelsorger. Dreimal darfst du raten, welchem Club er angehört.« Tamara wartete einen Moment. »Den Jesuiten!«

»Den Jesuiten?«, fragte Pandera. »Hast du schon mit ihm gesprochen?«

»Nein, der ist angeblich auf Exerzitien, wo immer das ist.«

»Du meinst, *was* immer das ist.« Pandera musste sich ein Lachen verkneifen. »Exerzitien sind geistlichen Übungen der Ordensbrüder, beispielsweise Bibelstudien.«

»Woher weißt du denn so was?«

»Ich habe mich inzwischen über die Jesuiten informiert.

Die Exerzitien wurden von ihrem Gründer eingeführt, Ignatius von Loyola.«

»Dann ist der Spitalseelsorger also gar nicht verreist, sondern daheim?«

»Das habe ich nicht gesagt. Vielleicht macht er seine Exerzitien auch in einem Kloster in der Nähe«, antwortete Pandera. »Oder beim Heiligen Vater in Rom, wer weiß das schon.«

»Was sollen wir jetzt tun?«, fragte Tamara.

»Wir teilen uns auf. Du machst den Spitalseelsorger ausfindig und nimmst ihn dir vor, und ich kümmere mich um dessen Ordensbrüder in Solothurn.«

30

»Ist das wahr?«, fragte Jerome.

»Jedes Wort«, antwortete Simovic und grinste. »Wetten, der CEO versucht uns immer noch zu erreichen. Aber jetzt, um uns zu gratulieren!«

Simovic wandte sich wieder der Kamera zu. Er ließ sein Make-up überprüfen und räusperte sich. Dann leuchtete das rote Aufnahmelämpchen wieder auf.

»Sie haben lange warten müssen«, begann er. »Aber ich, Roger Simovic von BIGNEWS, verspreche Ihnen, es hat sich gelohnt.«

Er gab Jerome ein Zeichen, den letzten Einspielfilm zu starten. »Gleich werden Sie Jesus Christus sehen. Den Jesus Christus, auf den die Menschheit zweitausend Jahre lang gewartet hat. Jetzt endlich ist er auf die Erde zurückgekommen. So unschuldig und doch genauso heilig und göttlich wie vor zwei Jahrtausenden.«

Das Bild zeigte eine weiße Fläche. Sie strahlte so hell, dass es fast schon in den Augen schmerzte. Langsam zoomte sich die Kamera an die Lichtquelle heran. Man erkannte die Umrisse eines Menschen. Doch es war kein Jesus, wie man ihn von den Bildern kannte, es war auch kein alter, gebrechlicher Mann – nein, es war ein kleines Kind.

Der Junge saß auf einem hellen Marmorboden, barfuß, die Beine von sich gestreckt. Er trug ein weißes Gewand. Seine halblangen glatten Haare glänzten schwarz. Seine braunen Augen waren so groß, wie sie es nur bei einem Kind sein konnten, und sein Blick war so tief und mystisch, als könne er mit einem einzigen Wort die ganze Welt erklären. Seine Haut war nur ein wenig dunkler als die eines gewöhnlichen Mitteleuropäers.

Der Junge lächelte. Er wirkte nicht, als würde er die Sünden der Welt auf seinen Schultern tragen. Er strahlte Zuversicht aus, Freude, Liebe und Vertrauen.

Er war Jesus. Jesus Christus im Alter von zwei Jahren. Der Hintergrund, vor dem er saß, war kaum zu erkennen, es schien das Innere einer Kirche zu sein. Es war kein pompöses Gotteshaus, sondern ein schlichter mittelalterlicher Bau mit gewölbter Decke, einem hölzernen Kruzifix und den Bildern des Kreuzweges an den Wänden.

Der Junge schien in sich selbst zu ruhen, als würde er beten oder meditieren. Er wirkte schon jetzt reifer als die meisten Erwachsenen.

»Der kleine Jesus ist heute vor zwei Jahren geboren worden und damit in dem Alter, in dem Herodes die Kinder seines Landes hat ausrotten lassen«, sagte Simovic. »Auch in unserer Zeit wird es Menschen geben, die nicht den Erlöser, sondern einen Feind in ihm sehen. Daher hält Professor Wismut den Aufenthaltsort von Jesus Christus geheim. Vorerst wird es nur dieses eine Video von ihm geben. Erwarten Sie keine Pressekonferenz, keine Verlautbarungen, keine Bilder. Sobald die Zeit gekommen ist, wird Jesus Christus sich an sein Volk wenden.«

Wieder hörte Simovic Buhrufe. *Sicher nur ein paar Unbelehrbare*, dachte er und blickte weiter in die Kamera. »Die Blutprobe des zweijährigen Jesus wird zusammen mit einer Vergleichsprobe der Grabtücher an weltweit fünfzig renommierte Universitäten und Laboratorien verschickt, sodass die sich von der Authentizität der vorgelegten Daten überzeugen können. Jedes Jahr am 6. August, dem Tag seiner Auferstehung, wird es ein Video geben, dass seine Entwicklung …«

Völlig unvermittelt traf Simovic ein Hieb in den Rücken. Er stolperte nach vorne und konnte nur mit Mühe verhindern, dass er stürzte. Taumelnd drehte er sich um und sah, dass die Kamera auf den Boden gefallen war. Jerome und der Kameramann wurden von vier Männern in dunklen Anzügen festgehalten, zwei weitere kamen auf ihn zu, ergriffen ihn und drehten ihm den Arm auf den Rücken. Simovic biss die Zähne zusammen. Noch mehr Anzugträger tauchten auf und bildeten einen Kreis um die Journalisten. Das Publikum schaute irritiert zu, doch es tat nichts.

Dann fielen zwei Schüsse. Frauen begannen zu schreien, die Zuschauer rannten auseinander. Nur ein paar jüngere Männer blieben stehen und riefen den Anzugträgern zu, aufzuhören.

»Territorio Vaticano!«, brüllte ihnen der Anführer entgegen. In seiner Rechten hielt er die Pistole, mit der er in die Luft geschossen hatte. Er fuchtelte damit in Richtung der Männer und befahl ihnen, zu verschwinden. Sie schauten sich unsicher an, dann begann einer von ihnen davonzurennen und die anderen folgten ihm.

In Sekundenschnelle nahmen die Anzugträger den Fahrer des BIGNEWS-Übertragungswagens und den Techniker fest, anschießend sperrten sie den Petersplatz ab.

Simovic ließ sich abführen. Er leistete keinen Widerstand. Es war zwecklos, sich zu wehren. Die Angreifer waren in der Überzahl, sie handelten schnell und routiniert. Es waren Profis.

Da muss jemand hinter den hohen Mauern die Sendung gesehen haben … Simovic musste beinahe lachen.

Jerome wehrte sich und schrie mit sich überschlagender Stimme um Hilfe. Einer der Anzugträger drückte ihm ein Klebeband vor den Mund. Der Mann, der Simovic abführte, verstärkte seinen Griff. Es tat zwar weh, aber Simovic ließ es geschehen, er genoss es geradezu.

Perfekt, dachte er. *Die Gendarmeria Vaticana unterbricht meine Sendung und verhaftet mich und meine Leute vor laufender Kamera. Einen größeren Skandal hätte ich mir gar nicht wünschen können. Danke, ihr Idioten!*

31

Pandera ließ das Telefon fast eine Minute lang klingeln, bis endlich jemand dranging.

»Hier ist Kommissar Pandera von der Kriminalpolizei Basel. Ich würde gerne Bischof Obrist sprechen.«

»Es tut mir leid, aber das ist nicht möglich«, antwortete eine weibliche Stimme.

»Und Herrn Kunen?«

»Heute sind beide für niemanden mehr zu sprechen«, antwortete die Frau. »Angesichts der Umstände nehme ich an, Sie haben Verständnis dafür.«

Angesichts der Umstände? Ist heute irgendein kirchlicher Feiertag? Pandera kündigte an, sich morgen noch einmal zu melden, dann verabschiedete er sich und fuhr nach Hause. Es war schon spät genug.

Als er dort ankam, war einiges anders als sonst. Die ganze Familie saß im Wohnzimmer vor dem Fernseher. Das war schon ungewöhnlich genug, doch der Bildschirm zeigte nichts anderes als eine Störung. Trotzdem schauten alle in die Richtung, als hätten sie gerade einen Sprung zurück in eine Zeit gemacht, in der Fernsehen noch ein faszinierendes Technikerlebnis gewesen war. Jackie, Urs und Hilde Remady, selbst Lara und Ben rührten sich nicht und saßen einfach nur da, die Augen auf den Bildschirm gerichtet. Nur Skater lag in der Ecke und leckte an seinen Pfoten, als sei nichts geschehen.

Die Situation war so grotesk, dass Pandera lachen musste. »Was läuft denn da so Spannendes? Eine Hypnosesendung mit Uri Geller? Sind die Löffel verbogen? Muss ich neues Besteck kaufen?«

»Psst!«, zischte Jackie. »Es geht bestimmt gleich weiter. Setz dich hin und schau zu.«

Pandera zuckte mit den Schultern, setzte sich auf die Couch und blickte wie die anderen auf den Bildschirm. Außer dem BIGNEWS-Symbol und einer Entschuldigung für die Übertragungsstörung war nichts zu sehen.

»Das ist vorhin schon mal passiert«, erklärte Lara wichtigtuerisch. Mit ihren sieben Jahren kam sie allmählich in das Alter, in dem sie überzeugt war, sie müsse ihrem völlig hinter dem Mond lebenden Vater die Welt erklären. »Dann hat allerdings der Papst die Sendung unterbrochen.«

»Der Papst?«, fragte Pandera und zog die Stirn kraus.

»Das war nicht der Papst, das war die Schweizergarde«, bemerkte Jackie.

»Das war die Vatikanische Gendarmerie«, korrigierte ihr Vater sie. »Die Schweizergarde sieht ganz anders aus. Eher wie Fasnachtsmusiker, nicht wie italienische Polizisten.«

»Schön, dass ihr das geklärt habt.« Pandera zeigte auf das Standbild. »Und was ist jetzt noch so spannend?«

»Irgend so ein Reporter hat behauptet, er hätte Jesus geklont«, erklärte Hilde Remady. Ihr Tonfall ließ keinen Zweifel daran, dass sie das für völligen Unsinn hielt. Außerdem verdrehte sie die Augen, eine Geste, die offensichtlich ihrem Mann galt.

»Nicht der Reporter hat Jesus geklont, sondern ein Schweizer Wissenschaftler«, erklärte Urs Remady. »Er kommt aus Basel. Ich kann mir nicht vorstellen, dass er seinen Ruf aufs Spiel setzen würde, wenn er nicht ...«

»Blödsinn!«, fauchte seine Frau. »Du warst schon immer so leichtgläubig! Von jeder Kaffeefahrt kommen wir mit

Rheumadecken und Heilsalben nach Hause, weil du diesen Bauernfängern jeden Unsinn glaubst!«

Urs Remady antwortete nicht, anscheinend steckte in den Vorwürfen seiner Frau ein wahrer Kern.

»Wie will der Wissenschaftler denn ausgerechnet Jesus geklont haben?«, fragte Pandera misstrauisch.

»Wie man eben klont«, antwortete die kleine Lara, als würde das heute schon in der Grundschule gelehrt.

»Vor ein paar Jahren gab es eine Ufosekte, die ohne jeden Beweis behauptete, Jesus geklont zu haben«, erklärte Pandera. »Natürlich war alles gelogen, jeder wusste das, und trotzdem kamen diese Pappnasen in allen Hauptnachrichten.« Er lehnte sich zurück. »War das auch so ein Unsinn?«

»Ich hab keine Ahnung, ob dieser Reporter die Wahrheit sagt«, antwortete Jackie. »Vielleicht ist er nur ein Angeber, oder er ist auf einen Betrüger reingefallen. Aber was er erzählt hat, klang zumindest plausibler als alle Klon-Geschichten von früher.«

»Na gut, aber trotzdem ist es verboten, einen Menschen zu klonen«, sagte Pandera.

»Kann man menschliches Leben verbieten?«, fragte Jackie. »Außerdem gilt das nicht für jedes Land der Welt. Und bestimmt nicht für zweitausend Jahre altes Genmaterial.«

»Und woher hatte der Wissenschaftler das Blut von Jesus?«

»Woher wohl? Das liegt doch auf der Hand.«

Plötzlich wurde Pandera klar, warum ihn die Bistumsleitung in Solothurn vorhin am Telefon abgewiesen hatte. Das Blut stammte vom Grabtuch!

»Und was ist jetzt mit dem Sender los?«, fragte er.

»Vielleicht ist ihr Server zusammengebrochen, weil jeder das Video runterladen wollte«, antwortete Jackie.

»Oder der Vatikan hat seine Finger im Spiel«, entgegnete Urs. Er griff sich eine Zeitung und blätterte trotzig darin.

»Der Vatikan hat weniger Macht als unsere Kantonsregierung«, behauptete Hilde. »Er kann den Petersplatz räumen, er kann seine Meinung äußern, aber er kann keine Fernsehstation abschalten.«

»Und was bringen die anderen Sender?«, fragte Pandera.

»Ich nehme an, die spekulieren nur«, antwortete Jackie. »Dieser Reporter von BIGNEWS ist verschwunden, der Wissenschaftler und der kleine Junge auch. Morgen wissen wir mehr.«

»Du bist ja sehr zuversichtlich.« Pandera lächelte. »Ob das die Jünger auch gesagt haben, nachdem sie das leere Grab von Jesus gefunden hatten? Nach zweitausend Jahren wissen wir immer noch nicht mehr!«

»Nicht alle sind so schnell wie die Basler Polizei«, frotzelte Jackie und gab ihm einen Kuss. »So, jetzt haben wir genug ferngesehen. Wer deckt den Tisch? Es gibt garantiert ungeklontes Bio-Hühnchen in Honig-Rosmarinsauce.«

Jackie hatte nicht zu viel versprochen. Das Essen verlief bemerkenswert harmonisch. Selbst als Panderas Blick auf den Spielzeugroboter fiel, der an einer automatischen Ladestation hing und ihn aus glücklichen Roboteraugen anblinzelte, änderte sich das nicht. Pandera verschwendete einen kurzen Gedanken daran, wer diese verdammte Ladestation gekauft hatte. Sie würde dafür sorgen, dass dieses Ungetüm von jetzt an rund um die Uhr aktiv war. Doch dann biss er wieder in das zarte Hühnchen und vergaß den Roboter einfach. Selbst in hundert Jahren würden die Elektro-Butler nicht lernen, so zu kochen!

32

Ich bin im siebten Fernsehhimmel! Simovic lächelte. Und dass, obwohl ein blonder Riese vor ihm stand, ihn anschrie und damit drohte, ihn in dieser Zelle verschimmeln zu lassen. Aber er konnte den Typen einfach nicht ernst nehmen. Klar, die Kerle hatten den Aufnahmewagen konfisziert, die Kamera und die Bänder mit dem Video des kleinen Jesus. Doch was waren Originale heutzutage noch wert? Nicht viel. Alles war live im Fernsehen übertragen und tausendfach mitgeschnitten worden, nicht zuletzt in der BIGNEWS-Sendezentrale.

Die Sendung war mit Sicherheit schon im Internet aufgetaucht und verbreitete sich wie ein ansteckender Virus. Damit war sein Beitrag so unauslöschlich wie alles, das einmal den Weg in das Netz der Netze gefunden hatte. Dort ging nichts verloren, erst recht dann nicht, wenn man genau dies unbedingt wollte. Denn das weckte Interesse, und Interesse schraubte die Zugriffszahlen in die Höhe. Und Zugriffszahlen waren die Währung im Internet. So gesehen war er heute Abend Millionär geworden, wenn auch nur ein virtueller.

Jetzt musste er nur noch hier raus. Aus dem Kerker des Vatikans. Der wie eine Besenkammer aussah. Ein kleiner Raum mit weiß verputzten kahlen Wänden, geschmückt nur von einem schmalen Holzkreuz. Die Pritsche, auf der er saß, gegenüber ein Plastikpapierkorb, ein Waschbecken und eine übel riechende Nasszelle, das war alles. Es gab keine Gitter, keine Fenster, nur eine verschlossene Metalltür. Ein paar Säcke mit Altkleidern zeugten davon, dass der Raum normalerweise als Lager genutzt wurde. Angeblich hatten in diesem *Gefängnis* bisher nur vier Personen gesessen, das hatte Professor Wismut behauptet. Die letzte sei ausgerechnet ein Schweizer Staatsbürger gewesen, der ein Mitglied der Schweizergarde beleidigt habe. *Das dürfte einem Nigerianer sprachlich ungleich schwerer fallen.* Simovic grinste. Er lehnte sich zurück und sah sein immer noch schreiendes Gegenüber an.

Der Anzugträger in Blond erzählte etwas von einem kurzen Prozess und einer langen Haftstrafe. Dabei klang er, als sei Hexenverbrennung und Folter noch immer ein Mittel vatikanischer Machtpolitik. Doch die Wirklichkeit sah ganz anders aus. Der Vatikan war in den letzten paar Hundert Jahren zu einer zahnlosen Betroffenheitsmaschinerie mutiert, mit einem Pazifisten an der Spitze.

Was konnten sie schon tun? Natürlich hatten sie ihn in Einzelhaft gesteckt und seine Mitarbeiter getrennt von ihm verhört. Aber die Kollegen wussten überhaupt nichts. Ja, sie hatten nicht einmal etwas geahnt von der Sensation! Sie wussten weder, wer Professor Wismut war, noch wo dieser sich aufhielt. Und genauso wenig wussten sie, ob er den Jungen mitgenommen oder in ein einsam gelegenes Kloster gebracht hatte.

Falls sich irgendwo in den Kerkern des Vatikans doch noch eine eiserne Jungfrau befand, würde niemand in Verlegenheit geraten, zu plaudern.

Nicht einmal er, Starreporter Roger Simovic, war informiert über Wismuts Pläne. Er wusste nur, dass der Professor Rom verlassen hatte. Wismut würde ihn kontaktieren, sobald ein wenig Ruhe eingekehrt war. Dieser Teil ihrer Abmachung passte ihm überhaupt nicht. Doch Wismut hatte darüber nicht diskutieren wollen, angeblich, um den Jungen zu schützen.

Egal. Schon bald würde er herausfinden, wo der Professor sich aufhielt. Denn wenn er als Reporter eines wusste, dann, wie man sich Informationen beschaffte.

Eigentlich empfand er eine grundsätzliche Abneigung gegen Streber, wie Wismut einer war. Der Professor passte in die Schublade der Typen, die ihn in der Schule nie hatten abschreiben lassen und sich dabei auch noch moralisch überlegen fühlten. Simovic hingegen gehörte zu jenen Jungs, die solche Streber im Pausenhof verdroschen hatten, und zwar, ohne sich hinterher schlecht zu fühlen. Normalerweise ging Simovic diesen bleichen Angsthasen aus dem Weg. Doch er musste zugeben, der Professor war mehr als ein wandelndes Lexikon mit Brille. Der Mann hatte eine Vision. Wismut nutzte sein Wissen, um die Welt zu verändern.

War ein langweiliger, aber genialer Wissenschaftler nicht sogar perfekt für eine solche Story? War er nicht die passende Ergänzung für ihn? Nur gemeinsam konnten sie die Welt überzeugen, nur gemeinsam konnten sie die nötige Mischung aus Ernsthaftigkeit und Show, aus Fakten und Provokation auf die Fernsehbühnen der Welt bringen. Aber es würde nur eine Zusammenarbeit auf Zeit sein. Irgendwann wäre das Thema so groß, dass er den Professor nicht mehr benötigte. Und der Professor ihn, Roger Simovic, nicht mehr. Und irgendwann wäre der kleine Jesus so alt, dass er sich entscheiden musste. Entscheiden, wer ihm die Stimme leihen sollte. Der Professor, für den er im Grunde nur ein Experiment war? Ein Vater, von dem sich jeder früher oder später löste?

Nein, der Junge würde sich für den Mann entscheiden, der ihm die große weite Welt zeigte. Für den Mann, der wusste, wie man die Massen begeisterte. Für ihn. Doch bevor Simovic sich diesen Traum ihn allen Farben ausmalte, zwang er sich in die Wirklichkeit zurück. Er verspeiste mal wieder den Braten, bevor er das Tier erlegt hatte.

Der Blonde redete noch immer auf ihn ein. Er schien zu glauben, er könnte die Situation unter Kontrolle bekommen. Sie könnten ihn hundert Jahre hier einkerkern, könnten ihn umbringen, die Story würden sie nicht aufhalten.

Nein, sie konnten nicht einmal ihn aufhalten. Niemand würde ihm auch nur ein Haar krümmen. Er war vor laufender Kamera verhaftet worden. Ein Politikum. Spätestens in ein paar Tagen war er wieder auf freiem Fuß. Der Vatikan konnte es sich gar nicht leisten, an zwei Fronten zu kämpfen. Seine Verhaftung war nur ein Nebenkriegsschauplatz. In Wirklichkeit ging es um Jesus. Damit musste der Vatikan sich befassen und nicht damit, unschuldige Reporter gefangen zu halten.

Als hätte der Mann in Blond seine Gedanken lesen können, schüttelte er plötzlich den Kopf und klopfte an die Metalltür. Ein Wärter öffnete sie. Der blonde Hüne ging hinaus, doch dann zögerte er. Er drehte sich noch einmal um und schickte die Wache weg.

»Wir wissen von dem Mord an unserem Bruder in Basel«, flüsterte der Blonde und blickte Simovic mit durchdringenden Augen an. »Sie werden uns nicht entkommen!«

33

Die Schäfchen, die er zählen wollte, hatten auf ihrem Wollkleid das Antlitz von Jesus eingebrannt. Seltsam. In diesem Augenblick wusste Alex Pandera, er würde heute Nacht keinen Schlaf finden. Ohne Jackie zu wecken, stand er auf, zog sich an und ging ins Arbeitszimmer. Dort setzte er sich vor seinen Laptop und klickte sich auf die Homepage von BIG-NEWS. Es dauerte erstaunlich lange, bis die Seite geladen war, doch als sie endlich erschien, glaubte er zuerst, sie sei nicht vollständig. Normalerweise blinkte es auf der Homepage an allen Ecken und Enden, und mehrere Schlagzeilen kämpften mit den Werbebannern um Aufmerksamkeit. Heute hingegen war die Startseite fast leer. Nur ein Videofenster öffnete sich, in dem man die Sendung anschauen konnte, über die jeder diskutierte.

Pandera klickte auf den Abspiel-Button und wartete. Der Fortschrittsbalken kroch dahin wie eine Schnecke im Rückwärtsgang. Offensichtlich waren die Server des Senders immer noch überlastet. Pandera kam sich vor wie im Steinzeitalter des Internets, als man ein paar Megabyte noch größere Bedeutung beigemessen hatte. Endlich, fünf Minuten später begann das Video.

Mit jeder Minute, die er sah, verstand er besser, warum seine Familie so reagiert hatte. Spätestens jetzt würden auch die Herren in Solothurn begreifen, warum Roland Obrist ermordet worden war. Wenn sie es nicht schon lange wussten …

Punkt sechs Uhr morgens stand Pandera vor der Tür der Bistumsverwaltung. Eine wahrlich unchristliche Zeit. Doch er wusste, dass der Bischof und der Vikar hier wohnten. Vielleicht konnten ja auch sie nicht schlafen?

Als er beim dritten Mal den Klingelknopf ein wenig länger drückte, meldete sich eine Frauenstimme über die Türsprechanlage. »Gottfried Stutz! Wer ist denn da?«

»Hier ist Kommissar Pandera aus Basel, würden Sie bitte öffnen?«

»Sie haben doch gestern schon angerufen. Ich kann …«

»Ja, ich habe gestern angerufen«, unterbrach Pandera die Frau. »Und ich komme heute noch wieder, wenn Sie die Tür nicht öffnen. Aber dann habe ich einen Mannschaftswagen voller Kollegen dabei und die Presse im Schlepptau.«

Der Türöffner summte. Pandera betrat die Eingangshalle. Die Nonne, die dort stand, war schon über sechzig und so drahtig wie ein Rosenstiel. Sie trug ihre Haube mit Würde. Mit prüfenden Augen sah sie Pandera an.

»Ich muss mit dem Bischof reden«, erklärte er.

»Das wird nicht möglich sein«, antwortete sie. »Um diese Uhrzeit schläft seine Exzellenz noch.«

»Dann wecken Sie ihn heute bitte ein wenig früher«, entgegnete Pandera. »Schließlich ist die Welt im Umbruch, und er ist mittendrin.«

Die Schwester drehte sich wortlos um. Pandera setzte sich auf einen der alten Holzstühle im Foyer.

Eine Viertelstunde später betrat Generalvikar Simon Kunen die Halle und begrüßte Pandera mit einem kräftigen Händedruck.

»Sie sind ganz schon hartnäckig«, sagte Kunen und deutete mit der anderen Hand auf eine Tür. »Da drinnen sind wir ungestört.«

Der Vikar hatte in den letzten Tagen anscheinend nicht einmal Zeit gefunden, sein Kopfhaar zu rasieren. Selbst sein sonst so gepflegter Bart war nicht gestutzt. »Der Bischof kommt gleich«, sagte Kunen und strich sich durch seinen dünnen gräulichen Haarkranz.

Sie gingen in einen modern eingerichteten Konferenzraum, an dessen Kopfende eine Leinwand montiert war, und setzten sich an einen länglichen Holztisch.

»Was sagen Sie zu den Ereignissen von gestern?«, fragte Pandera.

»Das ist ein *Annus horribilis*«, seufzte der Vikar.

Pandera blickte ihn fragend an.

»Ein Katastrophenjahr«, erklärte Kunen. »Erst stirbt der Bruder des Bischofs, und jetzt kommt noch dieser Scharlatan und behauptet, Jesus Christus geklont zu haben.«

»Sie glauben, er ist ein Betrüger?«

»Was denn sonst?«, erwiderte Kunen.

»Aber das Tuch ist doch echt«, entgegnete Pandera. »Das behauptet zumindest das Basler Labor, das es in Ihrem Auftrag untersucht hat.«

Kunen schwieg.

»Einen Menschen zu klonen liegt wissenschaftlich im Bereich des Möglichen«, sagte Pandera.

»Das eine hat mit dem anderen nichts zu tun!«, erwiderte der Vikar scharf und verschränkte die Arme.

»Auch nicht, wenn Roland Obrist herausgefunden hat, was geschehen würde? Wenn er es verhindern wollte und deshalb ermordet wurde?«

»Was soll er denn herausgefunden haben?«

»Roland Obrist wusste, dass der Jesusklon kommen würde.«

Der Vikar saß da mit offenem Mund. Seine Gedanken

schienen blockiert, er wirkte, als suche er nach einer Rechtfertigung. Doch er schien keine zu finden. Er holte Luft und wollte etwas sagen, aber dann hörte man Schritte im Flur, und so schwieg er.

Die Tür öffnete sich, und der Bischof betrat den Raum. Johann Obrist trug ein einfaches weißes Leinengewand und lederne Sandalen. Er hatte gerötete Augen und sah blass aus. Der Bischof setzte sich so langsam zu ihnen an den Tisch, dass Pandera dem alten Mann beinahe helfen wollte.

»Wir müssen dem Kommissar jetzt alles erzählen«, sagte Obrist und seufzte. »Es ist nicht mehr die Zeit der Geheimnisse, sondern die Zeit der Wahrheit.«

34

Bischof Johann Obrist hielt einen Rosenkranz in seiner rechten Hand, seine Finger zitterten leicht. »Mein Bruder hat den Orden nicht im Unfrieden verlassen«, sagte er. »Als ich noch Abtprimas des Jesuitenordens im Vatikan war, habe ich den Auftrag erhalten, sicherzustellen, dass das Grabtuch nur zum Zweck der wissenschaftlichen Untersuchung verwendet wird.«

»Und in jedem Institut, das Proben untersucht hat, saß ein Jesuit als kirchlicher Beobachter«, ergänzte Pandera. »Die Jesuiten arbeiteten nach den Untersuchungen weiterhin im Labor und taten so, als hätten sie den Orden verlassen. Doch in Wirklichkeit waren sie so etwas wie Agenten des Vatikans.«

»Agenten gibt es nur im Kino«, widersprach der Bischof. »Die Männer sollten lediglich darauf achten, dass die Proben und alle Daten so verwendet wurden, wie es mit dem Vatikan vereinbart worden war. Für diese Aufgabe wurden nur absolute Vertrauenspersonen ausgewählt.«

»Also haben Sie Ihrem Bruder diesen Auftrag erteilt«, stellte Pandera fest. »Weil Sie in dieser wichtigen Frage nur ihm trauen konnten.«

Der Bischof nickte, eine Träne lief über seine Wange. Er schien endlich zu begreifen, dass er mit diesem Auftrag das Todesurteil für seinen Bruder unterschrieben hatte.

»Warum haben die Männer im Verborgenen gearbeitet?«, fragte Pandera.

»Wenn man weiß, wo der Wächter ist, umgeht man ihn«, antwortete der Bischof. »Wir glauben zwar an das Gute, aber wir wissen auch um die Wege und die Kraft des Bösen.«

»Sie wussten, dass der Mord an Ihrem Bruder mit dem Jesusklon zusammenhängt«, sagte Pandera. »Warum haben Sie mich angelogen?«

»Herr Kommissar, lassen Sie mich eine Gegenfrage stellen.« Der Bischof sah Pandera direkt in die Augen. »Wie glaubwürdig wären wir gewesen, hätten wir Ihnen von dem Jesusklon erzählt?«

»Sie lösen das Problem nicht, indem Sie uns Informationen vorenthalten.«

»Sie müssen unsere Lage verstehen.« Der Bischof rieb sich über die Stirn. »Bis gestern haben wir immer noch die Hoffnung gehegt, dass mein Bruder sich getäuscht hat.«

Nur mit Mühe hielt der Bischof die Tränen zurück. Pandera glaubte, echte Reue bei ihm zu spüren. »Was wusste Ihr Bruder?«

»Er hat herausgefunden, dass eine Probe der beiden Grabtücher das Labor verlassen hat«, sagte Obrist.

»Und er hat das nicht verhindert?«

»Er konnte es erst zwei Jahre nach den Untersuchungen beweisen«, antwortete Kunen, noch bevor der Bischof etwas sagen konnte. Der Vikar verzog dabei das Gesicht, als habe er in eine Zitrone gebissen.

Es war offensichtlich, dass Kunen dem Ermordeten nie dasselbe Vertrauen entgegengebracht hatte wie der Bischof.

»Wussten Sie, dass Doktor Leuenberger die Proben gekauft hat?«, fragte Pandera.

Obrist schüttelte den Kopf. »Leuenberger war sicher nur ein Mittelsmann. Mein Bruder hat von einer Gruppe in Rom gesprochen, die Proben des Grabtuchs für ein geheimes Projekt kaufen wollte.«

»Glauben Sie, Professor Wismut gehört zu dieser Gruppe?«, fragte Pandera.

»Angeblich hat die Gruppe einen christlichen Hintergrund«, sagte Obrist. »Wismut dagegen ist ein Ungläubiger!«

»Offensichtlich hat Wismut Proben des Grabtuchs gekauft und daraus Jesus geklont ...«

»Nein!«, widersprach Kunen. »Der Mann ist ein Betrüger. Er hat Jesus nicht geklont!«

»Woher wollen Sie das wissen?«, fragte Pandera.

Johann Obrist schwieg und krallte die Finger um den Rosenkranz. Simon Kunen sah zu Boden.

»Was wissen Sie noch von dieser christlichen Gruppe in Rom und deren Geheimprojekt?« Pandera sah den Bischof an.

»Nicht viel«, antwortete Obrist. »Mein Bruder meinte, sie operiere unter dem Namen *Sacramentum*.«

Sacramentum! Die verschwundenen Ordner vom Tatort. Endlich fügte sich etwas zusammen. »Was bedeutet dieser Deckname?«

»Angeblich dient die Gruppe einem sogenannten *letzten Sakrament*. Vermutlich stammt daher der Name.«

»Und was ist das letzte Sakrament?«

»Der Begriff ist auch uns ein Rätsel«, antwortete Kunen. »Denn es gibt in der katholischen Lehre kein *letztes* Sakrament.«

»Und wenn ich herausgefunden habe, was es damit auf sich hat, fällt es Ihnen plötzlich doch ein?«, fragte Pandera.

»Das ist eine Unverschämtheit!«

»Nennen Sie es, wie Sie wollen«, sagte Pandera. »Auf alle Fälle erwarte ich von Ihnen und Ihrem Orden von jetzt an uneingeschränkte Kooperation. Falls Sie oder jemand aus Ihrer Gemeinschaft die Ermittlungen weiterhin behindern, sehen wir uns gezwungen, dieses Gebäude zu durchsuchen.«

»Sie drohen uns?« Der Vikar schnellte von seinem Stuhl hoch. Auch Pandera stand auf. Kunen war ein Stück größer und muskulöser als er, und obwohl Pandera durchaus athletisch war, wirkte er gegen ihn fast wie ein Strich.

»Der Kommissar hat nur auf etwas Selbstverständliches hingewiesen«, sagte der Bischof und blickte Kunen eindringlich an. »Wir werden in vollem Umfang kooperieren.«

»Das will ich auch hoffen«, entgegnete Pandera und verabschiedete sich. Er dachte an Tamara Aerni. Die Kollegin würde demnächst den Seelsorger im Berner Inselspital verhören, auch ein Jesuit. Er würde also bald erfahren, was von dem Versprechen des Bischofs zu halten war.

35

Roger Simovic erwachte. Er konnte immer noch nicht glauben, was der Blonde bei seinem letzten Besuch gesagt hatte. *Wir wissen von dem Mord an unserem Bruder in Basel.* Woher, verdammt noch mal, sollte jemand im Vatikan etwas davon wissen? Es gab doch überhaupt keinen Beweis, der ihn mit diesem Mord in Verbindung brachte! Sie hatten nichts gegen ihn in der Hand!

Sollte das etwa der Beginn einer Schmutzkampagne sein, gesteuert ausgerechnet vom heiligen Vatikan? Oder war es nur ein billiges Ablenkungsmanöver, ein Bluff? Natürlich würde der Mord an Roland Obrist in der Presse diskutiert werden, falls bekannt wurde, dass der Mann das Grabtuch untersucht hatte. Doch über ein Thema in der Presse zu berichten hieß noch lange nicht, auch die Wahrheit zu sagen. Das wusste Simovic selbst am besten.

Ja, er hatte diesen ehemaligen Jesuiten getroffen, na und? Er hatte recherchiert, schließlich war er Journalist. Zu einer solchen Story kam man nicht wie die Jungfrau zum Kinde, sondern nur durch harte Arbeit. Außerdem hatte Obrist ihn kontaktiert und nicht umgekehrt. Und viel hatte er ohnehin nicht erzählt. Anfangs zumindest.

Simovic hielt den Kopf unter den Wasserhahn und drehte auf. *Es bringt überhaupt nichts, sich mit der Vergangenheit zu beschäftigen. Besser ich lege mich wieder schlafen. Wird in der nächsten Zeit nicht allzu viel Gelegenheit dazu geben.* Er nahm ein zerschlissenes Handtuch, trocknete sich die Haare, legte sich wieder auf die Pritsche und wickelte sich in die graue Decke. Ohne Fenster und ohne Uhr fehlte ihm jedes Zeitgefühl. Simovic gähnte ein paarmal und drehte sich auf die Seite. Kaum hatte er die Augen geschlossen, war er auch schon im Land der Starjournalistenträume, in dem es von Pulitzer-Preisen und Watergate-Skandalen nur so wimmelte.

Doch er blieb nicht lange dort.

Die Tür seines Raums öffnete sich, und er erwachte. Der blonde Hüne trat in die Zelle und grüßte ihn barsch. Seinem Gesicht nach zu urteilen, hatte er keine guten Nachrichten mitgebracht. Fragte sich nur, für wen?

Jetzt sagst du mir gleich, dass ich gehen kann. Simovic grinste. Der Blonde setzte sich an den kleinen Tisch und befahl Simovic wortlos zu sich. Er holte ein doppelseitig beschriebenes Blatt Papier heraus und legte es auf den Tisch.

»Unterschreiben Sie das!«.

»Ich habe dieses Hotel nicht gebucht, also unterschreibe ich keine Rechnungen«, erwiderte Simovic, nahm das Papier aber trotzdem in die Hand und überflog es. Es enthielt ein Schuldanerkenntnis, aus dem hervorging, dass er eine nichtgenehmigte öffentliche Versammlung auf dem Staatsgebiet des Vatikans abgehalten und dabei gegen diverse Gesetze des Kirchenstaates verstoßen hatte. Des Weiteren beinhaltete das Papier eine Verschwiegenheitserklärung, wonach er nichts von dem verwerten oder weitergeben durfte, was ihm innerhalb der vatikanischen Mauern widerfahren war. Außerdem musste er sich verpflichten, das Staatsgebiet des Vatikans nie wieder zu betreten. Über den letzten Punkt musste er fast lachen, da das kaum zu kontrollieren war, schließlich hatte der Vatikan ziemlich offene Grenzen, zumindest auf dem Petersplatz.

»Warum soll ich diesen Wisch unterschreiben?«, fragte er.

»Weil ich Sie sonst nicht gehen lassen kann.« Der Blonde verschränkte die Arme.

»Und wenn ich mich weigere?«

»Dann bleiben Sie bis auf Weiteres hier!«

»Gut«, antwortete Simovic, zerknüllte das Papier und warf es in hohem Bogen in den Plastikpapierkorb, der ihm schon die ganze Zeit beschäftigungslos Gesellschaft geleistet hatte. Der Papierball prallte an die Kante des Korbs und fiel hinein. »Treffer.« Simovic grinste.

Der Blonde knirschte mit den Zähnen, hielt sich aber zurück.

»Wir beide wissen, dass die Zeit für mich arbeitet«, bemerkte Simovic. »Also, entweder ich kann ohne Vorbedingungen gehen oder ich möchte meinen Anwalt sprechen.«

»Sie werden mit niemandem sprechen«, entgegnete der Blonde und klopfte an die Tür. Sofort öffnete sie sich.

»Ist der Vatikan kein Rechtsstaat?«, fragte Simovic, doch der Hüne antwortete nicht. Er ging durch die Tür und ließ sie mit einem lauten Knall ins Schloss fallen.

Simovic grinste. *Mit jeder Minute, die ich hier sitze, erhöht sich der Druck auf den Vatikan. Es gibt genügend Journalisten, die sich im Namen der Pressefreiheit um meine Freilassung kümmern werden. Ich muss nichts tun, nur warten.*

Er legte sich wieder auf die Pritsche, drehte sich auf die Seite und wickelte sich in die kratzige Decke. Wenig später war er eingeschlafen.

36

Zurück im Waaghof ging Pandera sofort zu Deckert. »Ich nehme an, du bist der Richtige, der mir etwas zu den heiligen Sakramenten sagen kann, oder?«

Deckert sah von seinem Computerbildschirm auf. Pandera stutzte. Auf Deckerts Schreibtisch stand ein Schachbrett.

»Klar, welche meinst du denn?«, fragte der Kollege.

»Wie? Welche?«

»Na, jede Kirche hat ihre eigenen Sakramente. Die katholische hat andere als die evangelische, die Freikirchen wieder andere ...«

»Halten wir uns mal an die katholische Kirche«, sagte Pandera. »Gibt es da ein *letztes* Sakrament?«

Deckert schüttelte den Kopf. »In der katholischen Kirche gibt es sieben Sakramente: Taufe, Firmung, Eucharistie, Buße, Krankensalbung, Weihe und Ehe.«

»Gibt es eine bestimmte Reihenfolge?«

»Nein, zumal auch die Kirche selbst als Sakrament angesehen wird, genauso wie das Wirken Jesu.«

»Und was ist mit der Letzten Ölung? Ist das nicht auch ein Sakrament?«

»Das fällt unter die Krankensalbung«, antwortete Deckert. »Das könnte man vielleicht als letztes Sakrament bezeichnen. Aber macht eigentlich niemand.«

»Hm«, brummelte Pandera. »Dann weiß ich zwar auch nicht mehr, aber merci.«

»Gut, dann kann ich mich ja wieder meinem Fernschach widmen.«

»Fernschach?«

Deckert zeigte auf das Schachbrett neben seinem Computer. »Ich bekomme jeden Morgen eine Mail von einem Kollegen aus den USA, und abends sende ich ihm meine Antwort.«

»Ach, deswegen bist du so früh da?«, fragte Pandera, doch noch bevor Deckert antwortete, waren seine Gedanken schon weitergesprungen. Konnte das sein? Waren die beiden Toten in der Schweiz auch nur Figuren in einem Spiel? Wie Fernschach, von Rom aus gespielt, nur mit echten Personen? Obrist und Leuenberger hatten ein Geheimnis gekannt, und deswegen hatten sie sterben müssen. Plötzlich war er sich sicher: Die Lösung dieses Geheimnisses würde er hier in Basel nicht finden. Sondern nur in Rom. Denn dort waren der Jesusklon, der Professor, dieser Reporter und die Wächter des letzten Sakraments.

Er ging zurück in sein Büro und schickte eine offizielle Anfrage an die italienische Polizei, ob dort eine Gruppe mit Namen *Sacramentum* bekannt sei. Dann nahm er sein Handy und rief Kurt Sander an.

»Was hältst du von einem Kurzurlaub in Rom?«, fragte er.

Sander schien ein paar Sekunden zu brauchen, um die Frage zu verstehen. »Offiziell oder inoffiziell?«, fragte er schließlich.

»Natürlich inoffiziell«, antwortete Pandera. »Für ein paar Tage, am besten ab übermorgen.«

»Und wer zahlt den Spaß?«

»Da wird sich schon jemand finden.«

»Ich möchte aber nicht, dass du zahlst«, sagte Sander. »Wenn schon, dann soll Edeling zahlen …«

»Was? Das klappt niemals! Er hat mir verboten, mit dir auch nur ein Wort über den Fall zu reden.«

»Wie du ihm das verkaufst, ist mir egal. Außerdem soll er mir hinterher einen Brief schreiben und mir für meine Arbeit danken.«

»Edeling hat die Sache mit der gebrochenen Nase noch nicht vergessen ...«

»Ich habe die Sache mit meiner Entlassung auch noch nicht vergessen!«, entgegnete Sander. »Trotzdem würde ich für dich sofort nach Rom fliegen. Allein schon, um dir zu helfen. Aber ich hab keine Lust, dass Edeling sich anschließend in unserem Erfolg sonnt.«

»Also gut«, seufzte Pandera. Er wollte lieber nicht darüber nachdenken, was Edeling ihm angedroht hatte, falls er Sander einschalten würde. »Du wirst für deine Mitarbeit entlohnt, und Edeling wird dir dafür danken. Aber dafür stehst du mir ab übermorgen in Rom zur Verfügung, okay?«

»Ehrensache.«

Pandera legte auf und überlegte, ob er zu Edeling gehen sollte. Nein, das war noch zu früh. Er musste noch mehr recherchieren. Und er brauchte Unterstützung.

Kurz nach dem Mittag kam Tamara Aerni aus Bern zurück.

»Was gibt es Neues?«, fragte Pandera.

»Nicht viel«, antwortete sie. »Aber morgen ist Vogt wieder da, dieser Seelsorger im Inselspital. Dann werde ich ihn mal interviewen. Und bei dir?«

»Ich überlege, ob ich nach Rom fliegen soll ...«

»Was?« Erstaunt zog sie die Augenbrauen hoch. »Ich meine, schau mich an, ich bin wirklich die Letzte, die etwas gegen eine lässige Arbeitshaltung hat, aber ...«

»Tamara!«, unterbrach Pandera sie. »Wenn überhaupt, dann fliege ich *dienstlich*. Inzwischen ist doch wohl klar, dass dieser kleine Jesus etwas mit dem Fall zu tun hat.«

»Ein Zweijähriger? Also entweder ich ermittle in einem anderen Fall oder ...«

»Überleg doch mal!«, sagte Pandera. »Roland Obrist hat das Grabtuch im Auftrag der Kirche untersucht und sich nur noch dafür interessiert. Der Bischof und sein Stellvertreter, Vikar Kunen, wussten, dass jemand Jesus klonen würde, und sie wollten es verhindern. Hier kämpft eine Macht gegen die andere. Roland Obrist stand auf der Seite der Kirche, die den Jesusklon verhindern wollte. Und der Mörder steht auf der anderen Seite.«

»Du meinst, es ist dieser schleimige Reporter?«

»Er hat sicher ein Motiv. Es geht um die Story seines Lebens. Die wird er sich nicht nehmen lassen wollen.«

»Und was ist mit dem Wissenschaftler, der den Klon geschaffen hat?«

»Für den gilt dasselbe. Außerdem hat der Bischof erzählt, in Rom gäbe es eine christliche Gruppe, die sich *Sacramentum* nennt. Angeblich wollte diese Gruppe Proben des Grabtuchs kaufen, und Obrist war ihnen auf der Spur.«

»*Sacramentum*. Das passt zu den verschwundenen Ordnern«, sagte Tamara. Dann schwieg sie einen Moment. »Aber wenn die Gruppe christlich ausgerichtet ist, dann steht sie doch auf der Seite der Kirche, oder?«

»Das Christentum besteht nicht nur aus der katholischen Kirche«, antwortete Pandera. »Denk an die Protestanten, die Orthodoxen und die ganzen Sekten. Vielleicht hat jemand eine alte Rechnung mit der katholischen Kirche offen und begleicht sie jetzt. Wer weiß schon, wer oder was wirklich hinter dem neuen Jesus steht.«

»Klingt nach einer Verschwörungstheorie«, sagte Tamara und winkte ab.

»Nur, weil es so viele abwegige Verschwörungstheorien gibt, heißt das noch lange nicht, dass alle Unsinn sind.«

»Das ist wie mit Voodoo«, sagte sie. »Nur weil in Europa niemand Ahnung davon hat, heißt das noch lange nicht, dass es nicht funktioniert.« Sie zwinkerte ihm zu.

»Wie wäre es mit einem Kaffee?«, fragte Pandera. »Der wirkt immer.«

Ein paar Stunden und ein paar Kaffee später fuhr Pandera nach Hause. Je mehr er sich mit dem Fall beschäftigte, desto überzeugter war er, dass der Schlüssel zu dessen Lösung in Rom lag. Unterwegs besorgte er einen großen Blumenstrauß für Jackie, Pralinen für die Schwiegereltern und einen Spanisch-Erweiterungskit für den Spielzeugroboter. Dann hatte das Ding endlich einmal etwas Vernünftiges zu tun, und Lara und Ben konnten auf spielerische Weise ihr Spanisch verbessern. Das war in letzter Zeit ohnehin ein wenig zu kurz gekommen. Wie so vieles.

Vollgepackt öffnete er die Haustür.

»Was hast du denn angestellt?«, fragte Jackie, nachdem sie ihm einen Begrüßungskuss gegeben hatte.

»Nichts«, antwortete Pandera. »Aber das kann ja noch kommen.«

»Weich jetzt nicht aus.«

Pandera erzählte von seinen Plänen. Er erntete nicht gerade Begeisterung. Seine Schwiegereltern interpretierten das Ganze unverhohlen als Fluchtversuch. Allerdings nicht vor dem Täter, sondern vor ihnen.

Vielleicht war es ja wirklich eine Flucht? Oder vielleicht

rannte er einem Phantom hinterher? Einer imaginären Gruppe, über die er trotz seiner Recherchen bisher nichts herausgefunden hatte.

»Hat Edeling schon zugestimmt?«, fragte Jackie.

Pandera schüttelte den Kopf. »Ich wollte erst mal dich fragen.«

»Ich bin auch leichter zu überzeugen als dein Chef, oder?«, sagte Jackie und gab ihm noch einen Kuss.

»Quatsch«, sagte Pandera. Doch er wusste natürlich, dass sie recht hatte.

»Hoffentlich wird es nicht gefährlich ...« Jackie sah ihn besorgt an.

»Eine Lustreise nach Rom?«, entgegnete er. »Sicher nicht.«

Er wusste, dass sie ihm nicht glaubte.

Kein Wunder, er glaubte es selbst nicht.

37

Tamara Aerni saß in der Cafeteria des Berner Inselspitals und wartete immer noch auf den Spitalseelsorger. Mit jeder Minute, die er sie länger warten ließ, wurde sie aggressiver. Dabei war sie in Wirklichkeit eine Harmonie ausstrahlende Frau, deren Anblick manche dazu brachte, *Peace* zu rufen und rauchgeschwängerten Träumen nachzuhängen. Und sie hatte gegen ein hartnäckiges Vorurteil zu kämpfen: eine dunkle Hautfarbe und Dreadlocks, das hieß für viele: Die hat was mit Drogen zu tun. Sie wäre die perfekte Undercover-Ermittlerin im Rauschgiftdepartement, doch der Job interessierte sie nicht. Sie hatte zwar etwas gegen die Dealer, nicht aber gegen die Abhängigen. Wenn es nach ihr ging, durfte jeder machen, was er wollte, solange niemand anderes zu Schaden kam.

Endlich kam ein Mann mit hastigen Schritten in die Cafeteria. Er blickte sie an, stoppte und blieb dann unsicher in zwei Meter Abstand vor ihr stehen.

»Sind Sie Herr Vogt?«, fragte Tamara Aerni.

Der Mann nickte.

»Ich bin Tamara Aerni von der Basler Polizei.«

»Ach so …«, sagte Vogt und gab ihr die Hand.

Tamara Aerni hatte sich schon oft gefragt, ob es an ihrem Geschlecht lag oder an ihrer Hautfarbe, dass man sie nicht für eine Polizistin hielt. Doch auch wenn sie nicht so aussah, sie hatte ein Schweizerkreuz auf dem Pass und ja, entgegen anderslautender Gerüchte galt auch in der Schweiz das Frauenwahlrecht. Wenn auch erst seit 1971.

»Ich bin Christian Vogt, der Spitalseelsorger«, sagte der Mann und gab Tamara die Hand. Sein Händedruck war weich und feucht. »Ich musste noch eine Salbung vornehmen ... Es wäre unhöflich gewesen, das in fünf Minuten abzuwickeln.«

»Kein Problem«, antwortete Tamara und stand auf. »Können wir in ein Besprechungszimmer gehen?«

»Meinen Sie, es dauert so lange?«, fragte Vogt und strich sich über sein narbiges Kinn. Das Braun seiner Haare wirkte stumpf, und sein Gesicht war so blass, als habe er trotz des Hochsommers die Sonne schon lange nicht mehr gesehen. Am Revers seines schwarzen Anzugs steckte eine rote Aids-Schleife, daneben eine kleine Anstecknadel, auf der *Jesus lebt* stand.

Wie recht er auf einmal hat. Tamara musste beinahe grinsen. »Wie lange unser Gespräch dauert, hängt ganz von Ihnen ab.« Sie nickte ihm freundlich zu.

»Gut, dann folgen Sie mir bitte«, sagte Vogt und eilte durch einen langen Gang.

Sie setzten sich in einen leeren Pausenraum, der trotz des Rauchverbots im Spital verdächtig nach Zigarettenqualm roch. Ein weißer Tisch, vier Stühle und eine kleine Küchenecke standen darin. Im Ausguss der Spüle lag ein wenig Asche.

»Rauchen Sie?«, fragte der Priester, als wolle er ihr die Beichte abnehmen.

»Schon fast zwanzig Jahre nicht mehr«, antwortete Tamara, die jünger aussah als die vierundzwanzig Jahre, die in ihrem Pass standen.

Vogt sah sie irritiert an.

»In Haiti fängt man früh an«, erklärte Tamara und schmunzelte. »Dafür hört man auch schnell wieder auf, wenn man schlau ist.«

»Das habe ich noch vor mir«, antwortete der Priester. Er

ging zum Fenster, öffnete es, steckte sich eine Zigarette an und lächelte verlegen.

»Haben Sie eigentlich engen Kontakt zu Bischof Johann Obrist?«, fragte Tamara.

»Ich bin nur ein unbedeutender Spitalseelsorger«, entgegnete Vogt und zog an seiner Zigarette. »Weshalb fragen Sie?«

»Weil Sie auch Jesuit sind.« Tamara zeigte auf Vogts Siegelring, in den die Buchstaben IHS eingraviert waren. »Die Gemeinschaft der Jesuiten in der Schweiz ist recht klein …«

»Die kirchlichen Ämter werden nicht nach Ordenszugehörigkeit vergeben«, erklärte der Priester. Es klang belehrend.

»Aber Sie kennen ihn?«, fragte Tamara.

»Nicht sehr gut«, antwortete Vogt. »Er hat lange Jahre in Rom gelebt. Er spricht einmal im Jahr zu den Mitgliedern unseres Ordens, bei der Gelegenheit wechsle ich ab und an ein paar Worte mit ihm.«

»Und wie gut verstehen Sie sich mit Generalvikar Simon Kunen?«

»Mit ihm habe ich häufiger zu tun«, sagte Vogt und seufzte kaum vernehmlich. »Er ist der Leiter der Ordenssektion.«

»Der Vikar ist nicht sehr beliebt, oder?«

»Ein Soldat bleibt immer ein Soldat«, antwortete der Priester. Er ging zur Spüle und drückte seine Zigarette aus. Dann schloss er das Fenster und blieb davor stehen. »Bruder Kunen ist ein großer Freund der Disziplin.«

»Das sind doch die meisten …«

»Nun … Kunen ist manchmal sehr gebieterisch.« Der Priester räusperte sich. »Ihm fehlt die ausgleichende Art des Bischofs.«

»Ich verstehe«, antwortete Tamara. In Wirklichkeit verstand sie gar nichts. *Was hat Vogt gesagt? Ein Soldat bleibt immer ein Soldat! Was geht in einem Priester vor, der beim Militär dient?* Waffensegnung war für Tamara Aerni Voodoo für Anfänger, nur in einen pseudoreligiösen Schafspelz verpackt. »Ich wusste gar nicht, dass der Vikar Soldat war«, sagte sie. »Hat er als Militärseelsorger gedient?«

»Soweit ich das weiß, war er damals noch kein Priester«, antwortete Vogt. »Kunen gehörte irgendeiner Eliteeinheit an. Er hat erst später zum Glauben gefunden.«

»Einer Eliteeinheit?«, wiederholte Tamara. Sie rief sich das Bild des Vikars in Erinnerung, er sah aus wie ein *Marine*, groß, breitschultrig, muskulös. »Eine ungewöhnliche Karriere, oder?«

»Mag sein.« Vogt zuckte mit den Schultern und blickte auf seine Uhr. »Haben Sie noch weitere Fragen? Ich verstehe nämlich nicht recht, was Sie von mir ...«

»Sie wissen, dass der Bruder des Bischofs ermordet wurde?«, unterbrach ihn die Kommissarin.

Vogt nickte. »Es ist schrecklich, was mit Roland Obrist geschehen ist, aber ...«

»Wie gut kannten Sie eigentlich den Laborleiter des Inselspitals, Herrn Dr. Leuenberger?«

Der Priester setzte sich an den Tisch und blickte auf die weiße Resopalplatte. Es dauerte lange, bis er weitersprach. »Deswegen wollen Sie mit mir reden ... Sie glauben, ich wäre ...«

»Ich glaube gar nichts, ich stelle nur Fragen«, entgegnete Tamara. »Also, wie gut kannten Sie ihn?«

»Es war ein merkwürdiger Kerl«, antwortete der Priester, ohne zu zögern. »Er ist an einer Überdosis gestorben, nicht wahr?«

»Woher wissen Sie das?«

»Das stand in der Zeitung«, erklärte Vogt. »Die Reporter

wissen, was es bedeutet, wenn man eine Leiche im Blutturm findet ...«

»Wussten Sie von seiner Kokainsucht?«

»Nein.« Vogt biss sich auf die Lippe. »Aber es überrascht mich nicht.«

»Sie haben sich nicht besonders gut verstanden mit ihm, oder?«

»Sie werden lange suchen müssen, um jemanden zu finden, der sich mit Leuenberger verstanden hat.« Vogt steckte sich eine neue Zigarette an, stand auf und öffnete das Fenster.

Tamara dachte nach. Auch in den anderen Befragungen hatte sie die Abneigung gegen Leuenberger gespürt, aber nicht so deutlich wie bei Vogt. »Bisher hat sich niemand negativ über den Mann geäußert«, behauptete sie, um den Priester aus der Defensive zu locken.

»Über Tote soll man ja auch nicht schlecht reden«, antwortete Vogt.

»Und was haben Sie über ihn zu sagen?«

Der Geistliche sah zu Boden und biss sich wieder auf die Lippe. Er seufzte. »Sie finden es früher oder später ja doch heraus«, begann er und nahm einen kräftigen Zug von seiner Zigarette. Den Rauch blies er in den wolkenverhangenen Himmel. »Also kann ich es Ihnen auch gleich erzählen.«

38

»Nach Rom?«, rief Edeling und schlug mit der Faust auf den Tisch. Der Chef hatte die Tür zu seinem Büro offen stehen lassen, nun aber stand er auf und schloss sie unter den neugierigen Blicken seiner Sekretärin. »Eine Dienstreise nach Rom?«, wiederholte er. »Warum nicht gleich New York oder Tokio?«

»Weil dieser Reporter in Rom ist, im Vatikan«, erklärte Pandera. »Ich habe den Eindruck, dass der geklonte Jesus etwas mit unserem Fall zu tun hat. Der Reporter weiß, wo dieser Wissenschaftler sich aufhält. Und er weiß vielleicht etwas von der Gruppe namens Sacramentum. Ich bin mir sicher, es gibt eine Verbindung zu den Morden an Roland Obrist und Dr. Leuenberger.«

Edeling seufzte. »Wie stellen Sie sich das vor? In Italien ermitteln?«

»Ganz einfach«, antwortete Pandera. »Mit Reiseantrag, Spesenabrechnung und Einwilligung der italienischen Polizei.«

Pandera legte ihm den Reiseantrag sowie ein Schreiben der römischen Polizei vor, dass er sich inzwischen besorgt hatte. Darin wurde ihm zugesagt, dass er die Ermittlungen vor Ort beratend begleiten durfte. »Wenn wir das Angebot nicht wahrnehmen, wirken wir nicht sehr professionell«, fügte er hinzu.

Edeling seufzte wieder.

»Können Sie überhaupt Italienisch?«

»So abbastanza parlare italiano per poter comandare un caffè o arrestare un assassino«, antwortete Pandera.

»Bitte?«

»Ich kann genug Italienisch, um einen Espresso zu bestellen und einen Mörder zu verhaften«, erklärte Pandera und lächelte.

»Dann fahren Sie halt!«, grummelte Edeling und unterschrieb den Reiseantrag. »Aber ich warne Sie vor überstürzten Aktionen!« Er richtete seinen Zeigefinger auf Pandera, als sei er eine Waffe. »Wir sind dort nur zu Gast. Jeder Ermittlungsschritt muss mit mir und den italienischen Behörden abgestimmt werden!«

Pandera nickte und dachte sich seinen Teil.

»Und ich warne Sie noch einmal davor, diesen Sander ins Spiel zu bringen!«, befahl Edeling. »Wenn ich mitbekomme, dass der Kerl in die Ermittlungen einbezogen wird, können Sie sich in Zukunft mit ihm auf die Parkbank setzen!«

Dann brauche ich das Thema ja gar nicht mehr anzusprechen. Aber jetzt ist es ohnehin zu spät, einen Rückzieher zu machen. »Wenn man gegen die Vergangenheit kämpft, kann man nichts aus ihr lernen«, antwortete Pandera trocken und verabschiedete sich.

Trotz Edelings Drohung war seine Laune blendend. Er hatte bekommen, was er wollte. Kein Wunder, Edeling brauchte dringend einen Erfolg. Der Chef der Kriminalpolizei hatte mit seiner schroffen Art in weniger als einem Jahr den obersten Staatsanwalt und einige Ratsmitglieder der Stadt gegen sich aufgebracht. Sein Stuhl war an mindestens drei Beinen angesägt. Pandera hätte am vierten sägen können, aber er war hier, um einen Mörder zu fassen, und nicht, um sich an Intrigen zu beteiligen. Und wenn er den Fall erst einmal aufgeklärt hatte, würde er Edeling schon beibringen können, wer ihm dabei geholfen hatte.

Hoffentlich.

Er nahm sein Handy und wählte Sanders Nummer.

Eine dunkle Brummbärstimme meldete sich. »Ja?«

»Hallo, Kurt.« Pandera grinste. »Edeling hat meinen Reiseantrag unterschrieben.«

»Und was hat er zu mir gesagt?«

»Er wird dir wohl kaum danken, bevor du gute Arbeit geleistet hast, oder?«

»Und was ist mit den Kosten?«

»Von dem Spesensatz können wir beide gut leben.«

»Äh ... wir wären nicht zu zweit«, sagte Sander und holte tief Luft. »Ich konnte Gabriele meine plötzliche Reisewut nicht erklären. Also kommt sie mit.«

»Okay«, sagte Pandera zögernd. »Sie kommt in Rom sicher auch alleine zurecht, oder?«

»Wenn du ihr deine Kreditkarte leihst, ganz bestimmt.«

Pandera seufzte. »Hauptsache ihr seid morgen da.«

»Wir fliegen heute schon«, sagte Sander. »Ich hab die Flüge vorhin gebucht. In weiser Voraussicht ...« Er räusperte sich. »Aber eine Sache hast du mir noch gar nicht gesagt. Wobei soll ich dir denn helfen? Ich hoffe, es ist was Einfaches. Auf eine Handtasche aufpassen zum Beispiel. Was für einen Rentner ...«

»Wenn es so einfach wäre, hätte ich Deckert gefragt.« Pandera grinste. Doch schnell wurde er wieder ernst. *Nein, es wird nicht einfach werden. Weder für Sander noch für mich. Aber wir haben keine andere Wahl.*

39

Vogt schnippte die halb gerauchte Zigarette aus dem Fenster. Der Spitalseelsorger blickte hinauf zu den immer dunkler werdenden Wolken, als würden diese seinen Zustand spiegeln. Er seufzte. »Leuenberger hat versucht, mich zu erpressen.«

»Erpressen? Weswegen denn?«, fragte Tamara Aerni.

»Das ist eine lange Geschichte«, antwortete er. »Dr. Leuenberger war der Auffassung, ich hätte Probleme mit dem Zölibat.«

»Haben nicht viele Priester Probleme mit dem Zölibat?«

Sie erntete einen sarkastischen Blick. »Sie haben leicht reden«, sagte Vogt. »Geht man auf Distanz zu den Menschen, gilt man als kalt; zeigt man Nähe, steckt hinter jeder Berührung gleich eine Sünde.«

»Das kann ich mir vorstellen.« Tamara blickte den Priester mit einem Anflug von Mitleid an. Er verflüchtigte sich schnell. »Andererseits weiß heutzutage jeder, worauf er sich einlässt.«

»Ich habe auch nicht gesagt, dass ich ein Problem mit dem Zölibat habe«, erklärte Vogt. »Ich habe nur gesagt, dass Leuenberger glaubte, ich hätte eines.«

»Und wieso konnte er das glauben?«

»Ich war mit einem der Pfleger recht gut befreundet«, erzählte der Priester. »Eine reine Männerfreundschaft.« Er zog die Stirn in Falten. »Leider habe ich nicht gewusst, dass der Mann Mitglied in einem Swingerclub ist ...«

Und er hat dich abgefüllt und auf eine Party mitgenommen, dachte Tamara. *Ist mir auch schon passiert. Aber ich bin ja kein Priester.*

»Irgendwie hat Leuenberger das mitbekommen, er kannte sich wohl aus in solchen Kreisen«, fuhr Vogt fort.

»Leuenberger war doch verheiratet ...«

»Das Sakrament der Ehe hat ihm nicht viel bedeutet. Und seiner Frau wohl auch nicht. Beide führten eine offene Ehe, wenn Sie wissen, was ich meine.«

Tamara Aernis Blick fiel wieder auf die rote Aids-Schleife am Revers des Priesters. Sie wurde einfach nicht schlau aus dem Geistlichen. Der Mann gehörte schließlich einer Religion an, in der führende Köpfe Aids als Strafe Gottes interpretierten. »Wie ist eigentlich Ihr Verhältnis zu gleichgeschlechtlicher Liebe?«, fragte sie. Sie fand sich in diesem Augenblick fast ein wenig zu neugierig.

»Es ist, wie es ist«, antwortete der Priester knapp. »Ich kann diese Menschen nicht verurteilen. Können Sie es?«

Tamara hob ausweichend die Hände. »Wir haben bei der Polizei Besseres zu tun, als uns um die sexuellen Vorlieben der Bevölkerung zu kümmern. Und das ist auch gut so.«

Der Priester nickte, doch Tamara erkannte an seinem resignierten Blick, dass für ihn andere Regeln galten.

»Wie hat Leuenberger Sie erpresst?«, fragte sie.

Vogt schloss das Fenster. Er drehte sich um und sah Tamara direkt ins Gesicht. »Leuenberger war im Besitz von Bildern, die man falsch interpretieren kann.«

»Falsch interpretieren?«, fragte die Kommissarin. *Entweder die Bilder waren eindeutig oder sie waren unverfänglich. Das hatte nichts mit Interpretation zu tun.*

»Na ja, wir hatten zu viel getrunken«, gab Vogt zu. »Und

auf einmal sind wir in diese Bar gegangen, von der ich dachte, sie wäre wie jede andere ...«

Tamara musste sich ein Grinsen verkneifen. Sie hatte sich nicht getäuscht. »Die Bilder waren also ziemlich eindeutig ...«

»Auf einmal waren da irgendwelche Stripper ... und ich mit einem von denen zusammen auf dem Bild ...«

»Was haben Sie wegen der Erpressung unternommen?«

»Nichts.« Vogt seufzte. »Ich habe bezahlt.«

»Sie haben nichts unternommen?«, wiederholte Tamara. »Ihre Existenz stand auf dem Spiel! Und Sie haben einfach bezahlt und sich nicht gewehrt?«

»Wie hätte ich meine Unschuld denn beweisen sollen?«, fragte Vogt. »Sie kennen die wirkliche Welt dort draußen, so wie sie ist. Sie verstehen das. Aber meinen Sie, Vikar Kunen würde das auch verstehen?«

Tamara schüttelte den Kopf. »Ihnen ist klar, dass Sie mir gerade ein starkes Motiv für den Mord an Dr. Leuenberger genannt haben?«

»Nur weil ich einen Fehler gemacht habe, werde ich doch nicht zum Mörder!«, antwortete der Priester. Sein Gesicht verhärtete sich. Er funkelte die Kommissarin aus dunklen Augen an. »Ich bin ein Priester!«

»Auge um Auge, Zahn um Zahn. Steht das nicht schon in der Bibel?«

»Ich verstehe nicht ...«, stammelte Vogt.

»Dr. Leuenberger wurde in der Nacht vom vierten auf den fünften August ermordet. Wo waren Sie zu der Zeit?«

40

Jesus lachte. Er freute sich, wie es nur ein kleines Kind kann. Er war ganz und gar in dieser Welt versunken, als habe er sie nie verlassen und als würde er es auch niemals wieder tun. Doch auch sein Ende würde einmal kommen, so sicher wie das Amen in der Kirche. Niemand allerdings konnte wissen, wann es so weit war.

Schicksal ist eine Ausrede für Verlierer.

Professor Wismut dachte daran, wie alles begonnen hatte. Wie er mit den Proben des Grabtuchs experimentiert hatte. Wie er immer und immer wieder versuchte hatte, die DNA zusammenzubauen und einen lebensfähigen Embryo zu erzeugen. Und wie er, Tag für Tag und Nacht für Nacht, jedes Mal aufs Neue gescheitert war.

Er hatte schon jede Hoffnung aufgegeben, da war ihm dann doch noch, mitten in einem Traum, eine Eingebung gekommen, so intensiv und so überzeugend, als stamme sie von Gott selbst. Das war natürlich Unfug. Denn Gott war nicht nur tot, wie Nietzsche sagte. Nein, er hatte nie existiert. Und er würde nie existieren!

Alle, die ihm jetzt noch zujubelten, würden ein Wunder erleben! Ihr blaues Wunder.

Anfangs hatte er die Idee als absurd verworfen. Doch sie war gewachsen und immer stärker geworden. Schließlich hatte er verstanden, dass es die einzige Möglichkeit war, seinen Plan umzusetzen.

Niemand wusste, wie eine jungfräuliche Empfängnis vonstattenging. Oder wie Jesus wiederauferstanden war. Doch die mit einem Kreuz um den Hals glaubten trotzdem daran. Im Gegensatz dazu hatte bei seinem Wunder jeder sehen können, dass Jesus wirklich lebte; dass *er* ihn erschaffen hatte.

Wismut sah aus dem schmutzigen Fenster des Regionalzuges und legte die Tageszeitungen zur Seite, die er am Bahnhof Termini gekauft hatte. Selbst in den arabischen Zeitungen hatte er es auf die Titelseite geschafft, wenn auch nicht als Aufmacher. Zwar verstand er nicht, was *Al-Watan* und *Al-Hayat* geschrieben hatten, aber wenn sie die Meinung der westlichen Presse teilten, dann waren sie überzeugt davon, dass ein neuer Jesus geboren worden war.

Die ersten wissenschaftlichen Institute, die inzwischen die Blutproben des neuen und des alten Jesus erhalten hatten, bestätigten deren Übereinstimmung. Selbst die Wissenschaftsmagazine gaben ihre Zurückhaltung auf und kündigten Coverstorys zum Klonen von Menschen an. Er hatte sie überzeugt.

Kein Wunder, er hatte den Klonvorgang lückenlos dokumentiert. Bald würden andere Wissenschaftler nach seiner Anleitung in der Lage sein, Menschen zu klonen. Doch er hatte nicht irgendjemanden geklont, nein, es handelte sich um die wichtigste Person der Menschheitsgeschichte. Jesus war die Hoffnung, der Glaube und das Gewissen von über zwei Milliarden Christen. Und er war wiederauferstanden.

Wäre die Kirche ein Wirtschaftsunternehmen, würde der Papst von einem Wettbewerbsvorteil gegenüber anderen Weltreligionen sprechen. Schließlich war Mohammed schon lange tot, Abraham noch länger und Buddha nichts als eine goldene Statue. Aber der Heiland der Christen war wieder am Leben! Gab es einen überzeugenderen Beweis für die Überlegenheit der christlichen Kirche? Einen überzeugenderen

Beweis für das Wunder der Auferstehung? Doch die Kirche war kein Wirtschaftsunternehmen, selbst wenn viele Kirchenkritiker das behaupteten.

Ja, sie war ein Unternehmen, aber eines, das mit Ideologien handelte. Warum sonst bekämpfte der Papst den Jesusklon mit allen Mitteln? Der höchste Würdenträger der katholischen Kirche hatte sofort verstanden, worum es ging: *Niemand braucht einen Stellvertreter Christi auf Erden, wenn Christus selbst auf Erden weilt.* Das und nichts anderes war der Kern des katholischen Widerstands gegen den neuen Jesus.

Die Gläubigen hingegen waren geteilter Meinung. In Südamerika und im christlichen Teil Afrikas war man begeistert. Ein neuer Erlöser hatte die Welt betreten. Er würde das Ungleichgewicht auf der Welt und die Ungerechtigkeit beenden. Endlich!

In der säkularen Welt des Westens waren vor allen Dingen die sonst so religionskritischen Wissenschaftler auf der Seite des neuen Jesus, während die Gläubigen verunsichert nach Orientierung suchten. War der neue Jesus wirklich wie der alte? Wie war der alte überhaupt gewesen? So wie es in der Bibel stand oder so wie die Kirche die Schriften interpretierte? Oder keines von beidem? War er vielleicht sogar der streitbare, ja kriegerische Jesus der Schriftrollen von Qumran?

Schon hatten sich die ersten christlichen Gruppen nach Rom aufgemacht, um dem neuen Jesus als Jünger zu folgen. Sie waren in die Ewige Stadt gekommen, obwohl niemand wusste, wo Jesus sich aufhielt. Niemand außer ihm.

Und das sollte auch noch eine Weile so bleiben. Wismut zog sich die Schirmmütze tiefer ins Gesicht. Er hatte alles bis ins letzte Detail geplant. Trotzdem hatte er schon häufiger auf Plan B zurückgreifen müssen. Ja, er war Umwege gegangen, aber er war nie von seinem Ziel abgewichen, nicht ein einziges Mal. Schon vor Monaten hatte er gewusst, dass er in diesem Zug sitzen würde. Es war nur ein unbedeutender Regionalzug, der die Strecke mehrmals am Tag fuhr. Theoretisch hätte er auch jeden anderen davor und danach nehmen können. Aber er fuhr genau in dem Zug, den er sich vor Wochen ausgesucht hatte. Das gab ihm ein Gefühl von Macht.

Durch den Lautsprecher ertönte eine verzerrt klingende Durchsage. Er wusste auch so, dass der Zug sein Ziel erreicht hatte. Seine Reise hatte gerade erst begonnen. Er stand auf, nahm den kleinen Jesus an die Hand, griff nach seinem ledernen Koffer und blickte aus dem Fenster. Als er den Namen des Bahnhofs las, nickte er zufrieden. Dann mischte er sich unter die Menschen, die auch aussteigen wollten, und verschwand in der Masse.

41

»Das ist nicht dein Ernst?« Pandera hielt sein Handy näher ans Ohr. Im Flughafen herrschte das typische italienische Durcheinander.

»Doch, wenn ich es dir sage«, erwiderte Tamara. »Der Kerl war bei der Fremdenlegion! Es gab deswegen sogar einen Prozess gegen ihn.«

»Jetzt erzähl mit nicht, der Herr Generalvikar ist auch noch ein Kriegsverbrecher …«

»Nein, aber es ist einem Schweizer Staatsbürger verboten, in der Fremdenlegion zu dienen«, antwortete Tamara.

»Warum das denn?«

»Die Legion wurde 1831 unter anderem deswegen gegründet, weil man den damals noch zahlreichen Schweizer Söldnern ermöglichen wollte, in der französischen Armee zu dienen. Deswegen war der erste Kommandant auch ein Schweizer. Nach dem Ersten Weltkrieg sah man die Gefahr, dass Schweizer Söldner gegen das eigene Land kämpfen müssten. Daher wurde 1927 die Mitgliedschaft in der Legion verboten. Das Gesetz gilt noch heute.«

»Woher weißt du das denn alles?«, fragte Pandera, der geglaubt hatte, sich dank der unzähligen Lektionen seines Schwiegervaters in Schweizer Geschichte gut auszukennen.

»Wikipedia.«

Pandera sah sie förmlich durchs Telefon grinsen. »Und weswegen sind immer noch Schweizer in der Legion, wenn es verboten ist?«

»Weswegen werden Banken überfallen, obwohl es verboten ist?«, entgegnete sie. »Weil man glaubt, dass man nicht erwischt wird. Und da man in der Fremdenlegion nicht unter seiner echten Identität dient, ist es schwer nachzuweisen, dass jemand dabei war. Die Legion selbst schweigt dazu wie ein Grab, und wenn man selbst dichthält, passiert einem nichts.«

»Aber weshalb wurde Vikar Kunen angeklagt?«

»Ganz einfach«, antwortete Tamara. »Weil jemand ihn verpfiffen hat. Ich habe erst durch die Prozessunterlagen herausgefunden, dass er in der Legion war. Denn er hat dort unter falschem Namen gedient: Soliere …«

»Moment«, unterbrach Pandera sie. »Jemand hat ihn verpfiffen? Jemand, den wir kennen?«

»Du kommst nie drauf, wer das war.«

»Mach's nicht so spannend«, drängte Pandera. »So ein Auslandsgespräch ist ganz schön teuer.«

»Auslandsgespräch?«, wiederholte Tamara. »Bist du schon auf dem Weg nach Rom?«

»Bin gerade gelandet«, sagte Pandera. »Also, wer hat den Vikar verpfiffen?«

»Roland Obrist.«

»Was?«, fragte Pandera. »Woher weißt du das?«

»Der Bruder des Bischofs ist in dem Prozess gegen Kunen als Zeuge aufgetreten.«

»Das wird ja immer besser!« Pandera pfiff durch die Zähne. »Vorhin erzählst du mir, der Spitalseelsorger wurde von Leuenberger erpresst und hat kein Alibi für die Tatnacht.« Er schluckte. »Und jetzt sagst du mir, der Generalvikar ist ein ehemaliger Elitesoldat und wurde von einem seiner Glaubensgenossen verpfiffen, der inzwischen das Zeitliche gesegnet hat. Gibt es eigentlich auch normale Jesuiten?«

»Deckert meint, die wären alle kriminell«, sagte Tamara wie nebenbei.

»Deckert kann viel meinen ... Der sieht doch überall Verdächtige!«

»Na ja, es gibt ja auch einige, die ein Motiv haben, eines der beiden Opfer oder sogar beide umzubringen: Vogt, Plattner, Kunen, Leuenbergers Frau ...«

»Nicht zu vergessen irgendwelche christlichen Gruppen in Rom«, ergänzte Pandera.

»Warum hast du mich eigentlich nicht mitgenommen?«, fragte Tamara und klang dabei fast ein wenig beleidigt.

»Erstens hätte Edeling das nie erlaubt«, antwortete er. »Und zweitens brauche ich jemanden, der die Ermittlungen in Basel weiterführt. Und da bist du die Einzige, die das kann.«

»Das war ja fast ein Lob«, sagte sie und lächelte. »Aber noch einmal zurück zum Fall. Vogt und Kunen stehen auf der Seite der Kirche. Also auf der Seite, von der du gestern gesagt hast, sie hätte kein Motiv, Obrist zu ermorden.«

»Und weswegen hast du mich angerufen?«, fragte Pandera.

»Wie? ... Was hat das jetzt damit zu tun?«

»Kunen hat schon einmal die Seiten gewechselt. Wer sagt uns eigentlich, dass er es nicht wieder tut ...?«

»... oder dass er sie nie wirklich gewechselt hat«, sagte Tamara. »Ich glaube, da muss jemand mal in den Beichtstuhl ...«

42

Die meisten Städte in der Schweiz gefielen Tamara, besonders Lausanne, Basel, Bern und Luzern. Solothurn gehörte nicht dazu. Die Stadt hatte den Ruf, ein Nebelloch zu sein. Die Wolken hingen so tief über den Dächern, als wollten sie dort landen. Und das an einem Tag, an dem in Basel die Menschen im Rhein badeten. Die Solothurner Altstadt war eigentlich farbenfroh, aber heute wirkte sie so grau wie irgendeine gesichtslose Vorstadtsiedlung in der Ukraine.

Vielleicht kam ihr Solothurn auch nur so unfreundlich vor, weil sie mal wieder Mist gebaut hatte. Diese verdammte Radarfalle! *Wie soll ich Edeling das erklären? Vielleicht sollte ich in Zukunft langsamer fahren ...* Tamara Aerni überlegte, ob der Spider, den sie vor Kurzem bestellt hatte, ihr wirklich dabei helfen würde.

Sie stellte ihren alten Mini unweit der Kathedrale ab und ging die wenigen Meter zu Fuß. Vor der großen Treppe blieb sie staunend stehen. *Hier sind also die Kirchensteuern gelandet, die ich nicht zahle.* Sie hatte nichts gegen die Kirche, aber sie fand, Glauben war etwas viel zu Persönliches, als dass eine Organisation darüber bestimmen sollte.

Tamara öffnete das schwere Portal der Kathedrale und trat in das große Kirchenschiff. Sofort fühlte sie sich umschlossen vom Geruch nach Weihrauch. Sie atmete tief ein. Weihrauch war eines der wenigen Dinge, die sie in einer Kirche mochte. Genauso wie die Stille, die dort herrschte.

Nach dem Telefonat mit Kunen hatte sie sich gefragt, warum

der Vikar sie ausgerechnet hier treffen wollte und nicht in der Bistumsverwaltung. Jetzt wusste sie, warum. Die Kirche war ein friedlicher Ort, ein Ort der Ruhe. Eine Konfrontation konnte sie sich hier kaum vorstellen. Auf den ersten Blick ein geschickter Schachzug des Vikars, doch auch ein gefährlicher, denn dieser würde sich genauso an die hier geltenden Regeln halten müssen.

Und das hatte er wohl vor. Freundlich lächelnd und mit ausgestreckter Hand kam Simon Kunen auf sie zu.

»Willkommen im Haus Gottes«, begrüßte er sie ein wenig zu überschwänglich. Er hatte eine Soutane angelegt, unter der sein muskulöser Körper nur dezent zur Geltung kam. Um den Hals trug er eine silberne Kette, an der ein mit blauen Edelsteinen geschmücktes Kreuz hing. Kunens Kopfhaut glänzte frisch rasiert, sein Bart war auf wenige Millimeter gekürzt.

»Was kann ich für Sie tun?«, fragte der Vikar, während er Tamaras Hand so fest schüttelte, dass es ihr fast wehtat. Er bot der Kommissarin einen Platz in einer der hölzernen Bänke am Rande des Kirchenschiffes an. Tamara nickte und setzte sich, Kunen ging kurz in die Knie, bekreuzigte sich und nahm neben ihr Platz. Hier waren sie zwar nicht so ungestört wie in einem Büro, aber kein Kirchenbesucher hielt sich in ihrer Nähe auf.

»Weshalb haben Sie uns verschwiegen, dass Sie in der Fremdenlegion waren?«, fragte Tamara ohne Umschweife.

»Ich verstehe nicht, was das mit Ihren Ermittlungen zu tun hat«, antwortete Kunen. »Ich war auch bei den Pfadfindern und habe ...«

»Haben Sie es uns verschwiegen, weil Sie ein Motiv hatten, Bruder Obrist zu töten?«

»Ich?«, entgegnete Kunen erstaunt. »Wie kommen Sie denn auf so eine absurde Idee? Das ist doch ...«

»Vikar Kunen!«, unterbrach Tamara ihn. Ihre Stimme war ein wenig lauter geworden, sodass mehrere Kirchenbesucher neugierig herüberschauten. »Der Bischof hat uns versprochen, dass Sie von jetzt an kooperieren. Davon merke ich überhaupt nichts. Wenn das so weitergeht, brechen wir hier ab und setzen das Gespräch auf dem Präsidium fort! Also, was ist Ihnen lieber?«

Tamara wartete gar nicht erst die Antwort des Priesters ab. »Wir wissen, dass Roland Obrist die Behörden seinerzeit informiert hat, dass Sie in der Fremdenlegion waren. Also spielen Sie uns nichts vor.«

Kunen nickte nur, er schien den Ernst der Lage begriffen zu haben.

»Warum hat Roland Obrist Sie verpfiffen?«

»Er hat mich nicht verpfiffen, wie Sie das nennen ... Er wollte sich an das Gesetz halten ... Er hielt es für seine Pflicht, die Behörden darüber zu informieren.« Kunen sprach langsam, er schien jedes Wort genau abzuwägen. »Ich konnte das verstehen ... Es war ein Gewissenskonflikt, den er für sich auf diese Weise beantwortet hat.«

»Ihr Verhältnis muss nach dem Vorfall ziemlich angespannt gewesen sein, oder?«

»Ich habe ihm vergeben, wenn Sie das meinen«, entgegnete Kunen ohne eine Regung zu zeigen. »Im Übrigen bin ich nicht verurteilt worden.«

»Ich weiß, es gab eine außergerichtliche Einigung, weswegen wir den Vorfall auch nicht in Ihrem Führungszeugnis gefunden haben.« Tamara ärgerte sich immer noch darüber, dass ihr die Gerichtsverhandlung bei den Recherchen über den Vikar entgangen war. »Woher wusste Obrist eigentlich, dass Sie in der Legion gedient haben?«

»Ich nehme an, sein Bruder, der Bischof, hat es ihm erzählt«, sagte Kunen. »Ich habe bei meinem Eintritt in den Orden kein Geheimnis gemacht um meine Vergangenheit und meine Beweggründe. Hätte ich das getan, wüsste niemand davon. Dann säßen Sie jetzt nicht hier, und Sie würden den Mörder dort suchen, wo Sie ihn auch finden könnten.«

»Wo ich ihn suche, müssen Sie schon mir überlassen«, entgegnete Tamara knapp und strich sich durch die Dreadlocks. »Warum haben Sie eigentlich die Legion verlassen und sind zu den Jesuiten gegangen? Das ist ein recht ungewöhnlicher Weg, oder?«

»Gottes Wege sind unergründlich«, sagte Kunen und atmete tief durch. »Wir waren in Afghanistan im Einsatz. Ich war zwei Jahre dort.« Er rieb sich über die Stirn. Es schien, als belaste ihn die Erinnerung daran immer noch. »Es ereignete sich in meinem letzten Dienstmonat. Drei Wochen noch, und ich hätte nach Hause fahren können. Es geschah auf einer Routinepatrouille ... erst war alles wie immer, doch dann fuhren plötzlich zwei voll besetzte Kleinbusse an unseren Transporter heran.« Er räusperte sich. »Dann ging alles ganz schnell«, fuhr er fort. »Einer der Busse rammte uns von vorne, während der andere uns hinten den Weg abschnitt. Sofort eröffneten die Aufständischen das Feuer ... Wir waren sechs Mann plus drei Einheimische. Die Angreifer waren in der Überzahl.« Der Vikar schluckte. »In diesem Augenblick habe ich mir geschworen: Wenn ich das überlebe, trete ich in den Orden ein.«

»Einfach so?«, fragte Tamara.

»Haben Sie schon einmal Todesangst gespürt?«, entgegnete Kunen.

Tamara antwortete nicht. »Warum sind Sie damals überhaupt in die Legion eingetreten?«

»Das war ein Akt der Selbstdisziplinierung. Mehr möchte ich dazu nicht sagen.«

»Selbstdisziplinierung? Obwohl es verboten war?«

»Damals dachte ich, dass ein Gesetz, das keinen Sinn ergibt, auch nicht befolgt werden muss.«

»Und heute?«

»Heute sehe ich das anders. Manche Regeln muss man einhalten, auch wenn man nicht versteht, warum es sie gibt. Der tiefere Sinn erschließt sich einem mitunter erst nach langer Zeit.«

»Wie ist eigentlich Ihr Verhältnis zu Bruder Vogt aus Bern?«, fragte Tamara unvermittelt.

»Ich verstehe nicht ...«

»Sie kennen ihn doch, oder?«

»Ja, aber was hat das mit Ihrem Fall zu tun?«

»Einer der Mitarbeiter des Berner Inselspitals wurde ermordet.«

»Und was hat Bruder Vogt damit zu tun?«

»Halten Sie ihn für fähig, einen Mord zu begehen?«

»Jeder ist fähig, einen Mord zu begehen«, antwortete der Vikar. Obwohl er flüsterte, klang seine Stimme sehr klar und bestimmt.

»Ungewöhnliche Worte für einen Priester«, erwiderte Tamara und ließ ihren Blick zum Altar schweifen. »Und das im Hause Gottes.«

»Die Wahrheit ist hier immer willkommen«, antwortete Kunen nun wieder etwas lauter. Er strich sich über seine Glatze. »Nehmen Sie als Beispiel Georg Elser. Haben Sie von ihm gehört? Ein sehr gläubiger und friedlicher Mann. Doch er wollte einen Mord begehen, einen Mord, den jeder von uns auch begangen hätte. Zumindest jeder, der ein wenig Verstand besaß.«

»Elser? Nein.«

»Georg Elser war ein einfacher Schreiner. Und doch hat er 1939 versucht, Adolf Hitler und die ganze NS-Führungsriege in die Luft zu sprengen. Elser hat die Tat fast ein Jahr lang akribisch vorbereitet. Es war am 8. November 1939, kurz nach Ausbruch des Zweiten Weltkrieges. Hitler kam wie gewohnt in den Bürgerbräukeller in München und begann pünktlich um zwanzig Uhr seine Rede. Sie war bis zweiundzwanzig Uhr angesetzt. Alle SS-Größen waren anwesend. Elser hatte die Bombe in einer Säule versteckt.«

»Und dann? Hat die Bombe nicht gezündet?«

»Doch, sie hat gezündet«, Kunen schüttelte den Kopf, »Pünktlich auf die Minute und doch zu spät, weil Hitler seine Rede wegen eines Unwetters früher beendet hat und abgereist ist. Dreizehn Minuten zu früh ... Das Attentat hat acht Menschen in den Tod gerissen.« Kunen machte eine Pause. »Dreizehn Minuten, und die Weltgeschichte hätte einen anderen Verlauf genommen ...«

»Das wusste ich nicht«, sagte Tamara leise. »Was ist mit Elser nach dem Attentat passiert?«

»Er wollte in die Schweiz flüchten, wurde aber noch auf deutscher Seite festgenommen, in ein KZ gesteckt und wenige Wochen vor Kriegsende auf Hitlers Befehl hin ermordet.«

»Und alles wegen eines Unwetters?«, fragte Aerni. »Hätte Gott das nicht verhindern können? Der Zweite Weltkrieg wäre vielleicht schon zu Ende gewesen, bevor er richtig ausgebrochen war? Millionen von Menschen hätten den Krieg überlebt.«

»Sie besitzen eine sehr naive Form des Glaubens«, entgegnete Kunen. »Gott greift nicht einfach in das Weltgeschehen ein, auch wenn viele sich das wünschen. Er gibt nur die Regeln vor, nach denen wir uns zu richten haben.«

»Und eine der Regeln ist *Du sollst nicht töten*«, widersprach Tamara.

»Wollen Sie jetzt mit mir über Ihren Glauben diskutieren oder geht es um die Aufklärung eines Mordfalles?«

»Wir diskutieren nicht über *meinen* Glauben, sondern über *Ihren*. Aber wenn Sie so nett darum bitten, können wir gerne wieder über den Fall reden. Also, wo waren Sie in der Nacht vom vierten auf den fünften August?«

»Ich verbringe jeden Abend in der Bistumswohnung und gehe früh zu Bett«, antwortete der Vikar.

»Gibt es Zeugen dafür?«

»Nein, in der Regel bin ich allein in meiner Wohnung.«

»Gilt das auch für die Nacht, in der Roland Obrist ermordet wurde?«

»Exakt«, antwortete Kunen. »Das Leben als Mönch verlangt, dass man viel Zeit im Gespräch mit sich selbst verbringt.«

»Das kann man auch im Gefängnis«, bemerkte Tamara. »Sie haben ein Motiv, aber kein Alibi.«

»Ihr Motiv ist genauso vage, als wenn ich behaupten würde, ein Moslem hätte Bruder Obrist ermordet, weil der Koran fordert, die Ungläubigen zu töten.«

»Das fordert er nicht!«, widersprach Tamara.

»Dann sehen Sie ja selbst, wie widersinnig dieses Motiv ist.« Kunen erhob sich. »Haben Sie noch weitere Fragen?«

Tamara schüttelte den Kopf. Sie stand auf und ließ sich vom Vikar zum Portal der Kathedrale begleiten.

»Eines würde ich gerne noch wissen«, sagte sie. »Wie ist der Überfall auf Ihren Transporter damals eigentlich ausgegangen?«

Der Vikar trat näher zu ihr. »Ich habe als Einziger überlebt«, antwortete er leise.

»Und von den Angreifern?«

»Ich habe doch gesagt, ich habe als Einziger überlebt«, wiederholte Kunen. »An dem Tag habe ich mehr Männer getötet als meine gesamte Einheit in den zwei Jahren zuvor. Aber glauben Sie nicht, dass ich stolz darauf bin.« Der Vikar bekreuzigte sich und sah die Kommissarin mit festem Blick an. »Ich habe nur überlebt, weil Gott noch eine Aufgabe für mich hat. Einzig aus diesem Grund lebe ich noch.«

43

Roger Simovic lächelte. Es war kein vorgespieltes Lächeln wie jenes, das er den Wärtern in seiner Besenkammer schenken würde. Gefängnis konnte man diesen Lagerraum ja wohl kaum nennen. Jeder Durchschnittskriminelle würde hier in weniger als fünf Minuten entwischen.

Aber er brauchte nicht auszubrechen, er würde entlassen werden. Jeder würde darin das Eingeständnis des Vatikans sehen, dass er unschuldig war. Seine Freilassung würde ihn wieder in die Schlagzeilen bringen. Und deswegen setzte er schon mal sein breites Gewinnerlächeln auf.

Simovic überlegte, ob er eine Sonnenbrille tragen sollte, um sich vor dem Blitzlichtgewitter der Fotografen zu schützen. Er entschied sich dagegen. Schließlich war er kein Verbrecher, der unerkannt bleiben wollte. Im Gegenteil. Er wollte erkannt werden! Er würde seinen Auftritt zelebrieren. Er hatte sich sogar schon ein paar Worte für eine kleine Ansprache zurechtgelegt.

Sie alle haben vor Kurzem ein Wunder erlebt, würde er sagen. *Dass ich heute die Freiheit wiedererlange, zeigt, das Wunder geht weiter.* Dann würde er ein paar Worte über seinen furchtbaren Gefängnisaufenthalt im Vatikan sagen und am Schluss ein Versöhnungsangebot machen. Ja, er würde dem Papst anbieten, mit ihm persönlich über den neuen Jesus zu diskutieren. Natürlich würde der Heilige Vater nicht sofort darauf eingehen, aber der Druck der Öffentlichkeit würde immer größer werden, und dann würde selbst der Papst weich werden.

Den restlichen Tag nach seiner Freilassung hatte Simovic auch schon verplant. Er würde Fernsehinterviews geben, natürlich nur den großen Kanälen.

»Wir lassen Sie gehen«, hatte der Blonde gesagt und ihm seine Papiere hingehalten. Dann war der Hüne wieder gegangen. Und jetzt wartete Simovic.

Endlich öffnete sich seine Gefängnistür. Draußen standen zwei Wärter. Einer der beiden Männer kam auf ihn zu, in der Hand hielt er eine Augenbinde. Simovics Gewinnerlächeln fiel in sich zusammen. Der Wärter verband ihm die Augen, legte ihm Handschellen an und führte ihn aus der Zelle. Der zweite Wärter blieb dicht hinter ihm. Simovic fragte nach seinem Mobiltelefon. Der Wärter vor ihm antwortete irgendwas auf Italienisch. Simovic glaubte zu verstehen, dass seine Sachen im Aufnahmewagen lägen. Das klang plausibel, schließlich hatte man das gesamte Equipment konfisziert. Wenn alles gut lief, stand der Wagen inzwischen wieder mit laufender Kamera vor den Toren des Vatikans. In der ersten Reihe. Wo denn auch sonst? Schließlich waren sie BIG-NEWS.

Während des Gehens versuchte Simovic unter seiner Augenbinde hindurchzuschauen, doch es gelang ihm nicht. Er glaubte trotzdem spüren zu können, dass es in dem Gang dunkel war. Es roch muffig wie in einer Höhle. Er war immer noch innerhalb der Mauern des Vatikans, womöglich sogar irgendwo unter der Erde. War er diesen Weg auch in den Vatikan hineingeführt worden? Ob sie ihn auf dem Petersplatz freilassen würden?

Nein, da erwarte ich wohl zu viel. Auch nicht weiter schlimm, das Thema bleibt trotzdem in den Schlagzeilen. Und ich mitten drin.

Es hätte gar nicht besser laufen können. Er war zufrieden,

sehr zufrieden. Bald war er wieder dort, wo er hingehörte: in den Fokus der Weltöffentlichkeit. Niemand könnte ihn von dort vertreiben! Er war wunschlos glücklich.

Nun ja, nicht ganz. Eine Sache störte ihn noch, nein, genau genommen sogar zwei: Erstens, er musste den Kontakt zu Professor Wismut wiederherstellen. Und, fast genauso wichtig, seine Haare sahen furchtbar aus. Man hatte ihm während seines Zwangsaufenthalts nicht erlaubt zu duschen, und er wollte der Weltöffentlichkeit nicht als Mann mit den fettigen Haaren in Erinnerung bleiben. Doch mit diesem Wunsch hatte er sich nicht durchsetzen können, sie hatten ihm lediglich eine Baseballkappe gegeben. Ein übergroßes Ding mit dem Konterfei des Papstes drauf. Egal, Hauptsache, das Teil lenkte von seinen Haaren ab.

Immer wieder bogen sie ab, gingen kurz geradeaus und bogen erneut ab. Er war sich nicht sicher, ob sie nicht im Kreis liefen, um ihn zu verwirren. Ihm brannten schon die Füße, seine Lackschuhe waren für längeres Gehen denkbar ungeeignet.

Plötzlich wurde der Wärter vor ihm langsamer. Aus dem Gemurmel der Männer schloss er, dass sie am Ziel waren. Er hörte, wie eine Tür aufgeschlossen und geöffnet wurde. Simovic spürte die frische Luft, die durch den Türspalt drang, und wollte losgehen, doch der Wärter hinter ihm hielt ihn an der Schulter fest. »Wait!«

Anscheinend sondierte der zweite Wärter draußen die Lage. Simovic dachte wieder an seine Haare. Sie brauchten dringend eine Pflegespülung oder, noch besser, einen fachkundigen Friseur. Doch eins nach dem andern.

Die Tür öffnete sich ganz, der zweite Wärter kam offenbar zurück. »You can go now«, sagte er knapp und schloss die Handschellen auf.

Simovic riss sich die Augenbinde herunter, setzte sein Gewinnerlächeln auf, trat hinaus und sah … nichts.

Wo ist das Blitzlichtgewitter?

Er hörte, wie die Tür hinter ihm ins Schloss fiel und abgesperrt wurde.

Warum ist es so still?

Jetzt erst registrierte er, dass es stockdunkel war. Er rieb sich die Augen. Schemenhaft erkannte er vor sich einen schmalen Feldweg, in der Ferne schienen Häuser zu stehen. Aber es brannte kein Licht. Er drehte sich um. Nichts. Die verschlossene Stahltür war in einen Felsen eingelassen, dahinter schien sich ein bewaldeter Hügel zu erstrecken.

Keine Reporter, keine Kameras, keine Mikrofone. Die Wächter hatten ihn in die Einöde geführt.

Er fasste in seine Anzugtasche. Verdammt! Damit sein Portemonnaie nicht das Jackett ausbeulte, hatte er es vor der Sendung herausgenommen. Wie immer. Schließlich wollte er nicht zu dick aussehen. Aber ohne Portemonnaie hatte er nicht einmal ein paar Cent, um jemanden zu Hilfe zu rufen. Und sein Handy fehlte auch. Wie lange hatten sie ihn im Vatikan behalten? War es Sonntagnacht? Oder schon Montag?

Fluchend ging er in Richtung der Häuser und erreichte eine verlassene, unbeleuchtete Straße. Die Fensterläden an den Häusern waren zugeklappt. Er ging weiter, doch er erkannte nichts, woran er sich hätte orientieren können. Er drehte sich um, suchte nach einem anderen Weg, doch es gab nur diesen einen.

Er fühlte sich einsam, verlassen, ja, er fühlte sich, als habe man ihn vergessen. Ihn, den großen Starreporter Roger Simovic!

44

Kurt Sander schlug mit der Faust auf das Armaturenbrett. Er war jetzt das dritte Mal an derselben Stelle vorbeigekommen und hatte sich schon wieder verfahren. Außerdem bewegte sich die Temperaturanzeige des Mietwagens nur noch im roten Bereich, und aus der Kühlerhaube stieg Rauch auf. Aber das war nicht mal das Schlimmste! Nein, das Schlimmste war, dass er keine Ahnung hatte, wo er jetzt noch suchen sollte.

Die italienische Polizei und Alex Pandera hatten Wismuts Wohnung schnell ausfindig gemacht. Sie lag nahe der Engelsbrücke. So weit, so gut. Jetzt musste er sie nur noch finden, aber das war leichter gesagt als getan. In der Dunkelheit konnte er einfach nichts erkennen! War er, Hauptkommissar Kurt Sander a.D., inzwischen zu alt für den Job?

Die Zusammenarbeit mit den italienischen Kollegen war zwar gut, aber nicht so gut, dass für die Wohnung des Professors ein Durchsuchungsbefehl erlassen worden wäre. Also waren sie mal wieder auf sich allein gestellt. *Das kennen wir ja aus Basel.*

Um Wasser in den Kühler zu füllen, hielt Sander an einem Brunnen an. Und plötzlich sah er es. Das Straßenschild, nach dem er die ganze Zeit gesucht hatte. Die Wohnung war ganz in der Nähe. *Jetzt nur noch schnell einparken, und dann kann es losgehen.*

Eine Viertelstunde später kurvte er immer noch um den Block. Der Kühler dampfte schon wieder, und dieser hässliche und ausgesprochen riesige Fiat, den man ihm im Mietwagenverleih angedreht hatte, passte nirgendwo in eine Parklücke.

Als er schon weiter außerhalb parken wollte, fand er endlich eine Lücke, die groß genug war. Sie lag perfekt, schräg gegenüber befand sich der Eingang des Objektes, rechts ein Eiscafé und links eine Pizzeria. Schade, dass sie geschlossen hatten. Einen Teil seines Spesensatzes hätte er hier gerne angelegt.

Er war unsicher, ob er mit seiner Forderung nach Wiedergutmachung nicht übertrieben hatte. Alex Pandera war der Letzte, dem er Ärger mit dem Idioten Edeling wünschte.

Trotzdem fand er, dass er die Anerkennung verdient hatte. Erst recht, weil Gabriele ihm immer noch vorhielt, dass er bei seiner Kündigung keine Abfindung erhalten hatte. Als ob das nach dem Vorfall überhaupt möglich gewesen wäre! Diesmal würde er ihr zeigen, dass er sich sehr wohl gegen Edeling durchsetzen konnte. Außerdem wollte er seinem Freund Alex helfen.

Seinem Freund? Ja, obwohl sie nur wenige Monate zusammengearbeitet hatten, war Alex Pandera mehr geworden als nur ein Arbeitskollege. Für keinen sonst hätte er diese Observierung übernommen. Eine ganz besondere Observierung – mit anschließendem Einbruch. Doch eins nach dem anderen. Zuerst musste er sich einen Überblick verschaffen und das Haus eine Zeit lang beobachten.

Die Wohnung lag im Dunkeln, kein Wunder, schließlich war es zwei Uhr nachts. Das konnte natürlich auch heißen, dass Professor Wismut schon schlief, aber Pandera war sich sicher, dass er Rom verlassen hatte. Warum sollte der Mann auch länger als nötig in der Stadt bleiben?

Wismut galt als öffentlichkeitsscheu. Es gab sicher einen

guten Grund, dass er die Geschichte ausgerechnet BIGNEWS anvertraut hatte. Der Sender würde sie am Kochen halten. Und der Professor konnte in Ruhe verschwinden.

Das war auch besser für den Jungen, was immer man von ihm halten mochte. Sander war es gleichgültig, ob es der echte Jesus war oder nicht. Es war ein Kind, das beschützt werden musste. Er bezweifelte, dass der Professor dazu in der Lage war. Schon deshalb mussten sie ihn finden.

Kurt Sander wartete eine halbe Stunde. Alle Fenster des mehrstöckigen Hauses blieben dunkel. Dann stieg er aus dem Auto, schloss es ab, nahm seinen Rucksack und schlenderte zum Eingang.

Er blickte sich um. Niemand in der Nähe. Kein Wunder um die Uhrzeit. Er ließ den mitgebrachten Dietrich ins Schloss gleiten. Es dauerte keine dreißig Sekunden, dann hatte er die Eingangstür geöffnet. Er stieg die Treppen hoch in das oberste Stockwerk und blieb vor der Eingangstür zu Wismuts Wohnung stehen.

Dort wo normalerweise das Türschloss war, befand sich ein Terminal zur Eingabe einer Zahlenkombination. Sander klopfte leise an die Tür. Dem dumpfen Pochen nach zu urteilen war sie mit Stahl verstärkt. Alex hatte zwar gesagt, dass es nicht einfach werden würde, aber, Gottfried Stutz, das Ding war ein Tresor! Und Tresorknacken war nun nicht gerade sein Metier. Aber er war ja flexibel.

Sander öffnete den Rucksack und nahm einen Schweißbrenner heraus. Hoffentlich hatte keiner der Hausbewohner einen leichten Schlaf. Er setzte die Schutzbrille auf und schaltete das Gerät an. Die Flamme fraß sich durch die Holzverkleidung wie durch Butter, doch der darunter liegende Stahlkern schien nicht einmal ins Schwitzen zu kommen. Sander drehte den Brenner auf maximale Leistung.

Nach gut zehn Minuten hatte er um das Zahlenterminal herum einen Kreis geschweißt. Mit einem dumpfen Knall landete es auf dem Boden. Das war sicherlich nicht die eleganteste Art, in eine Wohnung einzubrechen, aber sie funktionierte. Leider war sie auch nicht ganz geräuschlos, aber angeblich wurde das Haus nur von Senioren bewohnt. Und wie er aus eigener Erfahrung wusste, hörten die ja nicht mehr so gut. Sander zweifelte nicht daran, dass Alex gut recherchiert hatte, aber er hatte trotzdem ein mulmiges Gefühl.

Er ging in die Wohnung, räumte sein Werkzeug in den Rucksack und sah kurz in alle Räume. Niemand da. Im Wohnzimmer fiel ihm als Erstes die riesige Abbildung des Turiner Grabtuchs auf, die an der Wand hing. Hier war er richtig. Er ging zurück ins Treppenhaus und öffnete ein Fenster, um den Brandgeruch des Schweißbrenners zu vertreiben. Anschließend schob er das Zahlenterminal notdürftig wieder in die Tür und fixierte es von innen mit Klebeband. Er betrachtete das Resultat von außen und rieb sich über die Stirn. Es sah beschissen aus.

Er holte eine Leiter aus der Wohnung und drehte die Glühbirne im Treppenhaus aus der Fassung, sodass der Bereich vor Wismuts Tür im Dunkeln blieb. Zumindest heute Nacht würde einem flüchtigen Beobachter nichts auffallen. Sander ging zurück in die Wohnung, schloss die Tür hinter sich und begann mit der Durchsuchung.

Zwei Stunden später sank er erschöpft in die Couch. Wismut hatte weder einen Computer noch ein Mobiltelefon zurückgelassen, genauso wenig geschäftliche oder persönliche Unterlagen. Einzig einen Krabbelkäfig hatte Sander gefunden, wohl für den kleinen Jesus. Sander sicherte die Spuren – darunter auch ein paar Haare für eine DNA-Analyse – und packte sie in den Rucksack. Er blickte sich noch einmal um. Die Wohnung war penibel aufgeräumt, viel zu penibel. Der Kühlschrank war leer und ausgeschaltet, in der Küche gab es nur Konserven mit langem Haltbarkeitsdatum. Wismut schien nicht vorzuhaben, demnächst wiederzukommen.

Wenigstens auf die römische Müllabfuhr war Verlass. Sie streikte mal wieder. Auch wenn der Professor den Hausmüll irgendwie losgeworden war, das Altpapier lag immer noch in seiner Wohnung. Es hatte sich ein ordentlicher Stapel angesammelt. Sander setzte sich davor und blätterte ihn durch. Wismut ließ sich offensichtlich die Basler Zeitung nach Rom liefern, sogar die Ausgabe, in der Pandera abgebildet war, lag hier. Außer weiteren Tageszeitungen fand Sander lediglich einige Werbeprospekte. Es gab keine persönlichen Notizen, nichts! Enttäuscht legte er den Papierstapel zur Seite.

Plötzlich fiel ihm etwas auf. Er nahm den Stapel noch einmal zur Hand. Einige der Prospekte waren mit Wismuts Adress-Aufkleber versehen. Neben zwei Katalogen für Laborausstattung fand er einen mit Kreuzfahrtangeboten. Wismut hatte ihn offensichtlich bestellt.

Sander dachte nach. Es könnte sich auch um ein Ablenkungsmanöver handeln, vielleicht hatte der Professor den Katalog bewusst zurückgelassen. Er blätterte durch die Seiten, stockte, blätterte zurück und legte dann den Katalog in eine Klarsichthülle. Er würde sich im Hotel damit befassen. Doch sicher nicht, um zu verreisen; der Aufenthalt in Rom reichte ihm vollkommen.

Er sah noch einmal in alle Räume, löschte das Licht und verließ die Wohnung. Im Treppenhaus horchte er. Stille. Dann nahm er wieder das Schweißgerät und setzte die Schutzmaske auf. An drei Stellen verschweißte er von außen den Stahlkern der Tür mit dem Rahmen. So war sichergestellt, dass niemand in die Wohnung eindringen konnte. Schließlich sollte alles seine Ordnung haben. Und die Kollegen von der italienischen Polizei etwas zum Nachdenken.

45

In der Welt von Frau Leuenberger-Seidler schien das Wörtchen *sofort* die gleiche Bedeutung zu haben wie *ich lass mir alle Zeit der Welt*. Zumindest standen Stefan Zumstein und Tamara Aerni schon seit mehr als fünf Minuten vor dem Haustor und warteten darauf, dass es sich öffnete. Zumstein hatte Alex Pandera angeboten, bei der Vernehmung dabei zu sein. Die Ehefrau des ermordeten Laborleiters hatte den Termin immer wieder hinausgeschoben. Anfangs hatte sie mit ihrem Schock argumentiert, dann mit Arbeitsüberlastung und zuletzt mit ein paar nichtssagenden ärztlichen Attesten.

Schließlich hatte der Staatsanwalt entschieden, dass die Vernehmung innerhalb der nächsten achtundvierzig Stunden zu erfolgen habe, sonst würden Zwangsmaßnahmen eingeleitet. Und da Pandera in Rom ermittelte, war Tamara Aerni nach Bern gekommen, um die Befragung von Basler Seite zu begleiten.

Und jetzt warteten sie in Muri vor einem etwas in die Jahre gekommenen weißen Bungalow. Das Örtchen Muri vor den Toren Berns war ein schönes Fleckchen Erde mit niedrigem Steuersatz und entsprechend hohem Einkommensdurchschnitt. Es herrschte kein Mangel an stattlichen Villen, sodass Leuenbergers Bungalow fast ein wenig deplatziert wirkte.

Zumstein drückte noch einmal auf die Klingel, schon zum fünften Mal. »Wahrscheinlich pudert sie sich gerade die Nase«, sagte er und zupfte an seinem grauen Schnurrbart.

Tamara Aerni lächelte. Sie war froh, dass sie nach Bern gekommen war. So konnte sie die unzähligen Akten, die sich auf ihrem Schreibtisch stapelten, für ein paar Stunden alleine lassen. Sie würden nicht weglaufen. Im Gegensatz zu den Verdächtigen.

Endlich hörten die Kommissare ein Summen, und die Gartentür sprang auf. Sie gingen über den schmalen Kiesweg zur Haustür. Dort stand Frau Leuenberger-Seidler, den roten Bademantel nur lässig zugebunden, das rechte Bein leicht nach vorne gestellt. Ihre Füße steckten in hochhackigen goldenen Sandaletten. Ihre Zehennägel glänzten so rot, als kämen sie direkt aus der Autolackiererei. An drei Zehen steckte ein goldener Ring. Tamara Aerni bezweifelte, dass die Frau barfuß gehen könnte, ohne zu klimpern. Frau Leuenberger-Seidler hatte auch ihre Finger mit Ringen geschmückt, darüber hinaus schien sie mehr Armreife zu besitzen als ein gut geführter Juwelierladen. Sie wirkte deutlich jünger als die dreiundfünfzig Jahre, die in ihrem Pass standen.

»Ich war noch im Bad«, entschuldigte sie sich, dann bat sie die Kommissare in die Wohnung und führte sie durch einen mit unförmigen Möbeln vollgestellten Flur. Es roch übertrieben nach Parfüm, irgendetwas mit Flieder. Im Wohnzimmer ließ sie sich in einen schweren Massagesessel fallen und bot den Kommissaren einen Platz auf der Ledercouch an. In dem Bungalow schien es kein Möbelstück zu geben, das nicht glänzte oder glitzerte. Neben funkelnden Edelsteinen beherrschten Gold, Silber und Bronze die Farbauswahl, ganz so, als habe Leuenberger-Seidler alle Medaillen der Olympischen Spiele einschmelzen lassen, um die Wohnung auszustatten.

»Darf ich Ihnen etwas zu trinken anbieten?«, fragte sie, stand auf und ging, ohne eine Antwort abzuwarten, zur Bar.

»Einen Cognac, einen Sherry oder einen Scotch für die Dame und den Herrn?«

»Nein, danke, wir sind im Dienst«, entgegnete Zumstein. »Ein Wasser wäre aber nett.«

Frau Leuenberger-Seidler blickte den Kommissar mit hochgezogenen Augenbrauen an, ging in die Küche, kam mit zwei Gläsern Wasser wieder und stellte sie auf den Couchtisch. Mit deutlich mehr Begeisterung stolzierte sie zurück zur Bar, ließ die Finger über die Flaschen gleiten und schenkte sich einen doppelten Cognac ein. Ihre zahllosen Armreifen klimperten dabei, als wehe ein Orkan durch ein Windspiel.

»Was führt Sie denn zu mir?«, fragte sie endlich und nippte an ihrem Cognac.

»Wie Sie wissen, möchten wir uns schon eine geraume Zeit mit Ihnen unterhalten«, sagte Zumstein. »Wir haben noch einige Fragen zum Verhalten Ihres Mannes.« Er räusperte sich. »Und zu Ihrem eigenen inzwischen auch.«

»Zu meinem Verhalten?«

Kommissar Zumstein blickte sie ernst an. »Es ist sehr ungewöhnlich, dass die Frau eines Mordopfers sich einer Zusammenarbeit mit der Polizei so hartnäckig entzieht ...«

»Wie bitte?«, unterbrach sie ihn schrill. »Ich stand unter Schock! Ich musste den Tod meines Mannes verarbeiten ...«

»Das wissen wir.« Zumstein nahm das Wasserglas vom Tisch. »Was wir jedoch nicht wissen, ist, warum Sie bei unserem ersten Gespräch Ihren Kokainkonsum verschwiegen haben.«

Tamara Aerni, die gerade begonnen hatte zu trinken, verschluckte sich beinah. Staunend blickte sie Zumstein an, der Berner Kollege ließ die Bombe wohl gerne gleich am Anfang platzen.

»Wie bitte?« Frau Leuenberger-Seidler stellte ihr Cognacglas auf der Bar ab und stemmte die Hände in die Hüfte. Ihr Blick war so giftig wie Quecksilber, ihr Mund stand leicht offen, als warte sie nur darauf, zuzubeißen. »Ich ... ich möchte mit meinem Anwalt sprechen!«, rief sie schließlich und fuhr sich durch das wasserstoffblonde Haar.

Zumstein ließ sich nicht aus der Ruhe bringen. »Sie hatten Gelegenheit, Ihren Anwalt zu dem Gespräch hinzuzuziehen. Aber da Sie das nicht getan haben ...«

»Da konnte ich ja nicht wissen, dass Sie mich mit solch haltlosen Vorwürfen belästigen würden!« Sie verschränkte trotzig die Arme vor der Brust.

»Wenn die Vorwürfe so haltlos sind, haben Sie ja sicher nichts gegen eine Blutprobe einzuwenden ...«

»Das ist die Höhe!«, unterbrach sie ihn, nahm das Cognacglas und trank es mit einem Schluck leer. »Dass ich mir so was überhaupt anhören muss!«

Sie griff in die Tasche ihres Bademantels und holte eine Zigarette heraus. Mit einem goldenen Feuerzeug versuchte sie, den schmalen Todbringer anzuzünden, doch ihre Hände zitterten. »Scheiße!«, rief sie plötzlich und warf das Feuerzeug auf den Boden. Es rutschte über das Parkett und wurde erst von der Terrassentür gestoppt.

Frau Leuenberger-Seidler hob den Handrücken an die Stirn, seufzte affektiert und sackte so rasch zur Seite, als habe man ihr die Beine weggeschlagen.

46

Kommissar Pandera saß in einem Smart und kam sich sehr klein vor. Das *Splendid Royal* war eine Luxusherberge, die ein Kommissar wie er nur dann von innen sah, wenn dort eine Leiche lag. Roger Simovic hatte zwar wie eine ausgesehen, aber er war noch am Leben gewesen, als er am Morgen aus einem Taxi gestiegen war. Völlig übermüdet hatte der Reporter sich in das Hotel geschleppt.

Seitdem war eine Stunde vergangen. Der Kommissar überlegte, wie er an den Reporter herankommen sollte. Er wollte gerade aussteigen und zur Rezeption gehen, als er im Rückspiegel zwei breitschultrige Anzugträger auf sich zukommen sah. Hatten sie ihn entdeckt? Die Männer hielten zielstrebig auf seinen Mietwagen zu. Pandera gab Gas und schoss aus der Parklücke. Im Rückspiegel sah er, wie die beiden Männer sich umdrehten und zu einer schwarzen Limousine liefen, die ein paar Autos hinter ihm parkte.

Nach weniger als zweihundert Metern wurde Pandera von einer roten Ampel gestoppt. Er vermisste sein Blaulicht. Vier Wagen hinter ihm stoppte der Mercedes mit den beiden Gorillas. Endlich wurde es grün, er fuhr los, aber der Verkehr kam sofort wieder ins Stocken. Wenige Meter hinter der Kreuzung musste er schon wieder anhalten. Was sollte er tun? Selbst mit dem Smart fand er keine Lücke. *Wenn mein Leben einmal verfilmt wird, gibt das die langsamste Verfolgungsjagd der Kinogeschichte.* Einer der Gorillas machte Anstalten, aus dem Wagen zu steigen, da setzte sich die Kolonne wieder in

Bewegung. Pandera bog in eine Seitenstraße ab und trat das Gaspedal durch.

Noch bevor er um die nächste Ecke fahren wollte, bemerkte er im Rückspiegel wieder den Mercedes. So würde er die Kerle nicht abschütteln können. Sein Blick fiel auf einen kleinen Platz mit einem Straßencafé. Er parkte in einer Lücke und stieg aus. Die schwarze Limousine fuhr an ihm vorbei und setzte den Blinker, um auch einzuparken. Pandera nahm seine Aktentasche und schlenderte in das Café. *In meinem Anzug sehe ich aus wie ein harmloser Bankangestellter. Falls es so was überhaupt noch gibt.*

Vor dem Café setzte er sich an einen freien Tisch und stellte die Aktentasche auf den leeren Stuhl rechts von ihm. Die Morgensonne schien ihm ins Gesicht. Er hängte sein Jackett über den Stuhl und knöpfte sein weißes Hemd auf. Wenn er Urlaub hätte, könnte er diesen Augenblick richtig genießen. Ein schönes Café, nette Leute, strahlender Sonnenschein und angenehm zurückhaltende Musik. Doch er hatte keinen Urlaub. Er versuchte, einen Mörder zu überführen. So schön die Ewige Stadt auch war, bisher hatte die Reise ihm nur Probleme beschert. Er musste sich dringend bei Tamara melden. Und bei Kurt.

Pandera bestellte einen doppelten Espresso, dazu ein Panino und nahm die Tageszeitung vom Zeitungsständer. Der Jesusklon beherrschte noch immer die Schlagzeilen. Das würde noch eine Weile so bleiben, zumal Simovic, jetzt da er wieder frei war, ganze Öltanker ins lodernde Pressefeuer gießen würde.

Der Ober brachte den Espresso und das Panino. Pandera lugte vorsichtig über seine Zeitung. Die beiden Gorillas schienen zu überlegen, was sie tun sollten. Jetzt kamen sie zum Café und zwängten sich zwischen den Caféhausstühlen durch. Was der eine zu viel an Haaren hatte, die zu einem Pferdeschwanz zusammengebunden waren, das fehlte dem anderen, dessen Glatze in der Sonne glänzte wie frisch poliert. Ihre Jacketts waren auf Brusthöhe ausgebeult. Die Kerle sind auch noch *bewaffnet*, dachte Pandera. Ein wenig zu auffällig stierten sie zu ihm herüber. Pandera tat so, als würde er sie nicht beachten, und widmete sich seinem Panino. Es schmeckte gut, aber der Espresso war noch besser. So musste Kaffee sein!

Um so zu tun, als warte er auf jemanden, blickte Pandera immer wieder auf die Uhr. In einem unbeobachteten Moment zog er einen Geldschein aus der Hosentasche und klemmte ihn unter den Aschenbecher. Dann wartete er, bis die beiden Testosteronbolzen ihre Bestellung aufgaben. Schnell nahm er sein Jackett und stand auf. Das Panino ließ er stehen und schweren Herzens auch den Espresso. Und seine Aktentasche. Mit schnellen Schritten schlängelte er sich durch die Kaffeehausstühle, ging um die Häuserecke, rannte ein paar Meter, lief auf die andere Straßenseite, wechselte die Richtung und versteckte sich hinter einem Lieferwagen. Vorsichtig schaute er in Richtung Café.

Es passierte genau das, was er geplant hatte. Der eine Gorilla war ihm gefolgt, blieb dann aber stehen und suchte ihn mit Blicken. Schließlich lief er zurück zum Café, wo der andere auf ihn wartete und etwas in ein kleines Drahtlosmikrofon an seinem Anzugrevers flüsterte. Jetzt sah Pandera auch den Knopf im Ohr der Männer. Anscheinend bekamen sie die Anweisung, zu beobachten, wer kommen würde, um die Aktentasche zu holen. Schließlich sollte alles wie eine Übergabe aussehen. Doch es würde niemand kommen. Pandera wollte sich schon umdrehen, als das passierte, womit er nicht gerechnet hatte.

Ein älterer Mann ging auf das Café zu. Da kein anderer Tisch mehr frei war, setzte er sich genau dorthin, wo Pandera gesessen hatte.

Mierda! Der Mann, ein etwa sechzigjähriger schmächtiger Italiener, nahm die Zeitung, die Pandera liegen gelassen hatte, und legte sie zur Seite. Er entdeckte die Tasche und hob die Hand, wahrscheinlich um die Bedienung zu rufen.

Sofort standen die beiden Gorillas auf und gingen zu dem Tisch des Mannes. Pandera sah, wie einer der beiden heimlich eine Pistole hervorholte und sie dem Alten in den Rücken drückte. Der andere beugte sich zu dem hilflosen Mann hinunter und flüsterte ihm etwas ins Ohr.

Sie gingen geschickt vor, keiner der Cafégäste bemerkte etwas. Schließlich nickte der Alte. Mit einer schnellen Bewegung nahm der zweite Gorilla die Tasche und gab dem anderen ein Zeichen. Der Alte stand zögernd auf und verließ zusammen mit den beiden Männern das Café.

Pandera überlegte, was er tun sollte. Der Alte tat ihm leid. So leise wie möglich folgte er den dreien. Die beiden Gorillas hatten den Alten in die Mitte genommen, einer der beiden hielt die Aktentasche in der Hand. Pandera ging schneller, und als er nur noch wenige Meter hinter den Männern war, rannte er los.

Wie ein Taschendieb riss er dem Mann die Aktentasche aus der Hand. Verdutzt ließen die beiden den Alten stehen und stürmten hinter dem Kommissar her. Pandera drehte sich um und sah, dass der eine irgendetwas in sein Mikrofon brüllte, das er am Revers trug. *Holten sie Verstärkung?*

Als Pandera um die nächste Ecke bog, kannte er die Antwort. Ein Schlag, der so heftig war, dass er einen Preisboxer umgehauen hätte, traf den Kommissar am Rücken. Er verlor das Gleichgewicht und stürzte vornüber auf das Pflaster.

Trotz der brutalen Schmerzen drehte er sich um und sah einen grauhaarigen Koloss über sich. Und einen Baseballschläger. Das hölzerne Ungetüm kam auf ihn zu. Viel zu schnell. Dann wurde es dunkel.

47

Nachdem Frau Leuenberger-Seidler aus ihrer kurzen Ohnmacht aufgewacht war, weinte sie wie ein kleines Kind. Hätten die beiden Kommissare für jede Träne einen Schweizer Franken bekommen, wären sie nach dem Verhör Millionäre gewesen. Doch sie waren immer noch mittelmäßig verdienende Polizisten mit einem kaum erwähnenswerten Rentenanspruch. Die Frau war so falsch wie ein *Lacoste*-Imitat. Immerhin hatte sie gestanden. Aber was war ein Geständnis wert, dass nur das beinhaltete, was die Kommissare ohnehin schon wussten?

Ja, sie hatte Kokain genommen. Ja, sie hatte diese Vorliebe mit ihrem Mann geteilt.

Ja, sie war immer noch süchtig.

Ja, sie hatte ihnen sogar den Namen ihres Dealers verraten, aber das war sicher nur ein kleiner Fisch, wie Zumstein anmerkte. Außerdem hatte sie die Kommissare gebeten, sie in eine Suchtklinik einzuweisen, als seien damit alle Probleme aus der Welt und die Polizei dafür der richtige Ansprechpartner.

Kommissar Zumstein gab sich damit nicht zufrieden. Er wartete seelenruhig, bis Frau Leuenberger-Seidler noch einen Cognac getrunken und sich ausgeschluchzt hatte, und zeigte ihr dann die Gehaltsabrechnung ihres verstorbenen Mannes. »Wovon leben Sie eigentlich?«

»Ich verstehe Sie nicht ...«

»Arbeiten Sie? Gehen Sie einer Beschäftigung nach?«

»Ich kümmere mich um den Haushalt, den Garten und die Inneneinrichtung unseres Hauses.« Mit einer schwungvollen Armbewegung zeigte sie auf einige glitzernde Möbelstücke, als sei das ihr ganzer Stolz. Tamara musste aufpassen, dass sie nicht losprustete. Wenn Geld und Geschmack zusammenkamen, war das eine schöne Sache, fand sie, doch wenn sie sich verfehlten, war es nur noch peinlich.

»Das heißt, Sie haben ausschließlich vom Verdienst Ihres verstorbenen Mannes gelebt?«, fragte Zumstein.

Frau Leuenberger-Seidler nickte. »Ist das so ungewöhnlich?«

»Laut diesen Unterlagen hat Ihr Mann keine sechstausend Franken im Monat verdient«, erklärte Zumstein mit einem Blick auf die Gehaltsabrechnung. »Vor der Tür stehen ein SLK und ein Range Rover, und sie besitzen dieses Haus. Ihr Lebenswandel spricht darüber hinaus nicht gerade für Sparsamkeit.«

»Was wollen Sie damit sagen?«

»Ganz einfach«, antwortete er. »Sie oder Ihr Mann hatten noch andere Einnahmequellen. Entweder waren die legal, dann müssten wir davon wissen, oder ...«

»Das ist doch eine Unverschämtheit!« Sie nahm das Cognacglas, als wollte sie trinken, bemerkte dann aber, dass es leer war, und stellte es mit einem lauten Knall wieder auf den Tisch. »Wie können Sie es wagen, meinen verstorbenen Gatten derart zu beleidigen?«

»Was sagt Ihnen der Name Christian Vogt?«, fragte Tamara, die sich bisher im Hintergrund gehalten hatte.

»Wer soll das sein?«, fragte Frau Leuenberger-Seidler. Ihre Stimme klang flatterig.

»Herr Vogt ist der Seelsorger des Inselspitals. Wir haben Hinweise, dass er beträchtliche Beträge an Ihren Mann gezahlt hat«, erklärte die Kommissarin. »Und diese Zahlungen waren alles andere als freiwillig.«

»Diese P-!«, rief sie, brach dann aber ab, als wäre ihr gerade noch rechtzeitig eingefallen, den Mann besser nicht als *Petze* zu bezeichnen. »Dieser Pfaffe!«, korrigierte sie sich. »Wie heißt er noch mal?«

»Vogt«, wiederholte Tamara. »Christian Vogt.«

»Er hat meinen Mann nie gemocht«, sagte sie. »Seit wir aus der Kirche ausgetreten sind, hat er uns das Leben zur Hölle gemacht.«

»Sie kennen ihn also?«

»Natürlich kenne ich ihn!«, erwiderte sie. »Das ist ein dreckiger und bigotter Fundamentalist! Wissen Sie, was er getan hat? Er hat im Spital eine Unterschriftenliste herumgehen lassen«, sagte sie. »Darin hat er verlangt, dass alle Führungskräfte Christen sein müssen.«

»Aber das Inselspital ist doch gar nicht in kirchlicher Trägerschaft«, entgegnete Zumstein.

»Eben!«, rief sie triumphierend. »Das wollte Ihr Herr Vogt aber nicht einsehen, und deshalb hat er gegen uns intrigiert.«

»Wie hat er das gemacht?«

»Mit allen möglichen Tricks. Er wollte uns rausekeln.« Sie ging zur Bar und schenkte sich noch einen Cognac ein.

»Warum wollte er sie rausekeln?«, fragte Tamara.

»Weil er ein Fanatiker ist!«, rief Frau Leuenberger-Seidler. Sie ließ sich in den Sessel fallen und nippte an ihrem Cognac. »Der Kerl hat nichts als Lügen über uns verbreitet.«

»Und dann haben Sie oder Ihr Mann ihn erpresst …« Tamara beugte sich vor.

»Und wie hätten wir das tun sollen?«

»Sie haben ihm vorgeworfen, homosexuell zu sein, und

das wollten Sie zu Geld machen«, sagte Zumstein in seiner unnachahmlich direkten Art.

Frau Leuenberger-Seidler öffnete den Mund, sagte aber nichts. Stattdessen trank sie das Glas in einem Schluck leer. »Das ist mir doch total egal, ob der Kerl schwul ist, hetero oder eine Transe!«, rief sie. Offenbar war sie nicht mehr ganz nüchtern.

»Seinen Glaubensbrüdern dürfte das wohl kaum egal sein«, bemerkte Tamara.

Frau Leuenberger-Seidler lehnte den Kopf zurück. Ihre Sprache wurde immer undeutlicher. »Sind doch alle schwul in diesem Männerclub.«

»Glauben Sie, dass Pfarrer Vogt etwas mit dem Tod Ihres Mannes zu tun hat?«, fragte Zumstein.

»Der doch nicht! Das ist doch ein Sesselfurzer!«, rief sie. Sie schüttelte den Kopf. »Aber ... mein Mann hat mir erzählt, dass es in diesem Orden Leute von ganz anderem Kaliber gibt. Die gehen sogar über Leichen.«

»Kennen Sie diese Personen?«, fragte Zumstein.

Frau Leuenberger-Seidler schien nachzudenken. »Da gibt es so einen muskulösen Kerl ... mit Glatze und Gewerkschafterbart. Er hat meinen Mann bedroht.«

»War es dieser Mann?« Tamara zeigte ihr ein Foto von Vikar Kunen.

Frau Leuenberger-Seidler nickte nur.

Tamara hob eine Augenbraue. Vielleicht hatte Deckert doch recht. Vielleicht steckten hinter all dem ja doch die Jesuiten ...

48

Unermüdlich massierte Kurt Sander die Füße seiner Frau. Seit einer halben Stunde knetete er sie wie Brezelteig, aber sie hatte immer noch nicht genug. Seine Finger taten weh. Genau wie seine Füße. Doch die knetete niemand. Das war der Preis dafür, dass er Gabriele alles erzählt hatte. Nun gut, fast alles.

Er hatte ihr gebeichtet, dass er für die Basler Polizei ermittelte, aber nur ein bisschen. Von dem Einbruch in die Wohnung von Wismut hatte er nichts gesagt. Trotz ihrer müden Füße war Gabriele fast an die Decke gesprungen. Wie konnte er nur hinter ihrem Rücken für die Polizei arbeiten?

Schließlich hatte er sie damit besänftigt, dass er ihr nur deswegen nichts von seinem kleinen Nebenjob erzählt hatte, weil er unbedingt wollte, dass sie mit nach Rom fuhr. Dadurch wären sie in ihrer Lieblingsstadt zu einer gut bezahlten Shopping-Tour gekommen. Außerdem sei seine Arbeit ganz und gar ungefährlich und hundertprozentig legal. Waren die ersten Argumente immerhin noch gut an den Haaren herbeigezogen, waren die letzten beiden schlichtweg gelogen. Nicht nur, dass er einen Einbruch begangen hatte, nein, schlimmer noch, er hatte Angst. So große Angst, dass er Mühe hatte, nicht zu zittern.

Während er mit Unschuldsmiene Gabrieles Füße knetete, ließ er seine Gedanken zur vergangenen Nacht zurückspringen. An den Augenblick, als er Wismuts Haus verlassen hatte. Er war in diesen hässlichen Fiat gestiegen, hatte ihn mühevoll aus der engen Parkbucht manövriert und Gas gegeben. Schon bald war ihm ein schwarzer Mercedes gefolgt. An einer Ampel war er bei Dunkelgelb über die Kreuzung geschossen, doch der Mercedes war hinter ihm geblieben.

Vorsichtshalber fuhr Sander an seinem Hotel vorbei und hielt nicht. Stattdessen bog auf eine vierspurige Straße ein, auf der selbst mitten in der Nacht noch reger Verkehr herrschte. Erst nach einem waghalsigen Wendemanöver, das ihm die nicht jugendfreien Flüche mehrerer Autofahrer einbrachte, gelang es ihm, seine Verfolger abzuschütteln.

Da er davon ausging, dass sie sein Nummernschild notiert hatten, fuhr er zur Mietwagenfirma und gab den Wagen vorzeitig zurück. Mithilfe eines mehr als großzügigen Trinkgeldes erinnerte er den Verleiher daran, dass sein Name Roberto Ferrara sei und er in Brescia wohne. Er hatte schon beim Mieten des Wagens darauf geachtet, dass er seinen Führerschein nicht vorzeigen musste, und auch das hatte ihn eine üppig bemessene Schweigeprämie gekostet. Das würde eine dicke Spesenabrechnung geben.

Er sah auf seine Armbanduhr. Schon früher Nachmittag. Sander hatte gehofft, Alex Pandera im Hotel zu treffen, doch in Panderas Zimmer war es so still gewesen wie in einer Taubstummenschule. Sander versuchte es auf dem Handy, aber nicht einmal die Mailbox meldete sich. Was war passiert?

Normalerweise war Verlass auf Alex. Sie wollten sich am Morgen im Hotel treffen, aber Alex war nicht gekommen. Er hatte sich auch nicht gemeldet, was er immer tat, wenn er zu spät kam oder verhindert war. Er rief selbst dann an, wenn er nur ein paar Minuten zu spät kam. Und das kam bei einem Mann mit spanischem Blut in den Adern ziemlich regelmäßig vor.

Aber dieses Mal gab es keinen Anruf und auch sonst kein Lebenszeichen von ihm. Nichts, nicht der geringste Hinweis, wo sein Freund stecken könnte. Genau deshalb hatte Kurt Sander Angst. Er spürte, dass Alex Pandera in Gefahr war. In großer Gefahr.

49

»Die Gerüchte über einen geklonten Jesus sind haltlos.« Der Stellvertreter Christi auf Erden stand auf einem Podest vor dem Petersdom, prunkvoll in Weiß gekleidet. Hinter ihm ein goldglänzender Thron, vor ihm die Masse der Gläubigen, die nicht nur den Petersplatz füllten, sondern auch die davon wegführenden Straßen. »Das Turiner Grabtuch war nach Jesu Auferstehung über tausend Jahre verschollen«, fuhr der Papst fort. »Daher kann niemand mit Gewissheit sagen, von wem die Blutspuren stammen, die sich darauf befinden. Nach unseren Untersuchungen stammen sie von mehreren Personen. Wissenschaftliche Institute werden in unserem Auftrag beweisen, dass man dem Grabtuch keine individuelle DNA entnehmen kann.«

Professor Wismut schaute in den kleinen Bordfernseher und lächelte. *Das kann man sehr wohl*, dachte er. *Es ist alles eine Frage der Definition.*

»Die Wissenschaft geht manchen Irrweg, und der Eingriff in die Schöpfung ist sicherlich ihr größter«, sagte der Papst. »Doch so sehr die Wissenschaft Gott auch nacheifert, eines kann sie nie erreichen: Sie kann vielleicht einen Körper klonen, aber sie wird niemals die Seele eines Menschen klonen können.«

Auf dem Bildschirm wurden einzelne Besucher gezeigt. Sie schienen ergriffen zu sein von den Worten des Papstes.

»Was ist ein Klon wert ohne die Seele des Menschen?«, fuhr der Papst fort. »Er ist nur eine leere, gottlose Hülle!«

Die Menschen jubelten. Der Papst hob die Arme zum Himmel, als empfange er seine Botschaften direkt von dort. »Jeder, der diese gottlose Hülle anbetet, ist irregeleitet! Er betet den Teufel an, nicht den Sohn Gottes! Kehret um und bekennt Euch zum wahren, zum einzigen Gott!«

Wismut schaltete den Fernseher aus. Er hatte genug gesehen. Er musste zugeben, selbst auf dem kleinen Bordfernseher verfehlte der Auftritt des Papstes seine Wirkung nicht. Der Mann schien verstanden zu haben, dass es um alles ging.

Wismut öffnete die Balkontür seiner Kabine und ließ eine frische Brise herein. Er ging nach draußen und blickte in die Nachmittagssonne. Sie funkelte über dem Meer, genau wie auf den kitschigen Postkarten, die seine Kollegen ihm immer geschickt hatten. Doch er war hier nicht auf Urlaub, selbst wenn es so aussah. Die *MS Atlantis* war lediglich der sicherste Weg, um von A nach B zu kommen.

Im Hafen von Civitavecchia hatte man seinen gefälschten Ausweis nur oberflächlich geprüft. Was in gewisser Weise auch verständlich war, denn niemand konnte ein entführtes Kreuzfahrtschiff in das World Trade Center lenken, auch nicht mit zweitausendfünfhundert islamischen Terroristen an Bord.

Darüber hinaus sprach für diese Art des Reisens, dass es auf Kreuzfahrtschiffen keine Paparazzi, keine Polizei und keine Priester gab. Und dass der kleine Jesus nicht kontrolliert wurde. Als Zweijähriger war man für niemanden gefährlich. Trotzdem konnte man in dem Alter schon die Welt verändern.

Natürlich war es nicht die schnellste Art zu reisen, aber die Zeit arbeitete ohnehin für ihn. Er war froh, Rom hinter sich gelassen zu haben. Die Stadt war ein Moloch aus verstopften Straßen, unzähligen Touristen und einer alles überstrahlenden Scheinheiligkeit.

Seine Anwesenheit auf dem Schiff würde nicht weiter auffallen, dessen war er sich sicher. Falls ihn doch jemand bemerkte, war er einfach nur ein Vater mit seinem Sohn. Der Kleine machte das Versteckspiel gerne mit, schließlich war er es gewohnt.

Wismut ließ das Meer noch eine Weile vor sich hin plätschern, dann ging dann wieder in seine Kabine zurück und schloss die Tür hinter sich. Er öffnete eine Verbindungstür zur Nachbarkabine und schaute in das rechteckige Reisebettchen. Jesus schlief. Wismut nahm den kleinen Stoffhasen, der aus dem Bettchen gefallen war und legte ihn neben den Jungen. Der Hase war abgewetzt und alt, aber der Junge mochte ihn. Er mochte vieles, was alt war.

Er kommt gar nicht nach seinem Vater. Der Professor musste grinsen. *Nein, er ist genau wie sein Vater.* Dann erst fiel ihm die Ironie auf, und er lachte laut auf. Wen meinte er eigentlich damit? Sich selbst? Jesus? Oder jemand ganz anderen?

Hatten nicht Generationen von Genforschern das Wissen gemehrt, auf dem er nun aufbauen konnte? Schon 1962 hatte James Watson zusammen mit Francis Crick und Rosalind Franklin den Medizin-Nobelpreis für die Entdeckung der DNA bekommen. Mehr als zwanzig Genetiker hatten sich seitdem den Preis abgeholt, aber noch nie war ein Wissenschaftler dabei gewesen, der sich mit den Klonen von Lebewesen beschäftigte. Man könnte meinen, die Reproduktionsmedizin sei das schwarze Schaf der Wissenschaft.

Selbst Ian Wilmut und Keith Campbell, die 1996 das erste Lebewesen geklont hatten, waren bisher leer ausgegangen. Und das, obwohl sie mit Dolly ein weißes Schaf geklont hatten und kein schwarzes. Wenn das kein deutliches Zeichen war …

Würde er selbst einmal den Nobelpreis in Händen halten? *Wenn ich nicht Jesus geklont hätte, sondern irgendeinen stinknormalen Menschen, wäre er mir trotz der Abneigung gegen die Reproduktionsmedizin irgendwann sicher. Aber es hatte Jesus sein müssen.* Das war schon immer das Ziel seiner Forschungen gewesen. Für keinen anderen hätte er Woche für Woche siebzig Stunden gearbeitet. Nein, für einen normalen Klon hätte er nicht die immense Summe in seine Forschungen investiert, mit der man eine kleine Karibikinsel kaufen konnte, mitsamt Strand, Villa und Cocktailversorgung auf Lebenszeit.

Doch ein Leben in Luxus interessierte ihn nicht. Und auch keine ebenso langbeinigen wie langweiligen Schönheiten. Nein, ihn interessierte nicht der Ruhm, der Nobelpreis oder schnödes Geld; ihn interessierte nur eines: die Wahrheit und nichts als die Wahrheit.

50

Schwarz. Tiefstes Schwarz. Alex Pandera rieb sich die Augen. War er blind? Es machte keinen Unterschied, ob seine Augen offen waren oder geschlossen. Er sah nichts. Und er hatte Schmerzen. Überall.

Ja, sie hatten ihn gefangen genommen, da war er sich sicher, obwohl seine Erinnerung mit dem Besuch des Cafés endete. Er tastete seinen Körper ab. Seine Anzughose war an den Knien aufgerissen, und er fühlte Blut, auch unter seinem Jackett. In seinen Haaren hatte sich so viel Staub gesammelt, als läge er schon Monate hier. Er fasste sich an den Hinterkopf und fuhr vorsichtig über die blutverkrustete Beule. Sein Schädel fühlte sich an, als hätten sie ihn aufgeschlagen wie ein rohes Ei.

Er fasste in seine Jacketttasche. Die Schmerzen schossen bis hoch in die Schulter. Natürlich war sein Portemonnaie nicht mehr da, sein Ausweis, seine Kreditkarten, sein Geld – alles weg. Auch sein Mobiltelefon und seine Dienstwaffe. Er überlegte, ob er um Hilfe rufen sollte, aber dann fiel ihm ein, dass so was nur Idioten in Hollywoodfilmen machten. Wenn er einen Vorteil hatte, dann den, dass niemand wusste, dass er aufgewacht war. Und diesen Vorteil würde er nicht leichtfertig aufs Spiel setzen.

Mühsam stand Pandera auf und tastete mit ausgestreckten Armen durch den tiefschwarzen Raum. Von oben strömte kühle Luft herein. Seine Hände berührten eine Wand. Sie war kalt und schien nicht verputzt zu sein. Er strich über die

Steine. Was war das? Eine Tür? Aus Stahl? Der Raum war klein, vielleicht drei auf vier Meter. Er ertastete einen Holztisch, einen Stuhl, eine Matratze und eine Wolldecke. Nichts zu essen oder zu trinken. *Also werden sie irgendwann kommen, um nach mir zu sehen.* Zumindest hoffte er das. Sein Hals brannte vor Durst.

Er lehnte sich an die Wand und streckte die Arme nach oben so weit es ging. Vor Schmerz zuckte er zusammen, doch dann versuchte er es ein zweites Mal. Wieder spürte er den kalten Luftstrom. Über ihm schien ein Lüftungsschacht zu sein. Er schob den Tisch an die Wand und stellte sich darauf. Abermals reckte er die Arme. Da! Wenn er sich auf die Zehenspitzen stellte, ertasteten seine Finger ein Lüftungsgitter.

Er stieg wieder hinunter, nahm den Stuhl, stellte ihn auf den Tisch an die Wand und kletterte wieder hinauf. Jetzt befand sich das Lüftungsgitter auf Kopfhöhe. Es war nur aus Blech, mit vier Schrauben in der Wand verankert. Er versuchte, die Schrauben mit den Fingern zu lösen, aber sie bewegten sich nicht. Er drückte mit den Händen gegen das Blech, erfolglos. Er versuchte es noch einmal. Wieder nichts.

Nein, jetzt nicht an die Schmerzen denken, einfach weitermachen.

Es hatte keinen Sinn. Er konnte das Blech nicht bewegen. Nicht in seinem Zustand. Enttäuscht stieg er wieder vom Stuhl und setzte sich auf den Tisch. *Wenn ich nur einen Schraubenzieher hätte!*

Plötzlich hatte er eine Idee. Er zog sein Jackett aus und riss einen der Knöpfe am Ärmel ab. Dann kletterte er wieder auf den Stuhl, nahm den Knopf und schob ihn in den Schraubschlitz. Er passte!

Pandera drehte den Knopf und spürte, wie die Schraube nachgab. Langsam löste sie sich.

Bald hatte er die vier Schrauben herausgedreht, nahm das Lüftungsgitter ab und tastete den dunklen Hohlraum ab, der sich dahinter befand. Es war ein Schacht, ungefähr siebzig Zentimeter breit und genauso hoch. Er legte das Gitter auf den Boden des Schachtes. Vielleicht würde er es noch benötigen.

Er zog sich an der Kante des Schachts hinauf und zwängte seinen Oberkörper in den Hohlraum. Oben angekommen atmete er erschöpft aus und legte sich auf den Boden des Schachtes. Seine Muskeln schmerzten und sein Herz pochte.

Pandera robbte Zentimeter um Zentimeter tiefer in den Schacht hinein. Nach gut zwei Metern stieß er auf ein Stahlgitter. Er rüttelte daran, doch es saß bombenfest. Er bot seine ganze Kraft auf, spannte jeden Muskel an, als müsse dieser nur noch das eine Mal funktionieren, doch es half nichts. Er war eingeschlossen. Nur der kalte Windzug, der ihm unaufhörlich entgegenblies, erinnerte an die Freiheit.

Aber seine Kraft reichte nicht aus, um weiterzukämpfen. Er packte das Gitter und stellte es zurück an seinen Platz, sodass niemand sofort erkennen würde, wo er sich befand. Dann legte er sich flach auf den Boden und deckte sich mit seinem Jackett zu. Er fror erbärmlich im kalten Luftzug, doch es war seine einzige Chance. Hatte er überhaupt eine? Und dann kam wieder dieser Gedanke. Er machte ihm Angst, unglaubliche Angst.

Warum? Warum sollen sie eigentlich kommen und nach mir sehen?

51

Roger Simovic war glücklich. Vor zweitausend Jahren hatten hier, im Circus Maximus, die großen Wagenrennen stattgefunden. An diesem Ort hatten sich die Sieger feiern lassen, und die Verlierer waren gedemütigt von dannen gezogen. Heute hingegen konnte man die Bedeutung des Circus Maximus nur noch erahnen, er sah aus wie ein mit Gras bewachsenes trockengelegtes Flussbett. Keine Ruinen, weder Gebäude noch Tribünen, erinnerten an den damaligen Prunk. Doch nicht das heutige Bild war das, was Simovic bezauberte, sondern die Symbolik. Der Circus Maximus war die größte Arena der Antike gewesen und hatte mehr als dreihundertfünfzigtausend Zuschauern Platz geboten. In späterer Zeit war der ovale Komplex dann verfallen und geplündert worden. Seine Überreste hatten unter anderem zum Bau des Petersdoms gedient. Womit sich für Simovic ein Kreis schloss, denn vor dem Petersdom hatte er bei seinem ersten großen Auftritt gestanden.

Nur zwei Stunden, nachdem der Papst seine lang erwartete Rede auf dem Petersplatz gehalten hatte, waren die Übertragungswagen auf das Gelände des Circus Maximus gerollt. Direkt vom Vatikan in den Circus Maximus. Ja, das war ein Bild, das ihm gefiel. Es war ein Wettkampf. David gegen Goliath! Roger Simovic gegen den Papst!

Der alte Mann in Weiß hatte sich gut verkauft, das musste Simovic zugeben. Er hatte sich die Aufzeichnung der päpstlichen Rede fünf Mal angeschaut und seine Replik mindestens genauso oft überarbeitet. Es hatte lange gedauert, aber jetzt war sie perfekt. Obwohl der Pontifex Maximus über seinen Schatten gesprungen war und eine beeindruckende Inszenierung geboten hatte, waren ihm zwei entscheidende Fehler unterlaufen:

Erstens hatte der Heiligen Vater sich direkt der Auseinandersetzung gestellt und versäumt, den Boden für seine Botschaften vorzubereiten. Mit seinem persönlichen Auftreten hatte der Papst den Jesusklon aufgewertet und ihn auf Augenhöhe gehoben. Der Mann war eben kein Politiker, sondern ein Ideologe.

Der zweite Fehler des Papstes war noch bedeutsamer: Seine Botschaft würde beim breiten Publikum nicht ankommen, denn sein Timing war das eines Anfängers. Wer am frühen Nachmittag eine Erklärung abgab, ging das Risiko ein, schon bis zu den Abendnachrichten widerlegt worden zu sein. Genau das hatte Simovic vor.

Natürlich spielte er nicht in derselben Liga wie der Papst, das wusste sogar Roger Simovic. Aber er hatte den Jesusklon entdeckt, war vom Vatikan verhaftet geworden und erst gestern wieder aufgetaucht. Also würde man ihm zuhören.

Er sah zu seinem Assistenten Jerome, der die Sekunden bis zum Auftritt herunterzählte. Simovic dachte daran, dass es wirklich an der Zeit war, den Kerl zu feuern. Das Aufnahmelicht schaltete auf Rot, und er setzte sein freundlichstes Lächeln auf.

»Liebe Zuschauer«, begann er und strahlte in die Kamera, als sei er in sie verliebt. »Hier ist Roger Simovic aus Rom. Ich freue mich sehr, wieder bei Ihnen sein zu dürfen.« Er blickte in das Publikum vor ihm, das nicht nur aus Reportern bestand. Fünfhundert Schaulustige waren ihm gefolgt, ein paar von ihnen applaudierten, einige jubelten sogar. Es waren deutlich weniger Zuschauer gekommen, als Simovic erwartet hatte. Er tröstete sich damit, dass die Sendung sehr kurzfristig angesetzt worden war und lächelte weiter.

»Wie Sie wissen, musste ich mehrere Tage unschuldig im Kerker des Vatikans verbringen und konnte erst heute meine Arbeit wiederaufnehmen. Doch ich möchte Sie nicht mit meinen persönlichen Erlebnissen langweilen, so interessant diese auch waren.« Er sparte sich die Bemerkung, dass diese Erlebnisse in der abendlichen Sondersendung ausgeschlachtet würden, in der ein einstündiges Interview mit ihm vorgesehen war. Dummerweise mit Treuhard, diesem Parasiten. Der Kerl hatte ihn während seiner Abwesenheit vertreten, ein anderer war so kurzfristig nicht aufzutreiben gewesen.

»Der Papst hat sich heute zum ersten Mal zu Wort gemeldet und alle Christen aufgefordert, nicht an den geklonten Jesus zu glauben, den wir vor wenigen Tagen kennenlernen durften«, sagte Simovic. Ein Bild des Jungen aus dem Video wurde eingeblendet, natürlich eines, auf dem er aussah wie ein erleuchteter Heiliger.

»Davon abgesehen, dass der Papst nur für einen Teil der Christen spricht, ist er nun nicht mehr der einzige Stellvertreter Christi auf Erden.« Aus dem Publikum kamen vereinzelte Zustimmungsrufe. Mehrere junge Männer in einem weißen Gewand, die direkt vor ihm standen, applaudierten. Sie sahen aus wie Jünger, die eine zweitausendjährige Zeitreise gemacht hatten.

»Lassen Sie uns die Fakten betrachten. Der kleine Junge ist ein echter Klon von Jesus Christus, das haben Untersuchungen mehrerer wissenschaftlicher Institute zweifelsfrei bewiesen. Auch die Nachforschungen des Papstes können nichts anderes ergeben, sofern sie nach wissenschaftlichen Maßstäben durchgeführt werden.«

Simovic hatte seine Stimme gegen Ende des Satzes deutlich angehoben und sprach jetzt wie ein Politiker bei einer Wahlkampfrede. Er zitierte einige prominente Wissenschaftler, ließ das schon bekannte Video des kleinen Jesus einspielen und wechselte anschließend das Thema. Für viele Zuschauer war Klonen noch immer etwas Unheimliches, und er wollte aufzeigen, dass es inzwischen eine alltägliche Praxis war, wenn auch nicht am Menschen selbst.

»1996 kam mit Dolly das erste Klonschaf auf die Welt. Seitdem hat sich einiges verändert. Wie wir wissen, war Dolly alles andere als perfekt. Schon von Geburt an war sie altersschwach, und sie starb bald. Aber überlegen Sie mal, mit welchen Handys wir 1996 noch telefoniert haben. Knochen, so schwer wie Blei, die nichts konnten außer telefonieren. Heute sind sie kleiner und leichter, aber wir telefonieren damit nicht nur, nein, wir gehen damit ins Internet, schießen Fotos und nutzen sie als Navigationssystem. Und genauso schnell hat sich das Klonen weiterentwickelt. Schon zwei Jahre nach Dolly wurde, fast unbemerkt von der Öffentlichkeit, die erste Klonkuh geboren. Sie lebte quickfidel über zehn Jahre lang und wurde mehrfache Mutter, Großmutter und Urgroßmutter.«

Auf dem Bildschirm wurde ein Foto der Kuh gezeigt, die mit ihrem braun-weißen Fell aussah wie jede andere Kuh auch. »Schon 2008 grasten weltweit mehr als fünftausend Klonkühe auf den Weiden, dazu kommt eine große Anzahl geklonter Schweine und Schafe. Selbst Katzen, Hunde und Fische wurden inzwischen geklont, und 2007 kam der erste Rhesusaffe hinzu. Und so ging es immer weiter. Doch all diese Fortschritte wurden von der Öffentlichkeit kaum wahrgenommen. Daher glauben viele immer noch, Klonen sei Hexenwerk. Dabei ist es tägliche wissenschaftliche Praxis. Allein in den USA gibt es mehr als ein Dutzend Firmen, die sich auf das Klonen von Haustieren spezialisiert haben.«

Simovic stellte fest, dass die Menschenmenge immer größer wurde. Zufrieden strich er sich durch die frisch frisierten Haare, währenddessen ließ er das Bild zweier menschlicher Zwillinge zeigen.

»Hat Gott selbst nicht das Klonen erfunden?«, fragte er. »Wie sonst sind all die Zwillinge, Drillinge und Vierlinge zu erklären, die unsere Erde bevölkern? Die Wissenschaft wiederholt nur das, was Gott selbst als Teil der Schöpfung geschaffen hat.«

Die Zustimmungsrufe wurden immer lauter und euphorischer. Er hatte sie überzeugt, und er wusste, dass auch die Menschen daheim an den Bildschirmen seinen Argumenten folgen würden.

»Auch wenn Jesus zweifellos ein einzigartiger Mensch war, so hat Gott selbst ihm vier Brüder geschenkt«, erklärte Simovic und lächelte überlegen in die verdutzten Gesichter vor ihm. »Und ein paar ungenannte Schwestern. Und das alles, obwohl Maria immerwährende Jungfrau war«, fügte er hinzu. Er nahm die große Bibel, die er schon bei seinem ersten Auftritt verwendet hatte, schlug sie auf und zeigte mit dem Finger auf eine unterstrichene Stelle, die nun in Nahaufnahme gezeigt wurde.

»Ist das nicht der Zimmermann, der Sohn der Maria und der Bruder von Jakobus, Joses, Judas und Simon? Leben nicht seine Schwestern hier unter uns?«, las er mit der Stimme eines Priesters. Dann klappte er die Bibel wieder zu. »Diese Zeilen stammen aus dem Markus-Evangelium, Kapitel sechs, Vers drei«, erklärte er. »Überzeugen Sie sich selbst, auf unserer Homepage finden Sie weitere Bibelstellen zum Nachlesen, die Hinweise auf die Geschwister von Jesus geben.«

»Ich frage Sie«, fuhr er fort, »was ist daran verwerflich, wenn die Menschheit, die von Gott selbst geschaffen worden ist, sich einen Bruder schenkt? Einen echten Zwillingsbruder des Heilands, einen Bruder, der heute lebt und der für uns Menschen da ist. Der *unsere* Sorgen und Nöte versteht und nicht die Sorgen und Nöte der Kirche. Um die Kirche kann sich gerne der Papst kümmern, so wie er es all die Jahrhunderte lang getan hat. Aber der neue Jesus ist für uns geschaffen worden und für niemanden sonst. Und genau aus diesem Grund bekämpft der Papst ihn!«

Er verbeugte sich, und Applaus brandete auf. Dieser Augenblick, als er vor der jubelnden Menge stand – das war es, was er unter Glück verstand.

Das rote Licht der Kamera erlosch, und Simovic ließ sich auf seinen Regiestuhl fallen. Er war erschöpft. Er ließ sich ein Handtuch bringen, tupfte über die schweißnasse Stirn und nahm die Gratulationen der Kollegen entgegen. Natürlich hatte er das zentrale Argument des Papstes – eine Seele kann man nicht klonen – unbeantwortet gelassen, er war nicht einmal darauf eingegangen. Der Papst musste sich schon selbst darum kümmern, wenn er wollte, dass dieses Argument Gehör fand. Dann konnte er immer noch darauf reagieren. *So wird das gemacht,* dachte Simovic. *So und nicht anders.* Mit einem kräftigen Schluck trank er ein großes Glas Wasser leer.

Als die Gratulationen allmählich abebbten und er einen Moment lang alleine war, fragte er sich, wie das alles enden würde. Er wusste es selbst nicht. Aber eines war sicher: Es würde spannend bleiben.

52

»Gehet hin in Frieden!«, rief Bischof Obrist in einem Ton, der Mahnung und Feierlichkeit miteinander verband, als seien es keine grundverschiedenen Dinge.

»Dank sei Gott dem Herrn«, schallte es ihm von der Gemeinde entgegen, so laut und kräftig wie sonst nur an Ostern oder Weihnachten. Die Kathedrale von Solothurn war bis auf den letzten Platz gefüllt. Und das bei einem Abendgottesdienst unter der Woche.

Johann Obrist wartete, bis das Echo seiner Schäfchen verklungen war, dann senkte er die zum Segen erhobenen Arme und ging die Altarstufen hinab. Der Organist spielte den Schlusschoral, getragen und doch düster. Gestützt auf einem goldenen Stock, ging Obrist durch das Kirchenschiff. Jeder Schritt auf dem harten Steinboden bereitete ihm Mühe.

Die Gläubigen hatten sich erhoben und betrachteten den alten Mann mit großer Ehrfurcht, viele bekreuzigten sich. Johann Obrist hatte den Jesusklon in seiner Predigt nur indirekt angesprochen. Man solle sich nicht den *falschen Göttern* zuwenden, hatte er gesagt. Nicht jenen, die von Menschenhand erschaffen seien. Man solle nur den Worten glauben, die von Gott kamen.

Nach der Messe ging er zurück in die Priesterräume gegenüber der Kathedrale. Dort legte er seine Mitra ab, ebenso das Pallium und das Messgewand. Er formte mit den Händen einen Kelch, ließ kaltes Wasser hineinlaufen und spritzte es sich ins Gesicht.

Er hatte gehofft, dass die Andacht, bei der er sich Gott immer so nah fühlte, ihm den Weg weisen würde. Doch heute war es ihm vorgekommen, als sei der Allmächtige gar nicht zu Besuch gewesen. Als habe er sich von seinem Haus abgewendet. War das ein Zeichen? War die Kirche vom richtigen Weg abgekommen? Wie stand es um ihn selbst? Kämpfte er sein letztes Gefecht?

Lag die Entscheidung überhaupt noch in seiner Hand? War es nicht unvermeidlich, was geschehen würde? Der Bischof blickte in den Spiegel, die Hände zittrig auf den Rand des Waschbeckens gestützt. Das kalte Wasser tropfte ihm von den grauen Barthaaren. Nein! Nichts war unvermeidlich! So leicht würde er nicht aufgeben! Noch war es nicht zu spät!

Im Orden gab es immer mehr Stimmen, die eine radikale Lösung forderten. Der Bischof wusste nur zu genau, wer derjenige war, der diese Idee geboren hatte. Doch es gab auch Brüder, die gar nichts tun und alles Gott überlassen wollten. Nein! Der Mensch war auf der Erde, um Gottes Willen zu erfüllen! Und nicht, um tatenlos dem Lauf der Welt zuzuschauen.

Obrist setzte seine Brille auf und strich sich durch die nassen Haare. Auf einmal erkannte er seinen Bruder Roland in sich. Auch wenn dieser keinen Bart getragen hatte und keine achtundsiebzig geworden war. Lediglich sechzig Jahre waren ihm vergönnt gewesen. Sein Bruder war ein Nachgeborener. Ein Agnatus. Wie ein eigener Sohn. Und er selbst wie ein Vater für ihn. Doch ein Vater beschützt seine Kinder. Er hatte versagt.

Es klopfte, und Vikar Kunen trat in den Raum. »Störe ich?«

Der Bischof schüttelte den Kopf. Er fühlte sich seltsam

unbehaglich. Wie immer in letzter Zeit, wenn er auf den Vikar traf.

»Wir wissen, wo er ist!«, platzte Kunen heraus. »Ihr Bruder hat recht gehabt!«

»Wie haben Sie …?« Der Bischof brach mitten im Satz ab. Vielleicht war es besser, wenn er nicht alle Details kannte. »Und was sollen wir jetzt tun?«, fragte er stattdessen.

»Ich habe meine Meinung nicht geändert.«

Aber ich, hätte der Bischof sagen können, doch er tat es nicht.

»Ich werde ihm folgen und ihn observieren«, sagte der Vikar.

Der Bischof nickte.

»Gott wird mir beistehen und mich leiten«, sagte Kunen und bekreuzigte sich. »Bei allem, was ich tue.«

Bischof Obrist nickte wieder. Er wusste, niemand konnte den Vikar von seinem Plan abbringen. Er konnte nur noch eines tun: beten, dass dieser Plan auch ein Plan Gottes war.

53

Das Öffnen der Gefängnistür weckte Alex Pandera. Als Erstes spürte er, dass er von der Kälte der Lüftung beinahe steif gefroren war. Als Zweites kam der Schmerz. Seine Knochen taten immer noch weh, als seien sie zersplittert. Und als Drittes sah er das Licht.

Einen winzigen Augenblick lang blendete es ihn, als würde er mit einem Fernglas direkt in die Sonne sehen. Er rieb sich die Augen. Wenigstens war er nicht blind.

»Scheiße!«, rief ein Mann, der offenbar die Zelle betreten hatte. Es war nur eine Frage der Zeit, bis sie ihn entdeckten. Er musste reagieren, sofort.

Pandera robbte ein paar Zentimeter nach vorne, bis er mit den Füßen das Lüftungsblech berührte. Er wusste, ihm blieb nur diese eine Chance. Er hörte, wie der Mann auf den Tisch stieg, dann den Stuhl zurechtrückte und hinaufkletterte. Pandera wartete einen Augenblick, dann zog er beide Beine an und ließ sie mit aller Kraft nach vorne schnellen.

Mit voller Wucht traf er den Mann am Kopf. Der verlor das Gleichgewicht und kippte rücklings von Stuhl und Tisch auf den Betonboden. Panderas Augen hatten sich zwar noch nicht an die Helligkeit gewöhnt, aber als er aus dem Schacht kletterte, konnte er schon mehr als nur die Umrisse des Raumes erkennen. Der Mann lag auf dem Betonboden und rührte sich nicht. Pandera ließ sich vorsichtig hinunter und beugte sich über ihn.

Der Mann war bewusstlos. Pandera spähte durch die angelehnte Tür seines Gefängnisses. Er sah einen halbdunklen Gang, der in eine noch oben führende Betontreppe mündete. Niemand war zu sehen oder zu hören. Pandera nahm die Schlüssel des Wärters an sich, untersuchte den Mann nach Waffen, konnte jedoch bis auf einen Gummiknüppel nichts finden.

Dann erst entdeckte er das Sandwich und die Flasche Wasser. Beides musste der Wärter mitgebracht haben. Er griff zur Flasche und wollte schon trinken, als ihm auffiel, dass sie schon einmal geöffnet worden war. War das eine Falle? Was, wenn sie ein Beruhigungsmittel beigemischt hatten, um ihn von hier wegzubringen? Oder um ihn zu töten?

Er stellte die Flasche wieder auf den Tisch. Seine Kehle brannte, doch er wollte kein Risiko eingehen. Sollte der Wärter doch das Wasser trinken, wenn er wieder aufgewacht war.

Pandera betrachtete den Mann. Die Größe passte ungefähr, aber mit seinem Bierbauch wirkte der Kerl ein wenig unförmig. Pandera zog ihm Jacke und Hose aus, dann entkleidete er sich selbst und zog die Sachen des Wärters an. Die Hose passte einigermaßen, er musste nur den Gürtel enger schnallen. Dann schlüpfte er in die schwarze Bomberjacke, schob den Gummiknüppel in die Innentasche und schloss den Reißverschluss.

Als Letztes setzte er die schwarze Baseballkappe auf. Er hasste die Dinger, aber anders ging es nicht. Vorsichtig schlich er sich hinaus und sperrte die Gefängnistür hinter sich zu.

Pandera spürte so viel Adrenalin im Körper, dass er die Schmerzen in seinen Muskeln kaum mehr wahrnahm. Nach wenigen Metern erreichte er die Betontreppe, stieg ein paar Stufen hoch und schaute um die Ecke. Vor ihm erstreckte sich ein Treppenaufgang aus Beton. Hinter jeder Ecke konnte sich ein Gegner verbergen. Oder eine Tür in die Freiheit.

Er nahm den Gummiknüppel in die Hand und schlich Stufe für Stufe nach oben. Nach wenigen Metern traf er auf eine zweite Stahltür. Auf seiner Seite war keine Klinke, nur ein Sicherheitsschloss und ein runder Metallknauf. Er nahm den Schlüsselbund des Wärters heraus. Drei Schlüssel. Einer schien zu groß. Pandera versuchte den zweiten und führte ihn langsam in das Schloss. Schon nach wenigen Zentimetern blockierte er. Pandera zog den Schlüssel wieder heraus und horchte auf. Hinter der Tür bewegte sich etwas. Er wartete, dann nahm er den dritten Schlüssel, steckte ihn ins Schloss und drehte ihn vorsichtig herum. Die Tür sprang einen Spaltbreit auf, doch nicht so weit, dass er etwas sehen konnte.

»Bender ist immer noch zu doof, um den richtigen Schlüssel zu nehmen«, hörte er einen Mann sagen, zu seiner Verwunderung auf Deutsch, nicht auf Italienisch. Genau wie der fluchende Wärter in seiner Zelle. Was waren das für Typen? Ein anderer Mann lachte. Sie waren also zu zweit. Mindestens. Pandera schob den linken Fuß vor an die Tür, um sie mit einem Ruck aufstoßen zu können, und griff den Gummiknüppel noch fester. Dann atmete er tief durch.

Jetzt oder nie, dachte er und stieß die Tür auf.

Was er sah, hätte ihn eigentlich erschrecken müssen. Doch dazu blieb ihm keine Zeit. Er musste handeln. Sofort!

54

Generalvikar Simon Kunen schloss die Tür zu seinem Büro ab und nahm den alten Aktenkoffer aus dem Wandschrank. Das braune Rindsleder hatte im Laufe der Jahre einige Kratzer abbekommen. Doch es kam auf den Inhalt an, nicht auf die Verpackung.

Er ließ die Messingverschlüsse des Koffers aufschnappen, öffnete ihn und sah hinein. In seinen Augen funkelte der Glanz der Macht. Es war keine kirchliche Macht und schon gar keine göttliche. Trotzdem war der Vikar davon überzeugt, dass Gott ihn beschützen würde. Er war ein Würdenträger der Kirche, und wie ein solcher würde er auftreten. Er hatte sein bestes Priestergewand angelegt, nicht zu pompös und doch seiner herausgehobenen kirchlichen Position angemessen.

Normalerweise vermied Kunen es, in diesem Gewand zu verreisen, ja, er vermied es grundsätzlich, sich auf Reisen wie ein Priester zu kleiden, obwohl er die Sonderbehandlung durchaus zu schätzen wusste, die man in christlichen Ländern durch diese Uniform erfuhr. Aber gleichzeitig wuchsen dadurch auch die Verpflichtungen. Genau wie ein Arzt oder Pilot war man als Priester auf einer Flugreise nie wirklich außer Dienst.

Ein Geistlicher zog einen bestimmten Typ von Reisenden magisch an: den des redseligen Passagiers mit Flugangst. Hatte so jemand einen Mann des Glaubens erst einmal entdeckt, wich er ihm nicht mehr von der Seite. Heute würde er damit zurechtkommen müssen. Doch das war sein geringstes Problem.

Simon Kunen klappte den Aktenkoffer wieder zu, drückte die Messingschnallen nach unten und nahm den goldfarbenen Schlüssel in die Hand. Er merkte, wie er zitterte. Er war so nervös wie am Tag seiner Priesterweihe.

Er führte den Schlüssel nacheinander in beide Schlösser und drehte ihn herum. Eigentlich waren es nur symbolische Schlösser, denn der Koffer war leicht aufzubrechen. Dennoch waren die Schlösser für Kunen immer ein Schutz gewesen, auch ein Schutz vor sich selbst. Vor mehr als zehn Jahren hatte er den Koffer konfisziert und ihn seitdem nicht mehr geöffnet. Aber er hatte sich auch nicht entschließen können, den Koffer wegzugeben, so als habe etwas in ihm die ganze Zeit gewusst, das der Tag kommen würde. Der Tag, an dem der Inhalt seiner wahren Bestimmung gerecht werden würde. Der Tag der Entscheidung! Zehn Jahre hatte er darauf gewartet. Es war eine lange Zeit gewesen. Für einen Menschen, nicht für Gott.

Kunen steckte den Koffer in seinen schwarzen Trolley, nahm einen fertig gepackten größeren Koffer, brachte beides hinaus auf den Flur und schloss sein Zimmer ab. Dann verließ er die Bistumsverwaltung und stieg in das wartende Taxi.

Am Basler Flughafen angekommen, ging er zum *Swiss*-Schalter und gab den großen Koffer auf. Mit einem Gefühl der Genugtuung registrierte er, dass seine drei Kilo Übergepäck nicht berechnet wurden, im Gegensatz zu der Familie vor ihm. Er nahm sein Bordticket und seinen Trolley und machte sich auf den Weg zur Sicherheitskontrolle.

Er stellte sich ans Ende einer langen Schlange und wartete. Die Reisenden vor ihm unterhielten sich über den Fluglotsenstreik in Rom. Kunen war froh, dass er dieses Mal nicht in die Ewige Stadt flog.

Endlich kam er an die Reihe. Er zögerte kurz, bemerkte, dass sein Herz viel zu schnell klopfte und ihm Schweiß auf die Stirn trat. Dann riss er sich zusammen und legte seinen Trolley auf das Laufband mit den Durchleuchtungsgeräten. Er nahm Armbanduhr und Mobiltelefon, legte beides in ein offenes graues Plastikkästchen und schob es auf das Laufband. Danach ging er zu dem Metalldetektor und breitete seine Arme aus. Kein Piepsen. Er durfte weitergehen.

Aber das beruhigte ihn nicht, denn er hatte es nicht anders erwartet. Er drehte sich um und wartete auf seinen Trolley. Jetzt wurde es ernst. Da! Der Koffer kam aus dem Durchleuchtungstunnel. Er wollte schon danach greifen, als der Mann am Überwachungsmonitor seinem Kollegen am Band ein Zeichen gab.

»Wem gehört der schwarze Trolley?«, fragte der Mann.

Kunen erschrak und hob unsicher den Finger. »Er gehört mir ... Ist etwas damit?«

»Er muss noch einmal durch die Kontrolle«, antwortete der Mann. Als er erkannte, das Kunen ein Priester war, lächelte er freundlich.

Mit einem Taschentuch wischte Kunen sich den Schweiß von der Stirn. Er beobachtete, wie der Mann vom Sicherheitsdienst seinen Trolley nahm, ein paar Meter zurücktrug und vor dem Durchleuchtungstunnel wieder auf das Band setzte.

Der Mann am Monitor schüttelte erneut den Kopf und gab seinem Kollegen am Band ein Zeichen.

»Was ist da drin?«, fragte dieser, jetzt schon nicht mehr so freundlich lächelnd.

»Ich ... ich verstehe nicht ...«, stammelte Kunen. Er

fragte sich, warum er sich keinen Plan B ausgedacht hatte. War er von seinem Gottvertrauen geblendet und hatte die Vernunft ausgeschaltet? *Gott passt nur auf jene auf, die auf sich selbst acht geben*, hatte er immer gepredigt. Und jetzt hatte er sich selbst nicht daran gehalten!

»Es tut mir leid«, sagte der Sicherheitsbeamte. Er fuhr mit der Hand über seine blaue Krawatte, als wolle er unterstreichen, dass alles seine Ordnung haben müsse. »Wir müssen diesen Koffer öffnen. Sie haben doch nichts dagegen?«

»Nein, nein«, sagte Kunen schnell. »Ich verstehe nur nicht …«

»Das wird sich bestimmt gleich aufklären«, sagte der Mann und lächelte wieder. Aber sein Lächeln sah nicht echt aus.

Ich hoffe nicht, dass sich das gleich aufklärt, dachte Kunen. Gespannt beobachtete er, wie der Mann den Reißverschluss öffnete und den Deckel des Trolleys aufklappte. Ein Fach mit Kleidern kam zum Vorschein, dazu ein Säckchen, in dem ein Paar schwarze Lackschuhe steckte, einige kirchliche Magazine und der verschlossene Aktenkoffer. Zielsicher nahm der Beamte ihn heraus und legte ihn vor sich auf den Metalltisch. Er drückte an den Schnappverschlüsse herum, doch sie öffneten sich nicht.

»Haben Sie einen Schlüssel?«, fragte er.

»Natürlich«, antwortete Kunen, nahm sein Portemonnaie aus dem grauen Transportkästchen und öffnete das Fach für die Münzen. Mit zitternden Fingern fischte er den kleinen goldenen Schlüssel heraus und gab ihn dem Sicherheitsbeamten. »Sie müssen entschuldigen«, sagte er. »Ich fliege nicht so oft.«

»Kein Problem«, antwortete der Beamte. Mit geübten Hangriffen schloss er den Koffer auf und öffnete ihn.

»Oh«, sagte er überrascht, als er das funkelnde Metall erblickte.

»Das ist eine Reliquie unseres Ordens«, erklärte Kunen und lächelte verkrampft.

»Eine Reliquie? Darf ich sie aus dem Koffer nehmen?«

»Natürlich«, antwortete Kunen. *Hoffentlich klingt meine Stimme nicht zittrig.* Mit allem hatte er gerechnet, doch nicht damit, dass es so weit kommen würde.

Der Beamte nahm das funkelnde Metallstück heraus. »Ist ganz schön schwer«, sagte er beinahe ehrfürchtig. »Echtes Gold?«

»Das weiß ich nicht«, log Kunen. »Ich bin nur für den Transport zuständig. Sie verstehen sicher, dass wir das nicht mit der Post verschicken können.«

»Natürlich«, sagte der Beamte. Er legte das Metallstück vor sich auf den Tisch, prüfte tastend die Samtverkleidung des Koffers und stellte ihn noch einmal auf das Laufband vor das Durchleuchtungsgerät. Die Reisenden, die hinter Kunen warteten, wurden langsam unruhig, und er war sich sicher, dass sie nur deshalb nichts sagten, weil er ein Priestergewand trug. *Hätte ich es nicht angezogen, wäre schon jetzt alles verloren. Hätte ich den Koffer aufgegeben, auch. Ein anonymer Koffer kennt keinen Priesterbonus. Und der ist das Einzige, das mich jetzt noch retten kann.*

Der leere Koffer wurde durch das Röntgengerät geschoben, und der Mann hinter dem Monitor nickte endlich. »Was ist da eigentlich drin?«, fragte er neugierig.

Der Beamte am Laufband legte das Metallstück wieder in den Koffer. »Nur ein Kreuz«, antwortete er, schloss den Koffer und gab ihn zusammen mit dem Schlüssel an Kunen zurück. »Entschuldigen Sie bitte die Unannehmlichkeiten.«

»Kein Problem«, erwiderte Kunen und zwang sich zu einem

Lächeln. Den Schlüssel steckte er hastig in die Hosentasche. Dann stellte er den Aktenkoffer zurück in den Trolley und zog den Reißverschluss zu. Er tat so, als hätte er es eilig. Rasch nahm er den Trolley vom Band und ging schnellen Schrittes den Gang entlang. Den Kopf hielt er gesenkt. Erst hinter einer Ecke blieb er stehen und bekreuzigte sich.

»Gott sei Dank!«, flüsterte er erleichtert. *Das war knapp.* Mit dem Taschentuch tupfte er sich über die Stirn. Leise betete er ein Vaterunser. Dann ging er langsam zum Gate.

Sein Herz klopfte immer noch wie verrückt. Mit jedem Schlag schien es zu ahnen, dass die große Schlacht erst noch bevorstand.

55

… drei, vier, fünf, zählte Pandera in Gedanken. Er wusste nicht einmal, ob er unter der tief ins Gesicht gezogenen Baseballkappe alle Männer gesehen hatte. Fünf gegen einen, das konnte nicht gut gehen! Selbst dann nicht, wenn sie, wie diese fünf, am Tisch saßen, Poker spielten und nur Augen für ihre Karten und das Geld hatten. Wenn er zu der gegenüberliegenden Tür wollte, musste er an dem Tisch vorbei. Und er wollte zu dieser Tür, unbedingt. Durch das kleine Fenster in der Tür strahlte die Sonne in den Raum. Und mit ihr die Freiheit.

»Bender, setz dich und spiel weiter!«, rief einer der Männer, ohne aufzublicken.

»Und bring ein paar Bier aus dem Kühlschrank mit!«, rief ein anderer.

»Ich erhöhe!«, sagte der Erste und schob einen Stapel Jetons in die Mitte.

»Du bluffst!«, schnauzte der Zweite.

Pandera fühlte sich beinahe ertappt, aber noch hatte ihn niemand bemerkt. Seine Verkleidung als Wachmann Bender war besser, als er gedacht hatte. Er steckte den Gummiknüppel in die Innentasche der Jacke und zog die Baseballmütze noch tiefer ins Gesicht. Auf der linken Seite des Raumes sah Pandera eine offen stehende Tür. Sie führte in die Küche. Er ging ein paar Schritte in den Raum und hielt direkt auf die Küchentür zu. Die Männer hatten tatsächlich nur Augen für das Spiel und beachteten ihn nicht. Da sie erwarteten, dass er in die Küche ging, um Bier zu holen, tat er genau das.

Er öffnete den Kühlschrank, dessen große Tür ihm perfekten Sichtschutz bot. Aber die Küche bot nicht nur Sichtschutz, sondern auch ein Fenster. Pandera warf einen Blick hinaus. Erdgeschoss! *Man darf auch mal Glück haben.*

Ein paar leere Bierflaschen standen auf der Fensterbank. Er stellte sie lautlos auf den Boden.

»Wo bleibt das Bier?«, hörte er einen der Männer rufen.

Schnell öffnete er das Fenster. Er stieg gerade über die Fensterbank, als er hinter sich Schritte hörte. Jemand kam in die Küche.

»He! Das ist nicht Bender!«

Pandera hörte, wie die anderen Männer in die Küche stürzten, er hörte auch, wie sie nach ihm riefen, doch er drehte sich nicht um. Er sprang von der Fensterbank auf den Gehweg, rannte über eine Straße und hielt auf die nächste Ecke zu. Seine Muskeln brannten wie Feuer. Aber sie ließen ihn nicht im Stich.

Er hörte Schritte hinter sich, Autotüren wurden zugeschlagen, dann startete ein Motor. Auch ohne sich umzublicken, wusste er, dass es der schwarze Mercedes war, den er schon vom Hotel *Splendid Royal* kannte.

Er rannte so schnell er konnte weiter, aber natürlich holte der Mercedes auf. Er warf einen schnellen Blick zurück. Der Mercedes raste über den Gehweg!

Wollten die Kerle ihn überfahren?

Er glaubte schon zu spüren, wie die Stoßstange seine Waden berührte, da erreichte er endlich die Straßenecke und sprang in eine kleine Seitengasse. Der Mercedes schoss vorbei. Pandera rannte über das unebene Pflaster und hoffte inständig, dass die Gasse für den breiten Wagen zu schmal war. Er hörte, wie Bremsen quietschten, der Wagen rückwärts fuhr und dann wieder beschleunigte. Erneut warf er einen Blick zurück. Der Mercedes bog in die Gasse ein, und folgte ihm. Innerhalb von wenigen Sekunden holte der Wagen den Abstand auf, nicht ohne ein Fahrverbotsschild, drei Briefkästen und ein Fahrrad in die Luft zu schleudern. Der Wagen hatte zwar einige Beulen abbekommen, kam aber unaufhaltsam näher. Nur noch wenige Augenblicke, und er hatte ihn erreicht.

Was sollte er tun? Im Laufen zog er die Bomberjacke aus und warf sie gegen die Windschutzscheibe. Der Fahrer trat auf die Bremse und schaltete den Scheibenwischer ein. Der Wischer verfing sich in der Jacke und blockierte. Doch sofort gab der Fahrer wieder Gas. Er schien begriffen zu haben, dass er in der engen Gasse ohnehin nicht manövrieren konnte.

Pandera hatte ein paar Meter Vorsprung gewonnen, aber schon nach wenigen Augenblicken war der Mercedes wieder direkt hinter ihm. Er musste sich nicht mehr umdrehen, er wusste auch so, dass er keine Chance mehr hatte.

56

Fünfzehn lange Jahre hatte Vikar Kunen keinen Alkohol mehr angerührt. Kein Bier, kein Schnaps, kein Whisky, ja nicht einmal Wein war über seine Lippen gekommen. Außer dem Messwein natürlich, davon hatte er aber nie mehr als einen kleinen Schluck getrunken. Alkohol war eines der Laster gewesen, denen er für ein Leben als Geistlicher abgeschworen hatte. Dieser Genuss, ob nun mäßig oder übermäßig, würde ihn nur von den wahren Zielen ablenken.

Doch jetzt, nachdem er sich im Flugzeug erschöpft in seinen Sitz hatte fallen lassen, fand er, er habe sich einen Schluck verdient. Alkohol war immer noch der beste Mutmacher. Und Mut konnte er gebrauchen.

Bei der verdutzten Stewardess, die bisher wohl nur wenige Priester bedient hatte, bestellte er einen doppelten Cognac. Kunen war im ersten Moment ein wenig enttäuscht von der Plastikflasche und dem Plastikbecher, aber als er die Flasche öffnete und der süßliche Geruch des Cognacs ihm entgegenströmte, bereute er seine Entscheidung nicht.

Er goss den Cognac in den Becher und schwenkte ihn so langsam, als handle es sich um ein richtiges Cognacglas. Kunen schloss die Augen und nippte an dem edlen Tropfen. Als der seine Lippen benetzte, gelang es ihm, den Plastikgeschmack des Bechers zu verdrängen. Der Vikar trank einen Schluck und atmete tief durch. Er hatte es geschafft, an den strengen Flughafenkontrollen vorbeizukommen. Fraglos mit Gottes Hilfe, aber er hatte es geschafft!

Zwar wusste er noch nicht, wie er die Kontrollen überstehen sollte, die noch auf ihn zukommen würden, aber etwas sagte ihm, dass ihm auch das gelingen würde. Oder war das schon die Wirkung des Alkohols, die ihn alles lockerer sehen ließ?

Simon Kunen dachte an den Bischof, an seinen Bischof. *Wenn der mich jetzt sehen könnte, würde er vom Glauben abfallen.* Der Vikar musste lächeln, obwohl er nichts Ungesetzliches tat, ja, er tat nicht einmal etwas, das gegen die Regeln des Ordens verstieß. Im Augenblick zumindest.

Er trank lediglich einen Cognac und flog nach Neapel, genau wie besprochen. Dass dieses Kreuz in seinem Gepäck war, durfte Bischof Obrist natürlich nicht wissen, niemand durfte das wissen! Niemals!

Nur dann würde sein Plan funktionieren, ohne dass er selbst in den Abgrund gerissen würde. Doch auch dieses Risiko würde er notfalls eingehen. Er würde alles tun, wenn es dem einen Ziel diente. Seinem Körper, der durch die lange Ordenszeit offenbar verweichlicht war, würde er das auch noch beibringen. Es gab Wichtigeres als sein eigenes Überleben oder das Überleben der anderen. Es gab sogar Wichtigeres als das Überleben des Ordens. Es ging um das große Ganze!

Irgendwann würde auch der Bischof erkennen, warum er es getan hatte. Dann endlich würde dieser von Zweifeln geplagte Mann wieder sehen können! Denn nur wer sah, konnte auch führen! Doch noch war es nicht so weit, noch musste er den Bischof führen und gegen dessen Ängste und dessen Zögerlichkeit ankämpfen. Hätte Kunen ihm offen gesagt, was er vorhatte, hätte Obrist ihm die Reise untersagt. Und nicht nur dass, er hätte ihn aus dem Orden ausschließen lassen und wahrscheinlich sogar die Polizei verständigt. Aber der Bischof musste ja nicht alles wissen. Es genügte, wenn Gott alles wusste. Und dass Gott seinen Weg guthieß, hatte er vor weniger als einer Stunde bei der Gepäckkontrolle bewiesen.

Kunen spürte plötzlich, dass er keine Angst mehr haben musste. Er lächelte zufrieden, schwenkte noch einmal den Plastikbecher und trank ihn dann mit einem einzigen Schluck leer. Als die Stewardess an seinem Platz vorbeiging, war Kunen versucht, noch einen Drink zu bestellen, aber dann hielt er sich zurück. Ein wenig Anregung und Zerstreuung war gut, aber er wollte sich nicht betäuben. Er wollte alles erleben, jeden Moment in sich aufsaugen. Denn war er erst an seinem Ziel angekommen, könnte jeder Augenblick der letzte sein.

Der Vikar nahm die in Leder gebundene Taschenbibel zur Hand, die er für den Flug bereitgelegt hatte. Zielsicher schlug er sie beim Fünften Buch Mose auf, auch Deuteronomium genannt, Zweite Gesetzgebung. Schnell hatte er die richtige Stelle gefunden.

»Wenn es sich um einen Mann handelt, der mit einem andern verfeindet war, wenn er ihm auflauerte, ihn überfiel und tödlich traf, sodass er starb, und wenn er in eine dieser Städte floh, dann sollen die Ältesten seiner Stadt ihn von dort holen lassen und in die Gewalt des Bluträchers geben und er soll sterben. Du sollst in dir kein Mitleid mit ihm aufsteigen lassen. Du sollst das Blut des Unschuldigen aus Israel wegschaffen und es wird dir gut gehen.«

War er dieser Bluträcher? Anstelle des Bischofs? Ging es dem Bischof überhaupt um Rache? Kunen wusste es nicht. Sie hatten sich immer nur über die Bedeutung von Roland

Obrist unterhalten, darüber, warum der Bruder des Bischofs hatte sterben müssen, und darüber, was er über den Jesusklon gewusst hatte. Aber sie hatten sich nie über die Gefühle des Bischofs unterhalten. Über die Gefühle des Mannes, der seinen einzigen Bruder verloren hatte.

Doch waren sie und ihre Gefühle überhaupt noch wichtig? In einer Situation, in der alles auf dem Spiel stand? In der sich die katholische Kirche der größten Bedrohung seit mehr als fünfhundert Jahren gegenübersah? Wenn man die Geschichte nüchtern betrachtete, war die Kirchenspaltung im sechzehnten Jahrhundert eine Folge der damaligen katholischen Politik gewesen. Die Spaltung war in ihrem Kern keine Frage des Glaubens gewesen, sondern eine Frage der Macht. Man hatte an denselben Gott, dieselbe Dreifaltigkeit, dieselben Heiligen geglaubt. Doch die Autorität des Papstes war nicht mehr von allen Gläubigen anerkannt worden. Die heute bestehenden Unterschiede zwischen den Konfessionen hatten sich erst mit der Zeit entwickelt, aus Gründen der gegenseitigen Abgrenzung. Und so war die Kirchenspaltung doch noch zu einer Frage des Glaubens geworden.

Jetzt hingegen ging es nicht um Autorität, Macht oder irgendwelche Dogmen und Riten. Nein, es ging um den Kern des Glaubens! Um nichts anderes! Es ging um eine einzige Frage. Die Frage, die alles beantwortete: Gibt es tatsächlich einen neuen Heiland?

Gab es ihn, hatte der alte Glaube ausgedient. Ja, es gäbe einen neuen Glauben, mit einem neuen Propheten und neuen Geboten.

Eine neue Spaltung, eine neue Religion würde kommen, wenn man jetzt nicht eingriff. Vielleicht würde es ein Jahr dauern, vielleicht zehn, vielleicht zwanzig Jahre, aber sie würde kommen. Genau darin bestand die existenzielle Bedrohung für die katholische Kirche! Ja, sogar für die gesamte Christenheit!

Der Vikar bezweifelte, dass alle dies begriffen hatten. Die Protestanten mit ihrem Kuschelglauben waren so unbestimmt und weich wie immer. Doch er kannte auch genügend Katholiken, die nicht verstanden, dass es nur einen Weg geben konnte: Entweder man war für den Jesusklon oder man war gegen ihn!

Wofür man sich auch entschied, diesen Weg musste man mit aller Entschlossenheit gehen. Genau das würde er tun! Denn er hatte sich entschieden.

57

Das Müllproblem in italienischen Großstädten war schon seit Jahren ungelöst. Immer wieder wurde darüber berichtet, auch in der internationalen Presse. Von Abfallsäcken verstopfte Gehwege, brennende Müllhaufen und illegal entsorgte Giftstoffe traten so regelmäßig auf wie der Montag nach dem Sonntag. Kurz und schlecht, es herrschten mafiöse Zustände. Kein Wunder, denn die Mafia mischte bei dem Geschäft kräftig mit. Sie ließ genehmigte Deponien leer stehen und ungenehmigte füllen. Sie ließ den Müll durch halb Europa karren, bis die mit minderwertigem Mafia-Beton gebauten heimischen Müllverbrennungsanlagen endlich funktionierten. Dann holte sie den eigenen oder gar fremden Müll wieder nach Hause, nur um die mühsam gebauten Anlagen schon nach einem halben Jahr Betriebszeit einer Generalüberholung zu unterziehen, und den Müll wieder fortzuschicken.

Manche unkten, die Mafia habe sich dieses Geschäft nur deshalb gesichert, weil sie dadurch die eine oder andere Leiche unauffällig entsorgen könne. Doch das war nur ein willkommener Nebeneffekt. Denn die Renditen im Müllhandel waren denen ihres Kerngeschäfts durchaus ebenbürtig. Wie ein Großkonzern hatte die Mafia im Laufe der Jahre ihre Geschäfte diversifiziert: Es hatte mit Erpressung begonnen, dann waren Drogenhandel und Zuhälterei hinzugekommen, schließlich Schlepperdienste und nun der Müll.

Sicherlich waren die Zustände in Rom nicht so prekär wie in den Städten des Südens, aber auch in der Hauptstadt hatte die Mafia die Müllabfuhr inzwischen übernommen. Zwar war ihr das erst nach einem langen Bieterstreit gelungen, der ein paar Schießereien und nicht ganz legale körperliche und finanzielle Zuwendungen mit sich gebracht hatte, aber jetzt war sie im Geschäft. Als erste Maßnahme hatte sie eine happige Zusatzgebühr für die Anwohner beschlossen und ihre Mitarbeiter angewiesen, in den Straßen den Müll stehen zu lassen, in denen diese Gebühr nicht bezahlt wurde.

So bevölkerten gut gefüllte Mülltonnen die Gassen der Ewigen Stadt, je nach Zahlungsbereitschaft der Anwohner in Zahl, Dauer und Gestank variierend.

Pandera waren die Müllprobleme italienischer Großstädte ziemlich egal, aber jetzt, in diesem Augenblick kamen sie ihm sehr gelegen: Vor sich entdeckte er nämlich ein knapp zwei auf eineinhalb Meter großes metallenes Ungetüm mit rundem Schiebedeckel. Ausgerechnet eine überquellende Mülltonne bot ihm eine Chance, den Verfolgern zu entkommen.

Den Mercedes dicht hinter sich, sprang er in vollem Lauf hoch und landete auf dem Deckel der Mülltonne. Gerade als er wieder hinunterspringen wollte, knallte der Mercedes mit voller Wucht dagegen.

Der Deckel schoss nach oben, erwischte Pandera an den Beinen und schleuderte ihn auf der anderen Seite zu Boden. Er stürzte auf das Kopfsteinpflaster, sprang wie im Reflex auf und rannte weiter.

Durch den Aufprall hatte sich die Bomberjacke vom Scheibenwischer losgerissen. Sie landete dort, wo sie hingehörte, nämlich im Müll. Die Mülltonne nahm dem Fahrer zwar immer noch die Sicht, aber er beschleunigte trotzdem. Wie einen wild gewordenen Bullen trieb der Mercedes die Tonne durch die Gasse.

Funken sprühten, Metall knirschte, ein Rad der Mülltonne löste sich. Der Fahrer drückte das Gaspedal durch und schloss wieder zu Pandera auf. Ein zweites Rad der Tonne brach. Sie schwankte, kippte und knallte krachend auf den Boden.

Die Tonne verfehlte Pandera nur um wenige Zentimeter. Der Benz stoppte kurz, dann fuhr er wieder los und trieb sie weiter vor sich her.

Wieder öffnete sich der Deckel der Tonne, und Küchenabfälle, Kartons, ein Lampenschirm und ein paar Sperrholzbretter schossen heraus.

Der Benz ließ sich davon nicht aufhalten und raste weiter hinter Pandera her. Der hin und her schwingende Deckel der Tonne klapperte auf und zu wie das riesige Maul eines gefräßigen Hais. Plötzlich verkeilte er sich zwischen einem Häusergang und einer Straßenlaterne. Der Mercedes knallte gegen die Tonne und streifte die rechte Häuserwand. Dann blieb er stehen.

Doch der Gorilla hinter dem Steuer gab nicht auf. Er gab Gas und ließ die zweihundertfünfzig Pferdestärken des Benz aufheulen. Die Tonne kam wieder in Bewegung, der Wagen schob sie über das Kopfsteinpflaster, begleitet von einem durchdringenden metallischen Kreischen. Pandera blickte sich um. *Mierda! Es ist immer noch nicht vorbei.*

Der Mercedes holte auf.

Nach wenigen Metern streifte er eine Straßenlaterne und knickte sie um wie ein Streichholz. Die Verankerung der Laterne war offensichtlich in Mafiabeton gegossen worden, denn die abgebrochene Spitze des Laternenstumpfs schoss ruckartig nach oben. Scharf wie ein Skalpell schlitzte die Verankerung den Wagenboden auf. Der Mercedes zuckte, als habe ihm jemand die Lebensader durchtrennt. Dann versagte die Elektronik, und der Motor erstarb.

Die Männer begriffen, dass es nun endgültig nicht mehr voranging. Sie zückten ihre Pistolen und griffen nach den Türöffnern. Sie sahen aus wie routinierte Killer, die sich durch nichts aufhalten ließen. Allerdings nur auf den ersten Blick. Denn auf den zweiten sahen sie aus wie Anfänger. Wie blutige Anfänger.

Das fand zumindest Pandera, als er sich umdrehte und sah, wie die Männer versuchten, die Türen des Wagens zu öffnen. Es blieb beim Versuch, denn in der engen Gasse waren rechts und links nur wenige Zentimeter Platz. Sie waren eingeklemmt. Der Fahrer wollte den Wagen erneut starten, doch auch mit Treten, Hämmern und Fluchen ließ er sich nicht mehr vom Fleck bewegen.

Pandera musste vor Erleichterung so laut lachen, dass sein Magen schmerzte. Er rannte weiter, bog in die nächste Seitengasse ab und verschwand in den Straßen der Großstadt.

58

»Was soll das heißen?« Simovic zog die Vorhänge in seinem Hotelzimmer zu. »Warum habt ihr keine Ahnung, wo der Kerl steckt?« Er blickte die beiden Männer im schwarzen Anzug wütend an. »Wofür bezahle ich euch Idioten eigentlich?«

»Wir werden ihn schon noch finden«, sagte der Ältere der beiden. Der Mann war groß wie ein Bär. In Simovics Augen wies er allerdings auch nur dessen Intelligenz auf. Wenn überhaupt. »Wie wollt ihr das anstellen?«, giftete er. »Was, wenn er Rom inzwischen verlassen hat?«

»Wir haben ein paar Hinweise ...«, stammelte der Bär und nestelte an seiner Krawatte.

»Hinweise?«, fragte Simovic. »Was für Hinweise denn?«

»Wir könnten diesem Kommissar folgen ...«

»Der weiß doch selbst nicht, wo Wismut steckt!«, unterbrach Simovic ihn. »Außerdem habt ihr die Spur von dem Kerl doch auch verloren, oder?«

»Das war eine Verkettung unglücklicher ...«

»Red keinen Stuss!«, unterbrach Simovic ihn. »Und sag deinem Boss, das nächste Mal soll er persönlich hier aufkreuzen, wenn ich mit ihm reden will!«

Der Bär nickte wortlos und wandte sich zum Gehen ab.

Simovic packte ihn an der Schulter. »Und sag ihm, wenn er mir nicht innerhalb von drei Tagen den Aufenthaltsort von Wismut liefert, hetze ich ihm die Bullen auf den Hals!«

Der Mann zog die Augenbrauen zusammen und stapfte

mit seinem Kollegen aus dem Hotelzimmer. Kaum waren sie draußen, zog Simovic die Vorhänge wieder auf.

»Scheiße, Scheiße, Scheiße!« Voller Wut feuerte er den Aschenbecher an die Wand. Das Glas zerbrach und fiel zu Boden. Einen Augenblick lang bereute Simovic seinen Ausraster. Er bückte sich, um die Scherben vom Parkettboden wegzuräumen. Mit Abscheu blickte er auf das Durcheinander von Glassplittern und Kippen.

Sah so sein Leben aus?

Was war los, verdammt noch mal? Beruflich lief es doch perfekt! Er war ganz oben angekommen und er konnte senden, wann und wie lange er wollte. Außerdem hatte er zwei Angebote der Konkurrenz erhalten, nicht irgendwelchen Schrott, sondern Angebote, die sein Gehalt mit einem Schlag verdreifachen würden. Sobald er eine freie Minute hatte, würde er sich mit BIGNEWS CEO Schindler unterhalten, ihm die Angebote auf den Tisch knallen und genüsslich darauf warten, was der Chef dagegensetzen würde.

Nein, es war nicht der Beruf, der ihn frustrierte, es war etwas anderes. Er war prominent geworden. Natürlich war es toll, prominent zu sein; man wurde überall erkannt und hofiert. Man konnte sogar in dem einen oder anderen Restaurant essen gehen, ohne bezahlen zu müssen, weil sich der Besitzer im Glanz der Prominenz sonnen wollte.

Doch es gab verschiedene Arten von Prominenz. Es gab solche, die keinerlei Verpflichtungen mit sich brachte, ja, die sogar Zügellosigkeit einforderte, wie die Prominenz eines Rockstars, eines Schauspielers oder eines Popliteraten. Als Gesellschaftsredakteur hatte er so oft über diese angenehmen Aspekte der Prominenz berichtet, dass er sie bisher für die normalen Begleiterscheinungen der Popularität gehalten hatte. Genau das hatte er immer angestrebt.

Doch wie er jetzt gelernt hatte, gab es noch eine andere Art der Prominenz. Nämlich diejenige, die moralische Verpflichtungen mit sich brachte, so wie die Prominenz eines Politikers, eines Bischofs oder eines integren Journalisten. Dummerweise war er durch seinen Medien-Coup in diese Schublade geraten, ja, er war gewissermaßen ein moralisches Vorbild geworden. Nicht dass er selbst viel dazu beigetragen hätte. Nein, man hatte nur die Eigenschaften, die man mit dem kleinen Jesusklon verband, auf ihn übertragen, auf den Überbringer der Nachricht.

So war es schon immer gewesen, der Bote wurde gefeiert oder gefoltert. Weil der Professor und der Jesusklon von der Bildfläche verschwunden waren, war die ganze Aufmerksamkeit auf ihn gerichtet, auf den Reporter. Simovic fragte sich, warum er das nie bedacht hatte. Inzwischen kannte er eine Menge Gründe dafür: Verblendung, Gier, Machtgeilheit ... Doch was nützte es, die Fehler der Vergangenheit zu beweinen? Es ging um die Zukunft.

Und eines war ihm klar geworden – alle seine Anstrengungen durften nur noch einem Ziel dienen: Er musste Wismut finden und ihn ins Licht der Öffentlichkeit zerren, ob es dem Professor nun passte oder nicht.

Wehmütig dachte Simovic daran zurück, wie er früher seine Erfolge gefeiert hatte. Und was waren das für lächerliche Erfolge gewesen! Klein und unbedeutend gegen das, was er jetzt erreicht hatte. Früher hatte er jede Gelegenheit zu einer Party genutzt, manchmal mit guten Freundinnen, meistens mit gekauften. Nur drei Dinge zählten: Schampus, Kaviar und Sex. Das war es, was Simovic vermisste: wilde Partys ohne Rücksicht auf Verluste. Er wollte kein Vorbild sein! Nein, Vorbilder waren Langweiler, Asketen oder im besten Fall Scheinheilige. Er war keiner von denen.

Aber Simovic wusste, was geschehen würde, wenn er sich wieder so geben würde wie früher. Reporter würden ihn aufstöbern, sie würden ihn dabei ablichten, wie er in der Wanne lag, in der einen Hand eine nackte Blonde, in der anderen eine gleich gekleidete Brünette. Und dann würden sie die Fotos veröffentlichen.

Und das waren nur die harmlosen Exemplare seiner Gattung, die Schmarotzer, Vertreter der *Cuculus Journalisticus*. Die viel gefährlichere Art, die *Hyaena Journalistica*, gab sich hingegen nicht mit ein paar Bildern zufrieden. Die *Hyaena Journalistica* wusste um den Wert der Bilder und begann direkt mit deren Versteigerung, nachdem sie auf den Auslöser gedrückt hatte. Jeder konnte bieten, Fernsehsender, Magazine oder die fotografierten Opfer selbst. Aber auch ganz andere, die vielleicht noch eine Rechnung mit dem Opfer offen hatten.

Ob es ihm passte oder nicht, er hatte mit der Story die Seiten gewechselt. *Adieu, schönes Leben! Bonjour tristesse!*

Es war völlig absurd! Er war auf dem Höhepunkt seiner Karriere angekommen und konnte das nicht einmal feiern! Ja, er konnte sich nicht einmal richtig freuen!

Vielleicht ist es sogar gut, wenn ich diesen Teufelskreis durchbreche und ein wenig gesitteter lebe, dachte er plötzlich.

Und dann wusste er, dass es so das Beste war. Ein wenig Partyabstinenz hatte noch niemandem geschadet. Ein Grinsen huschte über sein Gesicht. Es musste ja nicht für immer sein.

59

Alex Pandera klopfte an die grüne Holztür. Natürlich ahnte er, wer dahinter wartete, aber er war trotzdem misstrauisch. Zu viel hatte sich ereignet, seit er das letzte Mal an diese Tür geklopft hatte.

Doch Pandera hatte Hoffnung. Er hatte die Hoffnung, dass sich alles zum Guten wenden würde, dass hinter der Tür Kurt Sander stand und ihn freudig begrüßte. Doch was wäre, wenn jemand anderes in dem Zimmer war? Vielleicht einer der Gorillas aus dem schwarzen Mercedes? Was, wenn Kurt Sander gar nicht mehr lebte? Wenn er für den Tod seines Freundes verantwortlich war, nur weil er ihn gebeten hatte, ihm zu helfen?

»Wer ist da?«, hörte Pandera jemanden mit tiefer Brummbärstimme rufen. Er atmete erleichtert auf. Diese Stimme kannte er nur zu gut.

»Ich bin's.«

Die Hoteltür öffnete sich.

»Mensch, Alex!« Der Alte umarmte ihn und drückte ihn an sich.

Pandera spürte, wie Tränen sich in seine Augen stahlen. Sofort kniff er sie zusammen. Sander klopfte ihm auf die Schulter, trat einen Schritt zurück und betrachtete den Kollegen. »Was ist denn mit dir passiert?« Er zeigte auf die schwarze Militärhose, das blutige Hemd, die Beule am Kopf und die blauen Flecken.

»Ein paar Jungs in einem schwarzen Benz haben mich vorübergehend aus dem Verkehr gezogen«, antwortete Pandera und zuckte mit den Schultern. »Bist du allein?«

»Gabriele schläft nebenan«, flüsterte Sander. »Die Kerle in dem Benz habe ich übrigens auch schon kennengelernt.«

»Wie bitte?«

»Aber mich haben sie natürlich nicht bekommen.« Sander grinste. »Ich bin ja kein Anfänger.«

»Gut, dass wir das geklärt haben.« Pandera musste schmunzeln. Doch sogleich wurde er wieder ernst. »Was hast du herausgefunden?«

»Wismut ist verschwunden, seine Wohnung stand leer.« Er gab Pandera den Katalog mit den Kreuzfahrtreisen. »Das ist alles, was ich habe.«

Verdutzt blickte Pandera auf den Prospekt. »Ich glaube nicht, dass der Mann Urlaub macht.« Er legte ihn zur Seite, ohne ihn sich näher anzuschauen.

»Das habe ich anfangs auch gedacht«, entgegnete Sander. »Aber dann hab ich herausgefunden, dass eine Kreuzfahrt die unauffälligste Art des Reisens ist.«

»Unauffällig? Diese riesigen Tanker? Wie kommst du denn darauf?«

»Warst du schon mal auf so einem Schiff?«, fragte Sander.

»Bin ich hundert?«

»Noch nicht ganz.« Sander grinste wieder. »Also hör zu«, begann er. »Bei Schiffsreisen gibt es kein Flugticket, keine Terrorismus-Datenbanken, keine Vorabüberprüfung der Reisenden, du brauchst nicht einmal eine Hotelübernachtung.«

Pandera nickte nur.

»Außerdem sind die Sicherheitsvorkehrungen bei Weitem nicht so streng wie bei einem Flug. Bist du erst einmal an Bord, kannst du in fast jedem Land, in dem das Schiff ankert, kommen und gehen, wie es dir gefällt. Wenn du willst, verschwindest du einfach, und niemand kann etwas dagegen tun.«

»Aber meine Daten sind doch registriert?«

»Klar«, antwortete Sander. »Aber wie willst du jemanden finden, der nicht wieder an Bord kommt? Auf dem Schiff bist du quasi anonym. Oft sind mehr als tausend Gäste an Bord, da weiß niemand, wie der andere heißt.«

»Du glaubst also, Wismut macht eine Kreuzfahrt?«

Sander nickte. »Fragt sich nur, welche.«

Pandera dachte nach. So unwahrscheinlich diese Lösung zunächst geklungen hatte, so plausibel erschien sie ihm jetzt. Außerdem gab es immer noch diesen Fluglotsenstreik. »Welcher Kreuzfahrthafen liegt am nächsten bei Rom?«

»Civitavecchia«, antwortete Sander wie aus der Pistole geschossen. »Das ist quasi der Hafen von Rom, nur siebzig Kilometer von der Hauptstadt entfernt, bequem mit dem Zug zu erreichen.«

»Wie viele Kreuzfahrtschiffe legen dort täglich an und ab?«

»Wenn man die kleinen mitzählt, knapp ein Dutzend.«

»Und wie sollen wir da das richtige finden?«, fragte Pandera. »Wismut wird kaum unter seinem richtigen Namen reisen.«

»Das denke ich auch«, sagte Sander. »Aber ich bin ja kein Greenhorn. Mir ist nämlich an dem Ding hier etwas aufgefallen.« Sander zeigte auf den Katalog.

Pandera nahm ihn wieder in die Hand und blätterte darin. »Und was ist dir aufgefallen?«

»Du hast nichts bemerkt, oder?« Sander zog die Augenbrauen hoch.

»Nein«, brummelte Pandera. »Jetzt sag schon!«

»Wismut war so schlau, im Katalog nichts zu markieren oder anzustreichen. Aber er hat ein paar Seiten an der oberen Ecke mit einem Post-it beklebt. Die hat er natürlich später weggenommen, aber die Reste des Klebstoffs kann man nachweisen. In dem Fall kann man sie sogar spüren.«

Sander zeigte auf eine der Ecken, und Pandera fuhr mit den Fingern darüber. Er nickte. »Ich bin beeindruckt.«

»Den Trick hat mir Deckert gezeigt.« Sander zuckte mit den Schultern. »Ich frag mich zwar, wie der mit seinen Wurstfingern so was spüren kann ...«

»Und wie viele Markierungen hast du gefunden?«, unterbrach Pandera ihn.

»Drei«, antwortete Sander und schlug den Katalog an den entsprechenden Stellen auf. »Einmal mit der *Costa Marina* von Rom über Sizilien, Tunesien und Marokko auf die Kanaren, einmal mit der *Voyager* über Ägypten nach Dubai und einmal mit der *MS Atlantis* quer durchs Mittelmeer und dann über Spanien und Brasilien nach Florida.«

»Nach Florida?«

»Ich glaube nicht, dass er dahin will«, entgegnete Sander. »Die Amis machen nämlich keinen Unterschied, ob du mit dem Schiff einreist oder mit dem Flieger. Für die ist jeder verdächtig.«

»Und Brasilien?«

»Keine Ahnung. Aber wenn der Kerl nach Brasilien will, warum hat er dann zwei Kreuzfahrten markiert, die ganz andere Ziele haben?«

»Gibt es einen Ort, an dem alle drei Kreuzfahrten vorbeikommen?«

»Wir sind doch nicht beim *Tatort*«, antwortete Sander. »So leicht ist das nicht. Die erste und die dritte Kreuzfahrt haben aber, solange sie im Mittelmeer sind, fast dieselbe Strecke, also erst Italien, dann Tunesien, Marokko und die Kanaren.«

»Und die zweite?«

»Tja, die geht in eine ganz andere Richtung, durch den Suez-Kanal nach Dubai.«

»Mierda!«

»Ich habe da übrigens eine Idee«, sagte Sander und grinste mal wieder. »Nebenan ist ein sehr gutes Restaurant. Etwas teuer, aber Gabriele wollte da unbedingt mal essen gehen.«

Pandera sah ihn fragend an. Dann erst verstand er den Wink mit dem Zaunpfahl. »Bist eingeladen.« Pandera seufzte. »Ich hoffe, die Idee ist es wert.«

»Ich bin nur ein einfacher Rentner«, erwiderte Sander und deutete auf seine Stirn. »Aber wenn sich da oben mal was tut, dann lohnt es sich meist.«

60

Simon Kunen betrat die riesige Halle und schaute sich um. Rechts und links von ihm lange Schlangen von Passagieren, davor ganze Batterien von Durchleuchtungsgeräten und dazwischen Sicherheitspersonal. So hatte er sich die Kontrolle im Hafen von Neapel nicht vorgestellt. Er rückte sich den Priesterkragen zurecht und stellte sich ans Ende der einen Schlange.

Schon bald kam ein junger Mann in Uniform auf ihn zu. »Monsignore«, sagte er und verbeugte sich. »Sie müssen hier nicht warten.« In Neapel schien man Priester noch als Respektpersonen zu behandeln. Der Bedienstete führte Kunen an der wartenden Schlange vorbei zum Abfertigungsschalter des Schiffspersonals. Dort stellte er Kunens Koffer auf die Förderbänder und verbeugte sich wieder. Alles ging so schnell, dass der Vikar gar keine Zeit hatte, nervös zu werden. Erst als er seinen Koffern hinterhersah, wie sie auf das Durchleuchtungsgerät zuzuckelten, schlug sein Herz schneller.

Die junge Frau hinter dem Röntgenmonitor schenkte Kunen ein Lächeln, dann unterhielt sie sich angeregt mit dem jungen Mann, der ihn hergebracht hatte. Die Frau schien für alles Augen zu haben, nur nicht für den Monitor vor ihr. Also beschloss der Vikar, sich keine Sorgen zu machen, sondern Gott zu danken. Er hatte allen Grund dazu, denn schon nach einer halben Minute hatte er seinen Trolley wieder.

Er verabschiedete sich, verließ die Halle und trat hinaus an den Quai. Die *MS Atlantis* türmte sich vor ihm auf, als sei sie ein Wolkenkratzer. Kunen war noch nie auf einem solchen Schiff gewesen. Beeindruckt hielt er den Atem an. Er hatte immer gedacht, ein Kreuzfahrtschiff sei nichts anderes als ein Wasserbus mit Cocktailbar. Beim Anblick des weißen Riesen musste er zugeben, dass es ein verdammt großer Wasserbus war, der wahrscheinlich viel mehr als nur ein paar Cocktailbars zu bieten hatte.

Doch schon im nächsten Moment fragte er sich, wie er auf diesem riesigen Schiff den Mann finden sollte, den inzwischen die halbe Welt suchte?

Und er fragte sich, warum er sich eigentlich so sicher war, dass er ihn auf diesem Schiff finden würde? Natürlich hatte ihm sein Kontakt gemeldet, dass ein Mann, der wie Wismut aussah, auf dem Schiff sei. Doch das konnte bei zweitausendfünfhundert Passagieren auch Zufall sein. War es also nur ein Gefühl, das ihn geleitet hatte?

Nein, es war eine Erinnerung. Eine Erinnerung an das letzte Telefonat mit Roland Obrist, wenige Stunden vor dessen Tod. Obrist hatte angerufen und seinen Bruder, den Bischof, sprechen wollen, doch der hatte gerade in einem Flugzeug zurück aus Rom gesessen. Es war ein kurzes Telefonat gewesen. Verdammt kurz. Seit dem Vorfall mit der Fremdenlegion war sein Verhältnis zu Roland Obrist nicht das beste gewesen. Selten hatten sie mehr als nur die nötigen Worte gewechselt. So auch dieses Mal.

Natürlich wusste niemand außer dem Bischof von dem Telefonat. Die Polizei hatte keine Ahnung davon, denn wie immer hatte Roland Obrist von einer Telefonzelle aus angerufen. Kunen mochte Telefonzellen. Er fand, sie waren Mahnmale einer vergangenen Zeit, in der noch nicht jeder glaubte, ständig erreichbar sein zu müssen …

Der Vikar trat an den Landungssteg und zeigte dem Sicherheitspersonal seine Bordkarte. Dabei bemerkte er, dass er fotografiert wurde. Er fragte den Fotografen nach dem Grund und erfuhr, dass man diese Fotos später kaufen könne. Manche Gäste schienen das zu wollen. Er nicht.

Die Bordkarte selbst sah aus wie eine Kreditkarte, sie trug seinen Namen. Genau genommen trug sie nicht seinen wirklichen Namen, sondern Soliere, den Namen, den er bei der Fremdenlegion benutzt hatte und auf den sein französischer Pass lautete. Eine reine Vorsichtsmaßnahme, schließlich musste nicht jeder wissen, dass er sich an Bord befand.

Kunen ging schnellen Schrittes zu seiner Kabine und registrierte zufrieden, dass ihn dabei kaum jemand gesehen hatte. Alles lief nach Plan. Er öffnete die Tür, ging in die Kabine und schloss die Tür hinter sich. Ein wenig enttäuscht von der Zwergenstube blickte er sich um. Es war eben nur eine einfache Außenkabine mit einem Bullauge. Als Erstes legte er die Priesterkleidung ab und hängte sie in den Schrank. Er würde sie so schnell nicht mehr benötigen. Dann stellte er sich unter die Dusche und ließ das warme Wasser auf seinen kahlen Kopf prasseln.

Wie gut das tat! Er schloss die Augen. Sofort war die Erinnerung wieder da. Die Erinnerung an das letzte Telefonat mit Roland Obrist. Er wusste noch genau, wie es gewesen war. Er hatte in seinem Büro am Schreibtisch gesessen und über die katastrophale finanzielle Lage des Bistums nachgedacht, die der Bischof beständig ignorierte. Er hatte sich so sehr darüber aufgeregt, dass er das Telefonat beinahe nicht angenommen hätte, doch dann hatte er doch zum Hörer gegriffen.

»Ich muss mit meinem Bruder sprechen«, hatte Roland Obrist ohne Umschweife gesagt. »Dringend!«

»Er ist gerade auf dem Heimflug von Rom«, hatte Kunen wahrheitsgemäß geantwortet.

»Mist!«, hatte Obrist geflucht, als sei er kein Mönch.

»Soll ich etwas ausrichten?«, hatte Kunen angeboten, und das nicht nur aus Gefälligkeit.

Er hatte gespürt, wie Obrist mit sich rang. Wie er überlegte, ob er sagen sollte, was er wusste. Doch dann kam nur ein leises *Nein* durch den Hörer.

»Der Bischof ist erst in drei Stunden wieder hier. Kann es wirklich so lange warten?«, hatte Kunen noch einmal nachgefragt.

»Sag ihm nur, dass ich weiß, wie Wismut es gemacht hat. Wenn etwas schiefgeht, findet ihr die Antwort auf der *MS Atlantis*, die erste Fahrt ab Rom nach der Verklärung des Herrn.«

Und bevor Simon Kunen etwas hatte sagen können, bevor er hatte fragen können, ob der Klon echt sei oder nicht, hatte Roland Obrist schon aufgelegt. Keine drei Stunden später war er tot. Sein Geheimnis hatte er mit ins Grab genommen.

61

Alex Pandera war wieder Teil der mobilen Welt. Zumindest für jemanden, der seine Nummer kannte. Er hatte sich in einem von einem Araber betriebenen Mobilfunkladen an der Via del Corso ein Prepaid-Handy gekauft, das so billig war, dass man damit wahrscheinlich nichts anderes konnte als telefonieren. Gut so! Sein Diensthandy hatten die Entführer im Tiber versenkt, wenn er den letzten Lokationsdaten glauben konnte, bevor der eingebaute GPS-Empfänger den Geist aufgegeben hatte.

Pandera hatte sich schon seit drei Tagen nicht bei Jackie gemeldet. Natürlich gab es einen Grund dafür, schließlich war er entführt worden. Nur das wollte er ihr nicht erzählen, da sie sich sonst nur Sorgen machte. Ursprünglich hatte er versprochen, er würde nach ein paar Tagen wieder zu Hause sein, aber daran glaubte er selbst nicht mehr. Er musste Professor Wismut finden, und dazu musste er wissen, mit welchem Schiff der Mann reiste.

Nach dem gemeinsamen Mittagessen hatte er sich von Kurt Sander verabschiedet. Der ehemalige Kollege würde noch ein paar Tage in Rom bleiben, falls Pandera ihn brauchte.

Doch bevor Pandera mit seiner Frau sprechen konnte, musste er erst erfahren, wie es weitergehen sollte. Er rief Tamara Aerni an.

»Und wie läuft es?«, fragte sie.

»Nicht gut, ich muss auf eine Kreuzfahrt.«

»Du *musst* auf eine Kreuzfahrt?«

»Wismut ist auf einem Kreuzfahrtschiff und will sich wahrscheinlich irgendwo im Mittelmeerraum absetzen«, antwortete Pandera.

»Und was meint Edeling dazu?«

»Mit dem habe ich noch nicht gesprochen«, sagte Pandera. »Wie ist er denn so drauf?«

»Der hat seit ein paar Tagen so merkwürdig stechende Rückenschmerzen ...«

»Hat das was mit der Voodoopuppe zu tun?«

»Na ja ... ich hab noch eine Kopie davon.« Sie lachte. »Und es kann schon sein, dass der Rücken aus Versehen was abbekommen hat ... Auf alle Fälle ist Edeling mehr beim Arzt als im Büro und geht deshalb langwierigen Diskussionen aus dem Weg. Deine Chancen für eine weitere Lustreise stehen also gut.«

»Man hat mir einen Baseballschläger über den Kopf gezogen, mich entführt und wollte mich anschließend überfahren«, sagte Pandera. »Wenn du also tauschen willst ...«

»Shit«, sagte sie. »Pass auf dich auf!«

Nachdem die beiden sich gegenseitig über den letzten Ermittlungsstand informiert hatten, rief Pandera Edeling an. Die Kollegin hatte nicht zu viel versprochen. Schon fünf Minuten später hatte Pandera den Widerstand seines Vorgesetzten gegen eine Verlängerung der Dienstreise gebrochen. Edeling erinnerte Pandera lediglich daran, die italienischen Behörden in jeden seiner Schritte einzubinden und das nächste Mal besser auf sein Diensthandy aufzupassen. Und Pandera solle in Gottes Namen seine Alleingänge unterlassen.

Edeling hielt ihn offensichtlich für einen Libero mit Zweikampfschwäche, schoss aber selbst dauernd Eigentore. Also tat Pandera, was schlaue Spieler von schlechten Trainern tun:

Er ignorierte die Anweisungen. Es blieb ihm ohnehin nichts anderes übrig. Er würde also eine Kreuzfahrt machen. Das klang tatsächlich nach Urlaub, aber Pandera wusste, es würde alles andere werden als das.

Jetzt endlich hatte Pandera Zeit, die heimische Nummer zu wählen. Sein Sohn meldete sich: »Hier Ben Pandera, Herrscher von Roboterland.«

»Und hier ist dein Daddy«, antwortete der Kommissar. »Na, wie geht's dir?«

»Super!«

»Kannst du mir mal Mami geben?«

»Mami ist in der Schule, lernen.«

Stimmt, sie ist ja um diese Zeit an der Uni, fiel Pandera ein. »Dann bist du jetzt sogar Herrscher von Panderaland!«

Ben kicherte. »Oma und Opa sind auch noch da.«

»Kannst du Mami was ausrichten?«, fragte Pandera. Er dachte gar nicht erst darüber nach, seine Schwiegereltern ans Telefon holen zu lassen. Das würde nur unnötige Diskussionen geben. »Also, Ben«, begann er. »Sag ihr, mir geht es gut, aber ich muss für ein paar Tage auf ein Schiff und dort arbeiten.«

»Auf welches Schiff?«, fragte der Kleine. »Ein großes mit Piraten und Kanonen?«

»Nein, eines, wo man Urlaub drauf machen kann.«

»Fahren wir in Urlaub?« Ben jubelte.

»Nein, Ben, ich muss arbeiten. Aber wir fahren bald wieder in Urlaub.«

»Ach so«, antwortete der Kleine enttäuscht. »Wo fährt dein Schiff hin?«

»Das weiß ich noch nicht«, antwortete Pandera. Er kam sich reichlich blöd vor.

»Warum weißt du das nicht?«

»Ich habe noch nicht entschieden, mit welchem Schiff ich fahre«, antwortete Pandera.

»Dann muss das der Entscheidomat machen!«, platzte Ben heraus.

»Nein, das kann ich schon alleine«, antwortete Pandera.

Aber der Kleine hörte gar nicht mehr hin. »Entscheidomat! Entscheidomat! Entscheidomat!«

»Na gut.« Pandera seufzte. »Was braucht der Entscheidomat für seine Entscheidung?«

»Die Namen der Schiffe«, antwortete Ben.

»Und wie gibst du die ein?«

»Ich drück auf 1 und Aufnahme.«

»Gut.« Pandera lächelte. »Bist du bereit?«

»Ja.«

»Schiff eins ist die *Costa Marina* nach Gran Canaria.« Er machte eine kurze Pause. »Hast du das?«

Ben nickte. Alex Pandera hörte im Hintergrund, wie der Roboter die Eingabe bestätigte. »Schiff eins ist die *Costa Marina* nach Gran Canaria.«

»Schiff zwei ist die *Voyager* nach Dubai«, sagte Pandera und hörte kurz darauf, wie auch dieser Satz wiederholt wurde.

»Und Schiff drei ist die *MS Atlantis* nach Florida.« Pandera hörte auch diesmal die Bestätigung. »Und jetzt?«

»Jetzt rechnet der Entscheidomat und sagt dir, was du tun sollst.«

»Das ist alles?«

»Ja klar, das ist ein schlauer Roboter, der muss nicht mehr wissen«, antwortete Ben mit stolzer Stimme.

Dann schrie er auf, als habe der Siliziumklotz gerade das Wunder des Lebens enträtselt. »Er hat sich entschieden!«, rief er.

»Und wo fahre ich jetzt hin?« Pandera war nun doch ein wenig gespannt, was die Kiste ausspucken würde.

»Ich halte das Telefon an den Robi, dann kannst du ihn besser hören«, sagte Ben aufgeregt.

»Gut«, antwortete Pandera und lauschte. Er hörte, wie ein paar Tasten gedrückt wurden und eine synthetische Stimme erklang. »Ihre Wahl ist getroffen!«, sagte sie. Direkt danach hörte Pandera seine eigene Stimme, die der Roboter nun abspielte. Der Roboter wiederholte seine Aussage ein paar Mal, als wolle er Pandera hypnotisieren. Doch der Kommissar hatte es schon beim ersten Mal verstanden. Die Wahl war auf Schiff zwei gefallen, auf die *Voyager nach Dubai.*

62

Professor Wismut blickte in den dunklen Nachthimmel. Der Wind trieb die Wolken vor sich her wie ein Hirtenhund seine Schafe. Doch die Schafe waren nicht weiß, sondern tiefschwarz und regengeschwängert. Wismut knöpfte seinen Mantel zu, ließ seinen Blick über die Reling in die Tiefe schweifen und seine Gedanken mit den Wellen umherschaukeln. Wie konnte man ein Schiff nur *Atlantis* nennen? Atlantis, die sagenumwobene mythische Insel, mächtig, unermesslich reich und geheimnisvoll. Doch leider auch mit einem Schönheitsfehler: Sie war im Meer versunken. *Da hätten sie den Kahn ja gleich* Titanic *taufen können.*

Doch vom Namen einmal abgesehen, Wismut gefiel die *MS Atlantis* besser, als er gedacht hatte. Denn obwohl er jedes Detail seiner Flucht schon lange im Voraus geplant hatte, war er unsicher gewesen, ob ihn das Leben auf einem Kreuzfahrtschiff nicht schon nach kurzer Zeit langweilen würde. Oder ihm gar unerträglich wäre. Ein einziges Versteckspiel auf einem selbst gewählten Luxus-Gefängnis, aus dem er nicht ausbrechen konnte.

Doch das war nicht der Fall. Im Gegenteil, er hatte sich sogar schon ein wenig eingelebt. Und das, obwohl er sich bisher fast nur in seiner Kabine aufgehalten hatte. Um nicht aufzufallen, hatte er sogar die Mahlzeiten dort eingenommen. Er wollte sich nicht von irgendwelchen belanglosen Tischgesprächen stören lassen. Er hasste Smalltalk, und er hasste dieses angeberische Getue der Halb- und Viertelgebildeten, die sich über die große weite Welt unterhielten, ohne diese je studiert zu haben. Außerdem barg jeder Kontakt zu anderen eine potenzielle Gefahr für sich. Die Story hatte weltweit eingeschlagen, und so könnten ihn einige Passagiere aus dem Fernsehen kennen. Vor allen Dingen, wenn sie ihn zusammen mit dem Jungen sahen.

Natürlich hatte er Vorkehrungen getroffen und schon am Tag der Sendung begonnen, sich einen Bart wachsen zu lassen. Außerdem hatte er seine randlose Brille gegen Kontaktlinsen ausgetauscht und sein blondes Haar in seinen natürlichen grauen Zustand zurückversetzt.

Bisher hatte er fast nur mit seinem indonesischen Kabinenboy Ken gesprochen. Dieser brachte ihm die Mahlzeiten ins Zimmer, ab und an einen Kaffee sowie morgens eine an Bord gedruckte Tageszeitung. Darüber hinaus hatte er nur noch Kontakt mit der Kinderanimatorin Sunny, die den kleinen Jesus jeden Morgen freudestrahlend entgegennahm.

Tagsüber verließ Wismut nur die Kabine, solange das Zimmermädchen dort arbeitete. Zum Glück war die Bibliothek um diese Zeit meist leer. Wenn er sich die anderen Passagiere so anschaute, war das wahrscheinlich nicht nur morgens der Fall. Abends, wenn der Junge eingeschlafen war und die meisten Gäste in ihren Kojen lagen, begann für den Professor das Leben auf dem Schiff. Dann ging er auf das Oberdeck, stellte sich an die Reling und ließ sich die Meeresluft durch die grauen Haare streichen. Er mochte die Nacht auf See. Besonders dann, wenn er alleine war.

Wie heute Nacht. Selbst der aufkommende Sturm konnte ihn nicht vertreiben. Sein Blick war so fest auf die unruhigen Wellen gerichtet, als sei er hypnotisiert. Die tänzelnden Schaumkronen halfen ihm nachzudenken, brachten seine Synapsen in Schwung. Je länger er an der Reling stand, desto intensiver wurden seine Gedanken und desto mehr zweifelte er daran, dass er wirklich das Richtige getan hatte.

Auch wenn er durch und durch Atheist war, beneidete er die Gläubigen doch um eines: Für sie ging das Leben nach dem Tod erst richtig los. Zumindest konnte ein Moslem, Buddhist oder Christ sich mit dieser Aussicht trösten. Doch die meisten Menschen, die sich als gläubig bezeichneten, glaubten gar nicht an ein Leben nach dem Tod. Aber aus welchem Grund sollte man all die Regeln und Beschränkungen, die jeder Glauben mit sich brachte, denn auf sich nehmen, wenn nicht für die Vorstellung vom ewigen Leben?

Jeder, der ernsthaft glaubte, was in der Bibel stand, musste den Tod doch als Erlösung begreifen, zumindest wenn er die Zahl seiner Sünden im überschaubaren Rahmen gehalten hatte.

Für ihn hingegen war der Tod alles andere als eine Erlösung. Und das nicht nur, weil er gesündigt hatte. Er war sich sicher, dass nach dem Tod nichts kommen und nichts von einem bleiben würde.

Absolut nichts.

Deswegen hatte er Angst vor dem Tod. Und es gab nichts, was er dagegen tun konnte. Natürlich hätte er sich klonen können, doch es ergab keinen Sinn. Ein Bewusstsein konnte man nicht transferieren, das hatte selbst der Papst erkannt. Man konnte nur ein neues formen.

Und genau das hatte er vor. Nur nicht bei sich selbst.

Wieso maßte die katholische Kirche sich an, ihm Moral zu predigen? Hatten die Männer der Kirche in der Vergangenheit nicht selbst schon Schlechtes getan, um das Gute zu bewahren? Waren die Ziele der Kirche manches Mal nicht sogar hinterhältig gewesen, verächtlich und intrigant?

Und hatte dieser Priester im Jesuitenkolleg ihm damals

nicht eindrücklich gezeigt, dass er kein besserer Mensch war als alle anderen, vielleicht sogar ein schlechterer?

Auch wenn die Vergangenheit ihn bedrückte, an seinen Zielen zweifelte er nicht. Sie würden der Menschheit helfen, endlich erwachsen zu werden. Genau darum ging es. Dafür mussten Opfer gebracht werden, so schwer es ihm auch fiel.

Wismut rieb sich über den Bart und sah zum Himmel hinauf. Die Wolken zogen sich immer dichter zusammen. Der Wind war kalt geworden. Ein Unwetter zog auf, so heftig, als sei es vom unnachgiebigen Gott des Alten Testaments befohlen worden. Wismut war weder gläubig noch abergläubisch, aber er hoffte trotzdem, dass der Sturm kein Zeichen war.

63

Wer immer die Chaostheorie begründet hatte, der wusste nichts über Italien. Zumindest nicht während eines Streiks der Fluglotsen. Nicht nur am Flughafen Fiumicino herrschte *Stop and no go*, auch an vielen Taxiständen und auf den Autobahnen Richtung Mailand und Neapel, deren Flughäfen nicht bestreikt wurden. Es ging das Gerücht, dass es am besten sei, die Stadt per Zug zu verlassen.

Als Alex Pandera den Bahnhof Roma Termini betrat, hatte er den Eindruck, dass die italienischen Staatsbahnen dieses Gerücht gestreut hatten, um ihre Zugkapazitäten mal bis auf den letzten Quadratzentimeter ausnützen zu können. Roma Termini, das waren zurückgelassene Gepäckwagen, verwirrte Rentner, schreiende Kinder und Geschäftsmänner, die verzweifelt versuchten, ihren Trolley durch die Menge zu schleusen.

Kommissar Pandera hatte geplant, eine halbe Stunde vor Abfahrt seines Zuges am Bahnhof anzukommen, für einen Mann mit spanischem Blut in den Adern also ausgesprochen früh. Der unvermeidliche Stau auf dem Weg dorthin hatte von der halben Stunde nur fünf Minuten übrig gelassen.

Pandera kämpfte sich zu einem Ticketautomaten vor und gab als Zielort Palermo ein. Der Automat bediente ihn so langsam, als steckte in der Blechkiste die geballte Power eines Commodore C64.

Palermo war Panderas letzte Chance, das Kreuzfahrtschiff noch zu erreichen. Verpasste er den Zug, war es zu spät, den

Professor noch abzufangen. Natürlich hatte Pandera versucht, einen Mietwagen zu bekommen, aber die waren aufgrund des Streiks alle ausgebucht. Und jene Taxifahrer, die bereit waren, in den Süden zu fahren, verlangten mehr dafür, als ihre Rumpelkiste wert war. Natürlich hätte Pandera auch die Kollegen von der italienischen Polizei fragen können, aber er wollte sie lieber nicht dabei haben. Besser, er hatte freie Hand.

Und Wismuts Reise würde sicher nicht bis zur letzten Station der Kreuzfahrt gehen. Kurt Sander war aufgefallen, dass alle drei Kreuzfahrten, die Wismut markiert hatte, moslemische Länder anfuhren. Daher vermutete er, der Wissenschaftler würde mit dem Jesusklon in einem solchen Land untertauchen. Zum einen würde der Junge dort aufgrund seiner Hautfarbe nicht auffallen, zum anderen wäre das Thema schneller wieder aus den Schlagzeilen verschwunden, und es wäre einfacher, unentdeckt zu bleiben.

Fast zwölf Stunden in einer klapprigen Eisenbahn zu sitzen, klang zwar nicht gerade verlockend, aber Punkt zwanzig Uhr legte das Kreuzfahrtschiff in Palermo ab, mit oder ohne ihn. Wenn er diesen Zug verpasste, dann ohne ihn. Pandera blickte auf seine Armbanduhr. Er hatte vor dem Automaten schon drei Minuten vergeudet, und jetzt erst fiel der Kiste ein, dass man ein Ticket für Palermo nur am Schalter kaufen könne.

Er schaute sich um, die Schlange am Schalter war viel zu lang, und er hatte nur noch zwei Minuten bis zur Abfahrt des Zuges. Er musste hoffen, dass dieser nicht pünktlich abfuhr, dafür aber in Palermo pünktlich ankam. Eigentlich kannte er das nur andersherum.

Pandera nahm seine Reisetasche und rannte los. Wenn er sich recht erinnerte, war er das letzte Mal im Alter von elf

Jahren schwarzgefahren. Prompt war er erwischt worden. Als Strafe hatte er in seinem Waisenheim eine Woche lang die Toiletten putzen müssen, eine mehr als heilsame Erfahrung. Doch jetzt er hatte keine andere Wahl. Ihm blieb nur die Hoffnung, dass auch die Zugschaffner streikten.

Er rannte zu den Bahnsteigen und suchte nach Gleis 24. Er erreichte Gleis 7, sah die Nummer 8 und blickte weiter nach rechts. Mierda! Sein Zug fuhr von einem der Nebengleise ab! Gehetzt blickte er auf die riesige Bahnhofsuhr über ihm, deren Zeiger gerade auf 7:19 vorrückte. 7:19, die Abfahrtszeit seines Zuges.

Pandera wollte fluchen, doch er sparte sich den Atem und rannte los. Bei einem Amateurclub in Basel hatte er eine Saison lang Rugby gespielt und dabei einiges einstecken müssen. Immerhin hatte er zu den wendigen und schnellen Spielern gehört. Doch ein Rugbymatch war nichts gegen das Chaos aus verzweifelten Reisenden, überforderten Bahnangestellten und hinterlistigen Taschendieben, die ihm hier im Weg standen. Er hielt seine Reisetasche wie einen Schutzschild vor seine Brust und kurvte durch die Lücken zwischen den Passagieren. Er schaffte die fünfhundert Meter Hindernislauf in knapp zwei Minuten, keine schlechte Zeit für einen dreißigjährigen Kommissar in Lederschuhen.

Kaum hatte er den Zug erblickt, sah er, wie der Schaffner in einer halb offenen Zugtür zur Abfahrt pfiff. Mit einem Knall schlossen sich die Türen. Zwei Minuten zu spät und doch zu früh. Aber Pandera rannte weiter. Als er den letzten Waggon erreichte, fuhr der Zug los. Mehr aus Verzweiflung als aus Hoffnung rüttelte er am Türgriff. Er ließ sich öffnen! Vielleicht war die italienische Bahn doch nicht so schlecht. Er warf seine Tasche in den Waggon und sprang hinterher.

Keuchend schloss er die Zugtür und blieb im Gang des

Waggons stehen, die Hände auf die Oberschenkel gestützt, wie ein Leichtathlet nach dem Zieleinlauf. Seine Lunge brannte, und doch musste er lachen. Er konnte gar nicht mehr aufhören.

Er wollte sich gerade einen Sitzplatz suchen, als er den Schaffner erblickte. Der kleine Mann in Uniform kam mit schnellen Schritten auf ihn zu und schimpfte so heftig, als wolle er den Kommissar aus dem fahrenden Zug werfen. Instinktiv griff Pandera in die Anzugtasche, doch dort befanden sich nur die Tickets für das Kreuzfahrtschiff.

64

Tamara Aerni blickte auf das Display ihres Mobiltelefons, als stamme es aus einer anderen Welt. Seit Tagen versuchte sie, mit dem Bischof zu sprechen, doch man hatte sie zuerst hingehalten, dann vertröstet und schließlich ihre Bitte abgelehnt. Daraufhin hatte sie sich dafür eingesetzt, den Bischof zum Verhör in den Waaghof vorzuladen, doch sowohl Edeling als auch der Staatsanwalt hatten dem nicht zugestimmt. Die katholische Kirche sei momentan schon genug unter Beschuss, sie wollten der Presse keine zusätzliche Munition liefern. Sie solle versuchen, das Gespräch auf dem kleinen Dienstweg zu organisieren. Als ob zwischen der katholischen Kirche und der Polizei ein kleiner Dienstweg verlief! Da taten sich inzwischen nur noch tiefe Abgründe auf, sonst gar nichts!

Die einen waren Hüter von Gesetz, Moral und Ordnung und die anderen nur ein korrupter Haufen geistig minderbemittelter Polizisten. So in etwa hatte die Absage geklungen, die Tamara von der Bistumsverwaltung erhalten hatte, natürlich diplomatischer formuliert.

Und jetzt stand auf ihrem Handydisplay, dass jemand vom Bistum anrief. Und es war nicht irgendein Mitarbeiter, sondern der Bischof persönlich. Die Kommissarin schloss die Tür zu ihrem Büro und nahm das Gespräch an.

»Hier ist Bischof Johann Obrist«, meldete sich eine heisere Stimme. Sie war so kraftlos wie schmelzendes Eis. Man konnte jedes seiner achtundsiebzig Jahre hören. Und noch ein paar mehr, die er sich in Form von Sorgen auf den Buckel geladen hatte.

»Hallo, Herr Bischof«, antwortete die Kommissarin. Sie hatte keinen blassen Schimmer, wie sie den Mann anreden sollte, und es war ihr auch egal. Sie war schließlich kein Mitglied in diesem Club, und sie wollte auch keines werden. »Was haben Sie auf dem Herzen?«

Die Stille, die folgte, sagte mehr als tausend Worte. Tamara wartete. Sie wusste, es war jetzt nicht an ihr zu sprechen.

Der Bischof seufzte. »Ich habe lange mit mir gerungen«, sagte er. »Aber ich denke, es ist unausweichlich.«

»Was ist unausweichlich?« Tamara kam sich vor, als säße sie im Beichtstuhl, allerdings mit vertauschten Rollen. Ein Polizist spielte bei einer Befragung auch immer ein wenig den Beichtvater. Doch nicht immer entsprach das, was andere beichteten, der Wahrheit, und nicht immer saß einem ein katholischer Würdenträger gegenüber, zumindest virtuell.

»Es ist unausweichlich, dass wir uns unterhalten«, sagte Obrist. »Unter vier Augen.«

»Also ohne den Herrn Vikar?«, fragte Tamara. Bisher waren die beiden fast immer im Doppelpack aufgetreten.

Johann Obrist antwortete mit einem tiefen Seufzer, und Tamara fragte sich, wie sie das deuten sollte.

»Wir werden unter vier Augen reden«, sagte der Bischof schließlich. Er sprach jetzt so leise, dass Tamara das Telefon ans Ohr pressen musste. »Vikar Kunen ist … Er ist … ein Teil des Problems …«

»Ich verstehe«, antwortete sie. »Wann soll ich in der Bistumsverwaltung sein?«

»Dort gibt es zu viele Augen und Ohren«, sagte der Bischof. »Was ich Ihnen erzählen werde, muss unter uns bleiben.«

»Sie wissen, dass die Polizei kein Beichtgeheimnis kennt?«

»Ich denke, Sie haben mich verstanden«, antwortete der

Bischof, jetzt wieder etwas kräftiger, ja fast bestimmend. »Wir werden uns morgen um diese Zeit in der Krypta der Basler Münsters treffen. Nur Sie und ich.«

»Im Basler Münster? Sind Sie sich sicher?« Tamara war nun wirklich keine Kirchenexpertin, aber dass das Münster eine evangelische Kirche war, das wusste selbst sie.

»Wir haben das Münster erbaut«, antwortete der Bischof mit trotziger Stimme. »Also ist es ein heiliges Haus, was auch immer seitdem geschehen ist. Und es ist einiges geschehen, das können Sie mir glauben.«

65

»Und ihr seid euch sicher?«, fragte Simovic. Er blickte die beiden Männer im Fond des Wagens skeptisch an.

Sie nickten.

»Er ist also im Zug nach Palermo«, sagte Simovic. »Und was hat der Kerl dort vor?«

»Wir wissen es nicht«, antwortete der Glatzköpfige.

»Theoretisch kann er auch unterwegs aussteigen«, sagte der andere, dessen kurze Haare schon angegraut waren.

»Dann hätte er wohl kaum ein Ticket nach Palermo kaufen wollen.« Simovic schüttelte den Kopf. »Könnt ihr vor ihm dort sein?«

Der Mann mit den grauen Haaren blickte auf die Uhr. »Wir können ab Neapel einen Hubschrauber nehmen. Kein Problem.«

»Worauf wartet ihr dann noch?«, erwiderte Simovic und öffnete die Beifahrertür. »Und vermasselt es nicht wieder!«

»Wir sind Profis«, antwortete der Grauhaarige. Er faltete seine riesigen Pranken zusammen und ließ seine Fingerknochen knacken.

»Profis?«, zischte Simovic und schloss die Autotür wieder. »Profis, denen ihr Gefangener entwischt, bevor sie ihn verhört haben? Profis, die halb Rom zerlegen und sich anschließend vom Abschleppdienst befreien lassen müssen? Ihr solltet mir Informationen besorgen, ihr solltet den Kerl nicht umbringen!«

»Das waren die Kollegen«, widersprach der Grauhaarige.

»Die sind gefeuert.« Er setzte seine Sonnenbrille auf. »Heute Abend gehört der Kommissar Ihnen.«

»Das will ich hoffen!«, antwortete Simovic. »Ich will wissen, was der Kerl treibt! Heftet euch an seine Fersen, und wenn er aufs Klo geht, geht ihr mit! Ist das klar?«

Die beiden nickten.

Simovic öffnete wieder die Tür und stieg aus. Der Mercedes fuhr los und hinterließ nichts als den rußigen Atem des Dieselmotors.

Der Reporter ging die paar Meter zu seinem Hotel zu Fuß. Er hatte seit der Aufzeichnung des Interviews von Wismut nichts mehr gehört. Und das, obwohl der versprochen hatte, sich noch am Tag der Sendung zu melden. Sie hatten sogar gemeinsam Pläne entwickelt, irgendwann eine Reality-Show über das Leben des Jesusklons zu drehen. Mit wöchentlichen Updates, Erleuchtungen des Kleinen und vielleicht auch dem einen oder anderen Wunder. Doch nichts davon war bisher passiert.

Allmählich wurden auch die Nachfragen der Kollegen lauter, wo der Professor und das Jesuskind denn steckten. Man wollte den Jungen. Man wollte den eindeutigen Beweis für dessen Existenz. Und den Beweis dafür, dass es sich wirklich um den Jesusklon handelte. Natürlich stimmten die beiden von Wismut an die Institute gegebenen Blutproben überein. Aber die Proben waren nichts wert, wenn die Wissenschaftler sich nicht davon überzeugen konnten, dass sie auch wirklich von dem Jungen und von den Grabtüchern stammten.

Heute Vormittag hatte sich selbst BIGNEWS CEO Schindler eingemischt und detaillierte Informationen zu den von Simovic geplanten Sendungen gefordert. Am liebsten wollte Schindler den Jesusklon gleich persönlich kennenlernen.

Nicht einmal dem CEO hatte Simovic bisher die Wahrheit gesagt, doch er wusste, der würde sich nicht mehr lange hinhalten lassen.

Jeder popelige Adelige konnte heutzutage rund um die Uhr lokalisiert werden, doch der kleine Jesus, der mehr wert war als alle Königshäuser dieser Welt zusammen, war verschwunden. Und jeder war überzeugt, dass Simovic wusste, wo der Kleine sich befand.

Er war sich darüber im Klaren, dass er diese Vermutungen noch anheizte, solange er sich als Insider ausgab. Doch er konnte nicht zurück. Er hatte hoch gepokert und darauf gesetzt, dass er den Aufenthaltsort des Jungen bald erfahren würde. Aber die Leute, die er angeheuert hatte, waren Versager. Nach fast einer Woche ohne Kontakt zu Wismut, gab es keinen Zweifel mehr: Der Professor dachte überhaupt nicht daran, ihn noch einmal zu kontaktieren. Wismut hatte ihn benutzt. Deswegen hatte dieser Kerl es zur Bedingung gemacht, dass nur er selbst sich melden konnte, dass nur er Herr über ihre Verbindung blieb. Wismut hatte die größtmögliche Aufmerksamkeit gewollt, und er hatte sie bekommen. Und er würde sie von jetzt an jederzeit wieder bekommen, egal, an welchen Sender oder Reporter er sich wenden würde.

Es gab nur einen Weg, das zu verhindern: Simovic musste den Professor finden, und er musste den Jungen finden. Und zwar vor allen anderen! Dann würde er auch das Geheimnis hinter der Story aufdecken. Denn eines war klar: Jemand, der nichts zu verbergen hatte, verschwand nicht einfach spurlos! Nicht, nachdem er zuvor die Öffentlichkeit gesucht hatte, wie eine Motte das Licht. Hatte Roland Obrist doch recht gehabt mit seiner Warnung, er solle Wismut nicht trauen?

Egal, das war Vergangenheit. Sobald er Wismut gefunden

hatte, würde er sich mit ihm über die neuen Bedingungen ihrer Zusammenarbeit unterhalten. Und zwar nicht mehr wie ein Bittsteller, sondern auf Augenhöhe.

Denn es war jetzt auch *seine* Story, die Story von Starreporter Roger Simovic. Die Story seines Lebens.

66

Pandera hatte seine ganze Überredungskunst gebraucht, um den Schaffner davon zu überzeugen, ihm im Zug ein Ticket zu verkaufen. Allerdings mit einer Reservierung für den nächsten Tag. Heute sei der Zug voll, das sehe Pandera ja selbst, und ohne Reservierung dürfe er in einem Schnellzug nun einmal kein Ticket verkaufen.

Nachdem Pandera zwei Stunden im Gang gestanden hatte, fand er endlich einen Sitzplatz in einem engen, mit Koffern voll gestellten Abteil. *Es sind ja nur noch neun Stunden.* Er hatte nichts gefrühstückt und bisher nichts zu essen oder trinken kaufen können. Und in dem vollen Zug war für den Mann mit der Minibar sicher kein Durchkommen.

Pandera versuchte zu schlafen, aber alle seine Bemühungen, die Geräusche und Gerüche im überfüllten Zug auszuschalten, misslangen. Er döste vor sich hin und sah immer wieder auf die Uhr. Wenn das so weiterging ...

Sieben Stunden später kam der Zug endlich in Palermo an. Pandera hatte immer noch nichts gegessen und getrunken, und er hätte alles gegeben für einen von Deckerts Hamburgern. Trotzdem fühlte er sich überraschend gut. Die Beule am Hinterkopf pochte zwar immer noch, aber er war in Palermo. Endlich! Und dazu auch noch pünktlich! Er hatte eine Stunde Zeit, um zum Hafen zu kommen. Er hob seine Reisetasche so schwungvoll aus der Ablage, als sei er nur ein paar Minuten unterwegs gewesen, sprang aus dem Waggon, lief durch die Bahnhofshalle und hielt direkt auf die Taxistände zu.

Eine halbe Stunde später stand er am Check-in-Schalter der Kreuzfahrtgesellschaft, und nach einer weiteren halben Stunde war er in seiner Kabine. Sie war nicht größer als eine Gefängniszelle, aber er fühlte sich trotzdem wohl darin. Außerdem hatte das Zimmer eine Minibar. Ohne Rücksicht auf sein Spesenkonto leerte Pandera alles, das nicht hochprozentig war. Danach fühlte er sich zwar nicht besser, aber sein Magen hatte jetzt wenigstens etwas zu tun.

Ein Steward, ein Filipino, der bemerkenswert gut Deutsch sprach, brachte ihm seine Tasche in die Kabine. Pandera wollte ihm ein Trinkgeld geben, doch der Steward ignorierte es. »Sie am Ende der Reise ein Trinkgeld geben«, sagte der kleine Mann und lächelte. »Aber nur, wenn Sie zufrieden mit Arnold.«

Pandera bedankte sich überrascht, hängte seine Sachen in den Schrank und stellte sich unter die Dusche. Nachdem er sich rasiert hatte, zog er einen schwarzen Anzug an und schlenderte zum Bordrestaurant. Das schien der ideale Ort, um Professor Wismut zu suchen, denn hier kamen alle Gäste zusammen. Außerdem hatte er trotz seines Minibarüberfalls immer noch Hunger.

Pandera ging in den Vorraum des Restaurants, stellte sich hinter eine Säule und blätterte in einem Bordmagazin. Jeden Gast, der vorbeikam, beobachtete er unauffällig. Der Professor reiste wahrscheinlich allein oder in Begleitung des Jungen. Immer mehr Gäste kamen aus dem Restaurant, andere gingen hinein. Der Vorraum füllte sich, und Pandera versuchte, den Überblick nicht zu verlieren. Das wurde immer schwieriger, inzwischen hielten sich mehr als fünfzig Passagiere in dem Vorraum auf, und wie Arnold ihm erzählt hatte, hatte das Restaurant noch zwei andere Eingänge. Zu allem Übel gab es noch drei zusätzliche Restaurants auf dem Schiff.

Pandera fluchte. Musste er auf Kommissar Zufall hoffen? Der Kerl war nicht gerade sein bester Freund. Mit Kommissar Logik und Inspektor Intuition war er bisher besser gefahren.

Er konzentrierte sich darauf, den Jungen zu entdecken, doch irgendwann gab er auf. Entweder es waren nur wenige Kinder an Bord, oder die Eltern gingen mit ihnen in eine der Snackbars, wo die Atmosphäre nicht so steif war. Pandera versuchte dort sein Glück. Er zählte zehn Kinder, aber keines erinnerte an den kleinen Jesus und keiner der Erwachsenen an Wismut. Er aß etwas, doch er konnte es nicht richtig genießen. Seine Zweifel an dem, was er hier tat, wurden immer größer. War er überhaupt auf dem richtigen Schiff? Was, wenn er sich geirrt hatte? Hatte er sich die Entscheidung nicht viel zu einfach gemacht? Er durfte keine Zeit mehr verlieren, so viel war klar.

Er schlang das Essen herunter, überprüfte dann die anderen Restaurants, ging durch jede Bar, ins Theater, ins Kino und blieb schließlich im Casino hängen. Dort dröhnte gerade *Personal Jesus* aus den Boxen, ein alter Hit von Depeche Mode. *Wie passend*, dachte Pandera, *vielleicht hat bald jeder seinen eigenen, persönlichen Jesus.*

Pandera trank einen Wild Turkey und stellte sich an den Roulettetisch, von wo aus er das Casino gut überblicken konnte. Ein paar Japanerinnen verloren ein halbes Polizistenvermögen, doch das schien ihre gute Laune nicht zu schmälern.

Nach zwei weiteren Runden durch das ganze Schiff ging Pandera zurück zu seiner Kabine. Im Gang traf er auf Arnold. Erst jetzt fiel ihm auf, dass der Name Arnold überhaupt nicht zu dem schmächtigen Filipino passte. Der Steward lächelte den Kommissar freundlich an. »Kann ich helfen?«

Pandera nickte. »Könnten Sie kurz mit in meine Kabine kommen?«

»Ist nicht in Ordnung?«, fragte Arnold und sah Pandera besorgt an.

»Alles ist perfekt.« Pandera lächelte. »Aber ich bin nicht auf dem Schiff, um Urlaub zu machen. Ich bin von der Polizei. Ich hoffe, ich kann Ihnen vertrauen?«

Arnold begann zu zittern. »Meine Papiere in Ordnung.«

»Keine Angst, mit der Einwanderungspolizei habe ich nichts zu tun«, sagte Pandera schnell. »Ihr verdient durch ehrliche Arbeit ehrliches Geld. Davon abgesehen ist mir gleich, wo ihr herkommt und wo ihr hinwollt.«

Der Steward lächelte unsicher. Er schien dem Frieden noch nicht ganz zu trauen.

»Ich hätte zwei Bitten«, sagte Pandera. »Erstens darf niemand an Bord wissen, dass ich Polizist bin.«

Arnold nickte. »Ich schon vergessen, Herr Feuerwehrmann.«

»Gut.« Pandera lächelte wieder. »Ich suche einen ungefähr fünfundvierzig Jahre alten Mann. Er heißt Wismut. Professor Franz Wismut. Ich muss wissen, ob er an Bord ist.« Pandera zeigte Arnold ein Foto des Professors.

»Ich hab nicht gesehen.« Der Steward schüttelte den Kopf.

»Er reist möglicherweise mit einem kleinen Jungen«, ergänzte Pandera.

»Auch nicht mit Kind gesehen«, antwortete Arnold.

»Ich weiß, das ist eine ungewöhnliche Bitte«, sagte Pandera. »Aber können Sie mir die Passagierliste besorgen?«

»Passagierliste?«, wiederholte Arnold und zog die Augenbrauen hoch. »Ich kann Job verlieren …«

Pandera biss sich auf die Lippen. »Okay, dann vergessen

wir das«, sagte er. »Aber können Sie vielleicht in der Liste nachschauen, ob dieser Professor Wismut an Bord ist?«

Der Steward runzelte die Stirn. »Das kein Problem«, sagte er schließlich. »Wenn ich nicht habe Liste, niemand kann mich damit erwischen.« Er öffnete die Kabinentür und nickte Pandera so selbstverständlich zu, als habe dieser ihn nur um ein Glas Wasser gebeten.

67

Professor Wismut ging auf der *MS Atlantis* einer Angewohnheit nach, die er eigentlich nur Klatschtanten zuschrieb. In der Zeit, die den Damen zwischen Schminken, Essen und Bridgespielen blieben, warteten sie vor den Stellwänden, an denen unzählige Fotos hingen. Fotos, die Schiffsfotografen von den Passagieren geschossen hatten und die hier zum Kauf angeboten wurden. Zu einem Preis, für den der Begriff *Wucher* mehr als verharmlosend war. Daher kauften die Damen die Fotos auch nicht, sondern standen in Grüppchen zusammen und kommentierten sie mehr oder eher weniger intelligent.

Wismut ging meist erst nachmittags zu den Stellwänden, also dann, wenn die Damen sich dem Kuchenbüfett widmeten. Manchmal tauchte er auch spät abends auf, während die meisten Gäste in ihren Betten schnarchten oder das Erbe ihrer Kinder im Casino verspielten.

Die Fotos wurden mehrmals täglich aktualisiert, und natürlich hingen dort auch die Aufnahmen der neu angekommenen Gäste. Jedes Bild, das Wismut noch nicht kannte, betrachtete er genau. Er tat dies natürlich nicht aus Neugierde oder aus Tratschsucht, sondern um zu kontrollieren, ob er abgelichtet worden war.

Denn die Bordfotografen waren überall, und sie waren jederzeit bereit, auf den Auslöser zu drücken. Doch das konnte auch von Vorteil für ihn sein. Sobald er sich auf einem Foto entdeckte, selbst wenn es nur im Hintergrund war, kaufte er es. Damit verschwand es von der Stellwand, und er war wieder inkognito unterwegs. Abends, wenn er allein an der Reling stand, verbrannte er die Bilder und ließ die Asche in den Ozean rieseln.

Er wusste, das war riskant. Aber in der Kabine fehlte ihm die Freiheit, die er hier, mitten auf dem Meer, spüren konnte. Die Schönheit der Natur, die sich selbst in der dunkelsten Nacht zeigte, in der man nichts als das endlose Wasser sah. In solchen Momenten konnte er verstehen, warum manche diese Schönheit als Ergebnis einer Schöpfung sahen. Warum manche glaubten, es gebe einen Gott, der das alles erschaffen habe.

Doch wenn ein Tsunami, wie der am zweiten Weihnachtsfeiertag, fast eine Viertelmillion Menschen dahinraffte, dann wollten diese Menschen plötzlich nichts mehr davon wissen, dass ihr Gott diese Erde mit all ihren Fehlern erschaffen hatte. Für solche Katastrophen war der Allmächtige natürlich nicht verantwortlich, denn er war ja der *liebe* Gott. Und der liebe Gott hatte mit der Natur auf einmal nichts mehr zu tun, die er doch in allen Details aus dem Nichts erschaffen hatte. Die Natur, die nicht nur schön, sondern auch grausam sein konnte. Sogar grausamer als die Menschen.

Die Spanische Grippe hatte zwischen 1918 und 1920 fünfundzwanzig Millionen Todesopfer gefordert, der Erste Weltkrieg trotz aller Brutalität aber *nur* siebzehn Millionen. Hatte die Pest von 1347 bis 1353 noch ein Drittel der europäischen Bevölkerung vernichtet, so hatte der furchtbarste aller Kriege, der Zweite Weltkrieg, nicht einmal jeden zehnten Europäer dahingerafft.

Natürlich konnte man diese Fakten in der Öffentlichkeit nicht diskutieren. Meist kam es zum Eklat, wenn man solche Zahlen sprechen ließ. Doch ein Toter war nicht mehr oder weniger wert als ein anderer. Er war und blieb tot, ob nun grausam ermordet oder friedlich entschlafen. Ob von Menschenhand getötet oder von der Hand eines vermeintlichen Gottes.

Je länger der Professor sich mit diesem Thema befasste, desto mehr waren ihm die Beliebigkeitsgläubigen zuwider. Diese scheinbar Gläubigen, die sich aus ihrer Religion die Rosinen herauspickten. Die nur in die Kirche gingen, um ihr Gewissen zu beruhigen. Mit ihrer Scheingläubigkeit gaben sie all denen ein Alibi, die den Glauben für ihre eigenen Zwecke benutzten.

Die wahren Gläubigen, die in aller Stille beteten, waren nicht seine Gegner. Sie wollten andere nicht unterjochen und betrieben keine Machtspiele. Sie verstanden den Glauben als ihre persönliche Aufgabe und nicht als die der anderen. Ja, er verspürte beinahe Respekt vor dieser selbstlosen Gläubigkeit. Auch weil er wusste, dass er diese Gläubigen nicht würde bekehren können.

Wismut blickte auf seine Armbanduhr. Er trug sie immer noch rechts, obwohl man ihn damals im Jesuitenkolleg zum Rechtshänder umerzogen hatte. Und nicht nur dazu: auch zu Demut, Obrigkeitshörigkeit und bedingungslosem Gehorsam dem Orden und dem Papst gegenüber. Vielleicht war er deswegen Wissenschaftler geworden, weil in der Wissenschaft die Fakten regierten und nicht die Willkür.

Und Fakt war, er musste der Fotowand einen Besuch abstatten. Er war sich zwar sicher, dass ihn heute niemand fotografiert hatte, aber er wollte kein Risiko eingehen. Außerdem dienten seine Besuche noch einem anderen Zweck.

Wismut verließ das Oberdeck, ging die Treppen hinunter und erreichte schließlich die Stellwand mit den Bildern. Als Erstes betrachtete er die Bilder mit den neu angekommenen Gästen.

Es dauerte nicht lange, da hatte er ihn entdeckt. Ja, das musste er sein. Er sah genauso aus wie in der Zeitung. Wismut nahm das Foto von der Wand und kaufte es. Während er zurück in seine Kabine ging, hatte er schon den ersten Entschluss gefasst. Er musste seine Deckung aufgeben. Er musste dringend ein paar Gespräche führen. Wismut sah wieder auf die Uhr. Es war spät, aber noch nicht zu spät. Sein Herz schlug schneller. Es war an der Zeit, auf die Jagd zu gehen.

68

Das sanfte Schaukeln des Schiffes lullte Kommissar Pandera ein, als sei er ein Baby im Kinderwagen. Obwohl er unbedingt wach bleiben wollte, döste er ein. Das Klopfen an der Tür hörte er nicht. Es klopfte wieder, dieses Mal lauter. Pandera erwachte und sah auf seine Uhr. Kurz nach elf Uhr abends.

Er stand auf und horchte an der Tür. Als es wieder klopfte, schob er sie einen Spaltbreit auf. Arnold stand vor ihm, ein Tablett mit einem Cocktail in der Hand. Pandera bat den Steward hinein und schloss die Tür.

»Fällt nicht so auf, wenn bringen Pina Colada.« Arnold grinste und stellte den Cocktail auf den hölzernen Ecktisch. »Ist auf Haus und schmecke lecker.«

»Sie sind ein guter Agent«, lobte Pandera.

»Aber hab ich keine guten Nachrichten.« Arnold seufzte und blickte Pandera aus traurigen Augen an. »Kein Professor Wismut auf Schiff. Auch kein anderes Professor.«

Pandera, der an dem Cocktail nippen wollte, stellte das Glas wieder hin. Langsam und wie benommen setzte er sich auf das Bett. *Ich bin auf dem falschen Schiff! Ich hätte doch auf den blöden Roboter hören sollen. Dann wäre ich auf der* Voyager *und nicht auf der* Atlantis*!*

»Alles in Ordnung?«, fragte Arnold.

Pandera schüttelte den Kopf.

Arnold stand unsicher neben der Tür, sagte aber kein Wort.

»Kannst du herausfinden, welche Gäste mit kleinen Kindern reisen?«, fragte Pandera schließlich.

»Nein. Kann nur Tabelle mit Namen und Kabine sehen auf Bordcomputer.«

»Ich muss morgen wieder von Bord«, sagte Pandera geistesabwesend. »Das ist das falsche Schiff.«

»Ich hab Idee«, sagte Arnold. »Wir haben Kinderparadies auf Oberdeck. Dort alle kleine Kinder, wenn Erwachsene an Land. Du gehen morgen früh schauen, wer bringe Kinder. Dann du finde Kind.«

»Brillant!« Pandera strahlte den kleinen Filipino an. »Wenn im Kommissariat eine Stelle frei wird, gebe ich dir Bescheid.«

»Ich nix Kommissar, ich nur Steward. Und Steward böse, wenn Kommissar nicht trinke lecker Pina Colada.«

Pandera lachte und nahm das Cocktailglas. Einen Moment lang dachte er, was eigentlich wäre, wenn Arnold mit dem Professor unter einer Decke stecken würde. Wenn die Pina Colada gar keine wäre. Aber dann blickte er den kleinen Mann an, der lächelnd neben der Tür stand, und vergaß den Gedanken sofort wieder. Arnold war auf seiner Seite, daran gab es keinen Zweifel. Pandera trank einen großen Schluck. Das tat gut!

»Komme an Bar«, sagte Arnold. »Sind nette Fraue da.«

»Ich bin verheiratet«, antwortete Pandera, zeigte seinen Ring und grinste. »Aber der Cocktail ist wirklich lecker. Ich werde an Deck gehen und noch einen trinken.«

Aus einem wurden fünf, und das Letzte, woran Pandera sich erinnerte, war, dass er den ganzen Abend mit ein paar brasilianischen Rentnern über Fußball diskutiert hatte. Ein unerschöpfliches Thema.

Am nächsten Morgen fühlte Pandera sich, als habe Arnold tatsächlich Gift in den Drink geschüttet. 6:30 Uhr zeigte der

Wecker. Vier Stunden Schlaf und ein paar Cocktails zu viel. Wenn er rechtzeitig auf dem Oberdeck sein wollte, bevor die ersten Passagiere ihre Kinder dort abgaben, musste er jetzt aufstehen. Er tröstete sich damit, dass er sich in einen Liegestuhl legen könnte und nur abzuwarten brauchte, bis Wismut mit dem Jungen vorbeikam. Wenn er denn an Bord war. Und wenn er den kleinen Jesus überhaupt jemand anderem anvertrauen wollte.

Als Pandera die Tür zum Oberdeck öffnete, blies ihm ein kalter Wind entgegen. Nur ein Wahnsinniger würde sich bei dem Wetter auf einen Liegestuhl legen. Sein Blick fiel auf eine Joggingstrecke, die fast über den ganzen Mittelteil des Oberdecks führte, auch am Kinderparadies vorbei.

Pandera lief zurück in seine Kabine und zog sich um. Um Punkt sieben Uhr war er wieder auf dem Oberdeck und begann, sich auf der Joggingstrecke warm zu machen. Wenn das bei der Kälte überhaupt ging. Erleichtert beobachtete er, dass die Türen zum Kinderparadies sich gerade öffneten. Er hatte nichts verpasst. Drei wartende Jungs, begleitet von ihren Müttern, schossen an der blonden Betreuerin vorbei in die mit bunten Papierfliegern geschmückten Räume. Der kleine Jesus war nicht dabei.

Pandera begann zu joggen. Nach einer halben Stunde schnaufte er so stark, dass er sich fragte, wie er früher einen Marathon geschafft hatte. Er setzte sich in einen Liegestuhl und keuchte, als habe ihn jemand gezwungen, eine Packung Zigaretten zu rauchen. Drei Mädchen und zwei Jungen waren in der Zwischenzeit vorbeigekommen, doch keiner sah dem Jesusklon ähnlich.

Er durfte keine Zeit mehr verlieren. Er musste endlich handeln! Er wischte sich den Schweiß von der Stirn, stand auf, nahm seine Tasche und ging zu der Kinderbetreuerin.

Dort stellte er sich vor und zeigte ihr die Bescheinigung der italienischen Polizei.

Kritisch musterte die junge Frau das Schreiben. »Wie kann ich Ihnen helfen?«

»Ich suche diesen Mann und dieses Kind«, sagte er und gab der Betreuerin das Foto von Wismut und dem Jesusklon. »Sind Ihnen die beiden aufgefallen?«

Während die junge Frau das Foto aufmerksam betrachtete, sah Pandera auf ihr Namensschild. Sunny, ein passender Name für ein blondes Kindermädchen mit Sommersprossen.

»Nein, die beiden hab ich noch nie gesehen«, antwortete sie und strich sich eine Strähne aus dem Gesicht.

»Und Ihre Kolleginnen?«, fragte Pandera.

»Ich bin eigentlich immer hier«, antwortete Sunny. »Wir haben nur frei, wenn die Kleinen im Bett sind.«

»Ich verstehe. Aber es werden wahrscheinlich nicht alle Kinder bei Ihnen abgegeben, oder? Manche bleiben doch sicher auch bei ihren Eltern?«

»Am ersten Tag veranstalten wir eine Begrüßungs-Party, bei der alle Kinder ein T-Shirt mit Lucky, unserem Maskottchen, geschenkt bekommen.« Sie zeigte auf eine Delfin-Comicfigur, die durch einen Ring sprang. »Das lässt sich kein Kind entgehen. Spätestens am zweiten Tag sind alle T-Shirts abgeholt«, erklärte sie. »Ich hab die Kleinen also alle gesehen. Der Junge, den Sie suchen, ist mit Sicherheit nicht an Bord.«

Sie zuckte mit den Schultern und lächelte. Doch ihr Lächeln schien nur aufgesetzt, fast abweisend. Aber würde nicht jeder so reagieren, wenn ein Unbekannter, der sich als Polizist ausgab, nach einem Kind fragte?

Pandera bedankte sich, nahm seine Tasche und ging. *Mache ich mir nur etwas vor? Kann ich nicht zugeben, dass ich mich getäuscht habe?* Mit jeder Stufe, die er die Treppe vom Oberdeck hinunterging, wuchs seine Überzeugung: *Ich bin auf dem falschen Schiff! Ich muss so schnell wie möglich runter von der* Atlantis.

69

»Zum letzten Mal, ich werde nicht zu Ihrer Gemeindeversammlung kommen!« Roger Simovic schmiss sein Handy an die Wand. Automatisch rief er nach Jerome, doch dann fiel ihm ein, dass er seinen Assistenten gestern gefeuert hatte. Er hob das Handy vom Boden auf, es hatte nur eine kleine Schramme abbekommen und schien noch zu funktionieren. Eine reife Leistung angesichts des dritten Vorfalls dieser Art innerhalb von zwei Tagen. *Wenn der Hersteller weiterhin so unkaputtbare Geräte baut, ist er bald pleite. Man muss gut sein, um zu überleben, ja, man muss nicht nur gut sein, man muss besser sein als die Konkurrenz. Nur das kleine Stückchen besser, das notwendig ist, um zu gewinnen. Alles andere ist Vergeudung von Ressourcen und Potenzial. Gedanklich muss man immer zwei Schritte weiter sein als die Konkurrenz, aber es reicht, wenn man nur einen davon geht. Und genau das muss ich jetzt tun.*

Er spürte den Atem der Konkurrenz im Nacken. Doch er kam überhaupt nicht dazu, sich um den nächsten Schritt zu kümmern. Ständig riefen diese Spinner bei ihm an! Seit er von der Pressekonferenz zurückgekommen war, war es schon der vierte Anruf gewesen.

Die einen wollten eine neue Gemeinde in Rom gründen und ihn dazu einladen, die anderen hatten sich angeblich schon gegründet und wollten ihn zu ihrem Oberhaupt wählen, und wieder andere fragten, ob man bei ihm irgendwelche Reliquien des kleinen Jesus erstehen könne. Und dann gab es auch noch die, die fragten, ob sich sein Leben denn geändert habe, seit er dem Erlöser begegnet war. Und wie es sich geändert hatte! Aber nicht zum Positiven!

Es war wie vor zweitausend Jahren: ein wildes Durcheinander von Meinungen, Lügen und Intrigen. Es gab Pharisäer, Gläubige und Mörder. Und vielleicht sogar ein bisschen Wahrheit.

Die neuen Christen, wie sie sich nannten, fühlten sich im Recht. Sie konnten sich auf die Vorkommnisse vor zwei Jahrtausenden berufen. Auch damals hatten die Christen als Erste die neuen Zeichen erkannt. Auch damals waren sie gegen die allgemeine Meinung und gegen den herrschenden Glauben angetreten. Gegen den Glauben, aus dessen Mitte der neue Prophet gekommen war, um die Mauern des alten Glaubens niederzureißen und einen neuen aufzubauen. Die neuen Christen wollten einen echten Glauben, einen, der direkt von Gott kam, nicht von irgendwelchen alten Männern im Vatikan, die mehr an der Jungfräulichkeit Marias interessiert schienen als am Wohlergehen der Menschheit.

Eigentlich war Simovic nur aus einem einzigen Grund in der katholischen Kirche geblieben: Es öffnete ihm viele Türen. Weil er, trotz der großen Zahl an Nichtgläubigen, als Atheist Außenseiter geblieben wäre. Und er wollte kein Außenseiter sein! In der Pressekonferenz hatte er sich sogar dabei erwischt, wie er zu moralisieren begann. Dabei war das Moralisieren doch die Kernkompetenz der katholischen Kirche.

Die Rolle des Glaubensführers wurde ihm aufgedrängt. Hatte er sich anfangs noch geschmeichelt gefühlt und gerne vor den Massen in Rom gesprochen, so merkte er nun, dass nicht *er* es war, der dort sprach. Dass er, genau wie der Papst, nur ein Stellvertreter war. Ein Stellvertreter für Jesus, der nicht verfügbar war. Doch im Gegensatz zum Papst wollte er kein Stellvertreter sein.

Simovic ging zur Minibar und goss sich einen Gin ein. Kaum hatte er einen Schluck getrunken, klingelte sein Handy schon wieder. Genervt sah er auf das Display. Doch dieses Mal waren es keine Christen, die ihn anriefen, nein, das waren sie definitiv nicht.

»Was gibt's?«

Durch das Telefon dröhnte die tiefe Stimme des Grauhaarigen. »Wir haben ihn gefunden. Was sollen wir jetzt tun?«

70

Obwohl sie schon einige Jahre lang in der Stadt lebte, hatte Tamara Aerni das Basler Münster noch nie besucht. Die größte Kirche der Stadt war aus dem für Basel typischen roten Sandstein gebaut. Die beiden Kirchtürme wirkten wie ungleiche Brüder. Kein Wunder, denn sie waren nicht gleichzeitig entstanden, wie Tamara gelesen hatte. Ihr Blick fiel auf das kreuzförmige Kirchdach mit seinem Rautenmuster aus grünen, beigefarbenen und braunen Dachziegeln, das in der Sonne funkelte.

Staunend trat sie durch das reich verzierte Portal in den kargen und nüchternen Innenraum. Calvinistisch, wie es sich für die Schweiz gehörte. Die weiß getünchten gotischen Gewölbe des Münsters wurden durch Säulen aus rotem Sandstein getragen. An den Wänden fand die Kommissarin kein einziges Bild, keine Statue schmückte das Innere des Gotteshauses. Ein paar Grabplatten und Sarkophage erinnerten eher an einen Friedhof als an eine Kirche. Nur die bunten Glasfenster zeugten von einer anderen, prunkvolleren Zeit.

Bis auf ein paar betende alte Frauen und Männer sah Tamara niemanden in der Kirche. Kein Wunder, schließlich war Mittwochvormittag, es fand kein Gottesdienst statt, und die Touristen saßen noch beim Frühstück. Wollte sich der katholische Bischof hier mit ihr treffen, weil sich keines seiner Gemeindemitglieder an diesem Ort aufhielt? Weil niemand ihn hier erkennen würde? Vielleicht aber auch, weil der Bischof in viel größeren historischen Zusammenhängen dachte als nur in ein paar Jahrhunderten? Oder weil er das, was seine Kirche einmal geschaffen hatte, nicht aufgeben wollte?

Die Kommissarin ging zum Chor. Neben dem Altar führte eine Treppe hinunter in die Krypta. Als Tamara das Gewölbe betrat, zog ihr ein leicht modriger Geruch in die Nase. Noch bevor sie jemanden sehen konnte, hörte sie eine dunkle Männerstimme. »Hier ist der Atem von Jahrhunderten zu spüren.«

So kann man es auch ausdrücken, dachte sie und drehte sich um. Vor einer Wand der Krypta stand ein einfacher Altartisch, davor reihten sich Holzstühle aneinander. Der Raum wirkte wie eine kleine Kapelle. Aber wo war der Bischof? Das war doch seine Stimme gewesen?

Jetzt erst trat er aus einer Nische hervor. Tamara Aerni gab ihm die Hand und nickte freundlich. Johann Obrist war in Zivil gekommen, er trug eine dunkelgraue Hose und einen grünen Wollpullover, über dem ein kleines goldenes Kreuz baumelte. Mit seinem langen Bart wirkte er im ersten Moment wie ein Landstreicher. Oder, hätte er das Kreuz nicht getragen, wie ein moslemischer Terrorist.

»Hier liegen meine Vorgänger«, sagte der Bischof und zeigte auf eine Reihe steinerner Särge und Grabplatten, die sich in einem separaten Raum hinter dem Altar befanden. »Sie wurden bestattet, als die christliche Kirche noch nicht gespalten war.« Seufzend setzte Obrist sich auf einen der Stühle. Die Kommissarin nahm neben ihm Platz.

»Wie gefällt Ihnen das Münster?«, fragte der Bischof.

»Äh …« Tamara stockte. Sie fühlte sich wie eine Touristin. »Ganz schön, aber vielleicht etwas nüchtern.«

»Sie haben es erfasst«, antwortete Obrist. »Diese Kirche

diente einst auch in ihrem Innern der Verherrlichung Gottes. Bis die Protestanten im Basler Bildersturm alles zerstört haben! Die Reliquien, die Gemälde und die Statuen! Selbst die Wandmalereien wurden übertüncht!« Er deutete auf ein nur unvollständig erhaltenes Deckengemälde. Es zeigte Szenen aus dem Leben Marias. »Das ist alles, was von der ehemaligen Pracht geblieben ist.«

»Ich muss zugeben, ich habe noch nie vom Basler Bildersturm gehört. Wann war das?«

»Am 9. Februar 1529«, antwortete er, ohne nachzudenken.

»Und wer hat die Kirche übernommen?«

»Zwingli und seine Helfershelfer.«

»Zwingli? Der Reformator? Warum hat er denn die Bilder zerstört?«

»Weil Bilder nur dem Götzendienst dienen würden. Aber wer Bilder übermalt und jahrhundertealte Statuen umstürzt, ist nicht besser als jemand, der Bücher verbrennt.«

Tamara wollte dem Bischof zustimmen, doch dieser war noch nicht fertig. »Haben Sie draußen am Turm die Statue des heiligen Martin gesehen?«, fragte er. »Es ist eine der wenigen, die den Bildersturm überlebt hat.«

Tamara schüttelte den Kopf.

»Ursprünglich war darauf auch der Bettler abgebildet, mit dem St. Martin seinen Mantel geteilt hat. Doch aus dem Bettler hat man Anfang des siebzehnten Jahrhunderts einen Baumstumpf gemeißelt.«

»Warum das denn?«

»Manche sind anscheinend der Meinung, Bettler gehören nicht in die Kirche.«

»Und doch glauben Sie an denselben Gott.« Tamara hatte vieles erwartet, aber nicht, dass dieses Gespräch in eine Lektion über Kirchengeschichte ausarten würde.

»Wir glauben an denselben Gott.« Der Bischof nickte. »Aber auf unterschiedliche Art und Weise.« Sein Mund zog sich zu einem schmalen Streifen zusammen. »Die Kirche wurde damals unwiderruflich gespalten. Und die Gefahr besteht, dass es zu einer weiteren Spaltung kommt!«

»Der Jesusklon?«

Der Bischof nickte. »Es gibt verschiedene Wege, das zu verhindern«, erklärte er. »Und ich befürchte ...« Der eben noch so selbstsichere Bischof geriet ins Stocken. Es schien, als überlege er sich jedes seiner Worte zweimal.

»Was befürchten Sie?« Eine dunkle Ahnung erfasste Tamara.

»Der Vikar ... Herr Kunen ... Wir sind nicht in allen Punkten der gleichen Meinung«, sagte Obrist stockend. »Wie Sie wissen, gab es früher schon einmal Probleme zwischen ihm und meinem verstorbenen Bruder.«

Tamara blickte den Bischof mit wachen Augen an. Sie wusste, wenn ein Verdächtiger erst einmal angefangen hatte zu reden, war es das Beste, ihn nicht zu unterbrechen. Beim Bischof würde das nicht anders sein.

»Ich wollte von Anfang an mit der Polizei kooperieren«, betonte Obrist. »Aber Vikar Kunen war dagegen. Ich habe auf ihn gehört... Das war ein Fehler.« Der Bischof blickte zu Boden. »Kunen ist meine rechte Hand, und er ist sehr erfahren in solchen Situationen. Er hat schon manche unschöne Verwicklung entwirrt, immer im Einklang mit den Regeln des Ordens. Daher habe ich ihm vertraut.«

Tamara nickte, auch wenn sie sich bewusst war, dass die Regeln des Ordens nicht immer mit denen des Gesetzgebers übereinstimmten. Deckert hatte ihr das mehr als deutlich gemacht.

»Ich habe lange Zeit nicht verstanden, warum er nicht mit

der Polizei zusammenarbeiten wollte.« Obrist seufzte und bekreuzigte sich. »Doch gestern ist mir vieles klar geworden.«

71

Ein paar dreiste Lügen auf Basis tief verwurzelter Vorurteile, herzzerreißende Emotionen und der Vorwurf brutaler Gewalt gegen Kinder. So wiegelte man das Volk auf! Dabei war es gleichgültig, ob die Anschuldigungen gegen den Feind der Wahrheit entsprachen. Denn selbst, wenn der Feind sich noch wehren konnte, glaubte man ihm nicht.

Diese Methode hatte schon vor Herodes funktioniert, mit ihm und nach ihm erst recht. Doch Herodes I. war das bekannteste und raffinierteste Beispiel. Den Vorwurf, er habe Kinder ermorden lassen, hielt man schon seit über zwei Jahrtausenden für die Wahrheit. Dabei belegten seriöse Quellen, dass Herodes I. mindestens sieben Jahre vor der in der Bibel erwähnten Volkszählung gestorben war, wegen der Maria und Josef nach Bethlehem gekommen waren, wo sie dann Jesus auf die Welt gebracht hatten.

Trotzdem stand im Matthäus-Evangelium, dass Herodes aus Angst vor dem kleinen Jesus alle Knaben, die jünger waren als zwei Jahre, habe umbringen lassen. Eine etwas absurde Geschichte. War es nicht weitaus wahrscheinlicher, dass Herodes im Matthäus-Evangelium zu Unrecht an den Pranger gestellt wurde? Zumal keine weitere zeitgenössische Quelle diese barbarische Untat auch nur andeutete. Selbst in den drei anderen Evangelien wurde sie mit keinem Wort erwähnt.

In den meisten Quellen wurde Herodes I. als einer der ruhmreichsten Herrscher Judäas beschrieben, der zwar ein harter und unerbittlicher Vasallenkönig der Römer war, aber auch ein erfolgreicher Staatsmann. Warum nicht im Matthäus-Evangelium?

Für Professor Wismut war die Antwort klar. Das Evangelium war ungefähr achtzig Jahre nach Herodes' Tod entstanden. Der Autor des Evangeliums hatte sich von den Juden abgrenzen wollen, da sie Jesus getötet hatten. Er brauchte ein Feindbild. Was lag da näher, als Gewalt gegen Kinder vorzutäuschen und den Herrscher zu verunglimpfen. Das war nicht weiter schwierig, man musste nur als Tatsache hinstellen, dass jener Herrscher zu der Zeit regiert habe, als Jesus geboren wurde. Nach achtzig Jahren lebte schließlich kein Zeitzeuge mehr, der sich an Herodes erinnern konnte.

Die Menschen waren eben einfach gestrickt, sie glaubten lieber der Bibel als den Fakten. Ja, sie glaubten nicht nur der Bibel, sie glaubten alles, was sie glauben wollten, wenn man ihnen nur die richtigen Gründe dafür nannte. Ken und Sunny waren da keine Ausnahme. In ihrem Fall war er ausnahmsweise froh darum.

Gleich nachdem er das Problem mit dem neuen Passagier erkannt hatte, hatte er seinen Steward Ken gebeten, Sunny zu holen. Keine zehn Minuten später hatten die Kinderbetreuerin und der Steward in seiner Kabine gesessen, ein wenig unsicher, was er wohl von ihnen wolle.

Er erzählte ihnen, er sei der Vater des kleinen Jungen, den er bei sich habe. Was ja in gewisser Weise auch stimmte. Die Mutter des Kindes, eine stolze und liebevolle Irakerin, sei leider direkt nach der Geburt im Kindbett gestorben. Deswegen wolle die Familie der Mutter, die noch im Irak lebe, den Kleinen zurück. Doch nicht, um für ihn zu sorgen. Nein, sie hätten etwas ganz anderes mit ihm vor. Sie wollten das

Kind nur aus einem einzigen Grund haben: um den Tod der Mutter an ihm zu rächen.

Ja, er wisse, das sei unglaublich, und er habe alles versucht, das Kind zu schützen. Er habe der Familie Unterstützung angeboten, er habe vorgeschlagen, für die Ausbildung der anderen Kinder der Familie aufzukommen und eine Haushaltshilfe zu bezahlen, aber nichts habe gefruchtet. Dann habe er noch mehr Geld geboten, alles, was er besitze, doch sie wollten nur den Jungen. Das gebiete ihre Tradition und ihr Glaube!

Jetzt sei er auf der Flucht, weil er keinen anderen Ausweg mehr sehe. Doch die Familie sei ihm auf die Spur gekommen, und er fürchte um die Sicherheit des Kleinen. Er habe gehofft, die Flucht sei gelungen, doch als er diesen Mann an Bord gesehen habe, sei ihm klar geworden, das sei eine Illusion.

Jetzt habe er nur noch ein Ziel: Er wolle den Kleinen bei einer befreundeten Familie unterbringen, wo dieser unerkannt leben könne. Es breche ihm das Herz, aber der Junge sei bei ihm, seinem Vater, nicht mehr sicher. Seine Feinde könnten ihn jederzeit töten, auch hier auf dem Schiff! Denn dieser Mann, den sie an Bord geschickt hätten, sei zu allem fähig! Er würde sich als Polizist ausgeben, als Mann des Gesetzes, doch er sei nichts anderes als ein schmutziger Privatdetektiv, der schon mehrere Leichen im Keller habe.

Dieser Detektiv würde nach ihm fragen, vor allem aber nach dem Jungen. Er würde versuchen, an den Kleinen heranzukommen, um ihn zu entführen und der Familie seiner Frau zu übergeben. Und wenn er ihn nicht entführen könne, würde er ihn umbringen. Der Kerl sei brutal und skrupellos. Deswegen dürfe er den Jungen nicht zu Gesicht bekommen, ja, er müsse denken, der Kleine sei nicht auf dem Schiff.

Und genau da kämen sie ins Spiel! Wenn er sie darauf ansprechen würde, müssten sie dem Mann sagen, der Junge sei nicht an Bord. Sie seien die Einzigen auf dem ganzen Schiff, denen er vertrauen könne.

Er war gewiss kein Schauspieler, aber er hatte seine Rolle so überzeugend gespielt, dass Ken ihm sofort geglaubt hatte. Sunny hatte noch gezweifelt. Warum er denn wisse, dass der Mann kommen würde, wenn er doch keinen Kontakt habe zu der Familie, hatte sie gefragt. Und woran er den Mann erkannt habe?

Wismut hatte über diese Fragen nicht nachgedacht, ohne Zweifel eine Nachlässigkeit. Trotzdem waren ihm sofort die richtigen Antworten eingefallen, ganz so, als würde er selbst schon daran glauben, was er da erzählte.

Die Schwester seiner Frau sei die Einzige in der Familie, die auf seiner Seite stehe. Obwohl sie damit ihr eigenes Leben in Gefahr bringe, informiere sie ihn über jeden Schritt ihrer Verwandten. Nur dank ihrer Hilfe sei er bisher entkommen. Daher wisse er auch von dem Mann und wie er aussehe. Heimlich habe sie ihn fotografiert und ihm das Foto geschickt. Als Sunny das Foto sehen wollte, hatte er, ohne rot zu werden, erzählt, dass er es inzwischen vernichtet habe, weil sonst jeder, der es finden würde, herausfinden könne, von wem es stamme. Auf keinen Fall wolle er auch noch seine Schwägerin in Gefahr bringen.

So hatte er auch Sunny überzeugt, schließlich liebte sie Kinder über alles. Sie und Ken waren noch gestern Nacht zu einem Teil seiner Deckung geworden.

Sie würden ihn sogar dann noch decken, wenn er von Bord gegangen war. In ein paar Tagen war es so weit.

72

Die Worte des Bischofs hallten noch immer nach. *Was weiß er?* Tamara Aerni verstand, dass in dieser Situation selbst die Jesuiten nicht mehr mit einer Stimme sprachen. Dass auch deren legendäre Obrigkeitshörigkeit ihre Grenzen hatte, nämlich dann, wenn es um so elementare Dinge ging wie Leben und Tod.

»Sie haben uns also etwas zu Simon Kunen mitzuteilen?«, fragte sie. Beide wussten, es war eine rhetorische Frage, eine, um den Gesprächsfaden wieder aufzunehmen.

»Kurz vor seinem Tod hat mein Bruder versucht, mich telefonisch zu erreichen«, sagte der Bischof schließlich. »Leider saß ich gerade in einem Flugzeug von Rom nach Basel. Daher hat mein Bruder mit Vikar Kunen gesprochen.« Der Bischof zupfte unsicher an seinem Bart. »So zumindest hat Kunen es mir berichtet, und ich wüsste nicht, warum er in diesem Punkt gelogen haben sollte.«

In diesem Punkt hat er nicht gelogen. In welchem dann?

»Wie schon gesagt, die beiden verstanden sich nicht gut«, fuhr Obrist fort. »Kunen warf meinem Bruder vor, gottlose Wissenschaft zu betreiben, ja, den Jesusklon mit der Untersuchung des Grabtuchs erst ermöglicht zu haben. Deswegen hat mein Bruder dem Vikar auch nur das Nötigste berichtet. Ich wünschte, ich hätte mit Roland reden können …« Der Bischof hielt inne und sah Tamara mit großen Augen an. »Das wird doch nicht aufgezeichnet, oder? Ich verlasse mich auf Ihre Integrität …«

»Das ist kein offizielles Verhör«, antwortete sie. »Gegebenenfalls müssen wir das später auf dem Kommissariat nachholen. Aber jetzt erzählen Sie erst einmal.«

»Mein Bruder hat Kunen berichtet, dass er wisse, wie der Professor den Jungen geklont habe«, sagte der Bischof.

»Und wie hat er es gemacht?«

»Das hat mein Bruder nicht erzählt. Er wollte es ihm wohl nicht offenbaren.«

»Das war alles?«

»Nein«, antwortete der Bischof. »Angeblich will Wismut Italien auf einem Kreuzfahrtschiff verlassen.«

»Das haben wir auch herausgefunden«, sagte Tamara.

Der Bischof sah sie erstaunt an. »Woher wissen Sie das?«

»Wir haben unsere Quellen.«

»Vikar Kunen ist vor zwei Tagen losgefahren, weil er auf die *MS Atlantis* wollte. Eigentlich hätte er sich schon längst melden sollen ...«

»Aber das hat er nicht getan.«

Der Bischof nickte. »Daraufhin sind mir Zweifel gekommen.« Er holte ein Taschentuch heraus und tupfte sich über die Stirn. »Sie müssen wissen, Kunen ist im Grunde immer ein Soldat geblieben. Zwar ein Soldat Gottes, aber ein Soldat.«

»Und Sie befürchten, er könnte erneut jemanden töten?«

»Was meinen Sie mit *erneut*?« Der Bischof sah sie unsicher an.

Jetzt erst fiel Tamara auf, dass man das Wort *erneut* auch anders deuten konnte. Nicht nur in Bezug auf Kunens Zeit in der Fremdenlegion. »Ich denke, dass wissen Sie«, sagte sie nur.

»Sie sind ausgesprochen gut informiert«, gab der Bischof zu. »Ich denke, wir haben die Polizei unterschätzt.« Er legte das kleine Kreuz, das um seinen Hals hing, in seine Handfläche und blickte es an, als könne es ihm Mut zusprechen.

»So sei es denn.« Der Bischof atmete tief durch. »Sie müssen wissen, dass ein Jesuit sich niemals trennt von gewissen Dingen. Mein Bruder Roland hat den Orden nie verlassen.«

Tamara nickte nur.

»Wir pflegen im Bistum einen offenen Umgang miteinander. Geheimnisse kann man nach außen haben, aber nicht nach innen.«

Davon macht ihr wahrscheinlich auch reichlich Gebrauch, dachte sie.

»Mir war schon vor längerer Zeit aufgefallen, dass der Vikar sich nicht mehr an diese Regeln hielt. Sein Zimmer war häufig abgeschlossen, ebenso sein Schreibtisch. Als Vikar Kunen sich nicht wie vereinbart gemeldet hat, bin ich unruhig geworden. Ich habe mit einem Zweitschlüssel des Bistums sein Zimmer und seinen Schreibtisch geöffnet.« Der Bischof räusperte sich. »Leider haben sich meine Befürchtungen bestätigt.«

Er tupfte sich mit dem Taschentuch über die Augen, als würde er Tränen trocknen.

Tamara überlegte, ob die Tränen nur gespielt waren. Nein, wahrscheinlich nicht. Das alles war eine ungeheure Belastung für den Bischof. Er war von seinem engsten Mitarbeiter hintergangen worden und musste nun die Konsequenzen daraus ziehen.

»Ich habe Unterlagen gefunden, die beweisen, dass Vikar Kunen hinter der Gruppe namens *Sacramentum* steht.«

»Er wollte Proben des Grabtuchs kaufen?«, fragte Tamara. »Ich dachte, er wollte das verhindern?«

»Aus den Unterlagen geht aber hervor, dass er bei allen drei Instituten Proben des Grabtuchs kaufen wollte«, sagte Obrist. »Weswegen auch immer.«

»Das heißt aber nicht zwingend, dass er etwas mit den Morden zu tun hat«, entgegnete Tamara.

»Ich habe noch mehr gefunden«, antwortete der Bischof und seufzte. Er holte ein kleines Ledersäckchen aus seiner Hosentasche und öffnete es. Ein goldener Siegelring glitt in seine Handfläche. Tamara nahm den Ring und betrachtete ihn. Das Siegel zeigte ein Kreuz, es thronte auf drei Buchstaben: IHS.

»Was bedeuten die Buchstaben?«

»Das ist das Abzeichen der Jesuiten«, erklärte der Bischof. »Iesum habemus socium.«

»Und was heißt das?«

»*Wir haben Jesus als Gefährten*«, antwortete der Bischof. »Gleichzeitig ist es aber auch eine im Mittelalter gebräuchliche Schreibweise für den Namen Jesu.« Er brach ab und schluckte. »Mein Bruder hätte diesen Siegelring niemals aus der Hand gegeben.« Er nahm den Ring zurück und drehte ihn so, dass man die Gravur lesen konnte. »Sehen Sie das?«

»SJ Roland Obrist«, las sie laut.

»SJ steht für Societas Jesu«, erklärte der Bischof. »Jeder Jesuit führt diesen Titel in seinem Namen. Und so wie man diesen Titel niemals ablegt, legt man auch diesen Ring niemals ab.« Wieder tupfte er sich mit dem Taschentuch über die Augen. »Es kann also nur einen Grund geben, dass Vikar Kunen im Besitz dieses Ringes ist.«

Tamara ahnte den schrecklichen Zusammenhang, sagte aber nichts.

»Vikar Kunen hat meinen Bruder ermordet«, sagte der Bischof und bekreuzigte sich. »Und es wird nicht sein letzter Mord sein.«

73

Alex Pandera wünschte Arnold alles Gute. Der Kabinensteward schien es als persönliche Niederlage anzusehen, dass der Gast, für dessen Wohlergehen er zu sorgen hatte, das Schiff verließ. Der schmächtige Mann versuchte den Kommissar zum Bleiben zu überreden, aber es gelang ihm nicht. Erst als Arnold ihm die Hand gab, fiel Pandera auf, dass dem Steward ein Glied des kleinen Fingers fehlte.

»Philippinische Mafia«, bemerkte Arnold und ließ für einen Moment sein Lächeln verschwinden. »Manchmal muss tun, was nicht will, um Familie zu schützen.«

»Auch hier an Bord?«, fragte Pandera.

»Nein, nein!« Er schüttelte den Kopf. »Hier alles okay, Schiff ist in italienisches Hand. Keine Mafia.«

Hätte Arnold nicht so traurig ausgeschaut, hätte Pandera herzhaft lachen müssen. Er umarmte Arnold, dankte ihm noch einmal und ging. An der Rezeption ließ er für Arnold einen Umschlag mit einem Trinkgeld zurück.

Der Kommissar hatte inzwischen herausgefunden, dass die *Voyager* in Alexandria vor Anker lag. In ein paar Stunden könnte er von Tunis aus dorthin fliegen und schon heute Abend auf dem anderen Schiff sein. Er war sich allerdings nicht sicher, ob er Professor Wismut dort noch finden würde. Zu viel Zeit war vergangen. Vielleicht hatte Wismut es sich auch anders überlegt und war gar nicht auf ein Schiff gegangen? Hatte der Professor wirklich jeden Schritt im Vorfeld geplant?

Es gab nur einen Weg, die Wahrheit herauszufinden: Er musste so schnell wie möglich auf die *Voyager.*

Der Kommissar nahm seine Tasche und ging zu den Treppen, die zum Ausgang führten. Er hatte sich entschieden, niemandem außer Arnold von seiner Abreise zu erzählen. Vielleicht war es ja doch zu etwas nutze, wenn man glaubte, er sei immer noch auf diesem Schiff.

Er erreichte den Ausgangsbereich der *MS Atlantis*, zeigte dem Sicherheitspersonal seinen Bordausweis und betrat die schmale Landungsbrücke. Sie spannte sich gut zehn Meter über dem Wasser, doch Pandera war so in Gedanken, dass er sogar seine Höhenangst vergaß, die ihn in solchen Situationen immer begleitete. Vielleicht lag es auch daran, dass ihm vom Joggen die Knie schmerzten und er einen Muskelkater hatte, wie nach einem Vierzig-Kilometer-Marsch. *Ob ich in fünfzehn Jahren genauso kugelrund bin wie Deckert? Ich muss unbedingt wieder mehr Sport machen.*

War es wirklich ein Fehler gewesen, auf die *MS Atlantis* zu gehen? Es war das einzige Schiff gewesen, das neben den islamischen Ländern auch die Möglichkeit bot, sich in Südamerika abzusetzen. Außerdem war es das größte der drei Schiffe und daher zum Untertauchen geeigneter als die relative kleine *Costa Marina* oder *Voyager.* Daher hatte er sich für die *Atlantis* entschieden. Oder war es doch mehr sein Bauchgefühl gewesen?

Wer wusste schon, welche Pläne Wismut hatte. Vielleicht war es ein Fehler, wenn er das Schiff verließ, einer, den er nicht wiedergutmachen konnte?

Vielleicht wollte er auch einfach nicht wahrhaben, dass ein Roboter eine bessere Entscheidung getroffen hatte als er selbst? War seine Intuition so viel mehr wert als die Fakten? Was war das überhaupt, Intuition? Ein direkter Draht zu seinem Unterbewusstsein? Oder nur ein paar chemische Botenstoffe, die ihn genau das glauben ließen, was er glauben wollte?

Er wusste es nicht. Wie eine Marionette stapfte er über die Brücke, und als er wieder festen Boden unter den Füßen spürte, fühlte er sich nicht einmal erleichtert. Er drehte sich noch einmal um und betrachtete das riesige Schiff. Der weiße Rumpf, die Bullaugen und die Balkonkabinen, die er nicht ein einziges Mal zu Gesicht bekommen hatte. Zweitausendfünfhundert Passagiere waren auf der *MS Atlantis,* und er hatte allen Ernstes geglaubt, er könne unter all den Menschen einen ganz bestimmten Mann finden? Innerhalb von nur einem Tag? Doch was änderte das schon? Er drehte sich um und ging los. Seine Entscheidung war gefallen.

74

Kommissar Pandera blickte sich ein letztes Mal um. Die *MS Atlantis* war ein schönes Schiff. Doch sie hatte ihm kein Glück gebracht. Er musste Tunis so schnell wie möglich verlassen. Noch einmal ließ er seinen Blick nach oben schweifen, die weiße Bordwand entlang. Von hier unten aus konnte er sogar die Passagiere auf dem Oberdeck sehen, die an der Reling standen. Ein Mann blickte mit einem Feldstecher in seine Richtung.

Pandera drehte sich wieder um und lief zum Taxistand. Alle Taxis waren gerade mit Passagieren unterwegs und so musste er warten. Neben dem Stand war ein Souvenirladen. Pandera ging hinein, kaufte für Jackie ein Silberkettchen, für Lara ein Stoffkamel und für Ben eine kleine Holztrommel. Er hatte das Gefühl, dass er die Geschenke noch brauchen würde.

Dann fiel sein Blick auf ein paar Hüte. Seltsam, alles wurde immer gleichförmiger. Heutzutage konnte man in New York Pariser Mode und in Paris Modelle der Freiheitsstatuen kaufen. Und hier in Tunis gab es neben dem Fes, der landestypischen roten Filzkappe, auch Panamahüte. Die nicht einmal aus Panama kamen, sondern aus Ecuador. Die Welt war verrückt geworden. Vielleicht war sie es aber auch schon immer gewesen.

Pandera schaute wieder hinaus zum Taxistand. Gerade kam ein Wagen zurück. Pandera lief aus dem Laden, ging zum Taxifahrer und einigte sich schnell mit ihm auf den Preis für eine Fahrt zum Flughafen.

Sie hatten den Hafen kaum verlassen, als ein Handy mit dem Singsang eines islamischen Vorbeters klingelte. Pandera bemerkte erst nach einigen Sekunden, dass es sein neues Handy war, das klingelte. »Ja?«, meldete er sich und nahm sich vor, den Klingelton zu wechseln.

»Hier ist Tamara«, hörte er. »Du bist doch noch auf der *MS Atlantis*, oder?«

»Bin grad von Bord gegangen und auf dem Weg zum Flughafen.«

»Shit!«

»Was?«

»Kunen ist auf dem Schiff«, sagte sie. »Weil Wismut sich damit absetzen will.«

»Und woher weißt du das?«

»Der Bischof hat es mir erzählt«, sagte sie. »Er hält Kunen für den Mörder.«

Pandera bat den Fahrer zu wenden, ließ sich von Tamara erzählen, was sie noch herausgefunden hatte und stieg am Hafen wieder aus dem Taxi.

Dann eilte er zurück an Bord der *MS Atlantis*. Jetzt, da er wusste, dass zumindest Kunen auf dem Schiff war, musste er sich Zutritt zu den Kabinen verschaffen. Und er wusste auch schon, wie.

Zum Glück schien die Sonne, als habe es den kalten Morgen nie gegeben. In seiner Kabine zog er eine Badehose an, dann ging er an den Swimmingpool und legte sich in einen Liegestuhl.

Natürlich hätte er sich lieber neben die netten Schwedinnen gelegt, die ihn aus blauen Augen anblinzelten, doch er war nicht zum Spaß hier. Und er war auch nicht hier, um Ärger mit Jackie zu bekommen. Er war hier, um einen Mörder zu finden. Also legte er sich neben zwei dicke Amerikanerinnen und ignorierte deren schmachtende Blicke. Denn sie hatten etwas, das er unbedingt haben wollte.

Die beiden Frauen aus dem Land der unbegrenzten Möglichkeiten und ebensolcher Hüftumfänge unterhielten sich angeregt. Endlos lange beklagten sie sich in breitestem texanischen Akzent über das fade Essen an Bord, über die kleinen Portionen und die mangelnde Hygiene der Europäer. Pandera wusste sofort, das waren die Richtigen für ihn!

Genau wie er vermutet hatte, hielten es die beiden Kalorienkillerinnen nicht allzu lange am Pool aus, sondern gingen zur Snackbar. Ihre Handtaschen und ihre Jacken ließen sie zurück. Genau darauf hatte Pandera gehofft. Aus der Sommerjacke der einen blinzelte ihn ein Bordausweis an. Er wusste, jetzt musste es schnell gehen. Er stand auf und sprang in den kleinen Pool. Er schwamm eine Runde und beobachtete die Frauen. Sie waren gerade dabei, ihr Tablett vollzuladen.

Pandera stieg wieder aus dem Wasser, ging zu seinem Liegestuhl und nahm sein weißes Handtuch. Während er sich abtrocknete, griff er, vor neugierigen Blicken durch sein Handtuch geschützt, in die Jackentasche der Frau und nahm die Karte. Geschickt ließ er sie im Handtuch verschwinden und legte sich in seinen Liegestuhl. *Der unerfahrene Dieb verlässt sofort den Tatort und zieht dadurch die Aufmerksamkeit auf sich.* Er hingegen wartete, bis die Frauen zurückkamen und sich auf ihr Essen stürzten. Erst dann stand er auf, verabschiedete sich mit einem freundlichen Blick von ihnen und schlenderte in seine Kabine.

75

Simon Kunen ballte die Faust. Was machte dieser Cimex hier, diese Wanze? Er hatte den Kerl nur ein paar Sekunden lang mit seinem Fernglas vom Sonnendeck aus gesehen. Doch das hatte gereicht, um alle Zweifel auszuräumen. Es war dieser verdammte Kommissar! Kunen war sofort in seine Kabine gegangen und hatte versucht, nachzudenken. Dort saß er immer noch. Seine Gedanken waren wie festgefroren.

Mit unendlich langsamen Bewegungen öffnete er die Minibar. Er warf einen Blick auf die Flaschen, nahm einen Cognac und füllte ihn in ein bauchiges Glas. Er schloss die Augen. Das fruchtige Aroma belebte sein Inneres. Das Leben, es kam zu ihm zurück. Jetzt konnte er wenigstens wieder denken.

Was hatte der Kerl hier zu suchen? Nein, das war die falsche Frage. Natürlich suchte der Kommissar dasselbe wie er. Den Jesusklon und den Professor. Aber wie war er auf diese Spur gekommen? Hatte der Bischof geplaudert? Impossibilis! Ausgeschlossen. Der Alte wusste doch gar nicht, was er vorhatte.

Kunen war geübt darin, gründlich, genau und verschwiegen zu sein. So wie der Orden es seit Jahrhunderten war, durch alle Verbote, Kriege und Friedenszeiten hindurch. Nein, der Kommissar konnte seine Geheimnisse nicht kennen.

Würde er seinen Plan ändern müssen? Mit einem Schluck trank Kunen das Glas leer. Hastig wischte er sich den Mund ab, ganz so, als habe er etwas Verbotenes getan. Sollte er noch einen zweiten nehmen?

Nein! Er musste einen klaren Kopf bewahren. Kunen stellte sich an das Bullauge seiner Kabine. Er blickte hinaus auf das Meer, auf die Freiheit, auf die Unendlichkeit. Sollte er alles noch einmal betrachten, von Neuem durchdenken? Konnte er seinen Plan überhaupt ändern? Nein, dann wäre alles vergebens!

War ein junger Jesus nicht viel attraktiver als einer, der seit zweitausend Jahren tot war? Der Jesusklon würde dem Zeitgeist nach dem Munde reden. Ihm fehlte die göttliche Eingebung, und genau deswegen war er so gefährlich. Er würde die ewigen Wahrheiten verleugnen. Die Kirche wäre nicht mehr dieselbe. Kein Jahrhundert würde es dauern, und sie wäre in ihrer heutigen Form ausgelöscht.

Ausgelöscht wie der römische Heidenglauben, dem dieses mächtige Reich vor dem Christentum gehuldigt hatte. Dem sie Gotteshäuser gebaut hatten wie den Saturntempel oder den Tempel der Vesta, nicht kleiner und weniger prunkvoll als die heutigen Kirchen. Und doch war alles vom christlichen Glauben hinweggefegt worden – oder vereinnahmt, wie das Pantheon. Der römische Heidenglauben war nur noch Legende, ein Überrest einer längst vergangenen Zeit. Und dem Christentum konnte dasselbe Schicksal drohen.

Das neue Christentum wäre nur noch eine leere Hülle, die mit Populismus, Beliebigkeit oder Opportunismus gefüllt werden könnte. Geklont! Austauschbar, ohne Inhalt, ohne Härte, ohne Prüfung für den Menschen. Mit einem Wort: wertlos!

Eines war klar: Die Situation spitzte sich zu. Er musste schnell handeln. Verdammt schnell.

Kunen gab die Zahlenkombination in den Kabinensafe ein

und holte den goldenen Schlüssel heraus. Er nahm den ledernen Koffer, den er im Wandschrank aufbewahrte und öffnete ihn. Das goldene Kreuz blitzte ihn so heftig an, als habe es auf ihn gewartet. Seine Zeit war gekommen. Heute Nacht war es so weit!

76

Er war nur ein Schatten. Dunkel, gesichtslos und bedrohlich. Und doch war er real. Er lehnte sich an die Holzverkleidung und zündete sich eine Zigarette an. Natürlich herrschte auf dem Schiff Rauchverbot wie fast überall in der zivilisierten Welt, doch es kümmerte ihn nicht. Das war *sein* Refugium, bezahlt von *seiner* Spesenabrechnung. Hier durfte er tun und lassen, was er wollte. An diesem Ort konnte ihm niemand etwas vorschreiben. Es war *seine* Welt!

Diese Welt würde nie mehr so sein wie früher, sie würde nie mehr vor den alten Göttern auf die Knie fallen. Vor diesen Götzen, die nichts mehr erklären, nichts mehr schaffen und nichts mehr sagen konnten. Die nichts mehr zu sagen hatten! Die alten Götter waren so tot wie eine platt gedrückte Ratte unter einer Planierraupe.

Der christliche Glauben ist wie ein Computer ohne Internetanschluss, seit zweitausend Jahren keine Updates. Das war nicht gerade der beste Kundenservice!

Und die anderen Religionen waren auch nicht besser. Alle bestanden nur noch aus überflüssigem, obsoletem Wissen, aus unsinnigen Verhaltensregeln, die beispielsweise dadurch zu erklären waren, dass es vor zwei Jahrtausenden noch keine Kühlschränke gegeben hatte. Welchen Grund gab es heute noch, kein Schweinefleisch zu essen, wenn man kein eingefleischter Vegetarier oder Rheumatiker war?

Oder solche Regeln, die damit zu erklären waren, dass vor zweitausend Jahren weder Pille noch Kondom existiert hatten. Natürlich war es heute genauso richtig wie damals, Kinder erst dann in die Welt zu setzen, wenn man sich eine sichere Existenzgrundlage geschaffen hatte. Damals hatte das aber bedeutet, auf Geschlechtsverkehr vor der Ehe zu verzichten. Heute führte diese Einstellung nur noch zu Teenagerschwangerschaften oder verklemmtem Sex, je nach Willensstärke der Gläubigen.

Trotz all der Aufklärung hängten die Menschen nach wie vor Kruzifixe in Schulklassen oder stürzten sich mit vollgetankten Flugzeugen in Hochhäuser. Was, so fand er, im Grunde dasselbe war: falsche Taten, begangen aus einem falschen Glauben heraus.

Man soll nur deswegen glauben wie ein Kind, weil man Kinder so schön verarschen kann. Weil man Kindern alles erzählen kann. Weil sie an den Klapperstorch, an den Osterhasen und an den Weihnachtsmann glauben. Weil Kinder nicht wissen können, dass die Jungfrauengeburt nur eine kümmerliche Ausrede für misslungene Verhütung ist.

Er würde das ändern. Er würde diesen Unglauben aus der Welt schaffen! Ja, anders konnte man das nicht nennen, was die Religionen boten: Unglauben! Irrealen Schwachsinn! Er würde ein neues Zeitalter begründen. Das Zeitalter der Information. *Sein* Zeitalter!

Simovic blickte zufrieden auf das Videobild auf seinem Laptop. Es war etwas pixelig, aber es würde ausreichen. Obwohl er erst vor ein paar Stunden auf der *MS Atlantis* angekommen war, hatte er schon alles vorbereitet. Jetzt konnte nichts mehr schiefgehen.

77

Vikar Kunen trug das Kreuz, als sei es eine schwere Bürde. Dabei war es nur sechzig Zentimeter lang, gut dreißig Zentimeter breit und natürlich nicht aus purem Gold. So reich war die Kirche nun auch wieder nicht. Zumal es ihr gar nicht gehörte, sondern ihm, ihm ganz alleine.

Das Kreuz war mit einer millimeterdünnen Blattgoldschicht verkleidet, unter der sich ein Bleimantel verbarg. Blei fühlte sich für den Laien ähnlich schwer an wie Gold, und es war für Röntgenstrahlen kaum zu durchdringen. Trotzdem wog das Kreuz nicht so viel, dass es für Kunen hätte eine Bürde sein können, zumindest nicht für einen durchtrainierten Mann wie ihn. Der kleine Koffer, der es umgab, war auch nicht von Belang.

Nein, es war die Macht, die von dem Kreuz ausging. Die Macht, an der er so schwer trug. Diese unheimliche Kraft, die er nur zu gut kannte. Von der er geglaubt hatte, er würde ihr nie wieder verfallen, damals, als er die Fremdenlegion verlassen hatte. Aber jetzt spürte er sie wieder, er spürte sie ganz deutlich: die Macht, einen Menschen zu töten.

Kunen nahm den Koffer, verließ seine Kabine und ging zur Treppe. Am Heck des Schiffes stieg er hinauf zum Oberdeck. Die Sonne hatte den Kampf mit der Dunkelheit schon verloren. In der Ferne schimmerten die letzten Lichter von Tunis. Das Heck lag etwas höher als das Sonnendeck im mittleren Teil des Schiffes. Der unbestreitbare Vorteil dieses Platzes war der riesige Schornstein, der unablässig schwarze

Dieselwolken in die Luft schoss. Nicht dass ihm dies behagte, nein, es missfiel ihm genauso wie den meisten Gästen. Und deshalb war das Heck ausgestorben wie ein Frühstücksbüfett nach dem Einfall einer Horde Touristen. Außerdem war man hinter dem dicken Schlot perfekt geschützt vor den Blicken anderer, konnte sie selbst aber gut beobachten. Erst recht wenn man sich wie Kunen darin verstand, nicht gesehen zu werden.

Bei seinen Besuchen auf dem Oberdeck hatte er es sich zur Gewohnheit gemacht, ein kleines Fernglas mitzunehmen. Das war nicht einmal auffällig, denn tagsüber gab es viele Passagiere, die eines trugen. Was immer sie damit beobachteten, die Vögel, das Land oder ihre Ehegatten im Gespräch mit irgendwelchen Deckschönheiten. Und er beobachtete einen Wissenschaftler, natürlich nur, falls niemand zusah.

Er war sich sicher, dass Wismut ihn noch nicht entdeckt hatte. Denn natürlich hatte Kunen das Foto, das noch auf der Landungsbrücke von ihm geschossen worden war, an der Stellwand gefunden, es sofort entfernt und gekauft.

Der Vikar dachte an die letzte Nacht zurück. Der Professor war an Deck gekommen, ein paar Schritte gegangen und hatte sich dann an die Reling gelehnt. Er hatte dort bewegungslos gestanden, versunken in den Anblick des Meeres und der unendlichen Weite. Wismut war eine halbe Stunde an Deck geblieben, hatte sich dann plötzlich umgedreht und war wieder in der Dunkelheit verschwunden. Diese halbe Stunde hatte Kunen ausgereicht, um zu erkennen, dass der Professor die Freiheit und das Meer so sehr liebte, dass er wiederkommen würde.

Heute Nacht.

Doch dieses Mal würde er nicht so einfach wieder verschwinden.

78

Wir haben keine Ahnung, wie die Dinge funktionieren, die uns umgeben. Trotzdem benutzen wir sie. Wir denken, wir wären Meister der Technik, weil wir Geräte bedienen können, die wir gar nicht verstehen. Dabei sind wir nichts anderes als Zauberlehrlinge!

Pandera war kein Technikfeind, ganz im Gegenteil. Aber er liebte es, den Dingen auf den Grund zu gehen. Auch er war nur ein Zauberlehrling, aber wenigstens einer, der wusste, wie man den Zauberstab zu halten hatte. Er nahm den Scheckkartenleser zum Lesen und Beschreiben von Zugangsausweisen und schloss ihn an seinen Laptop an. Den Leser hatte er immer in seinem Gepäck. Es dauerte nur zwei Minuten, dann sah er die Datenstruktur des Bordausweises auf seinem Bildschirm.

Auch wenn er kein Hacker war, in seiner Zeit im Dezernat für Wirtschaftskriminalität in Frankfurt hatte er einiges gelernt. Im Prinzip konnte jeder eine Zugangskarte knacken, wenn er über die richtige Software und einen Kartenleser verfügte. Die Sicherheitsvorkehrungen auf solchen RFID-Karten waren so effektiv wie eine Tresortür aus Papier. Wenn sie überhaupt vorhanden waren, denn häufig lagen die Daten ungeschützt in ihrem digitalen Bettchen, und jeder der kam, konnte sie wecken, ob es nun Rotkäppchen war oder der böse Wolf.

Das war auch hier der Fall. Die Daten auf dem RFID-Chip des Bordausweises waren nicht verschlüsselt. Es war erschreckend, wie naiv der Umgang mit dieser Technik immer noch war. Doch hier und heute war nicht der Ort und Zeitpunkt, sich darüber zu beklagen. Nein, ganz im Gegenteil.

Besaß man nämlich zwei unterschiedliche Bordausweise, konnte man mit der richtigen Software die Datenbereiche vergleichen und eine Masterkarte bauen, die Zugriff auf alle Kabinen des Schiffes bot.

Deswegen hatte er den Bordausweis am Pool mitgehen lassen. Die Amerikanerin würde an der Rezeption einen neuen bekommen. Und sein eigener Ausweis war der zweite, den er zum Abgleich der Daten brauchte. Eine halbe Stunde später hatte Pandera die Ausweise umprogrammiert. Nun besaß er Zugangsberechtigung für das gesamte Schiff. Sogar die Kabine des Kapitäns hätte er damit betreten können, doch der interessierte ihn nicht, das war eh nur ein besserer Busfahrer im weißen Anzug.

Noch eine halbe Stunde später hatte er Arnold überzeugt, seine Kollegen nach Simon Kunens Zimmernummer zu fragen. Arnold war so erfreut gewesen, den Kommissar wiederzusehen, dass er sich ohne Zögern darauf eingelassen hatte. Das einzige Problem war, dass der Steward warten musste, bis die Passagiere zu Bett gegangen waren, denn erst dann trafen sich die Bediensteten in ihrem Aufenthaltsraum tief unten im Schiff, um nach dem langen Arbeitstag ein wenig zu entspannen.

Gegen ein Uhr in der Nacht kam Arnold zurück und brachte Pandera einen Whisky Sour. Unter dem Glas lag ein Zettel.

Der Kommissar sah ihn erwartungsvoll an. »Haben Sie es geschafft?«

Arnold strahlte Pandera an und sprudelte los. *»In einer Kabine ist junges, lustiges Paar, das will heirate, aber beide*

Eltern dagege«, habe er zu den anderen gesagt. »*Sie wille heirate spontan auf Schiff, aber sie katholisch und sie mich gefragt, ob Priester an Bord. Weiß einer, ob Priester da? – Bei mir einer, der hat Priestergewand in Schrank*, sagt Kollege. *Aber sieht nicht aus wie ein Priester, mehr wie Schwarzenegger ohne Haare. Kann sein, diese Priester habe komische Bart um Mund?*, frage ich und Kollege habe genickt. – *Und wie heiße?*, ich frage. *Dann ich kann bitte, zu traue Paar.*«

»Und was hat er gesagt?«, fragte Pandera.

»Das Antwort.« Arnold zeigte auf den Zettel.

Pandera nahm ihn. *Soliere, Zimmer 434* stand darauf.

Soliere. Ist das nicht der Name, den Tamara mir genannt hat?

Pandera bedankte sich und wollte Arnold ein Trinkgeld geben.

»Reise immer noch nicht zu Ende«, sagte Arnold und lehnte ab.

Pandera lächelte. »Stimmt, vielleicht brauche ich dich noch einmal.« Er nippte an dem Whisky Sour. Der Drink schmeckte verdammt gut, aber Pandera wollte lieber nüchtern bleiben. Denn jetzt konnte es endlich losgehen.

79

Der Wind peitschte über die See, als sei er auf der Jagd. Wem hetzte er hinterher? Der schon lange untergegangenen Sonne? Oder den Menschen, den Feinden der Natur?

Der Mensch war für die Natur zu mächtig geworden, er hatte Schiffe gebaut, die selbst im stärksten Sturm nicht mehr untergingen. Die *MS Atlantis* war ein solches Schiff, groß, wuchtig und unsinkbar, sofern man das nach der Titanic noch von einem Schiff behaupten konnte. Außerdem war das Mittelmeer nun mal kein Ozean mit Eisbergen, sondern eher ein Tümpel, selbst wenn die Seefahrer es früher zu den sieben Weltmeeren gezählt hatten. Aber das war schon lange Geschichte.

Genau das war es, was den Mittelmeerraum heute noch auszeichnete: seine Vergangenheit. Die große Herrscher, große Kulturen und große Religionen hervorgebracht hatte. Simon Kunen spürte, dass es nicht der Zufall gewesen war, der ihn hierhergeführt hatte.

Er klappte das Revers seines Jacketts hoch. Es war eine kalte, eine stürmische Nacht. Eine, in der man außer dem Pfeifen des Windes und dem Schlagen der Wellen nicht viel hören konnte. Genau wie gestern stand er auf dem Oberdeck. Doch gestern war heute schon Geschichte. Er korrigierte sich. Es war Vergangenheit. Geschichte würde das werden, was er heute Nacht tun würde.

Schon seit zwei Stunden wartete der Vikar am Heck des Schiffes. Er fragte sich, ob der Professor heute wirklich kommen würde, schließlich gab es gemütlichere Orte auf dem Schiff. Andererseits hatte Wismut wie jemand gewirkt, der das Deck nicht deshalb aufsuchte, weil es ihm gefiel, sondern weil er es musste. Weil ihn etwas bedrückte. Weil er eine Bürde zu tragen hatte. Wenigstens das hatte er mit ihm, Kunen, gemeinsam.

Der Vikar blickte nach oben. Der dunkle Rauch des Schornsteins vermischte sich mit den dichten Wolken der stürmischen Nacht. Kein Stern war zu erkennen, kein Licht deutete darauf hin, dass über den Wolken noch jemand lebte. Doch natürlich herrschte *Er* dort und schaute auf die Erde und ihre Bewohner herunter. Und *Er* schaute auf ihn.

Der Priester ließ seinen Blick wieder nach unten gleiten und erschrak. Auf dem mittleren Teil des Sonnendecks stand eine Person. Gut hundert Meter entfernt, in der Nähe der Treppen. Der Wind blies so laut, dass er ihn nicht hatte kommen hören. Der Vikar nahm sein Fernglas und betrachtete den Mann. Kein Zweifel, es war Franz Wismut, der Professor.

Den Blick auf Wismut gerichtet, öffnete Kunen lautlos seinen Koffer und nahm das goldene Kreuz heraus. Den Koffer versteckte er unter einem der Liegestühle, die wegen des Sturms angekettet waren.

Mit flinken Händen löste Kunen zwei Schrauben am linken Querbalken des Kreuzes und drückte diesen kräftig gegen den Längsbalken. Schon nach wenigen Millimetern löste sich die Arretierung des Querbalkens. An dessen Stelle blieb ein kleines goldenes Visier zurück. Kunen ertastete die beiden schmalen Vertiefungen an der Unterseite des Längsbalkens und steckte den abgenommenen Querbalken dort so schräg ein, dass es wie das Magazin einer Kalaschnikow vor dem verbliebenen rechten Querbalken ruhte. Daran löste er noch eine Schraube und zog den Abzug heraus. In weniger als einer Minute hatte er das goldene Kreuz in ein Maschinengewehr verwandelt.

Natürlich hätte es auch eine normale Pistole getan, sie wäre wahrscheinlich sogar besser zu bedienen gewesen. Wer brauchte schon dreihundert Schuss in der Minute? Nur Anfänger. Er konnte zielen. Zwei Kugeln würden reichen.

Aber eine normale Pistole hätte er weder ins Flugzeug noch an Bord bringen können. So war seine Wahl auf das Maschinengewehr Gottes gefallen. Er musste grinsen. *Das Maschinengewehr Gottes.* So hatte man früher den deutschen Jesuitenpater Johannes Leppich genannt. Dass es so etwas wirklich gab und nicht nur im übertragenen Sinne, dafür reichte die Fantasie der meisten nicht aus. Zumindest nicht die der Sicherheitskräfte. Und das war gut so. Er blickte auf Wismut. Der Professor stand immer noch an der Reling und betrachtete den Nachthimmel.

Kunen entsicherte das Gewehr, strich an dem Schornstein vorbei und hastete lautlos die paar Stufen zum Sonnendeck hinunter. Von nun an war er ungeschützt. Wenn der Mann sich umdrehte, war alles verloren. Der Sturm brauste so stark, das Kunen nicht einmal seine eigenen Schritte hören konnte. Aber auch bei Totenstille wäre das schwer genug gewesen, denn er hatte einiges gelernt bei der Legion. Dazu zählte das lautlose Anschleichen. Aber nicht nur das.

Kunen bewegte sich schnell, zwanzig, dreißig Meter in ein paar Sekunden. Dann verlangsamte er sein Tempo und duckte sich. Wismut hatte sich bewegt. Der Mann stand nun nicht mehr vorgebeugt an der Reling, sondern aufrecht. Er sah aus, als spüre er etwas. Der Vikar hielt inne, bald bemerkte er, was Wismut irritiert hatte. Erst ein, dann zwei und dann wieder ein paar Tropfen. Es begann zu regnen.

Jetzt kam es auf jede Sekunde an. Der Professor schaute hinauf zum Himmel, danach auf seine Uhr und schließlich wieder auf das dunkle Meer. Er schien noch nicht gehen zu wollen. Der Vikar schlich weiter, durch den immer stärker werdenden Regen.

Nur noch zehn Meter.

Wenige Sekunden später stand sein Feind direkt vor ihm.

Wismut drehte sich erschrocken um. Doch da richtete Kunen schon die Waffe auf ihn.

80

Alex Pandera war kein Freund von Waffen, trotzdem beruhigte es ihn, dass sein Jackett momentan an der richtigen Stelle ausgebeult war. Schließlich wollte er nachts allein in ein fremdes Zimmer eindringen. Theoretisch hatte er nichts zu befürchten, denn außer den Sicherheitskräften durfte niemand auf dem Schiff bewaffnet sein. Doch ebenso theoretisch waren hier alle in Urlaub.

Die Kollegen der italienischen Polizei hatten ihm nach dem Verlust seiner Dienstwaffe eine Beretta überlassen. Und da er sich als Polizist ausweisen konnte, hatte das Sicherheitspersonal des Schiffes ihm erlaubt, die Pistole an Bord zu bringen.

Pandera fragte sich, was Simon Kunen sagen würde, wenn er mitten in der Nacht mit vorgehaltener Waffe an dessen Kabinentür klopfte. Oder wenn er sich nicht mit Anklopfen aufhielt, sondern die Tür einfach öffnete. Wäre es nicht besser, tagsüber in die Kabine zu schleichen? Wenn er Kunen überwacht hatte und sichergehen konnte, dass dieser nicht da war? Oder setzte er auf den Überraschungseffekt und hoffte, Kunen würde ihm freiwillig erzählen, was er hier tat? War das nicht viel zu naiv?

Aber egal, wie er es anstellte: Es musste etwas geschehen. Und es würde etwas geschehen, mit oder ohne sein Zutun. Deswegen musste er handeln. Jetzt!

Pandera schlich durch den Kabinengang. Wie ausgestorben lag er vor ihm, nur der Wind blies sein entferntes Lied. Theater, Disco, Bar und selbst das Casino hatten geschlossen.

Alle schienen zu schlafen. So luxuriös das Schiff von außen auch aussah, so einladend manche Räume auch waren, in den schmalen Gängen, die zu den Kabinen führten, wirkte es doch nur wie eine Massenabsteige.

Pandera kam an einem Übersichtsplan vorbei und suchte Kabine 434. Sie befand sich ganz in der Nähe. Mit schnellen Schritten ging er dorthin und horchte an der Tür. Neben dem gedämpften Pfeifen des Windes war nur das Brummen der Klimaanlage zu hören. Entweder Kunen schlief oder er war unterwegs. Pandera führte die gefälschte Bordkarte in den Leser an der Kabinentür. Das Gerät klickte, ein grünes Licht leuchtete auf. *Vamos!*

Der Kommissar drehte den Knauf, öffnete vorsichtig die Tür und blickte in die Kabine. Sie lag im Dunkeln. Kein Atmen war zu hören, nur das dumpfe Rauschen des Meeres mischte sich in das Pfeifen des Windes und das Brummen der Klimaanlage. Pandera huschte in die Kabine und schloss die Tür hinter sich. Während er den Lichtschalter suchte, blitzten in seiner Erinnerung Bilder auf. Bilder von Toten, die blutüberströmt auf dem Bett lagen, von Männern, die sich selbst gerichtet hatten oder die Opfer eines Mörders geworden waren. War die Welt wirklich so grausam, wie die Boulevardzeitungen behaupteten? Oder kam sie einem nur so vor, wenn man bei der Polizei arbeitete?

Pandera ertastete den Lichtschalter, stellte sich auf das Schlimmste ein und sah – nichts!

Ein leeres, unberührtes Bett, einen zugezogenen Vorhang vor dem Bullauge, ein halb offener Kleiderschrank. Er öffnete die Tür zum Bad. Wo steckte der Kerl? Bei jedem anderen hätte er ein amouröses Abenteuer vermutet, aber nicht bei Vikar Simon Kunen, dem Krieger des Glaubens.

Wenn der Vikar nicht hier war, wo war er dann? Alle öffentlichen Räume des Schiffes waren geschlossen. Neben dem Kabinentrakt waren nur noch die oberen Decks zugänglich, doch bei diesem Sturm würde sich dort niemand freiwillig aufhalten.

Pandera blickte sich um. Es war eine einfache Außenkabine. *Wenigstens ist das Reisebudget des Bistums nicht größer als meins*, dachte er, doch nicht einmal die Andeutung eines Lächelns huschte über sein Gesicht. Der Kommissar zog Einweghandschuhe an und öffnete die Nachttischschublade. Nur eine Bibel lag darin. Die gehörte bestimmt nicht dem Vikar, so unbenutzt, wie sie aussah. Dann nahm er sich den Kleiderschrank vor, sah Kunens Priestergewand, durchsuchte jede Tasche und jedes Stückchen Stoff, doch er fand keinen Hinweis darauf, was der Vikar plante.

Bevor Pandera die Kabine wieder verließ, zog er den Vorhang vor dem Bullauge zurück und löschte das Licht. Über die Treppe hastete er zum Oberdeck. Vor der Glastür nach draußen blieb er stehen. Es regnete in Strömen, und es wehte ein heftiger Wind. Pandera zögerte. Ja, er musste da raus. Er brauchte die Gewissheit, alles getan zu haben. Also öffnete er die Tür und trat hinaus in die kalte Nacht.

Der Sturm heulte wie hundert Wölfe. Pandera zog den Kopf ein und rannte über das Deck. Schon nach wenigen Augenblicken war er nass bis auf die Haut. Das Deck war wie ausgestorben. Und keine Spur von Kunen.

Da, der Schornstein am Heck, dort hatte er noch nicht nachgesehen. Es wäre ein gutes Versteck. Geduckt lief er dorthin und schlich um den massigen Turm.

Nichts.

Er wollte sich schon wieder auf den Weg zurück machen, als er einen kleinen Koffer unter einem der angeketteten Liegestühle entdeckte.

81

»Wie haben Sie es gemacht?«, zischte Kunen und richtete das geladene Kreuz auf den Wissenschaftler. »Wie haben Sie der Welt vorspielen können, Sie hätten den Heiland geklont?«

»Ich … ich habe es nicht vorgespielt … Ich habe ihn wirklich geklont«, stammelte Wismut.

»Unsinn!« Kunen trieb den Professor durch den Gang vor sich her. »Wo ist Ihre Kabine?«

Wismut antwortete nicht.

Der Vikar packte ihn an der Schulter und riss ihn herum. »Wo ist Ihre Kabine?«

»Sie sind nicht einmal fähig, die Nähe unseres Jesus zu spüren …«

»Ihr Jesus ist nicht echt!« Kunen ließ eine Hand in die Jacketttasche des Professors gleiten und zog den Bordausweis heraus. »Es steht zwar keine Kabinennummer drauf, aber Sie reisen sicher nicht auf den billigen Plätzen.«

Wismut reagierte nicht.

Kunen stieß Wismut weiter vor sich her bis zum Kabinentrakt von Deck 10, dem Luxusdeck der *MS Atlantis*. »Ich wette, Sie haben eine Suite mit schönem Balkon und unverbaubarem Meerblick.« Kunen bemerkte, wie Wismut sich immer stärker wehrte. *Dann sind wir hier wohl richtig.* Er nahm den Bordausweis und schob ihn an der ersten Kabine in den Leser. Eine rote Lampe leuchtete auf. Kunen trieb den Professor weiter.

»Das kann vielleicht ein bisschen dauern«, flüsterte der Vikar. »Also, erzählen Sie, wie Sie es angestellt haben.«

»Ich habe mir Proben der beiden Grabtücher besorgt, daraus die DNA extrahiert und Jesus geklont.«

»Das klingt wie auswendig gelernt«, antwortete Kunen. »Und wahrscheinlich ist es das auch. Was haben Sie wirklich getan?«

»Es ist so, wie ich gesagt habe«, erwiderte der Professor. »Und wenn Sie mit Roland Obrist gesprochen hätten, wüssten Sie, dass er herausgefunden hatte, dass ich Proben der Grabtücher von Plattner gekauft habe.«

»Das weiß ich«, antwortete Kunen. »Aber ich weiß auch, dass Sie mit den Proben nichts anfangen konnten.«

»Und wie erklären Sie dann den Jesusklon?«

»Roland Obrist war überzeugt, Sie würden den größten Betrug des Jahrhunderts planen.«

»Ich glaube nicht, dass Sie mit Obrist gesprochen haben«, sagte Wismut, doch seine Stimme wurde immer brüchiger. »Er war doch schon lange nicht mehr Mitglied in Ihrem Orden. Er ist im Streit gegangen.«

»Das war nur Tarnung«, erklärte der Vikar. »Niemand sollte wissen, dass er im Auftrag der Kirche arbeitete. Ich habe ihm sogar seinen Siegelring abgenommen. Das entspricht zwar nicht den Regeln des Ordens, und er hat sich dagegen gewehrt, aber genau deswegen war seine Tarnung ja auch perfekt.«

»Sie ... Sie wollen den Jungen töten.«

»Was Sie nicht sagen«, antwortete der Vikar und blickte zornig auf das rote Licht des Lesers.

»Sie können den Jesusklon nicht töten!« Wismut drehte sich um. »Er wird auferstehen! Sie können nicht ändern, was geschehen ist! Selbst wenn er tot ist – seine Gene werden überleben!«

Kunen blickte den Professor mit finsteren Augen an und stieß ihn vorwärts. »Los, weiter«, zischte er.

»Wenn Sie mit Obrist gesprochen haben, wissen Sie auch, dass noch andere Proben der Grabtücher kaufen wollten«, sagte Wismut. »Selbst wenn Sie mich und den kleinen Jesus umbringen, wird ein anderer Jesus klonen.«

»Komisch, was Sie alles von Bruder Obrist wissen«, sagte Kunen. »Man könnte meinen, Sie wären die besten Freunde gewesen. Aber mir ist zufällig bekannt, wovon Sie reden. Von den Hütern des letzten Sakraments.« Kunen lachte. »Die ominöse Gruppe namens *Sacramentum*.«

»Das war der Name«, sagte Wismut.

»Ich war *Sacramentum*«, antwortete Kunen. »Niemand wusste davon. Ich musste schließlich sichergehen, dass kein Labor Proben verkauft, also habe ich so getan, als wolle ich welche kaufen und mich so von der Aufrichtigkeit der Laborleiter überzeugt. Nur Plattner wollte verkaufen, woraufhin ich Obrist einen Tipp gab und er herausfand, dass Plattner schon einen Teil der Probe verkauft hatte. An Sie.«

Wismut blickte zu Boden und biss sich auf die Lippe.

»Warum sind Sie gegen den neuen Jesus? Ist er nicht auch eine Chance für Ihre Religion? Ein neuer Heiland, der den Glauben wiederbeleben kann? Haben die Menschen nicht zweitausend Jahre lang darauf gewartet, dass er wieder zurückkommt auf die Erde? Und jetzt wollen Sie ihn umbringen?«

»Das ist kein neuer Heiland! Das ist nicht einmal eine billige Kopie! Sie wollen die Menschheit nur glauben machen, er sei der neue Jesus!« Der Vikar führte den Bordausweis in einen Türleser ein, wieder ohne Erfolg. »Sie sind ein gottloser Verräter! Sie spielen mit dem Glauben der Menschen, Sie zerstören ihre Hoffnungen! Sie zerstören ihre Träume und ihre Seele!«

»Das Gute trägt nicht automatisch ein Kreuz«, entgegnete Wismut. »Sie sind das beste Beispiel dafür.«

»Und das Böse trägt schon lange keine Teufelshörner mehr, sondern den Mantel der Wissenschaft«, konterte der Vikar. »Ihr versucht, die Welt und das Universum zu erklären, doch ihr wisst nicht einmal, wie Leben entsteht.«

»Ich habe Leben erschaffen!«

»Sie haben kein Leben erschaffen, Sie haben es nur missbraucht!«, entgegnete Kunen. »Sie sind nichts anderes als eine Hyäne, die sich an Gottes Schöpfung labt!«

Wismut blickte zu Boden. Er atmete nervös ein und aus. Der Vikar führte die Karte in das nächste Lesegerät. Wieder nichts. Lange konnte es nicht mehr dauern.

»Warum lügen Sie mich an?«, fragte Kunen. »Warum lügen Sie selbst noch in der Stunde Ihres Todes?«

Wismut schwieg.

Kunen versuchte es an der nächsten Tür. Es leuchtete grün. Kabine 1023.

Er war am Ziel.

82

Alex Pandera zog den Koffer unter dem Liegestuhl hervor und öffnete ihn. Die Regentropfen färbten das mit rotem Samt ausgeschlagene Innere so dunkel, dass es aussah, als wäre es mit Blut getränkt. In der Mitte befand sich eine Vertiefung in Form eines Kreuzes. *Er ist hier gewesen. Was will Kunen mitten in der Nacht bei diesem Sturm mit einem Kreuz? Wettergott spielen? Das hat wohl nicht geklappt.*

Der Kommissar untersuchte den Koffer nach einem Geheimfach, doch er fand nichts. Plötzlich sprang er auf, rannte zurück zum mittleren Teil des Oberdecks und lehnte sich über die Reling. Kaum blickte er nach unten, wurde ihm schwindelig. Das war definitiv zu hoch für ihn. Aber solange er das Gitter fest umklammert hielt, würde es irgendwie gehen.

Hastig zählte er die Fensterreihen der Kabinen und fand Deck 4. In der ganzen Reihe brannte kein einziges Licht. Kunen war noch nicht wieder zurück in seiner Kabine. Oder der Vikar hatte den Vorhang wieder vorgezogen. Aber warum hätte Kunen das tun sollen? Schließlich konnte ihn auf hoher See niemand beobachten.

Panderas Blick glitt am Schiff entlang. In keiner der Kabinen auf dieser Seite brannte Licht. Kein Wunder, es war drei Uhr nachts, und morgen wartete ein erlebnisreicher Tag in Algier auf die Urlauber. Der Kommissar lief auf die andere Seite des Schiffes und blickte auch dort über die Reling. Er zählte vier beleuchtete Kabinen. Drei auf den unteren Decks und eins auf Deck 9. Er wollte schon losrennen, als plötzlich noch ein Licht anging. Auf Deck 10, direkt über der hellen Kabine auf Deck 9. *Was für ein Zufall.* Pandera zählte die Kabinen ab und rannte los.

Außer Atem kam er an der Kabine auf Deck 10 an. Er strich sich das Wasser aus den Haaren, lehnte sich an die Tür und lauschte. Zwei gedämpfte Männerstimmen. Die eine klang wie Kunen. Pandera nahm seine Pistole in die eine Hand, die Bordkarte in die andere und steckte sie in den Leser. Das Licht sprang auf Grün. Er griff nach dem Türknauf, um ihn zu drehen, doch dieser bewegte sich nicht. Er versuchte es noch einmal, mit mehr Kraft, doch ohne Erfolg. Anscheinend verfügten die Suiten über eine Sperre, sodass man sie von innen abschließen konnte. Mierda!

Pandera horchte wieder an der Tür. Die beiden Männer unterhielten sich immer noch. Anscheinend war ihnen nichts aufgefallen.

Er ging eine Tür weiter und führte seine Bordkarte in den Leser ein. Das Licht sprang auf Grün, und er öffnete die Tür. Gott sei Dank, sie war nicht von innen verriegelt. Er hatte keine Ahnung, was er den Gästen in dem Raum erzählen sollte. Doch was war die Alternative? Warten, bis er einen Schuss hörte? Er knipste das Licht an und blickte auf ein leeres Bett. *Sind alle im Schiff auf einer verdammten Geheim-Party, und nur ich bin nicht eingeladen?*

Pandera steckte die Waffe weg, löschte das Licht wieder und öffnete die Tür zum Balkon. Sofort schoss ihm der Sturm den eisigen Regen ins Gesicht. Er schaute nach links, zur anderen Kabine. Zwischen den beiden Balkonen war eine metallene Trennwand als Abgrenzung angebracht. Sie reichte vom Boden bis zur Decke und von der Kabinenwand bis ans Geländer.

Pandera lehnte sich über das Geländer und versuchte, in die Kabine nebenan zu blicken. Auf deren Balkon standen zwei Stühle und ein Tisch. Da der Vorhang nicht zugezogen war, erspähte er auch einen kleinen Teil vom Inneren der Kabine. Erkennen konnte er eine Ecke des Bettes. Die Männer standen offensichtlich weiter hinten. Er beugte sich noch weiter vor, aber mehr konnte er dadurch nicht sehen.

Pandera wusste, es gab nur einen Weg. Er blickte in den Abgrund und fluchte. Vierzig Meter unter ihm toste das Meer. Er spürte, wie ihm die Knie weich wurden. *Was mache ich hier überhaupt? Ist Kunen wirklich in dieser Kabine? Und wer ist der andere? Der Professor? Und was soll ich tun, wenn ich es wirklich schaffe, den anderen Balkon zu erreichen? Ans Fenster klopfen und mit den beiden ein Schwätzchen halten?*

Egal, ich muss da rüber. Kunen geht über Leichen. Und Wismut auch.

Pandera atmete tief durch und kletterte auf das Geländer. Er klammerte sich mit beiden Händen an die nasskalte und glitschige Trennwand. Auch die abgerundete Handauflage des Geländers war rutschig. Pandera verfluchte die Ledersohlen seiner Schuhe, die ihm bei der Nässe kaum Halt boten. Der Wind blies, als gebe es kein Morgen. Doch er konnte jetzt nicht aufgeben. Zentimeter um Zentimeter kämpfte er sich vorwärts.

Als er genau zwischen beiden Kabinen stand, tödliche vierzig Meter über dem Meer, erfasste ihn eine heftige Böe. Sie zog so kräftig an seinem Körper, dass seine Hände am Metall der Trennwand entlangglitten.

Panik stieg in ihm auf.

Er verlor den Halt.

Er versuchte fester zuzugreifen, doch seine eiskalten Finger gehorchten ihm nicht mehr.

83

Roger Simovic fragte sich, ob er nicht doch ein bisschen zu viel getrunken hatte. Er war von einem Geräusch aus dem kleinen Lautsprecher neben seinem Kissen geweckt worden. Er hatte auf den Bildschirm seines Laptops geblickt und nichts gesehen, nur dichten Regen. Er hatte näher herangezoomt und immer noch nichts erkennen können. Hatte ihn doch nur der Sturm geweckt? Er hatte sich schon wieder hinlegen wollen, da war auf einmal das Licht in der Kabine über ihm angeschaltet worden.

Von da an saß er mit offenem Mund vor dem Laptop und tat nichts weiter, als dem Geschehen über ihm atemlos zuzuschauen. Nur ab und an bewegte er den kleinen Kamerakopf, um die Personen im Bild zu behalten. Er hatte einiges in diese Ausrüstung investiert. Als er noch ein Promireporter gewesen war, hatte sie ihm so manche Story gesichert. Eine kleine Videokamera, nur so groß wie ein Hemdknopf, montiert an einem flexiblen einarmigen Metallstativ. Das Objektiv war per Fernbedienung steuerbar, die Kamera verfügte über eine drahtlose Datenübertragung. Natürlich war sie wasserdicht. Kurz und gut, die klassische Spionageausrüstung in der Version für gut situierte Starreporter.

Er klopfte sich selbst auf die Schulter, weil es, wie so häufig, niemand sonst tat. Dabei war es so einfach gewesen, die Kamera am Boden des oberen Balkons zu montieren und so auszurichten, dass sie fast die ganze Kabine erfasste. Endlich waren die Jungs von dieser Detektei ihr Geld wert gewesen.

Sie hatten herausgefunden, wo Wismut sich versteckt hielt, und Simovic dessen Kabinennummer genannt. Schließlich hatte es ihn noch zwei Riesen und das Versprechen eines Kapitänsdinners gekostet, die Oma, welche die Kabine unter Wismut gemietet hatte, zu einem Tausch mit seiner nicht weniger luxuriösen Suite auf der anderen Seite des Schiffes zu überreden.

Der Reporter blickte noch immer gebannt auf den Monitor. Die Aufnahmen waren zwar etwas pixelig, aber wenn der Sturm nicht gerade einen Schwall Regen gegen die Kamera warf, konnte er alles erkennen. Es sollte ja auch kein Hollywood-Film werden. Im Gegenteil, es sollte so authentisch aussehen wie möglich. Und bei Gott, es war verdammt authentisch!

Die Bilder fesselten ihn, wie ihn zuvor noch nie etwas gefesselt hatte. Nicht einmal 9/11 hatte ihn so berührt, obwohl er die Berichterstattung damals achtundvierzig Stunden lang ohne Pause vor der Mattscheibe verfolgt hatte. 2001 war er noch zur Uni gegangen, doch schon zu jener Zeit war in seinem Innern eine Weiche umgestellt worden. Sein Lebenszug hatte sich zwar erst Jahre später in Bewegung gesetzt, aber er hatte ihn genau dahin geführt, wo er sich heute befand. Die Weiche hatte dafür gesorgt, dass er nach dem schnell verdienten Geld an der Wall Street einen neuen Weg eingeschlagen hatte. Trotz seiner Erfolge als Börsenmakler hatte etwas in ihm gebrodelt und ihn schließlich für den Reporterberuf Feuer und Flamme werden lassen.

So war er Journalist geworden, und in diesem Augenblick spürte er, was damals sein wahrer Beweggrund gewesen war: Er hatte diesen Nervenkitzel wieder spüren wollen. Diesen Adrenalinstoß, an den keine Droge der Welt auch nur annähernd herankam. Die Faszination, die Wahrheit zu verfolgen – und zwar live. Ohne Drehbuch, ohne Regisseur und ohne Ahnung, was als Nächstes kam. Natürlich war die Geschichte mit dem Jesusklon auch ein Höhepunkt, aber sie basierte bisher nur auf Aufzeichnungen. Sie war zwar perfekt, aber sie war nicht unmittelbar. Nicht direkt. Nicht live! Das hier war etwas ganz anderes.

84

Alex Pandera spürte, wie seine Füße auf dem glitschigen Geländer den Halt verloren. Seine Hände rutschten an der Kabinentrennwand entlang und suchten verzweifelt nach einem Halt. Panderas Finger glitten an die überstehende Kante der Trennwand.

Es war seine letzte Chance! Er packte alle Kraft in die Fingerspitzen, doch der Sturm zerrte an ihm wie an einem Blatt im Herbst.

Seine Finger krallten sich fest. Sie schmerzten, doch sie hielten ihn. Seine Füße fanden wieder Halt auf dem Geländer.

Pandera presste seinen Körper an die Trennwand und wollte verschnaufen, doch sein Blick fiel hinunter in das dunkle Meer. Magisch zog es ihn an. Er schloss die Augen, doch es half nichts, seine Knie zitterten. Er musste weiter. Stillstand bedeutete Tod.

Er schob seine Füße auf dem Geländer entlang, ganz langsam, immer näher zu der anderen Kabine. Es kam ihm vor wie eine Ewigkeit, bis er sich endlich an der Trennwand vorbeigeschoben hatte. Wieder erfasste ihn ein kräftiger Windstoß, doch da hatte Pandera schon seinen rechten Fuß auf den Balkon gestellt. Geduckt zog er seinen Körper nach, atmete noch einmal tief durch und blickte durch den dichten Regen in die Kabine.

Er erkannte die beiden Männer sofort. Vikar Simon Kunen, bewaffnet mit einem goldenen Ding, das aussah wie eine

Mischung aus Maschinengewehr und Kreuz. Und Professor Franz Wismut, die Hände erhoben. Hinter dem Professor stand ein kleines Reisebett aus rotem Plastik. Darin lag ein Kind. Nur der Kopf mit den schwarzen Haaren schaute unter der Bettdecke hervor. Auch wenn Pandera das Gesicht des Jungen nicht erkennen konnte, war er sicher: Das war er. Er, den alle suchten. Der Jesusklon.

Durch die geschlossene Balkontür konnte Pandera nichts hören, aber was er sah, sagte mehr als alle Worte. Wismut stand vor dem Kind, breitete die Arme aus, wie um das Kind zu schützen. Kunen bedrängte ihn, wollte einen Blick auf den Jungen werfen, doch der Professor ließ es nicht zu.

Dann ging alles viel zu schnell.

Der Vikar drückte ab. Pandera hörte einen Schuss. Das weiße Hemd des Wissenschaftlers färbte sich dunkelrot. Wismut hielt sich die Hände vor den Bauch, entsetzt starrte er Kunen an. Pandera wollte eingreifen und rüttelte mit einer Hand an der Balkontür, während er mit der anderen seine Waffe ziehen wollte. Doch die Tür war verschlossen.

Die beiden Männer sahen erschrocken zur Tür. Kunen richtete seine Waffe auf den Kommissar. Pandera ließ die Beretta im Schulterholster, er war zu spät gekommen.

Wismut erkannte seine Chance, warf sich auf Kunen und versuchte, ihm das Kreuz zu entreißen. Doch Kunen reagierte so schnell, wie es nur ein Soldat konnte. Er stieß den Wissenschaftler weg, hob das Maschinengewehr und drückte ab.

Wismut zuckte getroffen zusammen und ging neben dem Kinderbett in die Knie.

Jetzt war der Weg für Kunen frei. Aus mehreren Metern Entfernung zielte er auf das Kinderbett. Die Kugeln durchschlugen das Bettchen, als sei es aus Pappe. Der kleine Junge bewegte sich nicht.

Noch bevor Pandera reagieren konnte, richtete Kunen seine Waffe auf ihn. Pandera hob die Hände. Er sah, wie Wismut immer blasser wurde und schließlich neben dem Reisebettchen zu Boden sackte.

Simon Kunen kam mit erhobener Waffe auf Pandera zu.

85

Der Wind warf den eisigen Regen in immer neuen Wellen auf den Balkon. Alex Pandera starrte auf die Mündung des tödlichen Kreuzes, die auf ihn gerichtet war. Mit erhobenen Händen wich er immer weiter zurück, bis er das Geländer in seinem Rücken spürte. Vor wenigen Augenblicken hatte er mitansehen müssen, wie Simon Kunen zwei Menschen erschossen hatte. Was würde der Priester als Nächstes tun? Sicher nicht auf die Knie fallen und um Vergebung bitten.

Dieses Kreuz kam direkt aus der Hölle. Die Schüsse hatten gedämpft geklungen, es schien also einen Schalldämpfer zu haben. Pandera bezweifelte, dass irgendjemand anderes die Schüsse gehört hatte, zumal der tosende Sturm jedes Geräusch verschluckte wie ein kreischendes Ungeheuer. Er wusste, von diesem Balkon würde ihn niemand retten.

Ohne einen Blick auf den Professor oder den Jungen zu richten, kam Vikar Kunen auf ihn zu. Vor der Balkontür blieb er stehen. Der Blick des Priesters war kalt und entschlossen. Kunen öffnete die Tür mit der einen Hand und hielt mit der anderen die Waffe wie ein Profi, als habe er sein ganzes Leben nichts anderes gemacht. Pandera wusste, dass jeder Versuch, den Priester zu überwältigen, zwecklos wäre. Der Mann würde sofort abdrücken.

»Los, rein! Aber mit erhobenen Händen!«, schrie Kunen in den Wind hinein.

Pandera ging langsam auf die Kabine zu. Kaum hatte er sie betreten, stellte der Vikar sich hinter ihn und drückte ihm den Lauf der Waffe in den Rücken. »Habe ich mich gestern doch nicht geirrt«, flüsterte er.

»Warum haben Sie das getan?«, fragte Pandera.

»Einer muss unseren Glauben retten«, antwortete Kunen. »Mir blieb keine andere Wahl.«

Pandera hatte schon mehrere Mörder gesehen. Aber er hatte noch nie einem direkt nach der Tat in die Augen geblickt.

Es gab immer ein erstes Mal.

Und es gab immer auch ein letztes Mal.

Der Priester wirkte, als habe er eine Schutzhülle um sich errichtet, als sei er ein von unsichtbaren Mächten Getriebener, zu allem entschlossen.

»Sie können den Lauf der Zeit nicht aufhalten.« Pandera sah Kunen mit festem Blick an.

»Werfen Sie den Klon über Bord!«, befahl der Priester.

Pandera wollte widersprechen, doch als er in Kunens kalte Augen sah, verstand er, dass er besser tat, was der Vikar von ihm verlangte.

Er ging zu dem Kinderbettchen und beugte sich hinunter. Der Kopf des kleinen Jesus schaute immer noch unter der Decke hervor, doch die Augen blickten ins Nirgendwo.

Irgendetwas stimmte nicht.

»Los!«, rief Kunen. »Ins Meer mit ihm!«

Pandera zog dem Kind die Decke über den Kopf und nahm das Bettchen an den Trageschlaufen. Sein Blick fiel auf Wismut, der regungslos am Boden lag. In dessen Augen blitzte ein Funkeln auf. Lebte der Mann etwa noch?

»Was ist?«, rief Kunen und hob seine Waffe. Pandera nickte ihm zu, und trug das Bettchen auf den Balkon. Der Regen prasselte auf ihn herunter, als würde der Himmel weinen.

Pandera hob das Reisebett über das Geländer. Der Wind fegte die Bettdecke davon wie ein sterbendes Blatt. Jetzt gab es keinen Zweifel mehr. Pandera ließ los. Das Bettchen fiel hinab in die Tiefe.

»Niemand wird ihn finden! Es wird keine Klone mehr geben!«, rief Kunen und stürzte zur Brüstung. Er schob Pandera zur Seite und blickte hinunter, die Waffe noch immer auf den Kommissar gerichtet.

Das Plastikbettchen drehte sich im Wind und knallte an die Bordwand. Der kleine Körper fiel heraus und schlug auf das endlos scheinende Meer auf. Sofort schlossen sich die Wellen über ihm und zogen ihn in das schwarze Nichts. Das Bettchen plumpste hinterher und tanzte auf dem Wasser wie ein leeres Schlauchboot. Wenige Augenblicke später wurde es von einer Welle erfasst und versank in den Fluten.

Pandera spürte, dass eine Träne über sein nasses Gesicht lief. Aus den Augenwinkeln sah er, dass Kunen sich bekreuzigte. Immer noch hatte er die Waffe auf Panderas Oberkörper gerichtet.

Dann löste Kunen sich vom Geländer und ging ein paar Schritte rückwärts, bis er in der Balkontür stand. Pandera ahnte, was jetzt kommen würde. Er wandte den Blick vom Wasser ab und drehte sich um. Er wollte dem Mann ins Gesicht sehen.

Pandera hatte das Gefühl, als geschähe alles in Zeitlupe. Jeden Augenblick rechnete er mit dem tödlichen Schuss. Jede Sekunde erwartete er, dass die Kugeln ihn zerschmettern und ihn in das schwarze Meer schleudern würden. Reglos stand er da und wartete auf den Schuss. Doch er fiel nicht.

Noch nicht.

86

Roger Simovic war so gefesselt von den Bildern, dass er noch gar nicht verstand, was gerade geschehen war. Dass der Heiland, den er maßgeblich erschaffen hatte, in den Fluten untergegangen war. Dass er, Roger Simovic, von jetzt an nicht mehr als Ikone der neuen Christen verehrt werden würde. Dass er wieder ein stinknormaler Journalist sein würde und nicht mehr der große Starreporter.

Dann kam die Einsicht. Die Einsicht, dass alles verloren war. Die Story seines Lebens! Er wollte fluchen, er wollte schreien, doch irgendetwas hielt ihn zurück. Simovic konnte nichts anderes tun, als dem Geschehen mit offenem Mund zuzuschauen.

Plötzlich wurde ihm klar, dass er gar nichts verloren hatte.

Nein, im Gegenteil, er war frei!

Im Grunde hatte der Jesusklon ihn nie interessiert. Und die neuen Christen schon gar nicht. Sondern einzig und allein die Aussicht auf diese unglaubliche Story.

Was ihn so sehr in den Bann schlug, das würde auch das Publikum faszinieren. Diese Bilder waren mindestens so bedeutend wie die vom Kennedy-Attentat! Ach was, Kennedy war Dreck dagegen! Amerikanische Präsidenten kamen und gingen, spätestens alle acht Jahre. Aber auf einen neuen Jesus warteten die Christen schon fast zweitausend Jahre!

Und der Vatikan – was spielte er für eine Rolle in dieser Geschichte? Die des Teufels! Ja, der Vatikan hatte seine hässliche Fratze gezeigt, so wie er es seit der Inquisition nicht mehr getan hatte: ein mordender Priester mit einem goldenen Maschinengewehrkreuz! Einer, der Jesus ermordete!

Wenn er dieses Filmchen an den Papst schicken würde, hätte er für immer ausgesorgt. Wie viel wäre das Teil dem Heiligen Vater wohl wert? Oder anders gefragt, wie viel wäre ihm die weitere Existenz seiner Kirche wert? Eine Milliarde Dollar? Oder noch mehr? Simovic grinste. *Alles hat seinen Preis …*

Er stellte sich schon vor, wie sein Leben sich verändern würde, als ihm dämmerte, dass all das nur ein paar Meter von ihm entfernt geschah. Es war kein Fernsehen, auch wenn es so aussah. Es war echt, kein Reality-TV mit geschminkter Wirklichkeit. All das, was er auf seinem Laptop sah, passierte tatsächlich, jetzt, genau in diesem Moment. Zwei Menschen waren ermordet worden, nur eine Etage über ihm, direkt vor seiner Kamera. Und bald würde es einen dritten Toten geben, kein Zweifel. Was sollte er tun?

Könnte er es verhindern? Wollte er es überhaupt verhindern?

Simovic strich sich über sein gegeltes Haar. Bis er in der Rezeption angerufen hatte und die Sicherheitskräfte vor Ort waren, wäre es schon zu spät.

Und wenn er selbst eingreifen würde?

Nein, sich in Gefahr zu begeben war keine Option. Er hatte nichts zu tun mit diesem Kleinkrieg! Sobald er eingreifen würde, wäre seine Deckung dahin. Man würde ihm Fragen stellen, und er müsste seine Aufnahmen zeigen. Man würde den Film konfiszieren. Womöglich würde sich der Vatikan einmischen und eine Ausstrahlung verhindern. Und das, ohne zu zahlen!

Nein, er würde sich die Story seines Lebens nicht zerstören lassen.

Er war kein Polizist. Der da oben war einer! Was konnte er dafür, wenn der Kerl sich einmischte? Er war Reporter. Und er würde weiter draufhalten. Das war seine verdammte Pflicht. Das und nichts anderes!

87

Es regnete immer noch, als habe jemand alle Schleusen geöffnet. Alex Pandera stand auf dem Balkon der Kabine und blickte in den Lauf des Kreuzes. »Ich verstehe, dass Sie die beiden getötet haben«, sagte er unvermittelt.

Der Blick des Priesters löste sich aus seiner Versteinerung. »Das verstehen Sie?«

»Sie wollten die katholische Kirche schützen. Das kann ich nachvollziehen. Ich sage nicht, dass es richtig war, aber ich verstehe es.«

»Wer weiß schon, was richtig ist und was falsch?«, erwiderte Kunen.

»Ich dachte immer, Gott weiß es.«

»Gottes Wege sind unergründlich.« Der Vikar hob den Lauf seiner Waffe ein Stück höher. »Er hat mich hierhergeführt, und doch lässt er mich zweifeln.«

»Er lässt Sie zweifeln, weil ich kein Feind der Kirche bin«, sagte Pandera. »Ich bin nur ein Kommissar, der versucht, den Mord am Bruder des Bischofs aufzuklären.« Er ließ seine erhobenen Hände ein wenig sinken. »Wollen Sie mich wirklich töten, nur um sich selbst zu retten? Um der Strafe zu entgehen, die jeder Mörder zu tragen hat?«

Der Priester legte die Stirn in Falten. »Es ... es geht nicht ... um Sie und mich. Wenn die Öffentlichkeit erfährt, was hier geschehen ist, war alles umsonst!«

Kunens Worte trafen den Kommissar wie eine Kugel. Gemessen an seiner eigenen Logik, hatte der Priester recht. Er,

Pandera, würde nicht verschweigen, was er gesehen hatte. Für kein Geld und für kein Amt der Welt.

»Sie würden einen Unschuldigen töten, um die Kirche zu retten?«, fragte Pandera, obwohl er die Antwort längst wusste.

»Das habe ich schon getan«, entgegnete der Priester. »Doch das Kind wurde nur benutzt. Von Feinden, die ... die Kirche vernichten wollten ...« Er bekreuzigte sich. »Ich musste es tun.«

»Sie hätten das Kind auch am Leben lassen und es selbst erziehen können«, widersprach Pandera. »Sie hätten dessen Macht für den christlichen Glauben nutzen können. Sie haben den Jungen getötet, um den Papst zu retten! Der Glaube der Menschen bedeutet Ihnen nichts.«

Kunen strich sich über das Kinn. »Der Papst ist die Kirche, und die Kirche ist der Ort des Glaubens.« Es klang wie eine Floskel. Kunen zitterte leicht.

Pandera nahm seine Hände noch ein Stück herunter, sie waren jetzt fast auf der Höhe seines Brustkorbes. Nur ein Handgriff, und er konnte seine Waffe ziehen.

Er machte einen Schritt auf Kunen zu.

Plötzlich verhärtete sich das Gesicht des Priesters wieder, und er blickte Pandera mit der alten Entschlossenheit entgegen. »Zweifel sind Schwäche!«, rief er und nahm das Kreuz wieder fester in die Hand.

Sofort hielt Pandera die Hände wieder höher. Er hatte die Gelegenheit verpasst.

»Was geschehen ist, ist nun mal geschehen!«, rief Kunen in den Wind hinein. »Sie wollen mich vom rechten Weg abbringen! Doch was ich getan habe, war Gottes Wille!«

Pandera begriff, dass jedes weitere Wort überflüssig war. Es war das Ende. Er könnte den Priester anflehen, ihm sagen, er habe Frau und Kinder, doch es würde nichts ändern. Kunens Entscheidung war gefallen.

»Zurück an das Geländer!«, befahl der Vikar. »Wenn Sie ein letztes Mal beten wollen, jetzt wäre der richtige Zeitpunkt dafür.«

Pandera faltete die Hände. Doch ihm war nicht nach Beten zumute. Er dachte an seine Eltern, die viel zu früh gestorben waren.

Er dachte an Jackie, an Lara und Ben. Er dachte sogar an seine Schwiegereltern. Er würde sie alle vermissen. Er würde das Leben vermissen. Ja, er würde es sogar vermissen, neben Deckert im Drive-in zu sitzen, während der einen Hamburger nach dem anderen in sich hineinstopfte.

Pandera löste seine Hände und legte sie auf das Geländer.

Er war bereit.

88

Kunen traute dem Kommissar nicht, auch wenn es schien, als habe dieser aufgegeben. Der Mann stand reglos da und wartete auf den Schuss. Plötzlich blickte er hinunter auf den nassen Dielenboden.

Kunen folgte dem Blick. Da! Irgendetwas bewegte sich, direkt neben der Trennwand. Es funkelte. Kunen machte einen Schritt auf den Kommissar zu.

Und noch einen.

Dann traf ihn die Erkenntnis wie ein Schlag. Jemand hatte gefilmt, was hier passiert war.

Der Vikar war nur einen winzigen Augenblick lang unachtsam, doch der genügte. Zu spät sah er, wie der Kommissar in sein Jackett griff und eine Pistole zog. Dann fiel ein Schuss.

Kunen hob noch die Waffe, krümmte den Finger am Abzug, doch es war zu spät. Er sackte zur Seite. Das Maschinengewehr spuckte ein paar Schüsse aus, doch sie peitschten durch den Regen in die Dunkelheit. Kunen ließ die Waffe fallen und brach zusammen.

Er spürte, wie eine Hand sich unter seinen Kopf schob. Unter seinen flatternden Lidern sah er, dass der Kommissar sich zu ihm herunterbeugte.

»Ich wollte die Kirche retten«, flüsterte Kunen und schluckte. »Vergeben Sie mir?«

Pandera nickte.

»Ich vergebe Ihnen auch ...« Mit zitternden Fingern bekreuzigte er sich. Dann schloss er die Augen. Sein Kopf sackte zur Seite. Er war tot.

Alex Pandera hatte gehofft, nie einen Menschen töten zu müssen. Jetzt war es geschehen. Doch er hatte keine Zeit, darüber nachzudenken. Es war noch nicht vorbei!

Pandera blickte an den Rand des Balkonbodens. Was hatte dort gefunkelt? Was hatte Kunen irritiert?

Nur wenige Augenblicke später fand der Kommissar die knopflochgroße Kamera am Boden der Trennwand.

Ohne zu überlegen, trat er zu. Die Kamera zerplatzte unter seinen Schuhen wie eine Küchenschabe.

Sie hatte ihm zwar das Leben gerettet, aber sie hätte genauso gut auch seinen Tod filmen können. Sie war seelenlos. Und Pandera ahnte auch schon, wer dahintersteckte. Doch auch das war jetzt nicht wichtig.

Er stürmte zurück in die Kabine und beugte sich über Wismut. Die Haut des Wissenschaftlers fühlte sich kalt an. Er hatte die Augen geschlossen. Pandera nahm das Handgelenk und fühlte den Puls. Er war nur noch ganz schwach zu spüren.

Pandera legte die Hand auf die Stirn des Wissenschaftlers. »Professor Wismut?«

Er öffnete seine Augen. »Wo ist der Priester?«

»Er ist tot.«

Wismut seufzte. »Sie müssen …« Er hustete und spuckte Blut. »Retten Sie den Jungen! Er ist … der einzige … Unschuldige.«

89

Casablanca. Natürlich kannte Pandera den Film mit Humphrey Bogart und Ingrid Bergman. Er dachte an die Szenen in Rick's Café und am Flughafen.

Doch er wusste, dass der Film in einem Hollywood-Studio gedreht worden war, selbst die Außenaufnahmen stammen aus Los Angeles. Und doch stellten sich auch heute noch viele die größte Stadt Marokkos so vor, wie der berühmte Film sie zeigte. Inzwischen gibt es sogar ein *Rick's Café* in der Stadt. Wahrscheinlich hatten die Einwohner keine Lust mehr, den Touristen zu erklären, dass es dieses Café nie gegeben hatte.

Alex Pandera war noch nie in Casablanca gewesen. In einer Stunde würden sie dort anlegen. Er freute sich darauf, zumal er gestern den ganzen Tag von der algerischen Polizei verhört worden war. Er hatte ihnen das gesagt, was jeder wusste.

Oder zu wissen glaubte.

Ein paar Dinge hatte er für sich behalten. Dass Professor Wismut in seinen Armen gestorben war und ihm alles erzählt hatte. Den Jungen hatte Pandera in der Kabine nebenan gefunden, genau wie Wismut gesagt hatte. Der Kleine war im Bad gewesen, verängstigt, aber unversehrt. Der Vikar war in seinem Wahn so verblendet gewesen, dass er nicht gesehen hatte, dass in dem Bettchen nur eine Puppe lag. Wismut hatte den Vikar von dem Bettchen ferngehalten und sie so vor den Blicken des Geistlichen geschützt.

Kunen war in dem Glauben gestorben, der Jesusklon sei tot. *Doch glauben ist nicht wissen.*

Pandera hatte es begriffen, als der Wind die Bettdecke davongeweht hatte. Es war eine Puppe mit fast perfektem menschlichem Antlitz, aus zwei Metern nicht von einem echten Kind zu unterscheiden. Und doch nur eine Puppe. Genau wie der Klon. Nur eine Kopie, wenn auch nicht aus Fleisch und Blut.

Pandera schaltete den Bordfernseher an. Gleich würde die Sendung wiederholt, die dieser Simovic gestern vom Oberdeck der *Atlantis* aus gesendet hatte. Pandera erwartete nichts. Für ihn waren diese Revolverblattreporter alle gleich. Ob sie nun beim Fernsehen arbeiteten oder mit Papier und Druckerschwärze. Einer hatte sich gestern erdreistet zu schreiben, der Jesusklon hätte nicht in den Fluten sterben müssen. Wäre er echt gewesen, hätte er doch über das Wasser laufen können. Es war geschmacklos. Und falsch.

Denn der Junge lebte.

Die Sendung begann. Nach ein paar einleitenden Worten startete Simovic den Film, den er in der Nacht aufgenommen hatte. Pandera konnte kaum hinschauen, als man sah, wie Simon Kunen den Professor ermordete und wie der Jesusklon in den Fluten des Mittelmeers unterging. Und mit ihm die Hoffnung, dass sich etwas ändern könnte.

Anschließend hielt Simovic einen Monolog, der wirkte, als würde er für die Anzahl der Worte bezahlt. Und für seine Polemik. Es war eine einzige Anklage gegen die katholische Kirche.

Pandera war schon drauf und dran abzuschalten, als der Reporter plötzlich behauptete, Vikar Kunen habe auch Roland Obrist und Walter Leuenberger ermordet. Selbst Bischof Johann Obrist, den Reporter in Basel vor die Kamera gezerrt hatten, unterstützte diese Theorie. Mit Tränen in den Augen distanzierte Obrist sich von seinem Stellvertreter und erzählte, wie er die Polizei über Kunen informiert habe. Der Vikar sei ein Fehlgeleiteter, der dem Teufel anheimgefallen sei.

Pandera wunderte sich, das jetzt schon Reporter und Bischöfe glaubten, Mordfälle aufklären zu können. Doch als Kriminalpolizeichef Edeling in Basel vor die Kamera trat, verwandelte sich sein Erstaunen in Entsetzen.

Edeling verkündete, dass man die Ermittlungen zu den beiden Mordfällen in der Schweiz als abgeschlossen betrachten könne. Im Übrigen arbeite man mit dem Basler Bistum in dieser Sache vertrauensvoll zusammen. Alle Fakten sprächen dafür, dass Vikar Kunen ein Einzeltäter gewesen sei. Kunen sei der Mörder von Roland Obrist und Walter Leuenberger. Edeling vergaß auch nicht zu erwähnen, dass sein Mitarbeiter, Kommissar Alex Pandera, vor Ort alles aufgeklärt und den Mörder zur Strecke gebracht habe.

Hättest besser mal mit mir gesprochen, dachte Pandera. Doch dann grinste er.

Als Simovic ihn dann noch zum Helden des Tages kürte und Pandera sein eigenes Gesicht im Bordfernseher sah, schaltete er ab.

Das war jetzt alles unwichtig. Der Mörder war tot, daran bestand kein Zweifel. Der Junge hingegen lebte, und er war, genau wie Wismut gesagt hatte, der einzige Unschuldige.

Außer Kabinensteward Arnold natürlich.

»Wir können los«, flüsterte dieser, kaum dass er an die Tür geklopft hatte.

Zu dritt gingen sie den Gang entlang, quer durch ein paar Mannschaftsräume und erreichten schließlich die Landungsbrücke für das Personal. Arnold nickte den beiden Wachhabenden zu. Sie ließen Pandera und den Jungen ohne Kontrolle passieren.

»Das hätte Arnold Schwarzenegger nicht besser gekonnt.« Pandera klopfte dem Steward auf die Schulter.

»Ich gerne helfe gute Mensche«, sagte Arnold und lächelte. »Die beide glaube, du seie Vater von der Kleine und hole Mutter nach Europa.«

Stimmt ja auch fast, nur umgekehrt, dachte Pandera und bedankte sich noch einmal bei Arnold. Er freute sich darauf, ihn heute Abend wiederzusehen.

Pandera ging am Quai entlang und setzte sich in ein Taxi. Als er die Adresse nannte, schaute der Taxifahrer ihn ungläubig an. Doch dann sah er den Jungen und verstand.

Casablanca wirkte genauso wie jede andere arabische Metropole: enge Straßen, auf denen zu viele Autos unterwegs waren, sodass sich immer wieder ein neuer Stau bildete. Das ganze Leben fand auf der Straße statt. Dagegen herrschte in Rom die reinste Ordnung. Doch eines hatte Casablanca selbst der Heiligen Stadt voraus: Hier stand das höchste religiöse Bauwerk der Erde, das Minarett der Hasan-II.-Moschee. Es dominierte die Stadt, wie es in Europa früher die Kirchen getan hatten.

Aber der Kommissar hatte für all das keine Augen. Er überlegte immer wieder, ob er das Richtige tat. Natürlich hätte er alles aufklären können, hätte sagen können, dass der Junge noch am Leben war. Doch was hätte es geändert? Kunen war tot, Wismut auch. Pandera bezweifelte, dass der Junge als Jesusklon glücklich werden würde. Das Kind würde ein Leben voller Verfolgungen und falscher Erwartungen führen müssen, immer in Angst vor einem Attentäter.

Denn es würde immer jemanden geben, der Jesus töten wollte.

Doch eines war noch wichtiger als all diese Argumente. Der Junge gehörte einfach nicht in diese Welt. Er war Teil einer anderen, einer fremden Kultur. Kommissar Pandera war gerade dabei, diese Kultur kennenzulernen. Sie gefiel ihm.

Das Taxi fuhr eine Stunde lang durch Casablanca, dann durch mehrere Vororte und schließlich durch eine karge Wüstenlandschaft. Endlich hielt es in einer staubigen Straße an. Nur ein paar gemauerte Häuser und drei Wellblechhütten erinnerten daran, dass er immer noch in der zivilisierten Welt war. Auf einer der Hütten prangte ein großes, selbst gemaltes Coca-Cola-Logo.

Davor stand ein älterer Mann, gekleidet wie ein Beduine.

Auf dem Kopf trug er eine grüne Filzkappe. Er winkte den Kommissar zu sich. Er hatte nur noch zwei Zähne, doch sein Lachen war so herzlich, dass Pandera sofort wusste, hier war er richtig. Der Alte sprach zwar nur gebrochen Französisch, aber Pandera verstand ihn auch so.

Als Pandera den kleinen Ismail, wie der Mann den Jungen nannte, aus dem Taxi holte, hätte er fast schwören können, dass er den aufgeregten Herzschlag des Alten hören konnte.

»Wenn mein Sohn hätte ihn so könne sehe«, sagte der Mann leise. »Aber er ist andere Weg gegange.«

In den Augen des Mannes blitzte Wehmut auf. Sie verrieten, dass er viele Tage und Nächte der Trauer durchlebt hatte. Doch schon im nächsten Augenblick strahlte der Alte wieder und nahm den Jungen auf den Arm.

Er drehte sich um und zeigte auf eine der Hütten. Eine junge Frau sah heraus, sie zupfte unsicher an den Ärmeln ihrer schwarzen Bluse herum. Doch sie lächelte.

»Sie seine Mutter«, sagte der Mann. »Sie sehr froh.«

Der Alte ließ den Jungen hinunter, und der rannte sofort zu der Hütte. »'umm«, rief er und lachte.

»Was heißt das?«, fragte Pandera den Alten.

»Ist Arabisch«, sagte dieser und zwinkerte.

Pandera verstand, es war nicht seine Welt.

Die Frau kam aus der Hütte, lief dem Jungen entgegen und umarmte ihn, wie es nur eine Mutter tut.

Pandera dankte dem Mann und winkte dem Jesusklon zum Abschied zu. Dann drehte er sich um und ging zu seinem Taxi.

Der kleine Ismail war endlich zu Hause.

90

»Zwei Salsaburger, einen Triple-Hamburger, einen Double-Stacker und einen Chicken-Crunchy.«

»Sonst noch etwas?«, flötete die junge Frau hinter der Kasse des Drive-in.

»Du hast den XXL-Chiefburger vergessen«, sagte Deckert und sah Pandera vorwurfsvoll an.

»Ich dachte, das ist nur der erste Gang?«

»Ich hab seit zwei Wochen nix Vernünftiges mehr zwischen die Kiemen bekommen«, beschwerte sich Deckert. »Während du auf dem Kreuzfahrtschiff Luxusmenüs gefuttert hast. Und endlich löst du mal deine Wette ein. Das ist also gerade mal der Gruß aus der Küche.«

»Du isst nichts?«, fragte Tamara und blickte auf Panderas Tablett, auf dem nur eine Cola stand.

Der Kommissar schüttelte den Kopf. »Meine Schwiegereltern kochen heute Abend mir zu Ehren ein Festessen.« Er grinste. »Die sind nämlich mächtig stolz, dass ihr Schwiegersohn Polizist ist. Ein Polizist, der im Alleingang die Jesusklon-Verschwörung aufgeklärt hat und ...«

»Im Alleingang?« Deckert prustete los. »Ohne meinen unermüdlichen Einsatz wäre das nie was geworden. Waren die im falschen Film?«

»Ja, das waren sie.« Pandera schmunzelte, während er daran dachte, wie überschwänglich er daheim begrüßt worden war. Seine Geschenke für die Daheimgebliebenen wären gar nicht notwendig gewesen. Aber es hatte trotzdem Spaß gemacht, ihre überraschten Gesichter zu sehen. »Aber sie sind nicht die Einzigen, die im falschen Film waren«, sagte er und überlegte, was er jetzt eigentlich erzählen wollte.

»Wie meinst du das?«, fragte Tamara, die immer noch an der offiziellen Erklärung zweifelte, dass Vikar Kunen für alle Morde verantwortlich war.

»Wenn Wismut noch gelebt hätte, als ich zu ihm kam, hätte er mir vielleicht eine andere Version der Geschichte erzählt als diejenige, die wir aus den Medien kennen.«

»Und wie sollte die lauten?«, fragte Deckert und biss in einen der mehrstöckigen Hamburger auf seinem Tablett.

»Als Erstes hätte Wismut mir erzählt, dass Roland Obrist ihm auf die Spur gekommen war und wusste, dass er die Proben gekauft hatte um Jesus daraus zu klonen.«

»Was ihm auch gelungen ist«, warf Tamara ein.

»Vermeintlich große Wissenschaftler sind manchmal einfach nur große Schwindler«, sagte Pandera. »Und Jesuiten sind eigentlich Agenten.«

Die beiden Kollegen sahen ihn verständnislos an. »Wie meinst du das?«, fragte Deckert mit vollem Mund.

»Roland Obrist hatte den Verdacht, dass Wismut mit falschen Karten spielt. Er verschaffte sich Zugang zu dessen Labor, stahl einige Unterlagen und ...«

»... wurde erwischt«, sagte Tamara.

»Sagen wir so, Wismut hat ihn enttarnt, folgte ihm in dessen Labor, nahm die gestohlenen Unterlagen wieder an sich und ermordete Obrist.«

»Und als er Angst hatte, das Leuenberger plappern würde, musste auch der sterben«, kombinierte Tamara.

»Genau, mithilfe einer Überdosis Kokain«, erklärte Pandera. »Nach unserem Besuch in Bern hatte Leuenberger Wismut angerufen und ihm davon erzählt. Wismut flog noch am selben Tag von Rom in die Schweiz, ermordete Leuenberger und flog am nächsten Morgen wieder nach Rom zurück.«

»So weit, so gut«, sagte Tamara. »Aber weswegen hat er die beiden überhaupt umgebracht? Das macht doch nur Sinn, wenn er vertuschen wollte, dass der Jesusklon nicht echt ist.«

»Bingo.« Pandera nickte. »Professor Wismut war ein Fanatiker. Er wollte die Kirche zerstören.«

»Und deswegen hat er einen Jesusklon geschaffen?«, fragte Deckert. »Das ist doch absurd!«

»Warum? Er wollte den Menschen zeigen, dass ihr Glaube nur auf Betrug beruht.«

»Das verstehe ich nicht«, sagte Deckert, nahm den nächsten Hamburger vom Tablett und biss hinein.

»Wismut wollte den alten Glauben vernichten und mit dem Jesusklon einen neuen schaffen. Sobald der neue Glaube sich durchgesetzt hatte, wollte er auch diesen zerstören.«

»Jetzt komme ich gar nicht mehr mit«, sagte Deckert. »Wie wollte er den denn zerstören?«

»Er wollte beweisen, dass er gar nicht Jesus geklont hat, sondern den Sohn eines islamischen Selbstmordattentäters«, fuhr Pandera fort. »Wenn der Jesusklon erst erwachsen war, sollte er seine Herkunft offenbaren. Er sollte den Gläubigen erzählen, dass es keinen Gott gibt und dass nur die Menschen selbst das Schicksal der Erde bestimmen.«

»Und dann hätten alle erkennen müssen, dass sie einem Betrug aufgesessen sind.« Tamara nickte. »Und sie würden gezwungen sein, ihren Glauben zu hinterfragen.«

»Moment, Moment«, warf Deckert ein. »Ich hab nie geglaubt, dass er Jesus wirklich geklont hat. So weit kann ich dir folgen. Aber ich habe ein paar Fragen. Erstens: Warum hat er die Proben der Grabtücher überhaupt gekauft, wenn er Jesus ohnehin nicht klonen wollte?«

»Weil ...«

»Ich bin noch nicht fertig. Zweitens, warum klont er dann ausgerechnet den Sohn eines Selbstmordattentäters? Und drittens: Wo bleibt dein Portemonnaie? Ich hab Hunger.«

Pandera zeigte auf das Tablett, auf dem noch ein Hamburger lag. »Was ist mit dem?«

»Der ist für den langen Weg zur Kasse.«

Deckert schnappte sich das Portemonnaie und ging zur Theke. Als er zurückkam, war das Tablett nur halb voll.

»Was ist los, ist dein Hunger nach Erkenntnis größer als nach Buletten?«, fragte Pandera.

»Quatsch«, antwortete Deckert. »Die sind überfordert und bringen den Rest noch. Also, ich bin ganz Ohr.«

»Wismut wollte ursprünglich tatsächlich Jesus klonen, er musste dann aber feststellen, dass es mit der DNA, die er auf den Tüchern fand, unmöglich war. Sie war zu alt, verunreinigt und unvollständig.«

»Und warum hat er dann ausgerechnet den Sohn eines Selbstmordattentäters geklont?«

»Die DNA auf den Tüchern ist zwar unvollständig, sie weist aber bestimmte Charakteristika auf. Wismut benötigte jemanden aus demselben Genpool, um behaupten zu können, dass er einen Klon daraus erschaffen habe.«

»Deshalb stammt der Junge aus dem Mittelmeerraum?«

»Genau. Auf diese Weise konnte Wismut zwar nicht beweisen, dass er Jesus geklont hatte, aber es kann ihm auch niemand das Gegenteil nachweisen.«

»So funktioniert Glauben.« Tamara lächelte. »Behaupte irgendetwas, das sich nicht widerlegen lässt, und du brauchst keine Beweise. Die Existenz Gottes wurde auch noch nie bewiesen. Die katholische Kirche ist über zweitausend Jahre durchgekommen mit dem Trick.«

»Ihr Agnostiker seht das vielleicht so«, widersprach Deckert. »Ich bin da anderer Meinung. Nur zum Spaß: Nehmen wir mal an, das stimmt alles. Wie hat er dann die Wissenschaftler überzeugt, dass er Jesus geklont hat?«

»Er hat den Wissenschaftlern eine DNA-Probe zur Verfügung gestellt, die er angeblich von den Grabtüchern entnommen hatte, und eine des geklonten Jesus. Die der Grabtücher hat er vorher mit der des ermordeten Sohns des Selbstmordattentäters versetzt. Aus dessen DNA hat er seinen Klon hergestellt und das lückenlos dokumentiert.«

»Du meinst also, die Wissenschaftler und die Medien waren so geblendet davon, dass der erste Mensch geklont worden ist, dass sie die Ursprungsprobe gar nicht mehr hinterfragt haben?« Tamara nahm sich einen Hamburger und biss hinein. Deckert konnte gar nicht so schnell protestieren.

»Sie konnten die Proben nicht überprüfen, weil die katholische Kirche die Grabtücher unter Verschluss hält«, erklärte Pandera. »Sie hatten nur Wismuts gefälschte Proben. Vielleicht hätte die Kirche nach Jahren der Diskussion einer Untersuchung zugestimmt, aber wer hätte ihr dann noch geglaubt? Wie gesagt, sie hätten niemals beweisen können, dass Wismut seine Ergebnisse gefälscht hat. Zudem kann eine Probe von einer anderen Stelle des Grabtuchs auch eine andere DNA tragen.«

»Gut, er musste jemanden aus dem Mittelmeerraum nehmen, aber warum ausgerechnet den Sohn eines islamischen Selbstmordattentäters?«, fragte Tamara.

Diese Frage hatte Pandera sich auch gestellt, während Wismut ihm alles gebeichtet hatte. »An dem Abend, an dem Wismut erkannt hatte, dass er von den Grabtüchern Jesu keine DNA würde rekonstruieren können, versuchte ein Selbstmordattentäter, die amerikanische Botschaft in Jerusalem in die Luft zu sprengen. Der Attentäter war so grausam gewesen, seinen Sprengsatz zur Tarnung in einem Kinderwagen zu deponieren. In dem sein eigener Sohn lag.«

Pandera blickte in den dunklen Nachmittagshimmel, der aussah, als würde die Welt bald untergehen. Genau wie auf dem Schiff. Die ersten Regentropfen fielen. Pandera dachte noch einmal an Wismuts letzte Worte. Er hatte dessen Angaben überprüft, das Attentat war genau so geschehen, wie der Professor es geschildert hatte. Die palästinensische Familie des Selbstmordattentäters war vor zwei Jahren nach Marokko ausgewandert. Wismut hatte das arrangiert, weil er den Jesusklon dort besser schützen und seine Herkunft so weiter verschleiern konnte. »Zehn Unschuldige sind dabei gestorben«, erklärte Pandera. »Darunter der Sohn des Attentäters.«

Deckert legte seinen angebissenen Hamburger zurück auf das Tablett. »Das ist ganz schön hart, was du uns hier erzählst.«

»Einen Jungen zu klonen und als Jesus auszugeben, der von einem militanten Islamisten abstammt, war für einen Atheisten wie Wismut die größtmögliche Provokation«, fuhr Pandera fort. »Außerdem wollte er so einem unschuldigen Opfer des Glaubenskrieges das Leben zurückgeben.«

»Wenn auch nur als Klon«, sagte Tamara.

»Wenn auch nur als Klon«, wiederholte Pandera. »Aber die Herkunft des Jungen war Wismuts Rückversicherung, dass der Jesusklon später erkennen würde, dass er nicht der Auserwählte war. Wismut wollte ihm zu gegebener Zeit die Augen öffnen und ihn damit zu einem Mitstreiter gegen den Fanatismus des Glaubens machen – jedes Glaubens, wohlgemerkt.«

Es donnerte, und innerhalb weniger Sekunden wurde aus dem leichten Regen ein Wolkenbruch. »Mierda!«, rief Pandera. »Gestern habe ich das Hardtop vom Cabrio abgenommen ...« Er stürmte aus dem Drive-in.

Als er am Cabrio ankam, waren die Sitze nass wie ein Fisch im Wasser. Er fuhr sein Cabrio in ein nahe gelegenes Parkhaus und lief zurück zum Drive-in.

Deckert schleckte inzwischen ein Eis. Das kleinste natürlich. »Dein Geldbeutel war nicht verfügbar, also musste ich selbst ran«, sagte er. »Das heißt, du hast wieder mal nicht bezahlt, bis ich satt war, also musst du die Wette ein anderes Mal einlösen.« Er strahlte, als habe er gerade die Glühbirne erfunden. Wahrscheinlich fühlte er sich auch so.

Pandera strahlte mit. Die Situation erinnerte ihn an das Gespräch mit dem Kriminalpolizeichef, das er am Morgen geführt hatte. Edeling war natürlich dagegen gewesen, Kurt Sanders Einsatz zu bezahlen und ihm ein Dankesschreiben zukommen zu lassen. Panderas dezenter Hinweis, dass er seinen Vorgesetzten nach dessen vorschnellem Fernsehinterview auch hätte ins offene Messer laufen lassen können, hatte Edelings Meinung schnell geändert. Der Mann war so berechenbar wie eine Formel ohne Unbekannte.

»Und was ist mit Simovic?«, fragte Tamara.

»Ich hab vorhin mit dem Staatsanwalt gesprochen. Gegen den Reporter wird ermittelt – wegen unterlassener Hilfeleistung und Anstiftung zu schwerer Körperverletzung.« Er zeigte auf seine blauen Flecken. »Ich denke, das Nächste, worüber er berichten kann, ist ein Vergleich zwischen den Gefängnissen im Vatikan und in der Schweiz.«

Tamara lächelte. »Also noch mal, du meinst wirklich, Wismut war der Mörder, und es gab nie einen Jesusklon?«, fragte sie.

»Papperlapapp!«, widersprach Deckert und wandte sich an Pandera. »Dass der Jesusklon nicht echt ist, glaube ich dir gerne. Aber du hast gegenüber den algerischen Kollegen ausgesagt, dass Wismut nicht mehr gelebt hat, als du ihn gefunden hast. Also hat er dir gar nix gebeichtet. Laut deiner Aussage ist der Jesusklon im Mittelmeer versunken wie ein Stein.«

»Du hast recht«, antwortete Pandera. »Das habe ich ausgesagt. Alles andere ist pure Spekulation.«

»Das heißt, du hast dir das alles nur ausgedacht?«, fragte Tamara enttäuscht.

»Mundus vult decipi«, antwortete Pandera. Es waren Wismuts letzte Worte gewesen. Pandera hatte sie sich gut gemerkt.

»Hä?«, fragte Deckert.

»Die Welt will betrogen sein«, antwortete Pandera, doch dann schwieg er. Er hatte genug erzählt. Was wäre gewonnen, wenn der wahre Mörder bekannt würde? Der Mann war tot. Kein Staatsanwalt würde deswegen noch ermitteln.

Er blickte Tamara an, und plötzlich kamen ihm Zweifel. Die Kollegin war viel zu intelligent, sie würde sich nicht an der Nase herumführen lassen. Sie würde nicht lockerlassen, bis sie die Wahrheit kannte.

Später einmal würde er ihr erzählen, wie es wirklich gewesen war. Zum Teil.

Denn selbst ihr würde er nicht alles anvertrauen. Sie würde nur erfahren, was mit dem Fall zu tun hatte. Und eines war klar: Der Jesusklon gehörte nicht dazu.

Niemand außer Pandera wusste von dessen Existenz. So sollte es bleiben. Pandera hatte noch nie einem Mörder etwas versprochen, doch es war bisher auch noch nie um das Leben eines Kindes gegangen.

Der Junge war schon einmal ermordet worden. Doch als Klon mit eigenem Leben, mit eigenem Gedächtnis und mit eigenen Erinnerungen wusste er nichts davon.

Pandera war sich sicher: Wenn er schwieg, würde der Junge es auch nie erfahren.

Und das war gut so.

Dank an

Nina Arrowsmith, Iris Homann, Gesa Weiss, Sarah Heidelberger von der Agentur Arrowsmith für das Vertrauen in einen bis dato unbekannten Autor.

Dr. Lutz Steinhoff für das kritische Lektorat und die Rücksicht auf meinen Dickkopf.

Gerke Haffner und Bettina Steinhage, sowie Momke Zamhöfer, Birthe Haberscheidt, Tina Pfeiffer, Katrin Poldervaart und allen anderen von Lübbe für die Chance, diesen Roman veröffentlichen zu dürfen.

Sandra Taufer für das Cover; Anders Weberg für den Buchtrailer und Polyradah; Saskia Ebner für die Autorenfotos; Kai Gathemann und Dirk Meynecke für Mut machende Kritik. Marita Heinzelmann und Yvonne Schubert dafür, dass ich Teil des Anschlag-Magazins sein darf.

Thomas Köplin, Axel Benner, Anja Helfrich, Anja Rozalskis, Franziska Kaluza, Petra Ries, Oriana Chiandusso für das an Folter grenzende Testlesen meines ersten Romanexperiments; Rene Ebner und Oli Spring für ›nine seconds‹; Christian Purwien für ›Purwien & Kowa‹ und erneut Thomas Köplin, dieses Mal für ›six times zero‹.

Des Weiteren Mario Gonzalez-Perez und Mario Marquez, die mir die langjährige Beobachtung spanischer Einwanderer am lebenden Objekt ermöglichten; Christine Seikel, die mich fast gezwungen hat, im TiG7 zu lesen; meinen ehemaligen Kollegen von LO-PI und zukünftigen ehemaligen von B-LP, und allen anderen Mitarbeitern von Roche, die von meiner Passion wissen und mir trotzdem noch bedenkenlos den Rücken zukehren.

Meinen Eltern für mich und ihre Offenheit.

Oriana für die Freiheit, nicht nur Partner, sondern auch Autor sein zu dürfen.

Wer glaubt, ein Autor falle einfach so vom Himmel, dem kann ich einen Besuch bei der Bundesakademie Wolfenbüttel und in der Textmanufaktur Leipzig wärmstens empfehlen. Hierzu gilt mein Dank: André Hille und Gisa Klönne für wertvolle Hinweise zur Ergreifung des Täters; Dr. Christian Döring für stilsichere Ratschläge in und über Venedig; Olaf Kutzmutz, Klaus N. Frick und Uwe Anton für das beste Science-Fiction-Seminar des Universums; Thomas Lang und Karla Mehrtens für die Versuche, mir das Lesen beizubringen.

Außerdem gilt mein Dank Papst Benedikt XVI. Seine erste päpstliche Amtshandlung, der Besuch des Schleiers von Manoppello, war die Initialzündung für die Idee zu diesem Buch.

Und nicht zuletzt danke ich allen Lesern, vor allen Dingen jenen, die bis hierher durchgehalten haben. Wer jetzt von mir immer noch nicht genug hat, surft einfach zu

www.thomaskowa.de
oder schreibt an
kontakt@thomaskowa.de

Die Jagd nach dem ältesten Geheimnis der Menschheit hat begonnen

Simon Toyne
SANCTUS
Thriller
Aus dem Englischen
von Rainer Schumacher
560 Seiten
ISBN 978-3-404-16636-7

Es gibt einen Ort, der für alle Welt verboten ist: die Bergzitadelle von Trahpah. Nun flimmern unglaubliche Bilder über die Fernsehschirme. Sie zeigen ein Kreuz auf dem Gipfel der verbotenen Festung. Ein Kreuz, das dort nicht stehen dürfte. Als die Kameras näher heranzoomen, wird ein Mönch erkennbar, die Arme zu beiden Seiten ausgestreckt, den Kopf gesenkt. Erst nach Stunden bewegt er sich – und springt in den Tod. Das war ein symbolischer Akt, der die Augen der Welt auf Trahpah lenken sollte. Denn hier befindet sich das älteste Geheimnis der Menschheit, vom Orden der Sancti seit 3000 Jahren bewacht. Und nun ist die Zeit gekommen, dieses Geheimnis zu offenbaren – auch wenn es die Welt für immer verändern wird ...

Bastei Lübbe Taschenbuch